U0962807

一手遮天（下）
一手捶地

容九 著

北京联合出版公司
Beijing United Publishing Co.,Ltd.

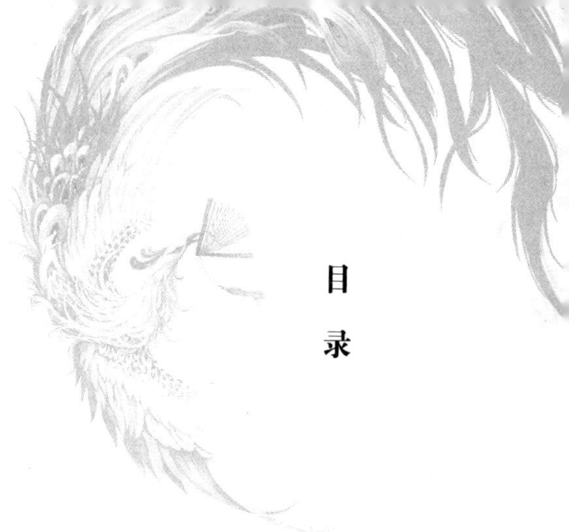

目录

第十七章 新敌人风离

我一度认为邀月楼与那些酒楼无甚差别，不料入内发觉楼宇宽敞明亮，天井式的围栏层层旋绕而上，虽少了几分靡靡之色，却别有一番大气雅致。

二楼、三楼皆是雅间，以不同绣样的屏风为隔断，放眼望去席间人影绰绰，想必慕名的贵客早已坐定等着好戏。

白玉石砌的舞台边上设有两处案席，一处悬着层层纱帘，隐约可见帘后摆琴，而正对面的檀木桌上已摆好茶点及青铜香薰，正是为对曲者所设席位。

来之前我自然命人清掉其他对曲对手，故而楼内小厮一见我们便伸手引我们入座。此刻楼中乐声起，舞姬登台献舞，一时气氛大盛，楼中俱是杯盏相碰言谈欢笑之声。

我双手捧着茶盏暖手，四顾场中舞姬妖娆酣舞，腹诽决计不能让宋郎生来这等场所，男人还是日出勤恳劳作日落早归没见识的好。

想到这儿我把目光扫向聂然，以前在陈家村，煦方总能用箫声吸引许多村里的姑娘成群结队地来搭讪，后来有天他说，不如不捕鱼了，去邻镇上的红楼卖艺，赚得更快更多。我自然是竭力反对，嚷嚷着他见多了那些莺莺燕燕乱了心该如何足好。

同样的人，同样的场合，当年百般阻挠，今时千方怂恿，这算不算是物是人非？

察觉到我的眼神，聂然转头道："怎么了？"

我摇了摇头，忽然想起个疑问，就这么脱口问了："你的箫是从哪儿学的？"

他一怔，眼里似乎掠过一丝清寒，我摆摆手，“不回答也没有关系……”

“我儿时不会说话。”

我诧然。

他温雅的声音在这喧闹的场合显得格外平静，“寻常人家的孩子一两岁便能说话了，可我到了四岁连‘爹娘’都说不出。所有人都为之忧心，为之叹息，我亦然。一日日看着我爹对我从期许到失望，喜悦也好，恐惧也罢，我都无从诉说。”

“后来有了箫，它能替我说出我说不了的话。”他半敛下眉睫，修长的手指轻轻抚着箫，“我也记不得是如何学会的，就好像这是我与生俱来就能做到的事一般。”

两年前，和风也问过煦方：“你明明失忆了，怎么会记得箫是如何吹的呢？”

他挥着箫笑道：“我也不知，一拿起它，就觉得好像生来就会一样。”

一个错眼，我几乎要把眼前这个人看成煦方了，这才伸指揉眉，一遍遍暗示自己他们是两个截然不同之人。

此时楼内奏乐戛然而止，舞姬们也纷纷散退，我看向前方纱帘处，已有一人婉坐琴边，虽瞧不清真容，其宁雅姿态，竟莫名给人以妙曼之感。

全场刹那静下，只余清风吹拂帘动，所有人俱在屏息等待拨弦。

女子左手抚上琴端，在徐徐抬起右手时似乎往我们这儿一看，下一瞬铮然拨弦，弦弦声紧，骤然一股风起云涌之势。

琴声摇曳之中驰骋动魄，若为入阵曲，或能振奋军心，可在这种把酒言欢的风月之所奏起浩瀚沙场，就不怕惊吓着宾客咽不下菜肴吗？

重点是武姑娘你弹这种曲子要让聂然怎么吹才能和得上？

我揉了揉额，最终还是要动用公主的权力才能见上一面吗？

曲风已渐转轻弦低音，聂然玉箫在手，缓缓举到唇边，顺着琴声凄肃之境，徐徐奏出一片沉远平旷。

若要说武娉婷弹的是金戈铁马的厮杀，那么聂然吹的应就是战后的残躯遍野，箫声如吟如诉，悲凉惆怅。

然而，萧索之后逐见平川策马，赤胆之心化为柔情，直待箫声渐若游丝，曲终弦收，余音不绝，一时间全场无声。

一声叫好打破沉静，楼中又恢复了盛意，一个小丫头碎步上前对聂然道：“公子请随我到听梅轩静候片刻，我家小姐随后就来。”

聂然不留痕迹地露出一丝笑意，我舒了口气，朝他点了点头。

我们很快便见到了传说中的武娉婷。

不得不说她是个极美的人，那张脸就像水墨画里描出来似的，一进门整间屋都让她衬得明媚动人。

我和聂然站起身，她淡淡扫了我们一眼，“你们谁才是与我对曲之人？”

我一怔，聂然摊开掌心比着我道：“在下只是想沾一沾我这好友的光来一睹姑娘芳容，冒昧之处还望姑娘莫要见怪。”

武娉婷神情浮出愠意，“我不见闲杂之人。”

聂然道：“是在下唐突，如此就不再叨扰了。”又转头看向我，“白兄，我先去外厅等你。”说完关上门，只留我们二人在屋内。

我笑盈盈地朝她拱了拱手，正待张口，武娉婷袖中突然弹出剑锋抵在我胸口，沉声道：“奏箫之人不是你。”又看向我的脖子，问，“你女扮男装混入邀月楼有何居心？”

我颇为无奈地叹了叹气，从怀中掏出公主玉鉴给她看，“我姓萧。”

武娉婷瞧清后收了剑，警惕地往后退了一步，欠身道：“原来是襄仪公主，民女眼拙，方才无礼，还望公主宽恕。”

我坐下身，笑了一笑，“不知者无罪。”

武娉婷态度倒是恭谨，“不知公主殿下大驾光临是为何事？”

我不愿兜圈子，直言道：“不瞒武姑娘，我在查一宗旧案。这个案子与武姑娘有关。”

武娉婷闻言一笑，“邀月楼打开门做生意，从未做过什么不法勾当，更未牵连什么案子……”

“我所指的旧案不是指邀月楼，而是尚威镖局。七年前的一夜灭门，武姑娘是唯一的幸存者，关于那案……”

武娉婷脸色微变，截住我的话道：“民女得以苟活至今已是苍天垂怜，往事不堪，难以回首，还望公主体谅一二。”

意料之中的态度。

“原来武姑娘并不想找到当年害死你全家的凶手，”我道，“既如此，又何必以对曲为由头寻人呢？”

武娉婷倏然抬头。

我笑了笑，“方才武姑娘一看到我那奏箫的朋友，眼中便黯了下去，难道不是在失望他非你所寻之人吗？”

她的身影在灯光中沉默片刻，道：“公主以为我在寻找何人？”

我唰的一声展扇摇了摇道：“当年尚威镖局的灭门案从镖头至伙夫无一幸免，可死里逃生的你不仅不隐遁，反而大张旗鼓地开了这邀月楼，简直匪夷所思……

“直到听了武姑娘的琴曲我才幡然醒悟，原来武姑娘并非要躲人，而是要寻人，所寻之人是一个会奏箫的男子。

“所以我就在想，这个男子，会否与当年的灭门案有关？

“七年前武姑娘正当二八年华，若是遇到一个能与自己琴瑟和鸣的男子，会发生什么事呢？”

武娉婷听到这儿突然眯起了眼，笑出声来，“襄仪公主果然名不虚传……不错，我爹、我大哥、我的同门师兄弟皆是被他所杀。”

我倒是怔住了。

她脸上露出嘲讽的笑，“被我最为倾慕之人所杀。”

七年前武娉婷还只是个纯良貌美的小姑娘，十六岁这种年龄正是春心萌动的时候，可镖局里都是喊打喊杀的大老粗，根本就没有人能和她好好交流一些细腻的小心事。

某日某夜她独自在院落弹琴，墙的另一头忽然飘进箫声和上她的心曲，所谓知音难求，她一时心潮难掩推门而出，月下站着个俊朗不凡的男子朝她儒雅一笑。

那男子说，他每夜回家路上都会经过此处，听到如此天籁琴音时时驻足流连，他一直在想象能奏此琴音的是何许人，遂才在这夜忍不住以箫声为和，不想得见琴音主人，竟是如此清雅佳人。

这话令武娉婷听得小鹿乱撞，更何况说话的人还长得如此令人花痴，自此，孽缘起。

武娉婷说这个男子叫风离，我一个没留神差点错听为凤梨，没有人会叫这种名字好不好？

很可惜当年的武娉婷没能有我一半的智慧，她被风离的甜言蜜语拽入爱河，白日里赏花吟诗，夜中弹琴奏箫，就这样在诗情画意中昏了头地把他介绍给自己的爹。风离亦是一片深情的模样，他说他是刑部官员，很有诚意娶他女儿。

武娉婷她爹一听说对方是朝廷官员也喜不自禁，于是把他当成未来女婿一般，常常喊他来镖局吃肉喝酒。

这一来二往，关系自然更是亲近些。

风离得知镖局的情况并不大好，有一天急匆匆跑来透露了一个内部消息，皇上要捉拿叛贼，若你们能替官府捉住他们，必定龙颜大悦，极有可能会将镖局封为皇镖。

武娉婷她爹当然想做这笔生意，可转念一想，连朝廷都抓不到的人，他们哪来那么大的能耐呢？

风离拍拍胸脯说不必操心，他已安排了一人打入叛贼内部，此人会跟着他们一路逃跑留下线索，你们只管埋伏擒住便好。

听到这儿我下意识地说：“叛贼是君锦之，奸细是采蜜？”

武娉婷大惊，“公主怎么知道？”

“她曾是我的贴身宫女，不过自那夜起便没了人影。你先继续说。”

于是当晚，武娉婷的爹同风离谋划了一番，最后决定兵分两路，一路由她爹亲自带着追杀君锦之，一路由她大哥带领追杀君锦之的儿子。

万万没有想到，大哥这路被突围逃脱，而她爹那路直接就把君锦之给放了。

这事态变化实在大出我的意料，我忍不住打断她：“莫非你爹不想做这笔买卖？”

武娉婷道：“我爹并非不愿做买卖，而是在遇到那君锦之后下不了手，而这一切，风离一早便算到了。”

我一时蒙了，这其中关键点似乎近在眼前，“难道……你爹与君锦之是故交？”

武娉婷颔首，“他年轻时曾受惠于君锦之，虽有多年未见，却把他视作恩人。”

我心中忽然想明白了，“换而言之，风离从一开始就知晓你爹与君锦之的关系，他接近你，故意让你爹一同参与，根本不是为了擒获叛贼，而是……另有所图？”

武娉婷讶然看了我一眼，道：“公主果然心思敏捷。”

那夜，武娉婷的爹认出了故友，这才知道，君锦之身上藏着一个惊天大秘密，这个秘密除了风离之外，天底下还有许许多多的人都在虎视眈眈。

而君锦之担忧这个秘密会随着这场追杀而消亡，那么就当真复国无望了。

武娉婷的爹当机立断助他们逃至百里外。

怎料风离忽然出现，君锦之不愿牵连他人，便砍了武娉婷她爹一刀，佯装是厮杀所伤，最终独自携妻逃走。

风离自然不信，却未当场揭穿他们，甚至还假惺惺替武娉婷的爹留下了大夫，自己带着一拨人马继续追。

我问："你爹既带着君锦之的秘密，为何不找到他的儿子，将真相告诉他呢？"

她停了许久才道："那时君锦之的儿子不知所终，我爹只好先回镖局再做打算，谁料没过几日，风离就来了。他想从我爹身上逼问出秘密所在，我爹三缄其口。那夜，他命人杀光了镖局所有人，当着我和爹的面，连同我大哥在内。"

我无法去想象心上人杀光自己至亲的画面，然则武娉婷说起这段的时候越是语调平平，容色淡淡，就越是令人触目惊心。

"你最终又是如何逃脱的呢？"

武娉婷似笑非笑，"我爹将他所想知道的附耳说与我听，说完了，就自断经脉而死。而我，便成了世上唯一知道秘密之人。"

我默然，"原来如此。风离既然如此想知道秘密所在，自不会伤你性命。"

这风离谋人步步算计，手段狠辣而利落，品格更是缺德无良，想到将要与他为敌，我忽觉遍体生寒。

武娉婷见我不吭声，道："公主怎么不问他为何不将我抓起严刑逼供？"

我摇了摇头，"他深知你恨他，越是逼迫越会同归于尽，若我是他，倒不如放你一马，再暗中派人跟踪你，或许还能从中获取线索，否则，他就算挑断你的手筋脚筋，你也不可能泄露半句。"

武娉婷闭上眼，"这些年，我爹同我说的地方，我一回也没有去过，而他，一次也未曾出现过，但我知道总有一日，他会亲自来找我，那时，我会杀了他。"

我不敢戳穿武娉婷怎么可能杀得了这样可怖之人。

不过武娉婷道尽所有后，思路很快转回刚才的问题："公主方才说，采蜜是你的贴身宫女，这样说来，风离与公主或是有所瓜葛？"

我叹了叹气，“所有有可能之人都想过了，实在没有头绪。”

“那么……公主为何费尽心思重查此案？”

我瞟了她一眼，“当年你是否把犬粮给了那个采蜜，一路追踪君锦之之子？”

武娉婷坦然道：“不错。”

我犹豫须臾，合上扇面，“武姑娘，我说了你可莫要冲动。采蜜几日前出现了，这些年一度诈死，我想，均是那风离公子一手策划的。”

武娉婷冷若冰霜的面孔终于绷不住了，“她现在何处？！”

我道：“你放心，她正安然住在公主府内，暂时未有动静。不过武姑娘，恕我直言，那风离诡计多端，且在暗处不动声色，即便找上门去，只怕也问不出半点他的消息，若想引蛇出洞，为今只有一计。”

武娉婷凝住眼，“公主请说。”

我起身，走近她一些，“请君入瓮。”

窗外孤月寒鸦，我将我的计策和盘托出。武娉婷听完后很久没有说话，可即便再艰难，她终究还是做出了抉择：“好。”

我紧紧地盯着她，“也许会死。”

她淡淡地笑了笑。

“公主可曾体会过绝望？当老天将所有一切慢慢夺走，你却无能为力时，便会明白，未知生时痛，何惧死后苦？”

这种反问比拟句听得我寒毛莫名其妙地竖起。

一点残月入屋。

我瞧着天色更浓，想着今日也只能到此为止。

临走前想起一事，遂问她：“你可知君锦之藏起来的东西究竟是什么吗？能让风离如此紧张，令你爹到死也不肯透露。”

武娉婷飘飘然道：“谁知道呢？但他既为前朝皇族，所藏之物应当不容小觑。”

我的心漏跳一拍，几乎以为自己是幻听，“你、你说谁是前朝皇族？”

她见我手抖得连扇柄都握不稳，颇有些困惑不解，“怎么，公主莫非不知君锦之乃是前朝端王吗？”

烛火啪嗒一声响。

多日以来，萦绕在心中的迷雾忽然被拨开，我倏地抬眼，自武娉婷的眼中望见了惊慌失措的自己。

君锦之是前朝端王，宋郎生是前朝端王之子。

如果是这样。

当真是这样。

父皇害死的不仅仅是宋郎生一家，更是赶尽杀绝毁了他的所有。

于君锦之而言，所谓的谋逆，从来只是想夺回本该属于自己的东西。

那么，我与驸马之间隔着的，远不只是家恨。

更有国仇。

“公主？可是有何不妥之处？”

大抵是我出神得太久，武娉婷已然不安，我摇了摇头，再也无心作别，就这般步出厢房。

我曾问过宋郎生，仇报了吗？那时他回答：算报了。

我不明所以。

何谓才算报了仇？

他是否知晓自己的身世？

若知，是怀着何种心做这个驸马，何种情承认自己喜欢上我？

若不知，若是始终不知……那么在揭穿真相之时，又会如何抉择？

猛地想起那晚，他对我说：“我只是有些害怕，又要有什么人什么事让我们分开。”

当时，我想掏着心窝回他一句“我也是”。

正因我们惧怕离开彼此，才会隐瞒彼此。

然则，记忆总会有复原的一天，真相亦会水落石出。

何苦要等到山穷水尽之时，让上苍决定我们何去何从？

聂然见我下了楼，紧步跟上前来，道：“谈好了？”

我呆呆地看着聂然，脑中瞬时划过不少事，顿了顿，方微微点头，想说就此别过，改日再叙。但刚踩出一步，视线竟莫名模糊，一阵眩晕让我险些站不住脚。

聂然眼明手快扶定我，问：“公主可感有恙？”

我勉力定神揉了揉眼，“无恙，近来偶尔如此，应是身子骨没养好。”

聂然不由分说地将我搀上马车，坚持送我回府，我咂了咂嘴，没好推拒。

待到了公主府前，刚跃下马车，聂然便没头没脑地道：“若公主不介怀，这支箫，我想收下。”

我回首，他的容色在灯下有着淡淡的暖意，不知从何时起，他好像与初时那冰冷的聂然已有所不同。

方才我在邀月楼彷徨不知何处时，正因看到了他，想起了与煦方的过往，才拨开了心底的云雾——

倘若那时的和风能以更勇敢的方式同煦方一起面对，而非被动地躲在客栈等待，那么最坏也不致在形同陌路前连一句道别也无。

今时不该重蹈覆辙。

哪怕宋郎生真是前朝皇族，哪怕阻挠在我们之间的是不可磨灭的千仇万怨，至少也应了解真相，了解我的心。

我对聂然说了声好，回过身去找驸马。

可踏入府邸，柳伯见着我便火急火燎地跺脚道：“哎哟，我的公主殿下，您究竟上哪儿去了，驸马爷可找了您大半日……”

驸马找我？

我一怔，“他现在何处？”

柳伯慌得连话也讲不清，“他、他、他走了啊。”

我心头一跳，“走？去哪儿？”

柳伯茫然晃着脑袋，“似乎是大理寺的公事，又似乎不是，驸马爷让我同公主说，他暂且离开一段时日，撑死了个把月，让公主安生待在府里等着他，万事不必过于忧心，待他办好事便赶回与公主相聚。”

我头蒙得有点晕。

究竟发生何事能让宋郎生不告而别连去向都无从明说？

我一时委屈气极，喘得胸膛剧烈起伏，“他走了有多久？”

柳伯吓傻了，“一、一个时辰……”

一个时辰，快马加鞭，命人分别往离京三条官道追赶，没准还能赶上。

我一挥袖，正想吩咐下去，不知是否因为之前就心绪烦乱，如此一搅和更觉得一口气闷在胸口喘不过来。

我握住衣襟竭力想把气调匀，然而呼吸通畅之时肺部竟刺痛起来。

心底蓦地觉得不对，喉头有股腥甜味道涌上，眼前阵阵发黑，只听柳伯一声声叫着“公主”，好像还有阿右“快扶公主回房”“请周太医来”的声音混杂在一起，然后，支撑不住闭目昏去。

不知有多久，也许并未太久，几乎是倏然而醒自床上坐起，第一眼便看到了在为我低头施针的周文瑜，还有焦急守在屋里的柳伯与阿右。

没有宋郎生。

“驸马……”我喃喃开口，发觉嗓音哑得不像自己的声音，“驸马走多久了？”

柳伯颤颤巍巍道：“两个多时辰了……殿下，您先躺好，莫要操劳过度……老奴已派人进宫告知太子殿下去了……”

两个多时辰，怕是追不回了。

这时周文瑜已然收针，我卷下袖子，无力道：“你们都先退下吧，本公主是真倦了，一切待太子来了再说。”

“公主，”周文瑜忽道，“老夫有话想要单独同公主说。”

柳伯与阿右退下后，我回身将软枕垫高，见周文瑜由始至终埋头不敢看我一眼，问：“何事？”

孰料下一刻他跪下身，抬起头，眼中竟蓄着泪，“公主……公主……是老夫无能……”

我看他这般，心中沉了几分，“你此话……何意？”

周文瑜几乎每说一个字都在颤抖：“公主之所以晕厥……非过度疲倦，而是毒……毒发……”

我茫然道：“毒发？什、什么毒？”

“忘魂散，是忘魂散啊，公主……曼陀罗毒发之时，周身经络会逐渐变紫……”周文瑜语无伦次地嗫嚅着，“不是天山曼陀，而是曼陀罗……怎么会是曼陀罗呢……”

我脑中嗡的一声，双手下意识地握紧棉被，“你是说，本宫中的，乃是必死之毒曼陀罗所制的忘魂散？”

周文瑜艰难地点了点头，复又不可置信地抬头，“当日、当日公主与师弟设好圈套，不是说公主中了于性命无碍的天山曼陀，又、又岂会……”

我掀开衣袖，这才发现腕上经脉渐呈青紫，想起近日来几番异常的晕厥，恐惧寒意倏如千万条细虫游遍寸寸肌肤。

太子给宋郎生的忘魂散确确实实是不让人致命的忘魂散。

虽然那时他假意投毒，我也记得我未曾服下此毒。但这么久以来，看着宋郎生始终不愿告知真相，我一度以为是后来发生了什么，他又给我服下了忘魂散。

所以他才会在听说药有变故时火急火燎地赶去康临府上暗查。

可是萧其棠，你怎么就忘了，韩斐还在之时便告诉了你，宋郎生的药丸早就被你调包了。

他那手中的药根本就只是普通的面团。

真正不致命的忘魂散不已被你收入囊中了吗？

我骤然想起今晨收拾书房时在矮柜里看到的木盒。

不顾周文瑜阻挠，掀开被褥，光着脚，一步一个趔趄挪到了书房，找到了那半尺见方的紫檀木盒。

打开，一颗褐色的药丸安静地躺在盒子里。

看来我所中的，就只有可能是会夺人性命之毒了。

周文瑜亦步亦趋地跟了过来，我木然地盯着药丸，问：“本宫还能活多久……”

“公、公主……”

“说！”

周文瑜碰上我的眼神，又赶忙避开，“至多一个月……或……不足一个月……”

一个月？难道我至死都不能再见驸马一面吗？

我用力闭上眼，“毒发时……会如何？”

他的声音说不出的苍凉，“四肢百骸疼痛难忍，五脏六腑溃烂……不、不过老夫会尽力减少公主的痛楚……可施针、可用药、可……”

“你出去吧。”我漠然睁开眼，盖上木盒，“不要将此事告之任何人。”

周文瑜不敢拂我意，他一走，我全身气力像被掏空一般，整个人软软地瘫在座椅之上，憋了很久的眼泪还是一滴滴滚了出来，滚到脖子上，滚到胸口里。

夜风自窗外呼呼吹进，我居然庆幸自己的嗓子哑了，如此，抽噎之声才能为风声掩盖，不必惊动任何人。

本以为自己并不那么畏惧死亡。

可以在被人抛弃后寻死，可以在刺客如林中挺身挡箭，可以在漫天大火中听天由命。

但为何时值此刻，在得知自己大限将至之际，心会恐惧得如此分明？

蒙眬泪眼中，我发现书案上用镇纸压着的一封信。

信封上“公主吾妻亲启”六字赫然而现。

确是驸马的字迹。

我回过神来，用手背抹净眼泪，拆封展信。

信曰：

阿棠：

因事发突然，勿怪我不辞而别。恐信遭他人所阅，故难明事由。

我曾数番想说出真相，不想在下定决心之际寻遍京城也寻不到你。

不能亲口告之，我心甚憾。

或待我归来，你的记忆已然复原。

不知那时，你会为此痛楚，还是遗忘。

眼下，我只有一愿。

盼你不论记起何事，都能信我如初。

宋郎生自钟情萧其棠那天起，心便未曾动摇过半分。

不论处境如何，不论经历如何，不论身世如何。

除此以外，别无所求，唯愿你平安。

宋郎生书

我反反复复看了几遍，直待纸上的字被泪水晕得模糊不堪。

信无声，泪无声，仿佛连呼吸也无声。

只余下一室空寂。

我连着昏迷了两日，醒转时，还是没能看到宋郎生。

府邸里派出的人马沿着京外大道小途追了几日，皆无功而返。

他便如凭空消失一般，杳无音信。

起初还抱有几分侥幸，空守后愈发心灰意冷，太子来了我亦前言不搭后语地催他回宫理政务，他想多关切几句，我便翻身盖被任凭眼泪埋藏在棉絮之中。

众人只当我见不着驸马忧思成疾，唯一知道底细的周文瑜每日施针见我神情恍惚，寻不到劝慰之词，唯有长叹以伴。

持续奄奄一息的消息不胫而走，朝廷为之所震，虽分不清是震撼还是振奋，但前来公主府探病的官员自此络绎不绝。

柳伯将他们统统拦在门外。

朝臣们疑虑更深——监国公主究竟是生了什么病令太医束手无策？大理寺卿宋驸马究竟去往哪儿迟迟未曾露面？皇上依旧昏睡，长此以往，太子一人能否挑起国之重担？

某些蠢蠢欲动与不安的气味自庙堂弥散入坊间，一时谣言四起，人心惶惶。

当然，这些俱是阿左阿右同我说的。

自打那夜后，我便如活死人般朝夕横在床上，离世在即，哪还有什么心思去理会什么朝局不朝局？

只恨不得立时毒发身亡，两耳再不用听闻这些烦心事才好。

奈何我的影卫阿左是个话痨，他见我赖在榻上闷声不响，闲来有空就滔滔不绝地述说着府外境况，大至庙堂风云，小到街坊磕碰，事无巨细，栩栩如生。

就在他第七十八次打断我的黯然伤怀思念夫婿时，终究还是成功地逼我开口了。

“让你去监视采蜜，你是把本公主的话当耳边风吗？”

倒挂在窗外的阿左怔怔地探着头，“公、公主……您终于不再这样消沉下去了吗……”

我闭了闭眼道：“我数三下……”

阿左非常听话地消失了。

我翻了个身趴在床上，卷开袖口看了一眼青紫的筋脉，无力地挠了挠头。

阿右从侧门的阴影后走出，小心地看着我的神色，张了张口，半天没有说一句话。

我用余光慢慢瞥向她，问：“那晚，周文瑜同我说的话，阿左没有听到，你是都听到了吧？”

阿右眼波微微动了动，仿佛快要拧出水来，我横了她一眼，“你这两天总用哭丧的脸瞧我，别以为我看不出来。”

阿右呆了呆，“公主，这几日你不是都……”

我唉声叹气了一会儿，慢条斯理地爬下床，移至窗台前，问道：“阿右，你进明鉴司有多久了？”

阿右未曾想我会忽然问起这个，只一愣，利落答道：“属下七岁进司，至今已有十三年了。”

“十三年……”我缓缓道，“对一个女子来说最美好的年华尽耗于此，你可曾悔过？”

阿右抬起眼看我，“阿右自幼便是孤儿，若非明鉴司收留，岂会苟活至今？这条路既是阿右自己选的，谈何悔说？”

我微微一笑，眼见院外粉红花开正艳，尤其那海棠花蕊朵浓烈，“若你身中奇毒，命不久矣，见我有难，仍会护我吗？”

阿右毅然道：“但凡阿右还剩一口气，都会尽力护殿下周全。”

清风拂过裙角，我看向她，“所以啊阿右，连你都做得到的事，我又怎么会做不到呢？因畏死而等死，乃世间第一蠢事。”

她的脸上现出迷茫的表情，又似乎是听懂了我的意思，“莫非……殿下这几日的萎靡都是装出来的？”

我摇了摇头，“那倒不尽然。”

那夜泪湿满襟，我在榻上想着入梦，梦里想，睡醒又想，却无论如何都想不透为何屋外的团团簇簇还正盛着，我却要凋零了。

明明好不容易才想起宋郎生便是大哥哥，明明团聚近在咫尺……

偏生那采蜜出现后，一切都开始变得飘忽不定。

虽然她看上去只是在府中养病什么手脚也没有动过，但她若真什么也不做，我又何以至此?

按兵不动……难道只是看上去不动?

父皇曾说过，若无法探析敌人从何处下手，那便试想一遍若无敌人的存在，事情会演变的模样。

那日我正要同宋郎生说清我便是小妹妹……若我娓娓道来，许多猜忌亦能随之消散，那之后许多又何致难以启齿？

采蜜突如其来的出现，令我害怕宋郎生不信任我，便想找出那本棠心簿。却因发现那封父皇的信，打消了我坦白的念头。

我唯恐宋郎生误解，独揽所有秘密，只等调查清楚再从长计议。

可萧其棠啊萧其棠，你怎么就忘了，那明黄色的信封如此醒目，你要察觉早该察觉了，岂会恰恰在那当口才冒出来？

我咬紧牙根，登时只觉得冷汗涔涔。

谋人谋心，采蜜背后的那个人，对我的一切包括行事手法皆了如指掌。

数日来公主重病早已闹得满城风雨，宋郎生但凡知晓一二，不可能这般不闻不问。他既不回来寻我，不是来不了，就是处在无从得知外界的险境。

念及于此，我忍不住回头，问阿右：“今日已是腊月二十七了？”

阿右点头。

“这些天来，武娉婷可有来找过我？”

阿右又点了点头，“柳管事见公主病恙，并未通报。”

我抱膝在房里绕了半圈，沉吟道：“我会让柳伯差人请她来公主府一趟，在此以前……阿右，你先帮我确认一件事。”

碧空如洗，湖心亭竹帘半卷，暖炉燃炭焚香，渺渺凡间。

武娉婷坐在石桌边，一身桃衫映得人比花娇，我悠悠然地拨着茶盖，“此乃太湖碧螺春，武姑娘不必拘礼。”

她抬袖饮尽，待放下茶杯便道：“京中近日传闻公主身患奇疾，我原还以为……”顿了顿，“不知殿下今日请我入府，是何用意？”

我没有立刻答她，“你可还记得今天是何日子？”

武娉婷闻言眼中旋即闪过一丝恨意，“民女至死难忘。”

七年前的今日，腊月二十七，镖局灭门一案震惊皇城，正是武娉婷失去至亲之日。

我叹了叹气，“邀你进府，在睽睽众目之中与你长谈，不为别的，自是为了引出你的仇人。”

武娉婷惑然，“公主不是说风离此人阴险狡诈，普通的诱敌难以令他中计吗？”

我饮了口茶水润了润嗓子，道：“原是我们低估了他……总之现下，莫要说诱敌，大抵我们的一举一动他都瞧在眼里了吧……”

武娉婷闻言警惕地四处望了望，“这——”

“既然风离最想知道的便是君锦之的秘密，不如就以此作饵。”

武娉婷大惊，“公主此话何意？”

我似笑非笑，“你若去了你爹临终前同你说的秘地之处，风离自会出现，彼时本宫的人自会助你一臂之力，将其捉拿归案。”

武娉婷面上浮起犹豫之色，“此乃我爹宁死也不愿吐露的秘密……我……”

我托腮问：“你爹不说，是因为他明白说了也是死，不说或还能保住你……再者，这秘密原本便是君锦之想要告知他的儿子，这么多年来，你可知君锦之之子是生是死，人在何处？”

我自是万万不会告诉她，他便是当今驸马。反正宋郎生已娶了我进门，秘密就算被我知晓也不算流落外人之手。

武娉婷想了想，狐疑地看向我：“我又焉知殿下是否另有居心，是否同风离一样，处心积虑只为套我说出这个秘地？”

我不忍同她说，若继续怀揣着这秘密在身，朝廷又岂会留她这样一个祸患存活于世？我摇了摇头，无奈叹息道：“难道武姑娘宁不报父兄大仇也要守住一个陌路人的秘密？”

见她咬牙不答，我索性也不打哑谜了，“你不愿说，那也无妨……本宫只不过是想提醒一句，天底下能抗衡风离之人除本宫外，你未必能等到第二人……若要单刀赴会，那才是遂了风离的意，寒了你爹的心。”

她的身体不易察觉地一僵，须臾方道：“他能将所有一切都瞧在眼里，即便布下埋伏，又岂会上钩？”

我蓦地一笑，“他会。”

“何以见得？”

“他能七年不动声色暗中监视你，足见这秘地对他有多么重要。如今终于等到你有所动静，本宫又要坐收渔利，怎会轻易罢休？”我道，“莫要说埋伏，哪怕天罗地网，他都会想尽办法闯破的。”

武娉婷颔首握拳，神情变幻莫测，隐隐然似在挣扎，又想妥协。我百无聊赖地捧着白瓷茶碗把玩，只听她道："民女有一个条件……"

我顿住手上的动作，抬眸看她。她没有避开我的眼神，"若殿下能与民女共赴秘地，共敌风离，我便告知殿下，秘地在何处。"

我颇为惆怅地揉了揉眉毛。

不就是怕我过河拆桥到时候倒打一耙吗？

想拴着我当人质就直说……就我现在这副肾虚体弱的模样如何共敌那只"凤梨"？

我皮笑肉不笑道："多谢信任，合作愉快。"

西方的天际已染上霞红，武娉婷一离开阿右就冒出影来，"回禀公主，一切正如公主所料，接下来，该怎样做？"

我道："武娉婷已然说出那秘地之所了，正是青麟山之上。"

阿右一怔，"青麟山？不就是灵山边上的那连绵的万坟之岗？"

我颔首道："我已答应了武娉婷与她同往，就在今夜。"

阿右大惊失色，"这……万万不可，殿下千金之躯，岂可身犯险境？"

我摊手喟叹了一声，"可武姑娘说，若无本宫陪同她便会害怕，她 怕没准就不记得秘地是在哪座坟冢之内了啊。"

"殿下，那武娉婷绝不可信！"

我笑了笑，"你跟了我这么久，还不知本宫料事如神吗？"

"纵她所言不假，依公主如今的身子……"

"本宫有自己的考量。"我截住她的话头，"你速速去找陶主事，命明鉴司三十八影卫协同完成此次行动。"

阿右似乎不愿领命，轻声道："若想要三十八影卫倾出，只怕陶主事未必……"

我从袖口处掏出明鉴司的令牌，递给她，"你拿着这个告诉他，这是本宫最后一次以明鉴司之主的身份下令。"

阿右低着头不接，颤着肩问我："为何要选择明鉴司的影卫保护殿下……殿下大可调动京兆兵马重重包围青麟山，如此一来那贼子便是有滔天本事，也难伤及殿下分毫……"

我摸了摸鼻子，提点道："你可知贼子是谁？"

阿右愣住，没搞懂状况，“阿右不知……”

我说：“既不知敌人是谁，任何人都有可能会是敌人。”

不错，我既手握统兵之权，大可告之太子弟弟让都指挥使司出令，此行定然无恙。

可当年那个风离，能自由出入刑部，调派军队追杀君锦之一行人，在朝中显然有一席之地，其实力不可小觑。

若贸然调军埋伏，提前泄露秘地之所，让风离捷足先登，那么我的计策也难以施展了。

这一点，我想风离应当也是料到的，所以不论我如何部署，他都笃定我不敢兴师动众，自然会放开手脚，对我进行正面攻击。

而我等的，正是这一场正面对决。

阿右又问：“那为何一定急于今夜……既要埋伏，就让属下先去查探万坟岗的地势，部署周全更为稳妥……”

这一回，我没有回答阿右的话。

只攒出了一个笑，“一个影卫问了这么多已是逾越了，阿右，听令吧。”

回寝屋后，我招来柳伯让他吩咐膳房弄些吃的，这几日他见我食不下咽，应是受到了惊吓，故而我话还未完，他老泪纵横道：“老奴定不辱使命……”接着哧溜一声就没影了。

所以待我挪驾至偏厅，望见足足三大桌天南地北的美味菜肴时，顿感自己会不会在见到风离之前就被活活撑死。

所幸我尚存几分理智，只扒拉了半碗米饭、半只醉鸡、半只烤鸭和两条清风鲩鱼后及时收了口。

然后胃胀到连周神医给我开的药都喝不下，只好偷偷端回房拿去浇花。

大敌当前，果然还是不能被美食所诱啊。

想当初煦方刚变成聂然时我就是因吃光了银两才走上了绝路，怎么又重蹈覆辙了呢？

念及于此，我执笔的手不由得颤了颤，虽说在面临死亡上我有着丰富的经历与实战体验，但我竟不知遗书是如此难书，以至于半个时辰都未能交代完想要嘱托太子弟弟的话，最终只得以“姐的音容笑貌会时常绕梁三日，勿思勿怕”潦草收尾，只盼太子弟弟能够耐心读到最后。

早知今日，当年和卫清衡学习写文章时就应多请教下遗嘱的格式才是，也不至于连一封写给夫君的信都不知从何写起。

我不知该不该述清事情始末，若是什么也不说就这样撒手人寰，实难想象他会否遗恨终生；可若是告之他我是为了除掉风离才走上了这条绝路，他会不会猜到我真正的意图呢？

我坐在书案前，生出世事无常的苍茫之感，久久无从落笔。

亥时末刻，阿右如期而回。

她表示那三十八影卫已然整装待发，其中有十人提前勘察地形，加上她和阿左，至少有三十人将会藏在不同方位保护我，不管发生什么突发状况都以保护我为己任。

她一说完，阿左就从窗口跳了进来，道：“属下已听从公主的吩咐把那采蜜五花大绑关于府中的地牢之中了。”

我瞥了他一眼，深沉道：“那就好。今夜有整个明鉴司的影卫都来保护我，你们也莫要过于紧张了。”

我背对着他们，推开这府邸楼阁的木窗。

入夜时分的京城灯火逐渐暗去，隔着沉沉夜色看不尽浮沉。

难得是夜空晴朗，星光洒落在青石长路上，平添了几分静雅。

然放眼望去，长长一排通明的灯笼悬于半空，那些灯笼，那些宋郎生说过在我失踪时他遥望的灯笼，此时此刻映得我心口莫名一窒。

回眸时彤彤红光落入眼中，闪现出的记忆逐渐清晰起来——

两年前的那天，是宋郎生的寿辰。

那段时间，他与父皇似乎闹了什么矛盾，对我疏远了起来，甚至搬离公主府住在大理寺中半月不回。任凭我如何伤情伤心，他都岿然不动地视我如浮云，其冷漠比初成亲时尤甚。

我想不透他冷落我的理由。

自陈家村火场逃生之日起，我俩心结已解，恨不能时刻相守，那段日子的浓情蜜意岂会一夕之间荡然无存？

我彷徨不知何解，直到翻开棠心簿，看到那片巴掌大的纸枫，才突然回忆起十三岁那年我眼望枫红逐渐枯黄，一时伤感脱口道：“花无百日红，人无千日好。”

难得当时伴在我身边的大哥哥没有毒舌地反驳我枫属叶不属花。

他只是拉住我，摊开我的掌心，将一片绘得栩栩如生的纸枫放上，说：“总有百转千回不退之心，花如是，人亦如是。”

这样的情话令人难以招架，我久久无法抑制心中的动容，最后才道：“这是你送我的第一件礼物。”

“就当是聘礼吧。”他若无其事地转过身，耳根却是通红。

夕阳拉长了他的背影，我凝视许久，轻轻地说：“总有一天，我会回你一片全京城最大最闪的红枫。”

那是年少时的许诺，枫还是那片枫，人还是那个人，可百转千回之后情已回不去最初的纯粹了。

我决心把那份迟了许多年的礼送给他，作为他的生辰礼物。

所以在那日，我兴师动众地监督礼部将千盏灯笼挂在京城指定的各大街小巷，并托他大理寺的同僚将邀他之信交与他。

我想在当初相遇的地方，让他看世间最美的枫，诉说我藏在心中多年的情。

我在灵山上等了又等，等到日落西山，终于在不远处弯弯绕绕的山道上看到了那一抹熟悉的红影。

他连官袍都未来得及换下，就赶来这儿应约了，足见他心底始终还是有我的。

我燃起了手中的烟火，当彩焰在夜空中绽开时，山下京中的灯笼一时点亮。

火红的笼光星星点点蜿蜒为线，像瀑布流水般倾泻开来，从这处望去，恰恰绘成一片巨大的枫叶，霎时，天地一片绯红。

那一刻，我不知怎的，像是一刹那回到了年少时，抚着怦然的心，不知所措地回过身，背对着他。

直待脚步声临近，停在咫尺的地方。

我远眺夜幕下的灯笼光华，“我知道你会来。”

他没有说话，我想他或许在恼我莫名其妙把他约来此处，遂说道：“今日寿诞，想来此刻大家都在山下庄内等着贺寿，有些话在那么多人面前我没法说，所以才……”我顿了顿，仰起头，“才想在这儿单独和你待一会儿。”

他依旧没有说什么，我轻轻道：“好些日子未见，我好像连话都不知该怎么同你说了，今后……你我就会生疏得如同陌生人吗？……真不甘心啊，我喜欢了你那么久，比你想象得还要久。”

“你可知，你我最初相遇的地方是在哪儿吗？”我仰头，“正是此处……”

身后的人微微一动，我拽着衣角，一鼓作气道：“……这些过往，我本不会提及。虽然我偶尔会盼你想起我，但毕竟时隔经年，我害怕即便你听了，也未必愿意为我停留，我害怕你根本从未在意过，那么那段最令我珍视的过往也就化为一场空了……

“原本……你我分别后，我遇到了另一个人，险些就要动摇了……

“但当你我在陈家村重逢时，你冒生命之险救了我，并同我说出那番话……”我用指尖拂去了泪，“那一刻，我真的想过，只要能活下来，即便父皇反对，即使遭全天下人非议，即使要我抛弃这公主身份，我也在所不惜……”

我停了下来，深吸了一口气，“我曾说过，有朝一日，会回你一片全京城最大最闪的红枫……

“难道此时此刻看着此景，你还想不起我是谁吗？”

那一句掷地有声的质问，任他再是迟钝也不难猜出我是小妹妹吧？

如果当时，在我身后听到这句话的人，当真是宋郎生就好了。

只不过，当我转过身，却见到了另外一个人。

渔村时邂逅的那个煦方。

亦是那个还没能记起自己是夏阳侯世子的煦方。

我瞠目结舌地张开口：“你是煦、煦方？怎、怎么会是你？”

他一身紫袍素雅，早已不是陈家村时的那番模样。此时怔怔地看着我，却不应我，我不明就里，方才明明瞧见了身着官袍的宋郎生，怎的一个转头就换了一个人呢？

我心急如焚，正打算绕过他去寻人，却听到煦方淡淡道：“他走了。”

我止住步伐。

煦方缓缓转眸，“你说话之际，他就在我们身后的树旁听着，只不过，听到一半就离去了。”

我不可置信地望着煦方。

倘若宋郎生当真未听完就离去，那只能说明，他以为我的话，是说给另一个人听的。

我颤着声问：“你明知我不是在和你说话，为何不声不响不打断我？”

熠熠月光下，煦方清隽的面庞冰凉。

这个人，还是那个在陈家村救过我的煦方吗？

我恍惚了一瞬，“你为何会来京城，为何会在此处……你是，你是故意让驸马误解的？”

他还是没有回答我，我心中虽有疑虑，一想到宋郎生极有可能误解了我负气离去，便顾不上多问，只管径直而去，欲要追上驸马。

可煦方却一把将我握住，我想我大抵是知道他这样做的理由，心下一软，“煦方，我以为，你会支持我去追求我想要的。”

他漆黑的眼珠波光流转，“是你说的，对一个人好，不是任由她的心意纵容她的想法。”

我愕然道：“所以让原本相爱的人因误会而分开，就是你对人好的方式吗？”

“可是他、他对你并非出自真心！”

我恼道：“你不过是一个记忆全无的外人，凭什么这样说？”

“他其实——”煦方欲言又止，“总之，他不行，你不能和他在一起……现在，现在也必须待在我身边，不能去追他，否则，否则……”

我看他前言不搭后语思绪甚乱，“我虽不知你是何居心，可你毕竟救过我，我不怪你，我们……就此别过吧。”

“方才！”煦方抬高了他的声音，“你说你遇到了一个险些令你动摇的人，是……我吗？”

我的心动了一动，直直地看着他。

说这番话，本意只是想让驸马心生醋意，未料竟让煦方听了去。

这下我却不知当从何说起。

漆黑的天幕孤月皎皎，他垂下眼，问：“那日，如果我早他一步救下你，那么你，是不是就会为我动摇了？”

不知为何，他这样的神色落在眼里，便如吞了金般心中沉甸甸的。

诚然类似的问题，他在村里时似乎就不止问过我一次。

只可惜，答案，从未变过。

“这是最后一次回答。”我用劲挣开煦方的手，“这个世上，没有如果。”

煦方的声音空荡荡地回响在呼啸的夜风之中，“是吗？”

记忆再度模糊起来，但凡多想一点，头疼欲裂便加重一分，我双手扶着窗棂，闭着眼试图多抓住一幕幕之后发生的碎片——

晦暗的光线里……我仿佛被囚禁在一间昏暗的屋中，双手被缚，有人步步逼近，捏起我的下巴将一颗药丸喂入口中……可那人是谁？为何无论如何都想不起那人的样貌？

再之后呢？独自……在山道里逃命般地奔跑，一群蒙面杀手穷追不舍，将我逼入断崖绝处，我步步倒退，纵身一跃——

高空失重的坠感是最后的记忆。

再后来就是铺天盖地的灰暗，无论如何都想不起来更多了。

我闭上眼，咀嚼着这两年来所发生的一切，有件事一直觉得不对劲，却始终想不起是哪儿不对。

我是在两年前驸马寿诞那日失的踪，驸马寿诞正值一月蜡梅之季，当时有人亲眼所见我自灵山之上坠崖，可崖下的尸体却不是我。

而后我因身中忘魂散，最初的印象便是作为和风在陈家村被煦方捡到。

那是三月桃花旺季，距离跳崖时整好两个月。

陈家村距京城的路途，若是快马加鞭抄最近的水路，恰恰也是两个月。

但若是按照之前的预想，我失去记忆后流浪至陈家村，所花费的时日一定远远多于两个月。

那么，仅剩下最后一种可能。

有人在我失忆后，日夜兼程把我带离了京城，并在陈家村隐姓埋名。

而这个人，只有他。

煦方。

心脏的钝痛传遍四肢，我足下一软，一时瘫坐在地，如坠深渊。

阿左眼明手快将我扶起：“殿下可是有哪儿不适？属下即刻传周太医前来……”

我抬手制止，“不必了……”

“殿下！”阿右显然是着急了，“今夜之行不如就此取消……”

我心中悲戚，却是一笑，“他们苦心孤诣，下了这么一盘好棋，本宫又岂能不奉陪到底。”

阿右不明所以，“他……们？”

是的，他们。

第十八章 夜探万坟岗

青山蜿蜒，峰峦嶙峋，这寂林山野若非乱坟堆簇，本也当是密林苍翠的一处奇景。

此处坟墓多是大小无异的土丘，碑上无名，想来不是穷途末路无处安葬之人，便是早年战乱瘟疫病死的无主孤魂。

深夜时分，在这荒山之中听山风凄厉呼啸，饶是前有武娉婷挑灯领路，后有阿左阿右贴身保护，依旧觉得阴森可怖，不寒而栗。

万坟岗地势险峭，好在我临出门前极具先见之明地换上一身男装。武娉婷方才一见我这儒生赏月的扮相就忍不住问：“何以公主还要带把扇子？”

我唰地摊开金边折扇紧张道：“想到马上要见到传说中的风离，两手空空，总归是不妥。”

武娉婷：“……”

山风一阵紧似一阵，愈往上行野草生得愈高，几乎要令人产生迷幻的错觉。

我爬得有些疲累，苦苦叹说：“听闻前朝端王早年亦是名雅士，怎的就能想到把秘地放在这种地方？”

武娉婷道：“我爹说过，万坟岗曾用于埋葬前朝兵乱的死士，或与那端王颇有渊源。”

我微微一怔，一手撑着腰喘了喘，四顾道：“可这万坟岗如此延绵不绝，你爹临终前同你说的究竟是在哪处坟中？”

武娉婷顿了一顿，终于轻声道：“西南方向，白桦树下，青石碑旁，古冢之中。”

言罢，径自朝前，阿左阿右同时望了我一眼，我低声道：“跟上吧。”

乌云遮月，草木萧萧，这空旷的乱坟野岭上，偶有青幽鬼火浮于空中。

我心中微微一叹。

即便世间真有鬼魂，葬身于此，谁又会去听谁的哭诉，谁也不会因谁而悲伤。

大抵又行了一炷香时间，阿左指着不远处的高树问：“可是那儿？”

武娉婷快步上前，提高灯笼照了照道：“便是此处了！”

又是无字碑。

除了那土丘堆得稍稍高些，与其他坟墓看上去并无太大分别。

武娉婷伸手扒了扒那个土丘，泥土稀稀疏疏落地，不一会儿，竟见那土丘露出块白石来。

阿左阿右见状亦上前帮忙，很快，一座小小的衣冠冢近在眼前。

我握着扇子歪头绕了一圈，但见那冢门悄然藏在墓碑之后，却只有半人高度，常人甚难察觉。

“偌大青麟山千万坟冢，无怪那风离处心积虑无处可觅。”我笑笑，“亏得武姑娘洞察入微，否则这大半夜的寻起来委实不易啊。”

武娉婷淡淡瞥了阿左阿右这两人阵容，“殿下莫不是只打算让这两个护卫来对付风离吧？”

“武姑娘你想太多了。”

我朝阿左阿右稍稍示意，他们抬指呼哨，四面八方登时亮起一簇簇火光，三十八影卫齐齐现身，并动手将手中火把系在长棍之上，又将长棍嵌入土中，不到一会儿工夫，这一小片墓林火光大盛。

武娉婷不解：“这是做什么？”

我浅浅笑道：“制造我们人多势众的假象啊。”

武娉婷蹙起秀眉，“如此一来，风离顷刻便要发现我们的行踪将我们一网打尽。”

“他不会的。”

“何以见得？”

我想了想，觉得没时间和她解释太多，便道：“因为就在我们上山不久，青麟山一整圈已被都指挥使司千军所包围。”

阿右诧然看了我一眼，却未有多问。

武娉婷看着那衣冠冢的矮门，试图推了推，不见反应，“这门是封死了吗？”

我寻了块平坦的岩石坐下，招手使唤阿左道：“把这墓碑给本宫拆了。”

阿左啊了一声，“拆、拆坟？”

我笑眯眯道：“不要让本宫重复第二次。”

阿左照做了。

他用他那柄家传宝剑挖了好半天，等到使力搬动墓碑时，却半分都动不了。

阿右上前帮忙，墓碑依旧纹丝不动。

他俩朝我投来求助的眼神。

我叹了口气，沉吟道：“教你们一件事，通常当你想要移动一件明显能够移动却移动不了的东西时，说明那东西另有玄机，多半就是开启机关的关键之物。”

阿左阿右恍然大悟，齐力尝试左右转动那墓碑，果不其然，石碑旋转一寸冢门就移出一分，待墓碑转了一圈，冢门全然开启，开出一个洞口。

阿左探头望了望，道：“里头是暗道，石阶朝下，此处望不见底。”

我拍了拍屁股上的灰，站起身来朝着武娉婷笑了笑，“烦请武姑娘带路，我跟着你。”

武娉婷稍稍犹豫一下，利落地自靴中拔出匕首，拎着灯笼，弯腰入洞。

我又转向阿右道：“你跟在我身后保护我，阿左守门，门不要关上，其他所有人，隐身待命。”

话音方落，那三十八影卫便如变戏法般嗖嗖不见人影，这漫山望去，仿佛当真只剩我们三人。

我一只脚踏入秘道，阿右拉住我道：“只怕属下一人无法保护公主周全，不如多派些人随同……”

我淡淡瞥了她一眼：“风离若进了这秘道，影卫们再现身紧随而入，从后方袭击总是容易得多；他若不进，我们这伙人反倒一窝蜂进去，那么他自外头关上这石门，饿上个三五七日或是以烟雾熏之，那时我们才真是插翅难飞遁地难逃了。”

阿右稍一思忖颔首道：“属下明白了。”她见阿左正待张口，截住了他的话头道，“阿左，你的守门任务事关重大，不容有失。”

阿左叹了叹气，不甘愿地点了点头。

秘道初入狭小，行动不便，走出几步，石壁渐拓，出乎意料地宽敞起来。

我持着火把左顾右盼，每跨出一步，便能见空气中尘土上扬，弥漫着尘封多年的气味。

阿右紧紧跟在我身后，大抵是秘道连绵不绝愈往愈下，她颇有不安道：“也不知那端王挖了这样的秘道作何用途？竟能让风离如此处心积虑地企图寻找。”

我漫不经心地道：“秘道这种地方，多半藏的不是武功秘籍啦就是金银珠宝啦，那风离就是反朝廷之流，不过看他行事亲力亲为连下属都请不起应该比较缺钱，没钱寸步难行，何况是要干一番大事……”

武娉婷突然插话道：“风离或许只是信不过他人，若当真是为图万千财帛，难保其他人不会起了私吞之心。”

我点了点头，“可见风离对武姑娘还是较为信任的。”

武娉婷疑惑地回头看我，“此话何意？”

我耸了耸肩笑道：“我若是武姑娘，单凭一己之力无法报仇雪恨，既得知这秘道对风离极为重要，那必会画个小地图四处张贴，让全京城大大小小的士农官商都知道这儿藏着前朝宝藏，这样一来哪怕风离盖世通天也无计可施，可不是要被活活气死？”

武娉婷怔了怔，似乎万万没想到这也能算是报仇的方式之一，“如此一来，不就愧对君锦之对家父的信任了吗？”

我道：“所以说，风离对武姑娘的人品很是信任啊。”话说到这里，转了一个弯，阿右忽然“啊”了一声，抬手指了指秘道的尽头，出现了一堵高墙。

这面墙目测约莫有两丈高，由一块块方正形状的青石桩垒成。

除此以外，连着石墙的其余四面石壁俱是历经岁月的天然岩石，再无其他出路可寻。

阿右不可思议道：“就……就这样？”

我哎了一声，“端王该不会只是挖了个坑想嘱咐儿子把自己埋在此处吧？”

武娉婷凑近看了看，忽道：“墙上有字。”

我闻言亦走近几步，但见那面石墙上果然刻了字，武娉婷所指的字，是个“王”字。

我稍稍退了一步，高举火把，将这面墙瞬间照亮，只见每一块青石桩上都刻有一字，随处望去一列便是“曹、徐、屈、冯、何、孙、高、丁……”。

阿右莫名，“这些是什么？”

武娉婷默不作声地看了一圈，沉吟道：“百家姓。”

阿右认真看了看，喃喃道：“姓氏是姓氏，可这刻字的排序似乎并不遵循……”

“所以说，”我上上下下左左右右将石墙上的字览了览，“是打乱顺序的百家姓。”

阿右微微颔首，复又警惕看了会儿来时的通道，确认并无来者，方问：“不知那端王筑了这样一堵墙是何用意？”

我正欲开口，却见武娉婷蹙起眉，仿似好奇地覆上她手边的青石桩，我心下一吊，“别——”

未及出声制止，那块石桩已被推动，我警惕地低下头，所幸石地板上并无动静，刚想松一口气，只听“嗖”的一声，一支箭将我手中火把射落在地，旋即哗啦啦几拨弩箭自两侧岩石缝隙中射出，势如疾风，直击要害！

阿右当机立断自腰间拔出剑拦在我身前，一时间只听刃铁交鸣之声铿锵不断，我瞧见那些箭多射往头部及胸口处，索性蹲下身来，这才转头望向另一边的武娉婷，但见她单手负背，右手持匕首变幻姿势将乱箭挑开，衣袂如风，潇洒自如。

直待再无暗器射出，秘道内恢复了寂静，阿右赶忙回过头，“公主可有伤着？”

“无妨。”我慢吞吞地站起身来，望着地上散得七零八落的箭头，“这机关嵌在自然风化的石缝里，当真是浑然天成。”

武娉婷脸上惊魂未定的神情还未退尽，“我、我未料此处会设有暗器，险些祸及殿下，实是……”

“早料得此处机关重重了。”我弯下腰捡起火把，好在火苗未熄，“看来想要开启石门，便得按正确的次序按压石桩。”

阿右奇道：“次序？”

“武姑娘方才动的那块青石桩便是‘赵’字，可暗器依旧袭击我们，足见这百家姓的次序并不是我们熟知的‘赵钱孙李周吴郑王’，”我叹了叹气，“昔日听闻前朝有个很无聊的皇帝一时兴起命人重编百家姓和三字经，没过几天缓过劲来意识到自己行为的荒唐便及时收手了，故而修版并未流传出去，没准那端王就是看中这点才设下此等机关，唯有前朝皇室后裔方有可能开启这扇巨门。”

武娉婷皱起眉头，“公主可知晓那前朝的背法？”

我像看白痴一样看了她一眼，道：“本宫乃当朝皇族，并非前朝后裔。”

她道：“既如此，当如何开启此门？”

我歪着头瞧她，“为何要打开它？”

武娉婷眨了眨她那双秋水秀目，讶然道：“进到这儿，难道不试试就要放弃了吗？”

我挑了挑眉，反问道：“我们此行的目的难道不是为引风离上钩将他擒获吗？”

武娉婷微愣了一下，只道：“风离此人阴险狡诈，民女只是担心若不真正进入秘地，他未必肯现身。”

我笑了笑，“武姑娘说笑了，风离又没进过这儿，岂会得知秘道内还有机关石门？他既一无所知，见我们进了衣冠冢，自会急不可待地想法子潜进来……倘若他真因我们未开石门而不现身，那也只有一种可能……”

我不疾不徐地道：“他一早便知道这秘道下有石门了，此时此刻，正等着我们将门打开，然后，他再现身长驱直入……”

武娉婷的眉头拧得更加深了，“我从未将此秘地透露给任何人，他又岂会知晓？”

我不置可否地点了点头，她又道：“只不过今日我们算是泄露了秘地之处，若风离当真不现身，我们无功而返，来日他再回头来探，岂非对公主大大不利？”

“不会有来日了。”我缓缓道，“若今日无功而返，本宫便会命人将这座山轰为灰烬。”

武娉婷变了变脸色，“这、这如何使得？”

我凝视着她，理所当然道：“所有可能成为本朝隐患之物，没有比铲除更万全的法子了。”

武娉婷跨出一步，拂袖道：“这、这是诱出风离的最后一条路了，若公主让秘地消失于世上，我、我又当上哪儿寻到他替我父兄报仇雪恨？！”

我静静地看着她，看着她眼中一闪而逝的异常，半晌，终道：“罢了。”

我将手中火把递给阿右，顺手抽出腰间的金边折扇，摊开，扇面上的题字为：“唯知万古无同局，黑白轮流日月新。”我将扇子伸到武娉婷跟前，微微一笑道：“此杭扇的工笔全景乃是前朝名画师顾兮之所绘，坊间求而不得。”

火光映得武娉婷俏脸忽明忽暗，“公主这是何意？”

“这柄折扇乃是我为风离准备的见面礼，”我停顿了一下，将折扇收拢放入她的手心，笑吟吟道，“一点薄礼，还劳烦武姑娘替我转交。”

武娉婷站在原地呆了呆，一头雾水地看着我，“公主在说什么？莫不是怀疑我是那贼人的同伙……”

“自然不是同伙，”我打断她，“本宫的意思是，从一开始，你就是风离引我们而来的一道路引。”

“路引？”武娉婷仿似听到了天底下最荒谬之事，“民女终日在邀月楼弹琴作曲，分明是公主寻上门来执意要见我，逼问我当年镖局灭门之案的真相，要我带殿下来到此地引来风离……”

我宛然对上她的眼睛，“不知姑娘可还记得，你所坦白的第一个真相，是什么？”

武娉婷一怔。

我回忆道：“你说，‘我爹、我大哥与我的同门师兄弟皆是被他所杀’，是也不是？”

武娉婷道：“不错，镖局满门确为风离所屠，公主对此有何怀疑？”

我淡淡勾了勾唇，却不答她，“接着你又说，风离接近你，利用你爹同君锦之的关系，是为了套出君锦之身上藏着的惊天秘地，也就是此刻我们所站着的地方，是也不是？”

“公主何必明知故问？”

“后来，就在你爹放走君锦之后，风离忽然出现派兵追击，待你爹回京后，风离为了逼问你爹秘地所在，当着你的面杀光了镖局所有人，是也不是？”

武娉婷冷笑一声道：“难不成公主还怀疑是我联合风离杀害我的家人？”

我意味深长地道：“武姑娘自然不会做这种丧尽天良之事。只不过在听你陈述之时，有些疑问，我无论如何都想不通……比如，风离……怎么会那么蠢呢？”

武娉婷一怔。

我边踱步边道：“第一个疑点，依照武姑娘你的说法，你爹是在追击君锦之的途中才无意中发现这良朋故友的，他放走君锦之确实在情理之中，但风离凭什么认定，君锦之会将这至关重要的秘地之所告之你爹呢？”我顿了顿，“可事实上，风离确确实实费了一番周章去接近你爹，这其中关节仔细一想不难猜出一个门道——”

武娉婷问：“什么门道？”

我道：“你爹极有可能从一开始就是君锦之谋逆的同伙，只是他隐藏得太深，几乎没人发现端倪，而风离却发现了，所以他故意让你爹去追捕君锦之——想到这里，我却又有第二个疑点想不通了……其实待君锦之逃脱之后，风离大可名正言顺地治你们镖局的罪，可最后为何要亲自动这个手呢？”

武娉婷冷冷道：“若就此治我爹的罪，他又如何能得知秘地之所？”

我诧异地看了她一眼，“武姑娘这话说的，便是承认你爹是君锦之的同谋了？”

武娉婷脸色一白，抿了抿唇。我微微一笑道：“就算你所言不虚，可若我是风离，既知晓你爹与君锦之的关系，更应站在你爹这方慢慢周旋，才能更好地问出秘地不是吗？用胁迫的手段去逼问一个重情重义的江湖人，呵，这么愚蠢的强盗行径，又岂会出自风离之手呢？”

见武娉婷意图张口，我又抬了抬手说：“还有，你说你爹为了保住你的性命在临死前将秘密附耳说给你听，哎，那便更奇怪了。既然他老人家自个儿知道秘地，何不虚与委蛇，随便先说个假的骗骗风离？全京城可不止这一座山有乱葬岗啊。即便风离日后识穿，能多活一时总多一分希望，何必要用整个镖局的性命这么惨烈的方式来守住秘密呢？”

武娉婷听我说完，反倒不急着辩解了，“要是按着这番说法，公主在邀月楼初见时就认定我所言有虚，当时为何不说，今夜又何必约我来此？”

我轻轻笑了笑，依旧不回答她的问题，只道：“你知不知今日，我命我的影卫阿右，噢，也就是你眼前这位去了一个地方，是哪儿？”

武娉婷抿了抿唇，瞥了一眼面无表情的阿右。

我提醒道：“是块坟地，当然不是我们这儿。那块坟里躺着好几口人，有尚威镖局总镖头啦，师爷啦，镖头之子啦……哎，你说奇怪不奇怪，早些年他们都是有人祭拜的，那旧香炉还健在呢，今日明明是他们的忌日，可坟头前杂草丛生，哎，阿右你说，那杂草的长势有多久没人清理了？”

阿右：“约莫一年。”

我挑了挑眉毛朝武娉婷道：“我想你应该不会告诉我，为了报仇，你把祭拜父母兄弟这事儿都给忘了吧？”

她闻此已是变了脸色，我敛下笑容，不带情绪地道：“真正的武娉婷已经死了，而你，是假的，是风离的人。”

她冷冷地看着我，如同看着一个疯子：“我若是风离的人，又为何要杜撰一个风离灭门镖局的故事给你听？”

我斜眼道：“谁说那是杜撰的？尚威镖局被风离灭门，这一点，我并未有怀疑。”

她冷然道：“那公主倒不如说说看，你以为的当年真相又是如何？”

我耸了耸肩，“起初，我只是不解，若风离当真当着武姑娘的面弑了她满门，她满怀怨恨，又如何会年年以对曲为由寻找仇人？对一个痴情女子来说，这番行为不像是寻仇，倒更似怀着浓浓的爱慕之意，在等待自己的心上人。”

“武娉婷”轻蔑地一笑，“就这样？”

我摇了摇头，认真地道：“镖局十几口人死于风离的阴谋之下或许没错，但未见得是当着武姑娘的面一一杀害。再者，她若当真知道秘地之处，不可能这么多年都没动过查探究竟的念头。去看，倒有可能见到风离，不去，根本杳无音信。”我又踱了一圈，“所以她从一开始，就对所谓的秘地之所浑然不知，知道秘地的人，只有她爹。风离是个聪明人，自然会用聪明人的法子接近她爹，最终得到她爹的信任，探出了秘地所在。”

眼前这个“武娉婷”眼帘微闭，声音压得极低：“他既已问出想问，又何故要杀镖局满门？”

“为了独吞这个秘密，为免老镖头找到君锦之之子，风离必会将其杀害。至于为何灭门……多半是他杀武老镖头时被其他人给发现了，引来了整个镖局的人，虽然闹出大动静对自己未必有利，那也没办法，只能杀人灭口。”我叹了口气，“我想武娉婷当时应当不在家，所以她并不知杀害她全家的真凶是谁，相反，风离回头来应当还会以一个守护者的身份出现，照顾她，安慰她，如此，才不会惹人怀疑。”

眼前的“武娉婷”已然连假笑都笑不出了，“公主说得如此详尽，倒像是亲眼所见一般。”

我颇为歉然地挠了挠头，“本宫的联想力素来丰富了些，这位……不知道怎么称呼的，切莫见怪。”

“武娉婷”果然没有见怪，她至此已不再伪装，甚至流露冷冽的神色，“公主说了这么许多，听起来似乎头头是道，但公主莫要忘了，亲自来邀月楼对曲，想要见我一面之人，正是公主您，我若当真是风离有预谋安插之人，又岂会未卜先知公主会来，还编了一番谎言相欺？”

“这世上当然没有人能够未卜先知。”说到此处我忍不住懊恼地叹了叹气，“这一切，都不过是风离所布下的局罢了。”

“武娉婷”就这般施施然站着，似乎很有兴趣听听我的说法。

这委实是一个很大的局，大到直待我幡然醒悟，早已深陷其中。

“第一步，他先让一个失踪多年的采蜜忽然现身于公主府，与此同时又让我发现一封至关重要的信笺，如此一来，我自会为了调查当年的真相而命人跟踪采蜜的一举一动，也自然会因为采蜜上街买药刻意避开弦歌街而查到邀月楼，查到你。

“风离知我不好糊弄，兜了这么一大圈子，就是为了引出你这么一个人，他让你半真半假地和我说了一堆话，也知道我未必会尽信，但为了引他出来必会涉险同你前来这秘地，这便是第二步了。”

“武娉婷”阴森森地翘了翘唇，“那么，他为何要引你前来？”

“开始我也想不通，直到方才我进来了，忽然一下子就明白了。”

“因为这。”我回过身，指了指那堵刻满姓氏的墙，“我想，当年的风离在探听到秘地之所后，应当第一时间就来到了万坟岗进入了秘道，然而，却在这一关处，停住了。

“他进不去。

“而他知道，能开启机关的人，是君锦之之子。可君锦之之子怎么会听他摆布呢？

“那么，仅剩下最后一个人，君锦之之子的妻子，也就是——本公主了。”

火光微微跳动着，照不亮这被笼罩的黑暗。

我莫名想起一句话——万事皆有因果。

七年前，宋郎生还只是我的大哥哥，曾在考我《三字经》与《百家姓》时，自个儿倒说错了词。

我还笑话他，连《百家姓》也不会背，还想考状元呢。

大哥哥郁闷地说，都是他爹不好，小时候教了他一个错误的版本，这么多年都没能掰回习惯来。

那时我还小，对大哥哥充满了新奇，便让他诵了一遍同我听。

谁曾想当年少年少女的嬉戏玩闹，会成为多年后一个秘地机关的钥匙呢？

“武娉婷”没有因为我的这句话而讶异，她沉静地看着我，火光将她拉出一个犹如鬼魅般的倒影，“你知道？”

“是，我知道，”我没有否认，“而且，风离应当是笃定我知道，才不惜步步为营，让我走到这儿来。”

总会和采蜜透露心事的小襄仪，又岂会不把大哥哥背错《百家姓》这趣事说道说道呢？采蜜是风离的人，风离知晓后，才会把算盘打在我的身上。

我木然地望着那一面冰冷的石墙，“我想风离千算万算只算错了一件事，那就是我由始至终，都对前朝的秘密不感兴趣，所以不会打开这扇石门。”我深深吸了一口气，视线移回到“武娉婷”身上，“你说，他若得知我打算将这里夷为平地，会否就愿意自动现身了呢？”

“他若得知，”但听她低声而笑，“今夜，应当便不会再让公主活着离开这秘道了吧。”

话音未落，阿右蓦然将剑举到她的颈边，可她却未有躲避，面上也未有一丝杀气，只是握着折扇晃了晃说，“杀了我，风离可就收不到公主的礼物了。”

“唉。”我今夜说了太多的话，颇感疲惫，“本公主比较喜欢那种在摊牌的时候说一点点就能互相坦诚阴谋的敌人呢，怎么就老装糊涂呢？今晚出发时我就说了，要见风离，两手空空很是不好，那可是见面礼呢。何谓见面礼？监国公主一言九鼎，若是没有见到面，又岂会送出这份礼呢？”

我扬起唇，“你说是不是这个理呢？武姑娘……不，或许当唤一声……风离公子？”

空气中凝了一瞬。

继而是轻轻的笑声响在空荡的地道里，笑声其实并不可怖，客观来说，还是个很好听的声音，只不过，是男人的声音。

“既是襄仪公主的大礼，在下便笑纳了！”

火光所投映的黑影，慢慢在石墙上拉长，诡异得仿似妖魔鬼魅。

像是整个人都被撑起般，原本女子姣好的面孔渐渐破裂开来。

我以为只是易容术罢了，若非亲眼所见，怎么敢相信一个女子身形的人能够在顷刻间变得挺拔起来？

眼前这张男人的脸，透着棱角分明的冷峻，他缓缓勾起嘴角，“头一回见缩骨功？”

我颇有些心惊肉跳。

昔日听宋郎生提过，少林寺有种武功，能随心所欲地收缩筋肉，将骨骼重叠收拢，全身收放自如，未曾想，风离竟能练成如此神功。

我不动声色地拢了拢袖，“果然令人大开眼界，佩服佩服。”

“令在下佩服的当属公主才是，”风离客气地笑了笑，“好一个将计就计，不知是如何猜到我就是风离的呢？”

我沉吟了一下，道：“从你推动那块‘赵’字桩开始，我就起了疑心。这石墙任谁看来都是机关重重，未有商议便轻易触碰，只能说明你对避开机关十分有把握。因此当箭射出，见你避得比我的影卫还要轻松时，我便想，你定然已是来过此处了。你既然来过，又故意推动‘赵’字桩，便是想让我明白开启这石墙并非按照百家姓的顺序，欲诱我想起另一种背法。如此谋算人心，与我所知的风离，恰恰不谋而合。”

他微微颔首，“那不能说明我便是风离本人啊。”

我道：“我们初进这秘道时，尘埃弥漫，脚下积土极厚，说明，在当年风离开启石墙失败后，这么多年，都没有人再度来过此处。”

“那又如何？”

我道：“这衣冠冢之下有秘道亦有机关，任谁看了都难免猜测里头是否藏着奇珍异宝。人呢，是一种很奇怪的动物，尤其对于一个朝夕就能改变命运的诱惑，世人又有几个抵挡得住？如果未曾来过倒也罢，若是来了，却又无功而返，总会有哪天还会想再来一窥究竟或是碰碰运气，这才是人性。”

风离露出深以为然的神情。

“风离公子应当比我更洞悉人性，越是洞悉就越多疑，对一个多疑的人来说，在挖掘秘密时就更难信任身边之人，所以我想，当年你应当是孤身前来，唔，即便带了帮手，出了秘道也定要灭口才会安心。”

风离不置可否地一笑，“看来公主殿下是笃定了在下今夜必会现身于此。”

我耸了耸肩，还以一笑，“我也只不过是胡乱猜测罢了，猜错了，并没有什么损失啊。”

听到这儿，风离脸上保持的笑意逐渐敛去，道：“此时此刻公主若是不戳破，在下并非会萌生加害之意，只可惜……”他的“惜”字方落，身形乍然一晃，只听“叮”的一声脆响，那原还架在他颈边的长剑竟让他弹指震开，剑身落地的那一刻，人影幻化如华，不待我侧退一步，掌刀便袭掠至我跟前，势如水火，不容置疑！

饶是我早已做好了准备，也从未见过如此诡谲无双的功夫！

电光石火的瞬间，那近在咫尺之掌却恰好停在了眼前。

有人握住了风离的手，仅仅一握，生生拦下了这滔天煞气。

能够在须臾间挡下一个武林高手的杀招，本公主自然万万没有这番本事。

那么，只可能是在这石洞中的第三人——阿右了。

风离转头看向阿右，他张了张口，只“呵”了一声，五指刹那一弯，转为凌厉掌招，以招招夺命之势劈向阿右，而阿右脸色未变，既不闪退亦未攻击，她看得清楚，不过是眨眼的工夫，两人就过了数百招！

不论风离是想声东击西，抑或是真的向阿右发起攻势，阿右皆一招一式挡了下来。

她或许挡得并不轻松，却犹如铜墙铁壁般横在中间，让风离无法再更逼近我一步！

他二人越斗越快，但听“砰”的一声对掌，二人各倒退一步，方才收势停手。

风离眸光微动，“一个小小的影卫，功夫竟——”

我不自觉叹了口气，“要是身边不留一两个高手，本公主又岂会轻易约见风公子呢？”

半年前，我在明鉴司与主事陶渊索要影卫时，陶渊便道：“既是公主开的金口，在下本不敢懈怠，然明鉴司影卫虽多，可若有人如今日在画舫般雇起江湖一流高手群起而攻之，未见得能护公主周全。除非是……”

“除非？”

“除非是本司副主事纪南悠，她的武功造诣可谓上乘，这十多年来护卫圣上从未出过半分差池……只不过，她是圣上钦定的下任主事，如今此等时节若让她亲自保护公主，不知她会否……”

彼时我正想表达“不必如此大费周章”，却听到身后一个女子道：“我来。”

回过头，那女子灰衣素素，佩刀在身，“我来保护公主。”

后来，她在随我离开明鉴司时，我道：“本宫的影卫越是强大，敌手就越会防范戒备；出了这扇门，守在本宫身边，你就不能再当自己是明鉴司副主事了，与阿左并无差别，明白吗？”

她轻声一笑，“阿右明白。”

此时此刻，风离仅距我们不过三步之遥，他阴恻恻地站在对面，目光自我脸上掠过，“公主以为觅得高手相助，便能胜过我吗？”

我稍稍一怔，但见他唇角微勾，揽袖如疾风，俨然又要发起一轮攻势的架势。

只可惜，身未动却已止，他甚至没能迈出一步，就瘫了足半跪在地，待他幡然醒悟，猛地抬头，用近乎惊悚的眼神望着我：“你——竟下了毒？”

我慢慢道：“如风公子所言，我不至于天真到用一个影卫出奇制胜……”

风离单手撑墙，试图站起身来，“何时？”

“今日在湖心亭饮茶时……”

“那茶我一口未饮……”

“今早暖炉里所焚之香，”我平平道，“掺了毒。”

风离呆了一呆，“你也在场。”

“不错，所以我也身中此毒。”我摊手，“可我没有武功，这种不经意间让人内力消散的毒药对我来说并没有什么太大影响啊……”

风离闻言突然一笑，“到底是襄仪公主，从一开始，你就未曾信任过任何人……”

我忍不住白眼一翻，“只有蠢材才会无缘无故凭感觉去信任一个人。”

“那么宋郎生呢？”风离直直地望向我，“公主就从未起过疑心吗？他的身世他当真……从不知晓？”

但这一问让我猛然一沉。

也仅仅是这一个失神，但听阿右忽然喝道：“当心！”只见一柄折扇直勾勾袭来，阿右迅速将我往旁一推，扇柄自我发间嗖地穿过，钉在了石墙之上。

待我晃过神再度回头，风离已近在跟前，他右手执刀劈向阿右，趁着阿右避过短刀的那一瞬间，左袖中滑出一件物什对准我，是一个菱形锦盒，那锦盒我认得，当日在国子监内也有人对我使用过这样的匣子，里头所装的自然不是什么奇珍异宝，而是——暗器。

淬有剧毒的暴雨梨花针！

我心念转了无数种可能，却没有一种可能得以逃脱此时困境。

正当我寻思今夜是否当真要命丧于此之际，伴着一声响，我瞧见一截雪亮的剑尖自风离左心口伸了出来。

一切都像是静止了一般。

锦盒与短刀从他的手中应声落在了地上。

风离有些迷茫而缓慢地低下头，想要去触碰那胸口前突然冒出的剑尖，然而指尖还未碰到，整个人就栽倒了下去。

然后，我看到了刺出这一剑之人——我的另一个影卫，阿左。

鲜血染红了整块地，风离双眼圆睁，良久良久，再也没有眨过，再也没有动弹过。

风离死了。

这个我视若大敌之人，前一刻还在谈笑风生，顷刻间就死在一柄无名剑下。

我甚至有些难以置信。

真的……死了吗？

阿左将剑抽回入鞘，想要跪下，又见地上满是鲜血，改作躬身道：“属下救驾来迟，公主受惊了。”

阿右问道：“你怎么来了？洞口可有人守？”

阿左道：“我见许久未有动静，又仿佛听见下面有打斗之声，放不下心就下来了，不过请公主放心，洞口我已让阿上阿下来守，若有状况，他们其中一人会下来通知我们。”

我依旧有些惊魂未定，想了想，问：“阿上阿下？”

阿左：“对啊，也是明鉴司的影卫呢。”

“……好名字。”我自顾自地把方才风离钉上墙的折扇拔下来，颇为后悔没事送什么铁骨扇，险些成了贼人的凶器，这心有余悸之下忍不住道：“这风离佯装中毒只为刺杀，现下应不会还是诈死吧？”

阿右俯下身仔仔细细检查了一遍风离的尸身，蹙了蹙眉，忽地执起刀多捅风离几个窟窿，直到确定他是死的，断无生还可能，才道：“嗯，不是诈死。”

我：“……”

阿左弯下腰捡起地上的木匣，仔细端详了一番道：“这……不是那时在国子监我所中之暗器暴雨梨花针？后来公主不是还让我查探这暗器的来路吗？”

我将木匣接过瞅了瞅，点了点头。

当时施以暗器的是苏樵，用计的是陆陵君。

尽管陆陵君事后坦诚那毒针已叫他换过，可当我问这暗器从何而来时，他只道是康王所给，其余一无所知，再后来康王党树倒猢狲散，我也就忘了这一桩。

何以今日风离也使用了同样的暗器？

莫非……当日康王谋逆一案起，风离就参与其中了？

那么，他扮演的又是何种角色？

今夜他诱我来此，要我开启这扇石门，之后呢？他本想做些什么？

还有，他临死前说的最后一句话，究竟是什么意思？

我越想越乱，心口又止不住隐隐作痛，阿右扶着我道：“风离既已除，此地不宜久留，当先回府再说，阿左……”

阿左颔首，打算开路，我抬了抬手道：“且慢。”

我回转过身，重新看了那堵石墙一眼。

那堵石墙之后藏有惊天的大秘密。

今夜这一番动作既已暴露位置，极有可能招来更多虎视眈眈之人，我那句话并非诓骗风离，的确没有比一炮摧毁更安全的处理方法了。

可是……将秘密摧毁，危机便不复存在了吗？

阿左顺着我的目光望着那面石墙，问说：“这上头的机关奇怪至极，倒不知要从何开启……或让属下去拿几个炸药包将门炸开，岂不简单？”

阿右狠狠瞪了他一眼，“这石墙又高又厚还紧贴着石壁，若能炸开，整个地洞皆会塌毁，什么馊主意……”

我一声没吭地看着，用扇子指了指石墙右上角，打断他们的拌嘴，“第一个字——周。”

阿左阿右倏然回头，愕然道：“公主？”

“这扇石门之后不论藏着什么，不打开来瞧一瞧，只怕今后要惦记得发慌。”我心中兜转了千弯百绕，“你们还愣着做什么？第二个字——陈！”

阿左阿右对视了一眼，饶是心里有百思不得解，终是训练有素的影卫，待我长扇一指，旋即施展轻功跃壁而上，阿右先推动右上角的“周”字石桩，警惕地张望两处岩壁缝隙处，未见动静，同阿左颔了颔首，阿左方推动中心“陈”字桩。

“第三，‘沈’；第四，‘张’！”随着我一声声令下，两个影卫飞檐走壁，应声压桩入墙，而石洞内除此声外再无其他动静，足见得我的记忆并未出错，当年那错误版本的百家姓，算是随大哥哥一同被我铭刻于心了。

洞底森森，我思绪旷至十万八千里，未及留心自己喃喃念到哪个姓氏，只听轰然一声，整个石洞连着地颤得嗡嗡作响，阿左阿右拉着我倒跃数步，但见巍然矗立的石墙裂出一条缝来，缝隙愈裂愈大，霎时土崩石裂，尘烟狂涌，直待惊天动地的声响停下，一切重归寂静，归于黑暗之中。

当火把再度燃起时，眼前呈现之景象竟是——石墙尽毁，洞门大开。

阿右感慨道：“当真是鬼斧神工……”

阿左忍不住问：“公主，谁开路？”

我道：“谁问谁开路。”

阿左：“……”

我本以为这石墙之后藏着的会是金箱银箱堆成的千万宝藏，未曾料想，当我们真正走进，所见所望的，竟然真的是金箱银箱堆积的万千宝藏。

果然话本里所说的费尽千番终究是一场空，大彻大悟名利如云烟只是话本而已。

就着火光的映照，当一个个梨木箱被掀开之际，我的眼前一晃，只觉得这一眼望去，整个地洞几乎都要被这金光闪闪所笼罩。

阿左瞪目："都、都是金子和银子……"

阿右随手拿了两块翻过背面看，"每一块都刻有前朝官银图样。"

我蹲下身来掂了掂，同意道："确是官银无误，哎，这里边的财帛加起来，只怕连我朝国库也及不上呢。"

阿左奇道："那端王究竟何来天大的本事，攒了如此多的钱财藏在这地库之中。"

我微微一怔，只觉得这问题问得颇有些奇怪，却又想不出奇怪在哪儿，便道："如此财帛，他便是掠尽一生也未必掠得出，更别提这银子都是官银了……依本公主之见，这些倒也不见得是前朝端王的钱财，据闻前朝开国皇帝打天下时，曾建立过'桩库'，藏有各地收缴而来的金银财帛，此财帛有两用，一是救急救难，二是赎回被外族所攻占的燕地十州。后来传到第二代帝王时那燕地便被前朝大军给抢夺回来了，那'桩库'也自然没有派上用场，改为'内藏库'传了下去，唯有每任继位者方能动之。"

阿右惑然："前朝国库既如此丰盈，何以后来会如此轻易被推翻？"

我咳了咳，阿右这话的意思是，既然前朝皇帝老子那么有钱，为何会被我那穷鬼父皇给灭了？

"这种把地方盈余都搬入京师强干弱枝的做法，自然会导致地方的财政匮乏啦……"我一边走一边掀开箱子，"当年我军一个急行军，短短三日就兵临城下，你们可知缘由？一方面呢，是因河北地处华北平原腹地无天堑可阻，另一个原因就是地方财政枯竭毫无抵抗之力……总之，各地财政分布不均，京师独大，一旦一个突变，方才晓得贻害无穷，却是为时已晚了……不过嘛，如今看来，只怕又多了个理由……"

阿左问："是什么？"

"这'桩库'掌握在端王手中，可端王最终并没有当成皇帝啊，说明什么呢？"我敲了敲箱面，"这说明端王他爹当年应当是想把皇位传给端王的，所以端王才得知'桩库'的位置，并悄悄转移了很大一部分到这儿……可惜当年端王轻视了那个胞弟戎马征战多年手握重兵，一着不慎满盘皆输，最终端王只能将皇位拱手相让，为求自保离开京师躲至藩地……"我一叹，手中没有停止翻箱倒柜，"如此兄弟阋墙，何来力量抵御敌手呢？当年端王若是将这'桩库'尽献给皇帝，倒也不致沦为亡国之……”

话至于此我的手猛地顿住，阿左阿右见状亦停了下来，“公主，怎么了？”

我用劲将箱盖重重打开，待瞧清箱中所盛之物，不由得浑身一震。

是铠甲。

并且，不是普通的铠甲。

我道：“阿左，你用刀将这铠甲劈开。”

阿左依言照办，而他使劲挥去，盔甲竟只划开一个小小的口子。

阿左大惊，复又重劈了几次，每一次都只能割破那么一点点。

我就着那划开的口子往里看去，只见内衬环环相扣，犹如网锁，而外甲由鱼鳞细片编缀而成，中心嵌有薄棉，以铜钉固之。

要是民间野史记载不错，这应当是西域失传的鱼鳞锁子甲。

不仅能抵御弓箭射击，防寒，连对火器都有一定的防护之能。

当年几朝君主为觅得此甲的工艺，不知费了多少人力物力，军士若能着此铠甲，战斗力便可成倍增加。

如今，它竟出现在这地坟之中。

我命阿左阿右将剩余的箱子尽数开启，果不其然，除了铠甲以外，更有各种吹毛断发的神兵利器，甚至附有书籍载录具体的炼制方法，随便一本都是千金难买之物。

宋郎生他爹、我的公公身为前朝端王毕竟不是徒有虚名，也毕竟不是闲得发慌，他把这石墙后的天地修葺出浮雕壁画，垂幔委地的模样，说是一座地宫也不为过。

我忽然间想明白了一件事。

为何他临死前还心心念念地要将这地库秘地告之宋郎生。

君锦之从未放弃过他的帝王梦，即使是在他被赶到藩地时，在他的朝代被推翻时，甚至是他将死时——

他也要他的儿子继续把他的路走下去。

然而，即使拥有了这地库中所有的一切，没有最根本的一兵一卒，又谈何大业呢？

如果我是君锦之，不可能只留下这些就让我儿子造反啊，那分明与送死没有差别。

我心悸动不安，来回踱步，满心只有一个“如果我是君锦之我当如何”，偏生我晚生了二十年，对二十年前的前朝旧事知之甚少，又如何能够设身处地，千千万万个想法都堆不起半点有利的头绪来。

莫名地，脑海里响过一个声音：“那么宋郎生呢？公主就从未起过疑心吗？他的身世他当真……从不知晓？”

如果……

如果宋郎生当真知晓一切。

如果当真要秉承父亲遗愿。

如果……我是宋郎生。

那么我会选择的第一个入手点，必然是……当朝的监国公主。

这种想法乍然惊出我一身冷汗。

我忙不迭地摇了摇头。

不会的。

驸马若是有此想法，今日根本就轮不到风离和我进这衣冠冢中，风离欲让我们自乱阵脚，他的话，岂能轻信？

只不过……哪怕方才风离得逞进了这里，如此满载金银的箱库凭他一己之力亦难移之，况且他明知风吹草动都有我的人在外监视，何故还亲自涉险，白白送去性命……

我本试图再找出点什么线索来，却无意间瞥见墙角处的一幅工笔图。

一幅观音图，丹青妙笔，入目传神，却无落款。

然而最令人奇怪的是，那观音手中所持之物不似玉瓶，更像是……一卷卷轴。

莫非……

我用折扇将观音图挑开，却见那画后果真藏有暗格，格里另有玄机，恰恰是一卷竹轴，旁边摆有一个锦盒。

我踮起脚尖把卷轴同锦盒取下，盒子意外沉重，我不再犹疑，立即打开。

盒内安放着五枚玉质手件，均刻有一半鱼身的图样，纹路凹凸别致，相似却不相同。

而展开竹卷，卷上所刻写的，均是各种地名及人名。

地有乌苏里江流域，长白山辽东一带，巴音郭楞、博尔塔拉、海西、甘南四部，更有青海化隆、甘肃、云南等，人名虽认得不全，但单从姓氏看，一眼便认得是这数十年来各藩地或从属国之战将族落之姓。

那么，盒中之物，必是鱼符无疑。

前朝兵符，一地一符，一半由地方将领所持，一半则是天子掌握，两符合二为一之际，可率万军。

当年父皇抢占先机一举攻入京师得以改朝换代，之后有不少部落不肯完全就范交出兵权。其兵力虽不足掀起风浪亦不容小觑。父皇为稳大局，便使双方各退一步，立藩地设节度使。虽然后来父皇循序渐进，逐一收回部分军权，然则我朝四十多藩镇，子嗣承袭不受朝中管辖，由始至终都是父皇与太子弟弟的心头毒瘤，不除寝食难安。

而最大的那块毒瘤，此时此刻正沉甸甸地压在我的掌心之中。

这就是……父皇一直不杀宋郎生，还纵容他成为我的驸马的真正理由吗？

前朝余孽有何可惧？放长线钓大鱼再一网打尽，方才能从根本上斩尽后患。

谁能料想，他会以他最疼爱的襄仪公主为饵呢。

可这，才是我熟悉的那个父皇。

在他身为人父前，他首先，是一国之君，心系天下的稳定与安宁。

我身子毫无意识地微微发颤，我不敢去想如果宋郎生知悉一切后会如何取舍，我只知道，这卷竹轴和这盒兵符，必须销毁，刻不容缓。

“阿左，阿右，先把火把给我……”

没有人回应我。

继而是火把啪嗒掉落在地上的声音，以及滴滴答答的水声。

我低下头，看着熄火的火把滚到我的脚边。

整个地洞的光线暗了暗，却没有陷入黑暗。还有一束火把由始至终在跳跃。

我迟缓地回过头。

看到了阿右被人捂住口，匕首划破她的喉咙，血喷涌而出，溅在我的脸上。

一片赤色殷红。

一霎间，我只觉得脑内一片空白，如同被扼住了喉咙，不能言语。

那人见我回头，松开手，任凭阿右的身子慢慢滑下，倒地，悄无声息。

一手仍持火把，一手伸向我，做出摊开的姿势，波澜不惊地道：“东西，给我。”

我几乎下意识地想要去扶住阿右，可突如其来的震撼让我麻木得不能动一指，我错愕地看着眼前这一切，“原来……是你。”

阿左淡漠地盯着我手中的锦盒，重复一遍：“给我。”

我低头，看着方才还生龙活虎的阿右倒地不起，那种死到临头的寒意由脊背滋长开来，我竭力让自己的声音不要哆嗦得那样厉害，“在我身边，掌握我的所有举动，却又了无踪迹的人，原来是你。处心积虑步步为营的是你，筹谋到这一步才真正出手的，也是你。

“你才是……真正的，风离。”

第十九章 火烧公主府

他听我说完这番话后，微微扬起嘴角，“萧其棠，愿赌就该服输。”他开口，声音却不再是阿左平日里的爽朗样子，慵懒而散漫，入耳却觉得十分耳熟，“这一局，你输了。”

这一局？何曾……还有过上一局？

我怔怔地盯着阿右，见她始终无半点声息，不知怎的，痛极之后反而让我镇定下来，“你是从何时起假扮阿左的？真正的阿左人又在何处？”

他闻言忍不住笑了笑，睨了一眼倒在血泊中的阿右，反问我：“你说呢？”

阿左……也死了吗？

风离见我紧紧抱着木盒，倒也没有上前来硬夺，“从你命他监视采蜜起，那个阿左，就不再是你那真正的影卫了。”

我心颤了一颤，“所以方才在石洞之外你杀掉的人，也只不过是你的一枚棋子……”

他的眼神深邃，“若不能给你一个死去的‘风离’，公主又岂会轻易开启密道机关？”

原来请君入瓮，入的是他人之瓮。

他知我凡事事必躬亲，而身边所能信任的只有阿左阿右。以此入手，安排了一场又一场的戏，让我险胜一场从而麻痹大意。

局中局，计中计，终究还是棋差一招。

可这一场对弈的对手，未免对我的处事之风太过了如指掌。

这过程中许多时候即便是我自己，做出的应变也都是下意识的，并非预先筹谋。

我闭上眼，“你究竟是谁？”

他道：“既已识破，何须多言？”

“是，你是风离，可风离，你是谁？”再睁开眼，我已无法平心静气地同他玩什么对弈，“你能在七年前就将我的侍女采蜜纳为己用，为夺秘地之所灭镖局满门，苦心经营只为夺此兵符掀起硝云，而如今既已识破，你亦可在顷刻间将我杀害，却仍不摘下你的面皮，那只有一种解释，你怕被我认出！”

“萧其棠，”他的嘴角噙着冷淡的笑，“兵符与名册你若不给，休怪我手下不留情面。”

我咬牙道：“你以为你抢走锦盒，便能活着走出这衣冠冢？”

他一怔，淡淡笑问：“你是指冢外的明鉴司三十八影卫？早在今夜动身前，我便在他们的夜行服里下了无色无味的软骨散，方才迟你们一步入冢，正为确认药效是否发作——呵，公主能想到的，我又岂会毫无准备？”

饶是我心中五味翻滚，遍体生寒，却没有流露出任何讶然意外的神色。

我说：“我从未曾小觑过你。今夜在入冢前，我根本不知这底下有什么机关暗道，更不曾想过有什么真假风离。所以，我当然也做好了准备……做好了输给你的准备。”

风离眉间微微一挑，“哦？”

“今日，早在动身前，我就调了神机营三十台大炮，直对万坟岗。”

我伸手入怀，掏出怀中五支烟火棒，展开，“我与神机营统帅约好，今夜丑时三刻前，万坟岗若无烟花信号，就齐发炮弹，将此处夷为平地。”

风离听我这番话，瞳光一闪。

“你要，尽管拿去，”我将烟火伸到他的跟前，“但究竟是要发一发、两发、三发、四发、五发，还是两发齐放、三发齐放，这信号的放法，只有我知道——你要是杀了我，抢走这兵符，你会死；你要是不杀我，抢走这兵符，我不放烟花信号，你还得死……而现在距丑时三刻所剩时间，应当已不足让你逃离万坟岗了吧，风离。”

“你疯了。”风离微微一笑，笑容再无半分镇定，“我若要杀你，根本不会容你多言。这兵符即便此刻叫我取走，你仍可筹谋应对，削藩也好调兵也罢，你未必不能扳回一局，但你宁肯玉石俱焚……”

我截住他的话，“与其放虎归山任你挑起战事让万民不得安宁，倒还真不如玉石俱焚……反正我命不久矣，如今，倒也算是死得其所了。”

风离止住了笑容，他静静地看了我片刻，那神色在火焰映照下显得晦暗不明，“公主以为今夜同前朝兵符命丧于此，天下便会太平了？符不在兵在，前朝皇族仍有人在，觊觎天下者大有人在。你莫要忘了，在外，还有一个宋郎生。”

我道：“风离，都到了这一步，你还妄图利用驸马扰乱我心神，有意思吗？”

“驸马？”风离的表情就像听到了一个天大的笑话，又重复了一遍，“驸马？他那般对你，你竟还唤他驸马？”

我愣了一下，几乎是下意识地，“他？他哪般待我了？”

他见我这般问法，不由得皱起眉头，“难道你的记忆还未复原？两年前，在灵山之夜，你当真什么也想不起来了？”

一股锥痛乍然刺上心尖，我明明并未想起什么，但只听他这一问，胸口窒得难以呼吸。

风离的声音像从远方飘来，“两年前，究竟是谁逼你服下致命之毒，是谁把你逼入绝境坠入悬崖，此些种种，难道你当真毫无印象……”

我呆呆地看着风离，盯着他的脸越来越模糊，而当年许多画面却愈发清晰，我想摇头把那些画面摇走，“不管你说什么，我都不会信的！”

“萧其棠啊萧其棠，枉你颖悟绝人，智谋无双，到头来还是栽在一个‘情’字上……宋郎生果真没有说错，不论你忘了什么，都不会对他忘情……”

就是这个时候，我拨动藏于袖中的暗器——方才那假风离偷袭未果的暴雨梨花针。

风离大惊失色，连连倒退数步翻身闪避，依旧猝不及防地中了几针，闷哼一声，单膝半跪在地。

我再也顾不得与他周旋，一手抱紧锦盒与竹筒，一手扶着岩壁往外逃。

脚步声在长长洞窟中回响，我也不知自己究竟跑了多久，当踏出最后一级台阶，望见衣冠冢外横七竖八躺着的影卫时，我的心绪如层层巨石重压。

那是黑暗铺天盖地袭来时的绝望，然则避无可避，不容退缩。

风离并未诓我，他连我身边最后的影卫都除尽了。

可我何曾调派过什么神机营大炮，为守住君锦之的秘密，我哪里还敢惊动太子弟弟。

此时漆黑的夜空下起了小雨。

山路湿滑，我在泥泞中栽了一次又一次，却没有停止过往前奔跑。

因为我知道风离马上就会追上来。

峰峦连绵不绝。距离最近的，是灵山下的玉龙山庄。

可我清楚地明白自己到不了。

从万坟岗攀到灵山山顶，这样短短的一段山道，耗光了我所有气力。

我终于瘫软在地，这一回，竟是无论如何也站不起来了。

极顶之上，是一段长长的孤峰山壁；俯瞰足下，城中夜景影影绰绰。

这般逃命似的奔波，这番景象何曾熟悉，熟悉到几乎令我忘记呼吸。

往事如风呼啸而过，我怔怔地看着远方，刹那间醍醐灌顶。

同样是杂草丛生的山道，同样的追杀，同样的悬崖，同样的……绝望。

我从来没有想过，那段苦苦追寻的记忆，会在此时此刻如潮水般涌来。

霎时，空白灰暗的曾经，犹如被浇上了浓郁色汁，走马观花般闪现在眼前。

那日宋郎生的生辰，我邀他来灵山，不想因煦方的出现，与他失之交臂。就在离开煦方后，我沿着通往玉龙山庄的陡坡一路找寻驸马的身影，误打误撞发现一片树林。

那树林聚着黑压压的人，应序齐站，训练有素。

我心头大惑，深夜在这荒郊野岭，皇城边上，聚有众百，究竟为何？

正这般想着，众人忽高举双手跪拜。

我微微一凛。

然后看到一人不紧不慢走向前，垂眸环顾："起来吧。"

那人束发戴冠，风姿绰然，一身官衣红袍耀目不羁，却不是宋郎生又是谁！

不待我惊呼出声，忽觉得后脑一抡重击，便陷入一片黑暗之中。

醒转时，我发现自己双手倒缚，被放倒在一间木屋中。

木屋的陈设布置十分眼熟，我记起了昏迷前的所见，越想越是惊惧，恰是这个当口，我听到屋外隐约有人在说话，听不甚清。

我不动声色地挪到门边，只听一个陌生男子的声音道："少主不必过忧，擒下公主时并未有第三者在场，如今东窗事发，属下自会连夜将公主亲自送离京城。"

心中冒出了一种可能性，但还抱着一丝渺茫希望，直到另一个声音响起，如夜风般清冷，"公主为我筹备寿宴，今日还曾来过大理寺寻我，她贸然失踪，莫要说群臣，即便是太子也不可能不怀疑到我的头上。"

"少主的意思是……"

"萧其棠必除，但绝不是现在，离大计实行还需一年半载，这期间京中若无襄仪公主，萧景宴的储君之位岌岌可危，若然新君登基，第一个要除的自然是我这'驸马爷'了。"

我睁大着眼，呆呆地听着，觉得自己像失去了思考力，一时间竟听不懂他们在说什么。

"可公主今夜看到了一切，待她醒了，你如何同她解释？"

伴着轻轻的笑，"我手中本有两颗忘魂散，其中一颗已让公主调包，如今还剩一颗，待她服入后，自会将今夜所见忘得一干二净。"

像是一道闪电凭空劈入身体，脑中一声惊雷，不能信，不敢信。

那陌生男子问："忘魂散？襄仪公主若失去记忆自也不会记得少主，那么之前所做不全白费了？"

一门之隔，我听到那个我用尽生命去爱的人缓缓道："不，她依旧会爱上我，不论何时、何地，不论她记不记得我们的过往。"

这番话犹如利刃，深深地割在我的心上，渗出血珠。

我再也不能承受更多，心如死寂倒向木门，木门未锁，咿呀应声而开。

抬眸，望见了月下目似深潭的他。

那一望，那双眼，冥冥渺渺，历历如绘。

一日不见兮，思之如狂。

那是我那日清晨写给他的信。

而他就那般施施然站着，俯望着我，什么也没说。良久，走上前来，蹲下身。

远方的天空放起了烟火，他的呼吸近在咫尺，眼里映着烟花绚烂。

然后，他托起了我的下巴，将指尖捏着的药丸送入我的口中。

我没有躲开，只是静静地看着他，任凭眼里淌下一滴泪，随着药丸，滑入腹中，匿于无形。

相顾无言。只是弹指间，韶华逝，牵绊逝，情亦逝。

也许，他还是有几分愧意吧。

所以当煦方突如其来地出现，送上利刃时，宋郎生未能避开，臂上被深深刺了一剑。

所以在煦方抱我逃离时，宋郎生怔在原地，恍惚了一下才命人来追赶我们。

那么多杀手穷追不舍，煦方为了护我大腿中了一箭，跑不动了，就解开我的绳子，对我喊道：“你先走！”

那时，我未能从重重悲伤中觉醒，亦没能问煦方一句，你怎么办？

我一直在跑，却不知当何去何从。

这山上山下，宫中宫外，到处都是宋郎生的人。

我知道自己无处可逃，铺天盖地的倦意更让我明白了，待我睡去，再醒来，就什么也不会记得了。

所以，我一步一步往上攀，攀到了山巅上，峭壁边。

崖边有最美的枫树，崖下灯笼蜿蜒成枫。

这是我和驸马初遇之地，定情之地。

诀别之地。

回忆与现实重叠交织。

这就是我失踪那一夜发生的全部真相，是我一遍遍询问宋郎生他却不愿告诉我的真相。

哪怕残忍，却不容置疑。

我多么情愿自己什么也没能想起。

也好过此番，已被风离逼上了绝境，还要想起更为不堪的曾经。

天降微雨，今夜的晚风比那一夜更为冰寒彻骨。

我怔怔地看着滴落在地上的我的血和我的泪，直到听到一个脚步声逐渐临近。

风离还是追上来了。

他见我坐在崖边，显然一怔，看着我，又看着我手中的锦盒，在距我五步远的地方停了下来。

我问："这情形是否似曾相识？"

风离变了脸色："你想起来了？"

我平平道："虽然当时你戴着什么样的人皮面具我并无印象，但我记得你的声音。"

那时，那夜，木屋外，与宋郎生对话之人，是风离。

风离僵了僵道："你想起来了，却不问我他在何处？"

"阴谋诡计，我再也不想听了。"我挤出了一个笑，"你能为了兵符在我身边当了这么久的阿左，自然也能在宋郎生身侧叫他一声少主。他心思缜密，你心机深沉，有你们鹬蚌相争，我也安心了。"

说到这儿我慢慢地站起身，天地莫名地刮起狂风，几乎吹得我摇摇欲坠，衣襟猎猎作响。

风离踏前一步，下意识地伸了伸手，"小——"生生顿住。

我歪着头看他，"小？"

他张了张口，想说什么却没说，不动声色地再往前两步，"萧其棠，难道你每次情绝意冷时，所能想到的，都只有死吗？"

"风离，有时候我真的分不清，你是关心我的安危，还是兵符的安危。"我把怀中的锦盒掷向他，锦盒落地开盖，空无一物，"来的路上，我已经把竹筒和兵符埋在树下了，除非你挖遍这座山上每一棵树——不过，这座山很快要被封住了。"

风离冰冷的脸瞬间煞白，我倒退了一步，"你说得没错，情绝意冷时，我能想到的，只有死了。"

旋身跃下山崖时，隐约听见风离在喊什么，却被哗啦啦的枝叶声和沙石滑落的声音所覆。

不过，那些都与我无关了。

夜空中漫天飞舞的枫，山下笼光绘成的枫，天地间都是一片暖融融的色彩。

那灯笼是我为驸马悬挂的生辰礼物。

即便那情从不曾有过，我终究成全了自己的半世情缘。

但我竟然没有死。

两年前没有，两年后更没有。

两年前的我在急速坠落之时，臂弯蓦地被人一握，回头，看到煦方一手抱着崖间的一棵树干，对我道：“抓紧了！”

那是我始料未及的，我根本想不透这个相识尚浅的男人为何要一次又一次地对我舍身相救。

而两年后，此时此刻，我算准方位，在坠沉之际盯准树干死死抱住，待枝叶停止晃动，心中谢天谢地在这两年间这棵歪树依旧挺拔不屈。

而今身畔再无煦方，唯有我自己。

大树的旁边有一个小小的崖洞。

我顺着树干小心翼翼地攀移到洞前，半靠在岩壁上，探出鲜血淋漓的手，将扎满腹腔的细枝一根根拔下。

真疼。

我酸涩难当，不明白何以心已死，还会去介意肉体疼不疼。

我转过身，仿佛再度看到两年前，煦方背着我跨入这个岩洞时的情形。

当时我已困倦到双目难睁，他努力地拍着我的脸颊，摇晃我的身体，命我不准睡，而我稍稍清醒地抬起眸，险些又把他看成了宋郎生。猛然想起他的那句：她依旧会爱上我，不论何时、何地，不论她记不记得我们的过往。

我忽然打起寒战，害怕……害怕他一语成谶。

煦方见我抖得那样厉害，急得不知所措：“你、你怎么了？哪儿难受？”

像是抓住最后一根救命稻草般，我拥住了煦方。

我听到自己的声音在颤抖：“我能信的，只有你了。带我离开京城，带我离开他……还有……”

倦意再度涌上，我慢慢眺向那星星点点的灯笼，轻轻说：“……让我喜欢上你，煦方。”

或许天意如此，自古好梦难圆。

梦醒后，连这世上绝无仅有的煦方也消失了。

那悠悠岁月，或喜或悲，荣耀苦痛，都是虚幻一场。

而世道轮回，辗转至今，我还是没能逃过那个人的预言。

不论何时、何地，不论我记不记得我们的过往，我依旧还是爱上了他。

风离说得没有错，到头来我还是栽在一个“情”字上。

洞外的树突地一晃。

将沉浸在往事中的我晃醒。

有人。是谁？

我本能地抬起眼帘。

一道红影出现在我模糊的视线中。

眼泪夺眶而出，然后，我看清了那人的样貌。

“公主……”

雨幕笼罩在京城的上空，噼噼啪啪地落在山林峭壁之上。

此情此景，令我不由得想起不久前的某个雨夜里那一身浸透的红袍。

只不过，这世间会身着红袍的从来就不止宋郎生一人。

我朝官服一至四品皆是绯色，大理寺卿正三品，胸前织锦以金丝绣雀……而跟前人的这身官袍补子图样，乃是四品云燕。

国子监司业，从四品。

我警惕地注视着他，想要撑起身来，却被手心的伤口蹭得一激灵。

“别动，坐着就好。”聂然的声音飘进洞口，他走到我的身边，蹲下，握起我的手，翻过来，望见掌心处密密麻麻布满被树枝扎破的口子，鲜血淋漓，他眉头深锁：“这——”

我缩回手，问道：“聂大人怎么会在这儿？”

聂然不答，兀自低头将里衫撕成长条状，托起我的手慢慢拭净血珠，亦不给我机会抽离，直待两手均裹扎妥当，方才松开，道：“我见公主跳崖，事态紧急，便……”

我不可置信，“你见我落崖，便也跟着跳下？”

“我，”他顿了一顿，“只是，隐约记得这下头有棵攀岩树，”他将腰间匕首取下来，刃口被磨得狼狈不堪，“就借着这把匕首滑着崖壁而下，待见到大树方才跃了下来。”

我一呆，这山间有树只有我和煦方知道，聂然见我坠崖不由分说便跳下，莫非……

“你、你是说，你记得这里有棵树……你、你记忆恢复了？”

他蓦地抬起眼看我，道：“我，只不过是零星的一点印象，其他的，我什么也没有记起来。”

心底没由来地泛起一丝失落，我也不知我在失落些什么，但想到眼前这个人不是煦方，而是聂然时，我竟又感到几分惧怕，百思不得其解深夜露重他怎么会出现在灵山“恰到好处”地救我。

聂然似乎并未注意到我的神情，他蹙着眉头突问，“这儿……也受伤了？”

我顺着他的目光低下头，这才发觉腹部有鲜血缓缓渗出染湿了衣裳，凑近细看，果然有根细枝扎入皮肉，却不知究竟有多长多深，才使得这小小创口流出这么多的血。

聂然伸手想要撩开我的外衫，我吓一跳，忙侧身避开，稍稍一动剧痛牵动全身，冷汗涔涔落下，“聂大人请自重。”

聂然一把握住我的肩，“若刺穿的是脾脏，再流一会儿血只怕连性命都难保，还拘泥什么小节！”

我被他满是怒气的神情慑到，“攸关性命也是我的性命，用不着你来担忧。聂大人莫不是连君臣之礼都分不清了吗？”

聂然道：“既如此，臣唯有冒犯了，还请公主恕罪！”

言毕，他强行掀开我的衣衫，我想避，身后是石墙也避无可避，然后就在他除下我外衫之际，几件物什自衣襟内滑出，咕噜滚落在地。

正是兵符以及卷轴。

聂然愣了，停下手，我不由得叹了叹气，闭上眼睛。

终究还是被发现了。

不错，跳崖前所言俱是我存心诓骗风离的。我怎么可能把如此重要之物随手埋在山间，若是叫他寻到了，抑或是其他有心之人搜到了呢？

我不敢冒这个险。

所以才假装自尽，本为能顺利地携兵符脱身。

却不料，聂然出现了。

聂然拾起一枚兵符，微微蹙眉，然后看着我。

我不知何以还能笑，“看来，还是你们棋高一招。这兵符和名册，终究还是落到了你们手上。”

聂然对上了我的目光，“你是想说，我和风离是一伙的？”

我反问，“你不要告诉我，今夜你出现在这儿，只是一个巧合。”

聂然叹了口气道：“我，一心想救公主……”

“聂然，你鞋上的红泥是乱葬岗特有的，这表明今夜你从开始就跟踪我了……你若是想救，方才我从衣冠冢逃出来时就可以救了不是吗？”我疲惫不堪，“你不是想救我，而是想要我手中的兵符吧？”

聂然神色一黯，“我和风离若是同伙，大可在公主逃出衣冠冢时便替他擒住公主！我不知公主有何计划，唯有暗中保护，方才在崖边见你悲痛欲绝，我本有心……”

我不愿再听他的话，打断道：“够了！”

他见我这般，倒真收了声，“信也好，不信也罢，他日自有定论。”

“真又如何，假又如何？只怕我根本挨不到那一天。”

聂然闻言僵了僵，没有继续说下去，洞内一时寂静，半天，他忽然没头没脑地说了一句话：“那个时候，你也是这样想的吗？”

我疑惑地抬睫。

聂然的半张剪影晦暗不明，“彼时，你身中长箭，坠入深渊，遭河浪席卷而去，可曾想到还能走到今天？此刻又如何能知不能走下去？”

这话陡然令我有些恍惚。

脑海里，忽然晃现煦方如晨曦般的面容，记忆仿佛久远，当我还是那个会因失忆而无助耍脾气的和风时，他就常常会对我说：“傻丫头，不走下去如何知道自己还能走多远？”

我怔怔地看着聂然，从何时起，他的眼中已不见了独属他的冰冷与深邃，取而代之的，取而代之的是……

“不要用煦方的眼神来看我，也不要说那些煦方说过的话，”我感到自己的声音在微微颤抖，“你不是他。”

聂然一把将我拉近道：“我从没想要用任何人的眼神去看你，我想对你说的话，只是我想要说的而已，我对你做的，也只不过是我想要这样做而已！”

“你若真的为我好，为何要出现在我的面前？如非你的出现，煦方又岂会消失？要是煦方未曾消失……”

要是煦方不消失，或许……就可以不用再度爱上宋郎生了。

那样……该有多好。

本以为聂然不会继续接我的话，不想他道：“若煦方不曾消失，你也就不用再爱上宋郎生了，是吗？”

我无从作答，紧紧握着拳，掌心被指尖掐得生疼。

聂然的眸子燃起隐隐怒色，“所以哪怕到今时今日这步田地，你惦记的还是宋郎生！你可知方才你见来人是我时的那副模样有多失望吗？你有没有想过方才若下来的人是宋郎生，你早已死了！”

每一字每一句，每一寸肌肤每一寸理智好像都被四分五裂，所有痛苦都被揉作一团，“是！我想的念的全部都是宋郎生，哪怕恢复了所有的记忆哪怕想起他对我做的所有事！所以如果你是真的为我好，就告诉我究竟他去了哪儿了。即使……他要我死，我还是想见他一面！”

聂然握着我的肩膀越勒越紧，“公主，你莫不是疯了不成？”

“我若是没疯又岂会放着好好的公主不当落得如此下场？”我知道我的眼泪又在簌簌落下，“反正活不了几天了，倒不如死在他跟前让他称心如意岂非更好？”

远山沉沉，崖下灯海逐渐暗去，天地间俱是黑色。

腹中骤然传来一阵尖锐的痛，我下意识地按住伤处，眼前忽然苍白一片，几欲昏厥之际。聂然扶住了我说：“要是他未曾消失，此刻，也必以你性命安危为先。”

话毕，再不多言，一把将我摁倒，放平，干净利落撕开衣角伤口处。

聂然想要用强，又岂是我能够阻止的。

尽管我本意想说要是他能先弄晕我再替我疗伤会不会比较不疼也不尴尬。

很显然聂然没有这种觉悟。

故而当他硬把带刺的树枝从我体内抽离时我是真的哭到撕心裂肺痛不欲生。

直待他撒了药粉在我肚子上裹了三五圈止住血后，我才上气不接下气地睁开眼。

他的双眼却紧紧闭着。

静默须臾，重新拾起我的外衫将我罩住，慢慢地睁开眼。

然后，刚刚好把目光放到我的脸上。

或许，是我哭花了脸，惹得他伸出手来想要拭净我的眼角。

可不知他想到了什么，指尖拂至眼前，却又生生顿住。

我以为他要说些什么，可等了许久，都不见他说话。

我被他看得颇有些不自在，道：“不管怎么样，多谢你救我。”

他没有移开眼，“我欠公主一条命，当日若非你舍身挡箭，只怕今日我也无法站在此处。如今，便算是还了这人情。”

我摇了摇头，“当日我想救的那个本不是你，不必放在心上。”

聂然又不说话了，我看不懂他的神情，倦意再度侵袭，索性再闭上眼，忽听他道：“若我，把当年那个煦方替你找回来，你是不是就不会这样难过了？”

我心口忽地一窒。

他嗓音沙哑，带着微微的颤，“若是，当年那个……要你在他变心时用玉箫狠狠敲他的头，要你在绥阳客栈等他来接你，能愿意为了你放弃一切，会对你说‘天大地大，何处不能为家’的煦方能回来……”

我缓缓撑起身子，双臂抖得厉害，一时间竟不敢抬头看他，他的声音空落落地回响在洞中：“你是不是……就能做回和风了？”

一道月色的弧光慢慢滑上他的脸，那轻软的目光太过熟悉，我仿佛被定住了身，呆呆看着他，“煦……方？”

他的眼底流动着复杂的光，深吸一口气，问：“我若说我是，你信吗？”

我的心乱作一片，“我不知道。”

他却低声道：“我不是。”

我怔怔地看着他，“可那句话，只有我和煦方才知道。”

聂然先是摇了摇头，复又点了点头，“那些你和他之间的话，我并不知道。”

我努力让自己平静下来，“我不明白……我不明白你这话是什么意思。”

“煦方，他在消失前，曾写过一封信。”聂然垂下眼睫，“写给我的。”

“消失……前？写给你？”我瞪大了眼，“彼、彼时他不是回侯府同家人辞别欲带我远走，何以还要写信——”

聂然静默了一瞬，似乎想回答我的问题，但又没有说出来。

可我仿佛一刹那全懂了。

“难道……那时，他就已经知道他要消失了？”我颤着手，“为什么？那时究竟发生了什么？”见他不答，我拽住他的衣袖，“那信呢？信上写了什么？”

聂然一动不动地看着我，忽然笑了笑，那笑意中装满了苦涩，“那信……我从未看过。”

“为何？”

“他在临走前曾告知嫣然说，那封信笺上所写的是……是让聂然重新变回煦方的方法。”聂然抬眼，眸色如水，就这般浅望着我，“而我，不愿意。”

此些曾如迷雾般的种种，霎时如经风而过，透出淡淡的薄光。

聂然道：“那时我初醒，听他们说起我在失忆间的所为，简直不能置信，不敢相信自己会为一个女子舍弃所有，所有的信念，所持的责任——我聂然从不是这样的人。”他看向远方的天空，淡淡道，“所以，我让嫣然将信销毁。”

我乍然一惊。

聂然眉心微微蹙起，“可嫣然……她并不同意，她反反复复地同我说——”

那时的赵嫣然在聂然下定决心毁信之际，死死地抱着信说：“然哥哥，信是你亲手交给我的，是你让我好好保管，是你说‘天大地大，唯有她才是你的家’……你若毁了……就不是毁掉一封信，你毁掉的是你自己！”

聂然的陈述很是平淡。

可这所有的一切都与我的想象南辕北辙。

我一直以为赵嫣然在发现心上人失去那段煦方的记忆后就选择了沉默，选择了抹去，为的是要和他在一起。

我问：“为什么？赵嫣然，她……她不是很喜欢你的吗？她为什么……”为什么，要为了我这样一个素不相识的女子把自己心爱的人推出去呢？

“我看到那样的嫣然，亦是惑然不解，”聂然垂头道，“究竟那一年发生了什么，究竟那个拥有‘煦方’记忆的我和嫣然说了些什么？嫣然她……明明从小就想嫁给我的，可嫣然——”

赵嫣然说：“然哥哥，恰恰是因为我与你从小玩到大。你从来就不是一个开心的人，也从来不是一个会为了感情而坦诚自己的人。可前些日子，我看到的那个‘煦方’，那个即使已经恢复聂然记忆的‘煦方’，他依旧幸福啊。当他打算为了自己爱的女子远走，我从未见过洋溢那种神采的他，而当他得知他将要失去她时，我更未见过……那样痛苦的他。是，我是喜欢你，但若我的喜欢不能带给你快乐，那也仅仅是满足我的一厢情愿罢了。”

有些事越用力越留不住，比如爱情。

可这样浅显的道理，嫣然知，我却不知。

我问：“后来呢？”

“后来，我告诉嫣然她全想错了。我心中一直有她，和她成亲亦是我的心愿。那失忆时恋上的女子，只不过是移情别恋罢了。” 聂然叹道，“我欺骗了她。”

我心中一堵，“她信吗？”

“或许信，或许不信，却权当是真的了。”

此番想来，那之后种种，都不过是她配合着聂然演的戏，想要逼我离开。

“可那时，嫣然何故还要因为怕我找你而被我骗去树林？”我惑然，“她，她甚至带了一千两银票……”

聂然道：“那多半是……她想给你罢了。”

我想起那在水波之中奋力揪住我让聂然救我的赵嫣然，还有前些日子在酒肆重逢时见我与宋郎生满眼祝福的赵嫣然。

相识不深，结缘不浅。

良久，我道：“嫣然，真是一个极好的女孩。平心而论，若换作我，未必愿意守住那封信。”

聂然道：“在你让巨流席卷而去后，我曾去寻嫣然让她把那封信给我看看，可她却说她已把那封信烧了。”

我一怔之下明白了。

那时，她以为和风已死，又何必唤醒煦方徒增难过呢？倒不如断了这份念想，让那一切都随波逐流。

我道：“既然信已不在，煦方也回不来了，你又何必旧事重提？”

聂然问：“你……希望他回来吗？”

他说这句话的时候，眼瞳闪了一下，那神色太像煦方，我下意识别过头去，摇了摇头。

聂然不解，“为何？”

我深吸了一口气，“……这一年多来，发生了太多太多的事，太多的真相令我无力承受……万事皆有因果，我本不喜欢去仇恨谁，因为仇恨无法给任何人带来幸福。只是有时，当我回过头去看，看到自己的付出得不到理解，看到自己的心意被人熟视无睹，看到人人都有自己的苦衷却没人愿意把我看得更重要……我终究意难平……”我缓了一口气，“时至今日，情也好义也罢，大局也好人心也罢，我怕是无力回天了……可就在这样的时候，你告诉了我曾经有那样一人，为我做了那么多的事，甚至到了最后一刻都能以我为先，我心中当真宽慰许多……”

聂然问：“既如此，你却为何不愿他回来？”

我再度摇头道：“他回来了，又能改变些什么呢？有些事错过了想要回过头来，也只不过是在面目皆非前徒增忧伤罢了。”

聂然闻言僵了僵，“难道你就任凭他人摆布，甘于这一切的尘埃落定？”

我扯了扯嘴角，“我疲了，聂大人，我们不要再谈这些好吗？”

“为何你不闻不问？”聂然道，“为何你不再试图去争取……”

我冷然截住他的话头：“我再说一遍，我疲了。”

“我，”他亦骤然打断我的话，“今夜，确是为兵符而来。”

他指着散落在地的兵符，沉着嗓音道：“我、宋郎生还有风离，或许我们未必同心，却有着一个共同的目的——除掉公主，推翻太子储君之位，让江山易主，改朝换代。”

聂然说的这句话最后四个字在洞中来回晃荡，我呆呆地看着他，甚至摆不出任何表情，只任凭他继续说道：“我爹，是前朝旧将，当年京中哗变他救主不得而诈降，本就是为养精蓄锐等待时机。但你父皇早已洞悉他的意图，不仅斩尽前朝皇族血脉，更宣称我爹是追堵前朝旧主的第一功臣，封侯封地，从此我爹便成了前朝臣民中的第一叛贼……如此，纵使手握重兵，又谈何复国？”

“所以，他选择了宋郎生？”

聂然凝视着我道：“宋郎生乃是端王之子，端王在前朝享有盛名，确是不二人选。”

我觉得有些迷茫：“那么他……是何时与你爹合作的？”

“宋郎生原本根本不知自己的身世，他本为追查自己爹娘之死而进京，又阴差阳错地当了你的驸马，直到我爹找上他……他一度以为他爹的谋逆案只是一件冤案，那之后才知当今皇帝并未杀错人——他确确实实是前朝皇嗣。”

所以，他一早便知晓，知晓了与我有着那样深的国恨家仇吗？

我咬住下唇，问：“那么，风离，又是谁？”

聂然道：“风离，是我爹的谋士。他究竟是何人，我爹亦未曾告诉过我，不过，风离满腹谋略，奇才异禀确是少见，这些年来有他献策，我爹方能在朝中鼎足而立。”

我双手紧紧绞着胸前的衣襟，“宋郎生，他……他当真想当皇帝吗？”

远山连绵，云雾缠绕。聂然平平问：“想与不想还有分别吗？”

是啊，想与不想又有何分别？

从他选择了与夏阳侯合作开始，就注定与我为敌了。

我心乱如麻，却仍不死心，“他若无意眷恋权位，只是放不下仇恨，或许事情还能有回旋的余地……”

聂然闻言愕然，“公主！到这个地步——”

我抬眼，死死看着聂然道：“难道不是吗？他若当真有心谋反，风离既知端王秘地所在，早就得到兵符号召千军万马了，何必拖延至今？”

聂然道：“那是因为风离他有自己的野心，他瞒骗了所有人！但这并不代表宋郎生会为你着想！这世上本无永远的敌人，只要利益得当，未必不能形成一股强力。你可还记得数月前的运粮官轮爆炸一案？”

“那个案子难道……不是康王做的吗？”

“康王承认了吗？他连犯上都敢认，若当真是他所为，又岂会不认这一桩？这官轮爆炸一案明面上是为阻止朝廷运送灾粮，干扰太子与公主的监国政权，实则是为了令灾粮无法及时赶至灾区，彼时民怨迭起，对策反江浙区最大的寇匪势力便多了几分把握……公主可曾怀疑过，当时官轮爆炸，炸药究竟从何而来？城门管制森严，究竟是谁能有通天本事将那么一大批火药埋于官轮之中？”聂然继续提示道：“没有人能做到。火药，是神机营的火药，漕运府则有人暗中勾结……”

我身体晃了晃，几乎连坐也坐不稳，只听聂然问我：“神机营提督万翼，漕运总督齐之昱，皆曾在大理寺坐过冤狱，是谁替他们洗刷冤屈的，公主可还记得？”

是大理寺卿宋郎生。

“公主又可曾怀疑过，何以公主落水，偏偏那么巧，宋郎生能公差归来及时救了你？”

除非他早就知晓。

我忽然想起很久以前，宋郎生曾同我说过：“所谓持政者，计算利害多少，斟酌短长所宜，而持法者，不枉直，不漏恶。”

好一个“不枉直，不漏恶”。

人生如此讽刺，孰能料想昨日之盾会成为明日之箭？

我的眼中蒙眬一片，喃喃着连我自己也不相信的话语，“他至少还来救我了，不是吗……”

可叹连最后一丝渺茫的希望也被摧毁了。

聂然沉静地看着我，“方才，你问我宋郎生究竟去了哪儿？其实，我亦知之不详，只晓得他去见了我爹商讨最后要事。两年之期已到，你的记忆尽归，他又岂会在此等时节在你身边呢？要知道，风离的计策中最后一步，就是等待。”

我蒙了好一会儿才听懂了他的话，“等待什么……”

“等待一个契机，令宋郎生有一个冠冕堂皇的理由回京搅乱朝局。”聂然道，“那就是……等公主薨。”

我整个人都不由自主地颤了起来。

聂然垂下眼睛，“公主暴毙，他身为驸马，身为大理寺卿，悲痛震怒之下必将彻查，一干涉案人等难逃此劫——此前公主诈死曾力保过宋郎生，如此他自不会再惹人疑，恐怕连太子也会全力配合他缉拿真凶，那么……”

“那么，他便可趁机笼络更多势力，里应外合，离你们成事之机，也就更近了一步，是吗？”我感到我的泪水涌上来，“甚至于，你们连毒发的机会都不会给我，为了冤枉更多阻碍你们前进步伐的权臣武将，更会策划一场精心的刺杀——这，也就是风离无论如何也不愿对我下手的理由，因为他也在等待，等待一个最好的时机，才能让我死掉，是吗？”

聂然没有再应我了。

我的心，像沉到一片汪洋墨海中，幽幽地抵达最深远最黑暗的地方。

这世上，竟还有一件比我最深爱之人想我死更令人可怕的事。

那就是在我死后，那个人，还将摧毁我在人世间所拥有所珍视的一切——

我自幼看尽权谋中的杀戮与背叛，人间本有遗憾，但总归有光明，谁人皆有苦痛，若能设身处地，献出真心，纵不能得偿所愿，总能换取些许真心。

为何，他要这般待我？

为何要在让我尝尽绝望之后，再让我感受到恨意？

山风刮起，几片树叶随风吹进，我缓缓道：“聂然，你能告诉我这么多，只怕，是不愿我死不瞑目吧，现在，到了该动手的时候了吧？”

我知道兵符既已到手，他没有留我在人世的理由了。

聂然仿佛没有听到我说话一般，低下头将散落的兵符与卷轴拾起，用布裹扎成结，放入我的手心，淡淡道：“待到天亮，臣送公主下山，公主伤势不轻，当直接进宫让太医院医治为上。”

我猛地抬头，几乎以为自己听错了，“为什么？”

“眼下，公主府邸……怕是不安全了……”

我凝视着他那张波澜不惊的面孔，“你可知今日我回宫后，对你们而言，意味着什么吗？”

聂然道：“臣知道。”

我摇了摇头，“你以为，你将真相告知我我便能赦免你聂家之罪吗？你以为你救了我我便能罔顾法令饶你一死吗？”

聂然浅浅一笑，“我知道，公主不会。”

我蓦然抬高音量，“那你为何要放我走？为何要将兵符还给我？为何还要把真相统统告诉我？！”

他眸色幽深，欲言又止，良久，方道：“我只不过是做了一件……煦方会做的事罢了。”

我呆住，“煦方……会做的事？”

“记得我方才问你的话吗？我问公主，若我把煦方找回来，你会否就不难过了？”聂然面色如湖，“信既已毁，我更无法将煦方找还给你，但我知道若此刻在公主身边的人是他，也必定会这样做的。”

我深深地看着他，“但你不是他，你甚至害怕过变回他，如今，何以要去做煦方会做的事？”

天际微亮，转眼望去，云层之中渗出霞光万道，犹若琼楼仙宇，连绵不绝。

聂然默默出神了一会儿，然后悠悠一叹："因为，我同他一样，不愿……"

不愿，不愿什么，他却没有说完。

我一时无言以对，聂然重新披上官袍，微微眯起眼，极目远眺："走吧，臣，送公主回宫。"

我随着他的目光俯瞰着这气象曙光，岂止是京城，无尽山河尽收眼底，几乎只手可握。

小时候，父皇曾同我说过，站在高处，心便会情不自禁装下浩瀚江山。

只不过，千万人中唯一人能登临绝巅。

而代价，就是将其余千万人踩在脚下。

聂然没有食言，他将我平安地送入了皇城。

一到城门边便遇上了太子派出寻我的兵士，上了马车后，聂然亦蹬上一匹马，随同大队一路护我。

直到宫门前，他恭谨地在马车外同我施礼，说国子监授课的时辰已到，很遗憾不能陪同我进宫了。

我怎么想怎么觉得他是要回去收拾细软跑路的架势。

却还是应允了。

实际上我是累坏了，硬生生撑到东宫殿前才放松紧绷的身体——毫无悬念地昏睡过去。

这种事不是第一次，依这频率看也许不会是最后一次。

上一回为了陆陵君的案子昏迷了三日，这回遍体鳞伤，只睡个小半天我就被自己疼醒了。

之所以谓此是件幸事……委实是眼下这等时局，稍作懈怠不知又要酿成怎样的后果。

我清醒时见太子靠坐在床边，榻旁摆放着厚厚一沓奏折，而他手中也执着一本，怀中拢着暖手炉，耷拉着脑袋，正打着盹儿。

我心头一暖，忽然间有些想哭。

好多回从危难边缘醒来，陪伴在我身侧的，总是这个太子弟弟。

其实他从小就因身体羸弱而被忽视，在众多兄弟姐妹中，他既不聪明更不算机灵，打从我记事起，他就喜欢黏着我跟在我身后跑，那么小，那么笨，身体还很糟糕，不是天寒地冻时节也总抱着个暖炉。

后来长大了，阴差阳错地被送上储君这个位置，以为能够成熟起来，结果依旧喜欢对我耍赖，每看到他一回，都恨不得掐他一通才解气。

可如今，这世上待我不离不弃之人，也只有他了。

却不知，又能见上他多少回。

我这般想着，看着，只看得眼中模糊成雾，雾化成水，然后在滑落时看到太子弟弟睁开眼，静静地望着我。

他没有如往常一般发着脾气数落着我的不是，更未以打趣转移我的注意力安抚我的情绪，屋中烛火昏黄跳动，我回视着他，看着他瞳色由浅转浓。

不知为何，我竟被太子弟弟这静谧的眼神瞅得有些紧张了。

过了不知多久，他开口道："皇姐，从今往后，不要再去承担那些本该是我要承担的事了。"

"太子……"

"是，我是太子，但皇姐你，却总忘了我是太子，才会一次又一次地让自己陷入险境。"他沉声道，"我绝对不会再让皇姐你受到一丝一毫的伤害了！"

我勉强地笑了笑，"大惊小怪，我只不过是受了点皮肉伤……"

"若是我呢！"太子打断了我的话，"若受伤的是我，若为了守住兵符跳崖的人是我，若中了忘魂散命不久矣之人是我，敢问皇姐……作何感想？"

我心一惊，然后太子的嘴唇开开合合道："皇姐若便这般去了，可曾想过我的心情？"太子深深地望着我，不笑不怒，"自此刻起，不管皇姐说什么，景宴，必要救你性命！"

他的话中隐隐透着一种豁出去的意味，我太过清楚这忘魂散的厉害，当年煦方中毒时青姑救他的情形乃我亲眼所见，青姑曾道，除非下毒之人肯说出配药秘方，否则希望渺茫，而时至今日，若还奢求活命，唯有听任下毒之人的摆布。

我一时间顾不得问他从何得知这些，忍不住怒捶床板斥道："你是我大庆的储君，是未来的天子！若为这等小事便废了国本，如何对得起父皇对你的寄托与厚望！"

太子道：“监国公主就是用来巩固朝局的牺牲品吗？你以为你事必躬亲舍己为人便是为我好，为父皇好吗？你可知两年前，父皇是为何大病卧床的？是因为你！是因为他得知你坠崖身亡，悲痛难忍才令旧疾复发，自此一倒不起的！”

我的呼吸，一时之间停滞了。

父皇，是因为我，才大病不起的……

是因为我……

我居然从不知情！

太子说完那话立刻便后悔了，他见我微微发颤，面色一变，忙握住我的手，“皇姐，是我一时情急说错了，父皇、父皇他一直龙体有恙，不是你的错……”

我咬紧牙关，感觉到自己浑身都在情不自禁地战栗。只听太子道：“我、我听闻是聂然送皇姐你回的宫，太医又说你中了剧毒，一怒之下招来聂然盘问。他将事情的来龙去脉和盘托出，我又在你府邸中搜到了你写给我的遗书，当真是害怕之极。皇姐，都是因为我，是我无用累你至此，我……”

我慢慢闭上了眼睛，由着自己的心沉入更黑暗的深渊中，然后蔓延，侵蚀。

“皇姐？”太子小心翼翼地开口。

我仰着头，望着窗外星空，静默许久，道：“我想去看看父皇。”

宫灯如昼，烛火摇曳，燃得正旺。

父皇依旧沉睡不醒。

我坐在他的床边，安安静静地瞧着他，这才发觉父皇的脸上不知自何时起又多出这么多皱纹，原来一动不动地卧床昏迷，岁月仍然会无情地在天子的面孔上刻上痕迹啊。

父皇一生戎马，驰骋沙场，年轻时的丰神英姿不知令多少绝色佳人倾倒，小时候我最喜欢的便是偷偷躲在角落看父皇上朝，那凛凛威严浑然天成，每每想到这帝王是我父亲，便不由得沾沾窃喜。

父皇自小便极偏宠我。

第一次学写字，第一次学骑马，甚至第一次学射箭，他都是我第一个“先生”。

大哥萧景岚曾羡慕地同我道：“小妹，父皇是天下臣民的父皇，却给了你寻常人家最平实的父爱。”

此番回想，当真是造化弄人。

父皇病恙连太子弟弟都知晓，而那时的我却还沉浸在挽回宋郎生的世界里不能自拔。

若非我无法抛却执念，又岂会在那灵山之上被人喂入毒药，决绝自尽？

若父皇康健仍能主持朝事，那些藏于暗处的阴谋算计又岂会轻易得逞？

冥冥之中自有主宰，若诸事皆因我而起，因情而起，那么临走前，也当由我亲手斩断情义，恢复到最初的安宁。

我再度睁眼时，心已然平息下来，恰逢清风拂动床帐，清凉入体。

出了父皇寝宫，我信步走向太子的书房，远远望见几位官员匆匆离去，稍一思忖，便踏入书房之中，果不其然，太子仍在挑灯批阅奏折。

他身边的成公公同我鞠了一礼，“公主殿下。”

我点了点头，成公公示意贴身宫女退下，他亦知趣地走出房，关上门。

太子抬起头，见来人是我，疲惫的眼神中夹杂着一丝难过，“皇姐……”

我淡淡一笑，“见过父皇后，一团麻捋平顺了，心底也没有那么难受了。”

太子张了张口，欲言又止，终道：“皇姐开启的前朝秘密地库，我已命兵部、工部、户部协办，金银财帛充盈国库所需，兵器则纳入兵部军需，”他顿了顿，“至于前朝炼制神兵利器之书籍，我会先好好研读，再同兵部商议……”

“是聂然告之你秘地之所在的吗？”我打断问。

太子微微颔首。

“他还算是言而有信。”我低下头，望见太子桌上摆着的几道兵符，那是我带回来的，想来太子已然仔细研究了一番，是留是毁，他心中应也有了计较，“你打算如何处置他？”

“聂然究竟是真心投诚，还是虚与委蛇，此刻我们不得而知。我让他先回国子监，又暗中命卫清衡监视他，有何风吹草动及时通报。毕竟夏阳侯聂光手掌重兵，若贸然动了聂然，不等于告之乱党我们已然有所察觉？这……未见得是明智之举，待聂光稍有动作，再拿下聂然不迟。”

我坐下，顺手端起茶，只听太子继续道：“现在朝局险峻，聂光自己的封地便坐拥精兵十万，我派去的密探回说这些年他亦频繁地在岭南与陕北两藩之中走动，摆明了是要集结兵马，等待时机谋反。父皇曾告诫我需时时监视夏阳侯的一举一动，我能做的，除了笼络与提携自己的部将，阻止聂赵两家的联姻……”

“聂赵两家的联姻是你阻止的？”我呆住，“你是如何阻止的？”

太子被我问住，静默良久，轻声道：“我同赵首辅说，要娶他的女儿为妃。”

我心中一惊，重重放下茶盏，“你说什么？你要娶赵嫣然？”

“赵庚年之所以会与聂家合作，不正是怕我登基后削弱他的家族势力吗？同样是联姻，名正言顺地当上未来的国舅，你说他会选择谁？”

我站起身来，盯着他道：“婚姻岂可儿戏？赵嫣然喜欢的人是聂然，你娶一个不喜欢你的人，又岂会有幸福可言？”

“皇姐，你嫁了你喜欢的人，又过了几天安宁日子？全天下的人都可去选择自己心仪之人，唯独皇家的人不能。这个道理，怎么到了今日，你还不明白？”

太子的声音像一把利剑，戳于我的心头，我低下头去，问：“赵首辅，同意了吗？”

“他应允了，但以父皇病重为由拖延时日，他在静观其变，且看我与聂光究竟谁的胜算更大一些。”太子道，“不过过了今夜，他应当会下定决心。”

“此话何解？”

“聂光既然选择了光复前朝之路，就势必要推选前朝皇储为帝，此人既是宋郎生，他又岂会甘心当一个傀儡皇帝？这其中的端倪连你我都能瞧得出，赵庚年会看不到？”太子看向我，“有赵首辅与李国舅这两股势力的鼎力相助，整个内阁便握在我们的手中，如此，我们便多了几分胜算，不是吗？”

我并未说是。

若当下还有哪个兄弟叔伯意图夺位，太子的确是稳操胜券。

可是旧朝势力意图谋反，又岂是那么容易应对之事？

夏阳侯只据一隅之地，本以为他们就算是要起兵，也只能采取内线之战，从攻取京都以北的关口州县为突破，若是那样，朝中毕竟还占有绝对兵力优势，可是……

聂然却说，神机营提督万翼、漕运总督齐之昱皆已为宋郎生招揽。

神机营是京城禁卫军三大营之一，专掌火器兵炮，担负“内卫京师，外备征战”之重任，而漕运则是顺着黄河流域将军粮运往关中。要是左膀右臂将炮口掉转直击皇城，那么叛军极有可能会利用这个疏漏直捣皇城。

兵听命于将，将听命于君，君才能称为帝。

聂光麾下有四名久经沙场的大将，更有风离这个阴险诡谲的谋士，还有一个在我与太子身边多年通晓所有的宋郎生。

可太子呢？京中兵权尚不能尽握手中，我又命不久矣，耗不起，等不及。如何能打赢这一场仗？

我起身推开窗，遥望月上中天，夜风呼啸。

门外传来成公公的声音：“禀太子，刚接获津门驿站飞鸽传信。”

太子赶忙道：“进来。”

我回头时，太子已然拆开木管将锦条阅览一遍，他微微皱起眉头，犹豫地望了我一眼，将锦条纳入袖中。我问：“怎么了？”

他道：“皇姐，昨日申时，驸……哦不，宋郎生在驿站出现过。”

我心中一震，他，出现了？

这么久以来，他的销声匿迹不正是为了打我们一个措手不及吗？这等关节突如其来地现身又是为何？

太子语气仍冰凉如铁：“皇姐，需要即刻下令禁卫军追捕宋郎生！擒贼先擒王，若宋郎生落网，聂光这个反，倒也不那么容易造！”

我沉默不语。

太子道：“皇姐！当下可不是该重色的时候啊！”

我斜睨了他一眼，“我是如此不识分寸之人吗？”

太子呆呆地道：“难道不是？”扭头问成公公，“铁忠，你说呢？”

成公公一脸被呛到的表情，咳了咳，望天不答。

我扯了扯嘴角想要做出一个无语的表情，眼中却是一糊。

太子见我未如往日般被他逗笑，眼中涌起一股悲凉，“皇姐……”

我拂去眼角的泪珠，道：“我只不过是看到成公公这般伴你左右，想到了我的两个影卫，平日里，他们也是这样被我捉弄……”

“陶渊已将明鉴司令牌交与我了，他说，这回有人混入影卫中加害了你，他责无旁贷，愿听凭处令。”太子轻声说，“纪南悠的遗体会好好安葬的，皇姐莫要过于伤心了。”

原来太子他……什么都知道。

知道父皇将明鉴司之权交给我管，知道明鉴司副主事一直是我的影卫。

我抬眼看着太子，不知何时起，我这皇弟的脸上早已褪去稚气，棱角分明，那平静的目中仿佛蕴含着坚韧的力量。

屋外夜风大作，树叶被刮得沙沙作响。我长长地出了一口气，道："若现在出兵追捕宋郎生，师出何名？他宋大人可是公正严明的大理寺卿啊。莫要说太子的调兵越过内阁会令赵阁老不满，只怕都指挥使司早有聂光的眼线，打草惊蛇反倒不利。"

太子反问："那就任由他与聂光密谋勾结，伺机谋反？"

我沉吟片刻，问他："我有一个一箭双雕的法子，你想不想听？"

再回到公主府，已是一日后了。

这天气甚好，惠风和畅，府中百花馥郁，修竹青翠，美不胜收。

闲来无事，我多抵会在水榭那里静坐，有时看着一湾水、一缕丝、一晕光，都会久久回味。

我坐着不动自然不是因为我懒，而是因为我走多了，会感到疲累。

剧毒令我寝食难安，每到深夜我都心痛如绞，便是吐上几口血亦是稀松平常。

周文瑜说我大限将至，痛楚将会与日俱增。

他只能开一些缓解痛楚的药让我服下，甚至建议我不妨试试他新研制的名为"梦归西"的毒药，能够在美梦中舒舒服服地归西。

我断然拒绝了，顺便吩咐柳伯交代厨房不要给周文瑜准备晚饭吃。

那一刻我才意识到自己有多么怕死。

我一叹再叹。

这时，身旁奉茶的侍女梦蝶忍不住开口道："公主，这已是您今日叹的第七十七次了。"

我望着天空，道："本公主只是感慨'人生苦短，该珍惜时且珍惜'这种奥妙的道理罢了。"

梦蝶一脸茫然。

我摇头，淡然问："小蝶，假若你能预知来年某日自己会被山林中的毒蛇咬死，你当如何？"

是否会好好珍惜眼前，在有限的日子里体会这万千世界，并好好对待身边爱你的人？

梦蝶眨眼：“就不登山了啊。”

“……”

我扶了扶额，“罢了，你又岂会明晓本公主的内心？时光荏苒犹如白驹过隙，有时于你们而言是日复一日年复一年，于本公主而言便如昙花一现弹指之间，或许你仍会期待来日方长，而本公主只能眷恋朝夕，这样说，你可明白？”

梦蝶摇了摇头：“不明白。”

我望了望逐渐暗下的天色，再叹：“正如你陪本公主在此水榭待到此时，不知不觉，天都黑了，只怕你早已如坐针毡，而对本公主来说这一日匆匆，仿佛仅过去那么一个时辰……”

“可是，我们确实也只在此静坐了一个时辰呀……”梦蝶伸手指了指天，“天黑是因为乌云密布就要下雨了，公主……”

我：“……”

“公主莫要逗奴婢了，快到了用午膳的时辰，迟了柳管家可又要唠叨了……”

诚然我这一趟回府来自然不是来虚度光阴的——虽说我做了许多看上去像是在虚度光阴的事。

全府上下都不知我命不久矣，他们权当我因相思驸马而患病。

乃至柳伯在我用膳时一边替我舀汤一边劝道：“公主应当多吃一些，养好身子，否则驸马爷回来可要怪罪老奴的不是了。”

我嚼着肉，“我会好好吃的，这样才有精神等驸马回来呀。”

柳伯欣慰之至，转头又命人吩咐膳房晚膳多添些好菜，他当然没有发觉我低着头，是因为不敢让他看到我模糊的眼眶。

回到寝屋中，我让梦蝶她们帮我换上一身翠烟衫，飘飘逸逸地转了两圈，问她们本公主是否出尘脱俗美目盼兮。

几个侍女掩嘴笑了一阵，我坐在摆放木琴的几案边，信手拨弦，抚起琴来。

其实很久以前，房里的这楠木琴便如同摆设，我甚少弹，宋郎生也不碰。

直到后来我们在陈家村互诉衷肠，再回到这府邸中，我卧病在床，他为我抚了一次琴曲。

虽然他的琴艺平平，那首简单的曲子也弹得不流畅，但于我而言，简直就是天籁之音。

他奏完那曲回过头来，见我咧嘴笑个不停，涨红着脸，哼了一声说：“我都说我不擅音律了。”

那时，我想告诉他的是，我笑，是因为太喜悦、太幸福了。

而如今我也试着抚起那首简单的乐曲，听着自己的奏乐，忍不住感慨，果然天外有天人外有人，没有最不擅长音律的人只有更糟的。

几个贴身侍女听了一会儿曲，都有些站不住的架势，我挥了挥手想让她们退下，话未说完她们一溜烟便跑了。只留下个小梦蝶，见她犹犹豫豫，我轻声道：“小蝶，你去后园采一些海棠花来吧，晚上本公主想洗花瓣澡。”

她顿时眉开眼笑，“好。”

梦蝶年少单纯，自然没能发觉我这是故意支开她。

她关上房门没过一会儿，寝榻上的床板忽然被人掀开，我抚琴的手未停，头也未回，只问道：“都准备好了吗？”

“万事俱备，公主，此地不宜久留。”

我回身时望见了两个人。

一个是太子身边的成公公，一个是一名衣着发饰同我一模一样的女子。

那女子身形与我差不离，只是脸上疤痕无数，已瞧不清她本来的样貌。

我从桌案前站起来时她忙跪拜下来。

我心底一黯。

我让太子帮我随便寻一个死囚来替我死，不想，这还只是一个年轻的女孩子。

我俯首问她：“你……可知今日你来此处是要做何事？”

她微微点了点头。

我叹了叹气，看向成公公，问：“她所犯何罪？”

成公公言简意赅道：“谋杀夫婿，原定下个月行刑。”

我心中一凉，又问她：“你年纪轻轻为何下得了如此毒手？”

那女孩肩膀不可察觉地一抖，静默须臾，没有回答我的问题，却说：“只求殿下打点好民女的闺女，民女愿为殿下赴死。”

我终究没有再问她什么。

只是在跨入暗道前，回头看着她安安静静地坐在几案前的身影，听她转轴拨弦，弦弦掩抑声声思，似诉生平痛离恨。

世事几回遂人意。

苦尽待甘甘不来。

长阶蜿蜒，暗道出口处，是公主府的观景高阁。

这暗道在建公主府的时候就顺道挖了，父皇说，若有危难，我可以借秘道逃脱。

谁能想到逃生秘道竟会藏于公主卧榻之下？

只不过……我从小到大都没能想通的是，逃了半天还是在公主府里转悠的暗道意义何在？父皇就不能多挖出那么几尺吗？

我扶了扶额，喃喃碎语：“果真是因为对街的地价太高为了节约开支父皇才……”

成公公回过头，“公主？”

“没什么。”我随他登上楼阁高处，推开窗，整个公主府的景致尽收眼底，廊腰曼回，檐牙高啄，尤其正对着的寝宫一览无遗，隐隐约约间还能听到凄凄琴音。

成公公问：“公主，可以动手了吗？”

我怔怔地看着寝宫外的荷塘，想起新婚时我强拖着宋郎生躺在那荷塘边的草坪上看星星，又想起了失忆归来的某个夜里宋郎生拉着我缅怀过去，那些过去历历在目，我忍不住道：“想再最后看一看。”

再不看，就看不到了。

昨夜太子问我：“什么一箭双雕的法子？皇姐不妨说说。”

我淡淡道：“那就是，让我在众目睽睽之下，在自己的府邸之中，被火药炸死。”

太子惊得连怀里的暖炉都扔到地上了，“皇姐！你、你在说什么胡话？”

“太子，现今整个京都的火药归谁管？”

太子道：“神机营。”

“若是公主府出了事，第一个要查办的，是谁？”

“神机营提督万翼……”太子讷讷张口，“皇姐，你、你是要嫁祸……”

“正是嫁祸。”

“可、可若要不惊动神机营，我们上哪儿弄来火药……”

“太子怎么就忘了，前朝君锦之的秘道中，就有火药。”

太子恍然，复又蹙起眉峰，“彼时万翼极有可能推脱火药来自民间……”

“依大庆律，坊间不得私运私藏硫黄、硝石等火药兵炮，若查明火药非出自神机营，那么，京禁卫守城门军与漕运免不了干系了，不是吗？”

“皇姐的意思是趁此机会将神机营与漕运换上我们的人？”

“你说呢？”

太子流露出了然的神色，“那么，一箭双雕的意思是……”

“能够在公主府布下火药，又恰恰在事发前了无踪影的最大嫌疑人，你说，还能有谁？”

窗外的风扬起红白花瓣，飘荡在空中打着旋儿。

此刻府邸的侍卫井然有序地缓步巡视，侍女们亦在忙碌中来来往往，成公公出声提醒我：“再迟只怕会被人察觉。”

我合上双眼，背过身去。

成公公关上窗，伸手入怀掏出竹哨，轻声吹出鸟鸣声。

直待“轰”的一声——

伴随着一股炙热的气浪袭入楼内，成公公飞快地扶着我退出几步，观景阁的窗门被碎木石屑溅出噼噼啪啪的冲撞声，巨响震得人耳根嗡嗡长鸣，几乎睁不开眼。

不知静了多久，一个侍女的尖叫声打破了死寂，继而整个府邸都陷入了仓皇的惊恐之中。

我这才回过神来，迫不及待地开启窗缝，滚滚浓烟腾空而起，视线被烟火阻隔，空气中夹杂着硝石的味道。

混乱中四面八方传来凄厉的惨叫声，那场面只听得我心底冰凉，手一抖，差些就要将整扇窗户推开看个究竟，成公公忙止住我的动作，压着嗓音道：“现下府中的侍卫必打起十二分戒备严密盘查，若是露出马脚让人发觉公主在此，可就功亏一篑了。”

哀号与呻吟声此起彼伏，透过窗缝一眼便望见有侍女倒地不起，手臂与腿间鲜血汩汩而出。我冷汗涔涔，尽管方才下令点火之际已瞧准府内诸人俱在安全方位之内，但点燃火药又岂会料不到此时伤及无辜的局面？

追根究底，是唯恐事先遣散众人会遭人怀疑，唯有自欺欺人地告诉自己，为大局有所牺牲在所难免。

重重的痛意涌上心头，我揪住胸口，大口大口地喘气努力让自己平息下来。

诚然这些年在朝中翻云覆雨，未必双手滴血不沾，只是亲眼所见终究是愧疚难当，恨不得自己即刻毒发身亡才好。

成公公移至另一扇窗前往外望了一会儿，凝神道："有几人受伤，看上去应无性命之虞，公主切莫忧心。"

剧烈的骚乱不绝于耳，忽有侍女尖声哭叫："公、公主在里面！公主在里面！"

我一下便听出了是梦蝶的声音，旋即，便闻柳伯惊慌失措地道："你、你说什么……"

梦蝶显然已经吓傻了，哭得上气不接下气，"公主说，要、要洗花瓣澡，她让奴婢去采花，然后……"

"是啊是啊，柳管家，方才我和小翠路过还听到公主在抚琴，怎么、怎么会发生这种事……"

"柳管家怎么办，公主会不会已经……"

这些侍女的哭腔中气十足，应当没有伤及什么五脏六腑。

我稍稍舒了一口气，这一舒，竟是有些站立不稳，双手直撑着窗台。

塌陷的寝宫燃起火光，惊得数人面无血色，一时间全府上下失去主心骨，不知该如何是好。柳伯在战栗中命所有人去盛水救人，众人慌慌张张，那架势与其说是拼了命铆足了劲，不如说是已然灰心。

毕竟，这炸药威力迅猛，连远远廊道上的几个侍女都受了伤，遑论是身在屋中的"我"。

谁也不敢想象，襄仪公主死在自己府邸之中，将要掀起一场何样的波澜。

我暗叹一声，望向天空，只觉得乌云压顶，山雨欲来。

成公公提醒道："公主，是时候撤离此处了。"

我自然明白耽搁不得，方一转头，忽听得远处传来马蹄声近到府前，继而一声悲嘶长鸣，显然是策马之人猛力勒紧缰绳所致。

来者何人？

我忍不住侧头想要看个究竟，奈何观景窗的角度所限，只听得脚步声不见其人，却见府中诸人皆屏息敛气，齐齐望着大门口方向，尤其是柳伯面上神情数变，我心下一沉，顿时有种预感，却又难以置信，下一瞬，一个熟悉的声音钻入耳中：“府中……发生何事了？”

这声音犹自噩梦般而来，我的心似被什么狠狠揪住，几乎虚脱踉跄，身旁的成公公眼疾手快扶住我，总算没有发出动静，我却听到自己狂烈的心跳。

眼前一片模糊，不知是因余烟未散还是泪雾涌出，直待一身蓝影风尘仆仆步入园中，一切再度变得清晰起来，那人面容俊秀至极，鬓若刀裁，饶是此等时刻，顾盼间依旧叫人移不开视线。

他停至柳伯跟前，只听柳伯哆嗦地扑通跪下，面色苍白道：“驸马爷！寝宫不知何故忽然间被炸毁，公、公主……”

“公主如何？”

“公、公主在屋中抚琴静养……事发突然，她、她……”柳伯抖得几乎连话也说不完整，伏地痛哭道，“未能逃脱，仍、仍困其中，没有出来……”

宋郎生原本正望着东面浓烟的方向，听到柳伯这样说，仰头的动作凝滞了那么一瞬，下一刻，他的身形陡然冲至摇摇欲坠的废楼前，柳伯猛然明白过来，大喝一声道：“驸马爷不可——”

原本正泼水救火的侍卫们领悟过来，都赶忙上前拽住宋郎生，“驸马爷不可，楼要塌了……”

“滚！”宋郎生反手一掌推开几大侍卫，其力道之大势如破竹，一时令人阻拦不及，眼看着便要冲入其中，这时有人忽然高声道：“是公主！是公主！”

我心头一咯噔，本还当是有人察觉到我们，再循声望去，却见梦蝶伸手指着寝屋方向，那烈焰烟雾之中依稀有一道青影，定睛一瞧，确见一个身着翠衫的女子气若游丝地探出手来，后半身被梁柱所压，但听梦蝶哭叫道：“是公主！公主她还活着！”

我与成公公面面相觑，这府邸都炸成这副模样了，那“替身”又岂还有活命的道理？再往深处想，多半是那姑娘死到临头忽然又怕了起来想要逃走，不料迟了一步，虽未被火药炸个粉身碎骨，却被瓦砖梁柱砸个正着。

翻卷的火焰阻断了去路，试图泼水救火的人才一靠近就被火舌逼得连连倒退，叫烟熏得连眼睛也睁不开。

我麻木地看着这一切，脑海中回响着聂然的话：“那就是……等公主薨。”

宋郎生，一直在等待一个契机能够冠冕堂皇地回京搅乱朝局。

是不是此时，伪装成在奋力救出公主的他，心中正当窃喜，终于等到这一刻了？

是不是等到“公主”身亡，他就会与所有人一齐哀声痛哭，装成是悲痛万分的样子，心中盘算着下一个天衣无缝的计策？

我的心不断下沉，仅仅一瞬的出神之际，那道蓝色的身影已然飘出我的视线范围之外，不等我回过神来，只见众人倒吸一口凉气：“驸马——”

我大惊之下再顾不得其他，窗门推开时竟望见了宋郎生径直冲入火圈的背影，如同一道闪电，任凭熊熊烈火燃上了他的身！

我的心仿佛在那一刻倏然停止了跳跃——

我望见了他握住“襄仪公主”的手，“阿棠，不要怕——”

那一声叫唤似一把锋利的剑，直直刺入我的心头。

火云倏地卷起来，但听“咔嚓”一声响，梁柱纷纷断裂开来，砸落在地溅出更多的火团，周围的人不得不散开，那最后一根支撑的木椽从高处坠向“襄仪公主”时，我看到宋郎生往前一扑，“咔”的一声，挡受了那重重的一击——

宋郎生喷出一口鲜血，却仍未松开她的手，他努力挪动压在她身上的巨石，想要把她救出来。

他会死的。

他就要死了！

我脑中一片混乱，分不清孰真孰假，是痛是怒，只觉得眼前一时是惨淡的红，一时是迷茫的白——

“轰！”

地面，莫名地颤了一颤。

随着这一声巨大的声响，所有的所有轰然塌陷，连烈火都为之一颤。

“轰隆隆——”

这时，天空的霹雳像是听懂了土地的嘶吼，乌云密布，[illegible]刹那雨点连成了线，哗的一声，雨就像塌了天铺天盖地倾泻下来。

暴雨似流水般滚滚而来，熄灭了大火，不停地浇落在所有人的身上。

方才地动塌陷，不知是因火药触引，还是遭遇地震，幸好只是那么一晃，大多数人安然无恙，可那个“襄仪公主”，却彻彻底底地陷入地底之中，再也无声无息，无影无踪了。

宋郎生屈膝跪坐在废墟之上，半个人都陷在泥沙之中。

风雨吹入睁不开眼，而他却呆呆地低头看着，仿若“襄仪公主”还在他的跟前一般地看着。

我从未见宋郎生有过这样茫然的神情。

周围的人都在哭，为“我”而哭，有人痛哭失声，有人喃喃不绝，只有他岿然不动。

他身上被烧伤的伤口不断涌出鲜血，而他浑然未觉，像是不曾经历过灼骨之痛，身躯连晃都没有晃过。

他极慢极慢地抬起头，看着天，眼中尽是空洞无物。

就在所有人以为驸马爷会因为痛失公主而仰天哭嚎时，他忽然俯下身，开始用手挖起瓦砾沙土来。

一时间，众人都被驸马的举措所震惊，柳伯一路摸爬滚上前去，拽住宋郎生的衣裳哭道：“驸马爷，公主、公主殿下已经去了……”

宋郎生却反手狠狠推开他，眼中渐起怒意，“公主还活着！公主还在等我们救她！”

“驸马……”

“够了！”宋郎生叱道，“哪怕……哪怕是掘地三尺，我也要救出公主！你们还愣着做什么！还不过来一齐把这石头搬开！”

侍卫们不敢违抗他的命令，哪怕知道“公主”绝无生还的希望，仍不得不冒着大雨，在焦黑的灰烬中刨开石土。

风卷雨，雨裹人，我怔怔地看着他，这一刻，像是失去了一切思考和行动的能力，只能呆呆地看着他。

“阿棠。”

我听他哑声唤道。

“阿棠。”

他的双手被割破，染满了鲜血，仍未停下动作。

他垂着睫，眼底的情绪都被这倾盆大雨所覆盖，那张秀雅无双的脸上沾满沙土泥水，什么神情都看不出来。

但为何我却感觉到，他在哭。

“阿棠！”

前一刻刚挪开的泥石，下一刻又被雨水冲了回去。

“阿棠……萧其棠！”他的声音多了许多惊惧，每喊一遍我的名字，浑身颤抖得更加厉害，“阿棠！”

一阵凉风扑面而来，我忍不住打了一个寒战，这才发觉自己浑身也早已被雨水打湿，麻木的心脏越揪越紧，疼到无可发泄的地步，心中便只剩一个念想——

宋郎生，就算这只是一场戏，我也不许你再这样下去了——

我转过身想要冲出阁楼，成公公却伸手拦住了我，“公主三思……”

我努力抑制住自己的声音不要颤抖，“方才若不是天降大雨，他已经死了！”

成公公道：“此乃驸马的苦肉计，殿下绝不可掉落他的陷阱之中……”

我正待张口辩驳，突然，自四面八方传来踢踢踏踏的脚步声，我心中一惊，回头自窗外望去，顿时瞠目结舌——不知何时府中已有层层叠叠军士手持弓箭，一整排将去路堵死，那箭头寒光逼人，直指向宋郎生。

我慢慢退后，奔至观景阁另一面的窗前，推开，不知数目多少的士兵军阵整齐地将大半个府邸层层围住，冷冷长弓，蓄势待发。

府中所有人都被这阵仗吓呆了，连原本忙着一起挖土的侍卫们也停了下来，不知所措地看着那些士兵，蹲也不是，站也不是。

没人知道发生了什么事。

唯独宋郎生依旧专注地埋头挖土，对四周所有的一切都置若罔闻。

天地间，仿佛只剩一件事，只有他一个人。

然而，一个声音高声响起：“让开！”

所有军士闻言如潮水般分开两边，让出一条道来，动作整齐，毫不拖泥带水。

一人身着铠甲，气势汹汹地朝宋郎生的方向走去，然后寒光一闪，抽出腰间长刀，刀尖直指宋郎生，声音浑厚而有力：“叛贼宋郎生，勾结前朝余孽谋害公主，还不束手就擒！”

我这才看清，这个人，是亲军都尉府的总统领，贺平昭。

贺平昭见他不回应，冷冷地重复道："叛贼宋郎生，勾结前朝余孽谋害公主，还不束手就……"

话未说完，一支利箭凶猛地从箭阵中掠向宋郎生，宋郎生侧身一避，"嗖"的一声，射入倾倒的木柱之上。

贺平昭回头怒道："谁放的箭！"

一个士兵颤抖地跪下，表明他是因为太过紧张所以一时手滑。

贺平昭不再追究，见宋郎生避过箭后仍自顾自地埋头挖土，遂怒不可遏地将手中刀刃逼近一步，再次道："宋郎生宋大人，你若再不降，休怪本将军不留情面……"

宋郎生缓缓地偏过头，无视指着自己的刀锋，睨向贺平昭。

仅仅是那么一眼，贺平昭竟然连话也说不下去，"你……"

我一时看不明白，贺平昭究竟看到了什么会如此失态。

直待宋郎生用嘶哑的声音问："为何不救公主？"

那声音悲戚得不像是他自己发出的声音："贺将军，公主还在等我们救她，你为何无动于衷？"

贺平昭原本就睁大了双眼，听完惊得更大，"宋郎生，分明便是你害死了公主，你休要再惺惺作态……"

"公主没有死！"宋郎生反手抽出腰间的长剑，当当几声，格开了贺平昭的刀，目眦欲裂，"公主不会就这样死的！她还活着，她还活着！你们这么多人，为何不搬开这些沙石去救她！"

贺平昭连连倒退数步，一时间傻了眼，居然连话也接不上。眼前这个浑身湿透沾满泥沙的狼狈之人，哪还像是那个风华无双的大庆第一驸马大理寺卿宋郎生？

我甚至连继续看下去的勇气也没有了，转眸看向成公公，问道："为什么，亲军都尉府的人，会出现在公主府？"

成公公一怔，道："奴才不知，或许是他们见此突生变故……"

"贺平昭见府里毁成这样，问都不问一句公主人在何处，"我忍住自己的手指不要颤抖，朝窗外指了指，"就一口咬定是宋郎生下的毒手……你当本宫是好糊弄的吗？"

成公公张了张口，却什么也答不上来，我不怒反笑，"不如成公公告诉本宫，现天底下，除了太子外，谁还敢下令兵马围堵我襄仪公主的府邸！”

成公公乍然一惊，忙跪下身，慌忙道：“公主息怒……太子殿下的所作所为俱是为了公主……”

“为了我？”我心中一悸，“今日之计不是为了铲除神机营总督万翼吗？”

成公公登时垂下头。

我忽然回想起那夜太子弟弟收到飞鸽传书后将锦条纳入袖袋中的姿势，一股不好的预感油然而生，说了一个连自己也不敢相信的可能性：“太子……不可能未卜先知宋郎生什么时候回府……”

除非，是宋郎生亲自告诉他的……

成公公猛地抬起头，望着我结结巴巴地道：“公、公主……”

我蹲下身，揪起成公公的衣领，直盯着他，“那夜飞鸽传书之人，不是别人，正是宋郎生……”

成公公闻言呆住，一时间竟无法反驳。他慌慌张张地道：“太子是担心公主一时心软……”

“心软？宋郎生的那封飞鸽传书里究竟说了什么，会让太子认定本宫必定心软？”

成公公连连摇头，“不，不，那锦书之中并未详说什么，驸马只是告之太子他正在赶回京城的路上，夏阳侯聂光欲要谋反，京中有人将要对公主不利，让太子务必要保护好公主……”成公公见我浑身震了震，又道，“但太子认为这必定是驸马的缓兵之计，若是公主见了又要掉入驸马的陷阱之中……”

我咬唇，哽咽道：“可挖陷阱让我跳下去的是太子！”

说完这句话我怫然起身，欲要跨出门去，却见成公公以头磕地，忽道：“公主不要忘了当年给公主下毒之人是驸马！”

短短一句话，犹如霹雳回响在阁内。

“公主，纵使驸马爷对公主动了真情，都改变不了他前朝皇嗣的身份，更改变不了他曾经加害公主的罪孽！”成公公将头埋于地上，“公主若是一时心软原谅了他，那对太子、对皇上、对大庆都会是后患无穷的啊，公主。”

窗外传来兵刃相接之声。

“这番话，不会是你能说得出口的……是太子教你这样说的吧……”我停住脚步，转身，静静地望着伏在地上的成公公，“正如他看似无意间提到父皇昏迷的原因，倒确实是句句下套，攻心为上啊……”

“公主！”

我深吸一口气，“太子可真是我的好弟弟，呵，你也真是一个忠心的好奴才。”

成公公最终还是没敢强行阻拦我。

在得知飞鸽传书之人是宋郎生的那一刻，我的心就处于极为混乱的状态，恨不得立刻跳出观景阁去见他。

我想亲自问一问他，问他当年为何要害我，问他如今是否后悔了。

不，比起这些更为重要的是，我想立刻出现在他面前，让他看到我还活着。

宋郎生与贺平昭已动起武来。

贺平昭是大庆最为年轻有为的常胜将军，他的力气武功在整个皇城乃至整个军营都是数一数二之辈，他既奉了太子之命，绝不可能会对宋郎生心慈手软。

宋郎生纵使武功不弱，可他受了重伤又耗尽心力，如何能是贺平昭的对手？

我跌跌撞撞地奔出观景阁朝外奔去。

这一段路原本就短，可我却觉得太过漫长，漫长到一分一毫都等不及了。

直待穿过人群，听到宋郎生用近乎崩溃的语气嘶声在喊：“为何要阻我救公主！”

那一柄普普通通的长剑竟惊人地斩飞了贺平昭的战刀！

下一刻，他冲到了贺平昭的面前，就要刺破他的喉咙！

“住手！”

我下意识地喊道。

剑刃就在快要触到贺平昭的颈脉时停了下来。

贺平昭见宋郎生执剑而不动，连连倒退数步，再度捡起刀，回指向他。

所有人都像是见鬼一般倒吸一口凉气。

而宋郎生整个人就像是在这一刻静止了一般，一动不动，僵在原地。

他听到我的声音，脸上的表情既像是惶恐又像是畏惧，更多的却是不可置信。

然后，他犹豫了片刻，慢慢地转头。

然后，我一步、两步地走近。

直到那张令我魂牵梦绕又恨之入骨的面孔，呈现在我的面前。

宋郎生身形晃了晃，面上浮现难以抑制的震惊，他怔怔地看着我，“阿棠，阿棠？是你吗？”

一股辛酸的感觉从我的心头散开溢出来，眼前一阵模糊，我轻声道：“是我。”

“你还活着？”他迈出腿，想要上前却又不敢上前，仿佛走出一步就要梦碎一般，“没有骗我？”

我抹了抹眼泪，望着宋郎生赤红的双眼，用力点了点头，“屋子塌的时候，我恰好不在屋里……我……”

话未说完，整个身体被一双手重重地拥入怀中，像是用尽了浑身的气力一般，浸透的衣裳冰凉刺骨，躯体却又如一团火焰，几乎快要随他一同燃为灰烬。我听到他的每一个字都在颤抖：“阿棠，阿棠，阿棠。”

雨已停，可我脖中凉意绵绵不断滑入，我这才惊觉，那是他的泪。

他居然，会为我流这样多的眼泪。

他居然，这样地在乎我。

从未有过的喜悦掺杂着剧烈的痛苦，如惊涛骇浪强烈撞在我的心底，抬头望着宋郎生的双眸，满是失而复得的喜悦之意，我几乎无法言语，正是这时，贺平昭朝他怒吼道：“叛贼宋郎生，胆敢挟持公主殿下！”

我正想让贺平昭退下，却听贺平昭对我道：“公主不必害怕，此处已被亲军都尉府团团围住，京门羽林军亦会牢牢死守，宋郎生便是插翅也难飞。”

我心头一跳，羽林军素来由我掌控，贺平昭这番话的意思，岂不是暗指这一切皆是受我之命？

宋郎生闻言双臂稍稍松开我，他疑惑地凝望着我，问：“阿棠，他们这是……怎么回事？”

贺平昭打断道：“宋郎生，你这个前朝余孽，企图勾结叛贼谋反作乱，若不是公主洞悉先机，今日早就命丧黄泉了！要是公主方才立即现身，你又岂会自投罗网！”

他话音方落，周围人皆是大惊，宋郎生看向我：“阿棠？他这话……是什么意思？”

我这才终于领会到我那太子弟弟的良苦用心。

莫要说今日确是由我布局下套除掉万翼，那本就是因万翼是宋郎生的人。

宋郎生只要细想，想到我与方才那“死去的襄仪公主”穿着一模一样的衣裳，再看一看这安然无恙的我与此时周围千百名手持长弓的将士，他自然会明白发生了什么。

而我，甚至没有立场去为自己辩解一句：不，都是太子弟弟所为，与我无关。

因为哪怕是此刻，哪怕是我的心不由自主地想要接近他，理智都无法让我信他。

太子让贺平昭当着这么多人的面宣告宋郎生的身份，不仅阻绝了一个我给宋郎生解释的机会，更斩断了一个宋郎生给我解释的机会。

因为于太子而言，不，于整个萧家江山而言，宋郎生乃前朝皇嗣，单凭这一点，就必须斩草除根。至于他是有心谋反还是无心遭人利用，又有什么分别？

我望着此时看上去茫然的宋郎生，想到自己那日在邀月楼初得知他是端王之子时的反应，是那么惊慌失措，那么无能为力。

为何要惊慌？为何要绝望？

为何会被风离所利用，去窥探前朝端王的秘地之所？

萧其棠啊萧其棠，你想凭一己之力毁掉所有驸马可能会造反的力量，岂非心底深处，一直都从未真正信任过驸马吗？

你怪太子处处算计你，却不愿意承认，他只是替你做了你原本就会做的事。

我强抑住就要涌上胸腔的血气，挣开宋郎生的怀抱，自嘲地笑了笑，一步步往后退开，宋郎生下意识地伸出手来，却没有拉住我，他见我退到了贺平昭的跟前，眼神中的迷茫之色一点一点散去，逐渐恢复清明，好像明白了些什么。

“贺将军所言并无不是之处，”我道，“前朝端王之子，说的，难道不是你吗？”

宋郎生剧烈一震，他像是骤然明白过来，不可置信地望着我，“原来，原来你是故意诈死，原来，方才我为了你那般，那般——”他喘了两口气，“你、你都看在眼里……”

我想到他方才救我那决绝的样子，心中一痛，别过头去，宋郎生的语气很轻，可是每个字却血淋淋的满是怒意：“是不是，看我那般为你，你还在想着是真情还是假意？”

“真情？”我反问，“宋郎生，但凡你对我有一丝真情，两年前又怎么可以逼我服入忘魂散？！”

宋郎生浑身颤了颤，“你、你想起来了？”

我点头，再度直视他的眼，“是，我想起来了，我全部都想起来了！我想起你对风离说的‘她依旧会爱上我’时，是那么自信满满，那样云淡风轻！”

天边的云层层翻滚，带着墨色，晕染在他的脸上。

宋郎生没有避开我的目光，悲喜难辨地回望着我，问：“上月我临走前让柳伯交与你的信，你看过了吗？”

“那封信寥寥数字，根本未说什么……”

“那封信写着‘盼你不论记起何事，都能信我如初’！”宋郎生颤声打断我的话，“我盼你信我，我希望你相信我，一切等我回来再说！你根本什么都不需要去做，只要你好好地等我回来！”

我想起了那个夜里，在得知自己中了必死之毒后捧着他的信哭了的那个不堪回首的夜晚，忍不住伸手指了指他，“等你回来？我失忆了整整两年！这两年我经历了那么多，从鬼门关中爬出来那么多次，可是结果呢！”我又指了指我自己，“结果每一次危难之际，你在哪里？你不知去向，消失得无影无踪！你让我如何信你？你叫我如何信你！”

“既然你不信我，又一心想杀我，我还有什么好说的？”宋郎生张开双臂，闭上眼，“动手吧。”

我知道宋郎生是在置气，他每次赌气的时候都是这样，不解释，不辩白，反倒要将我气得脑袋冒青烟。

令我料想不到的是，贺平昭比我还要生气。他大抵是方才气势如虹地和宋郎生磨了半天工夫还不见其降，早已怀恨在心，不待我多说半句，贺平昭已如孤鸿掠影，点足间手中的刀已斩向宋郎生。

我下意识想要扑身上去挡住，刹那间，寒芒一闪，刀起刀落，喷出一蓬血雨！

然而流血之人，并非宋郎生。

也不是我。

就在方才电光石火的瞬间，有一个人挺身而出，用后背生生替宋郎生挨了那一刀！

那人闷哼一声，慢慢地从宋郎生的肩头滑了下去。

采蜜。

那个早已被我遗忘到九霄云外的人，就这样突如其来地出现，救了宋郎生。

贺平昭见自己一刀落下伤了一个女人，大惊失色，没有再落第二刀。

而宋郎生缓缓睁开眼，乍然望见那个娇小羸弱的采蜜瘫倒在地上时，蹲下扶着她，不敢相信地道："采蜜，为什么……"

采蜜软软地倒在他的怀中，流着泪，细若游丝地说："大哥哥，快逃，不要管我……"

"你、你怎么会……"

"大哥哥，是采蜜不好，很早很早以前，采蜜就知道公主想要加害于你了……"采蜜泪如雨下，艰难地从怀中掏出一封明黄色的信，"七年前在玉龙山庄之时，我无意间发现这封信，是皇上写给公主的……"

我彻底呆住。

那封信，正是当时在酒楼丢掉的父皇密函。

宋郎生接过信函，抽出，打开，而采蜜断断续续地咯着血道："为了查明你的身份，皇上让公主假扮成采蜜与你会面，这些起初采蜜并不知情……后来，后来我发现的时候想要立刻告诉大哥哥你的，可公主却命人追杀我们……我、我……"

他捏着信，眼神仿若坠入无边无际的黑暗之中，然后，艰难地抬起眸，看着我，采蜜看他如此这般，又道："大哥哥，采蜜找了你那么多年，可万万料不到，你我重逢时，你与公主已成为夫妻……采蜜无数次想要将真相告诉你，可又想，或许是公主当真爱上了你，采蜜不该破坏你和公主之间的情谊……大哥哥，你、你可会怪我？若我早些说，今日，就不会……"

断断续续、极力压抑的哽咽，我望着哭得梨花带雨的采蜜，以为自己看到的是魑魅魍魉。

宋郎生用他那双赤红的眼望着我。

我不知所措地退后一步。

他那双饱含恨意的眼神燃起了熊熊烈火，咬牙质问道："她说的，是不是真的……"

我下意识地摇头，“她在撒谎……”

宋郎生却将密函用力扔到我的身上，“那你解释看看，这封信，是怎么一回事，是伪造的吗？”

“这封信……确实是父皇给我的，七年前在玉龙山庄，我也确实以采蜜的名义与你会面过……但……”

“原来你从一开始就处心积虑地接近我，为的就是除掉我与我的家人？”宋郎生缓缓站起身来，像是听到了天底下最大的笑话，“所以几年后你发现我还没死，与我成婚，为的就是利用我揪出更多的前朝‘叛党’？”

原来被自己最深爱的人误解竟是这样撕心裂肺的痛。

我怔怔地站在那儿，只觉得我的身边霎时之间，再也没有一个人了。

那年少时最初的爱慕，那多年来苦苦的等待，还有重逢时甜蜜与辛酸的眷恋，都因为他的一句“处心积虑”化作一场虚空。

宋郎生张口，每一个字都像浸满了鲜血，“你不是素来伶牙俐齿的吗？你若是问心无愧，有什么不能解释的？！”

“是！”我再也按捺不住满腔的悲与恨，“我是从七年前就处心积虑地接近你，调查你，然后派千军万马逼死你的爹你的娘还有你的采蜜！后来与你成婚，对你所有的好也都是虚情假意！为的就是利用你挖出你爹藏有的前朝秘库！如今你都知道了，又能怎么样！”

宋郎生的声音一下子盖过了我：“我从没有想过，你是如此蛇蝎心肠！”

心脏的钝痛蔓延至四肢百骸，痛得恨不得就这样死去。

或许，当真是我大限将至。

那股被我强压的血气再度涌了上来，我生生将口中的血咽回至腹腔之中，一字一句道：“乱臣贼子，人人得而诛之。”

宋郎生突兀地笑了起来，“萧其棠，我自问从未做过对不起你之事，哪怕是在得知自己的身世之后，为了你，我也放下了仇恨，一直以来，是你不相信我罢了。”

“放下仇恨？喂我服下忘魂散便是你放下仇恨的方式吗？”

宋郎生低声道：“你说我下毒，可你是否想过，当日你所服下的可是入口即化之药，而忘魂散又是何种成分所制？”

凉凉一语，令我重重一震。

他一下一下喘着气，几次欲要启唇说些什么，却什么也说不出。

“事到如今，我不知我这么久以来，做了那么多事究竟为了谁，为了什么……哪怕得知你如此待我，我……”宋郎生吃力地看着我，眼中蓄满了泪，“我也无法在顷刻间把所有都化作恨……”

在场的所有人都那样看着他，看着我，没有人敢发出任何声响。

“可就算是孽缘，我们的夫妻缘分也已到头了。”宋郎生深吸一口气，泪水慢慢滑出眼眶，“阿棠，这是我最后一次这样唤你了，从今以后你我恩断义绝，他日再见……

“……便是不共戴天的仇人。”

第二十章 风月总相思

天上的云逐渐飘散，夕阳西斜，天光反倒更甚。

宋郎生说完那番令人痛彻心扉的话语之后，我以为我会一口鲜血喷出，倒地奄奄地说“哪还有什么来日……我早已身中剧毒大限将至，你便是想要报仇雪恨，只怕也是不能了……”接着他像是意识到什么似的迟疑地抱住我，“阿棠！没有我的允许你不准死！”而我，嘴角带血虚弱地微笑，“……你、你不是说再也不喊我阿棠了吗？咳咳咳咳咳咳，宋郎生，但愿来世你我不要再……”这时，声音恰到好处地戛然而止，我的纤纤玉手垂落，终于气绝身亡。

我估摸着我死了之后宋郎生总会知道真相，知道我是带着何种的痛楚与冤屈含恨而终，如此，在他余生之中或许心中都会为我留一片天地。

这般想着我憋了一口气，试图想要吐出一口血实施一番。

奈何天不遂我意，我这口血还没呕出，身后的贺平昭倒先抢了我的台词，威声震天道：“大胆狂贼，竟还妄言来日！你公然谋害公主，便是插翅也难逃！”

宋郎生仿若未闻，依旧决绝地看着我，那眼神凉飕飕地瞅得我心中甚为颓然，我不由得避开他的眼神，心中计较着亲军都尉府围堵公主府前后两扇大门，凭宋郎生一己之力实在难以逃脱，可他那般说，定是笃定了能够脱身，然此番处境，除非挟持我，哪还有什么法子能……

便是这么愣神的一刹那，一道凉凉的寒意袭上了我的颈间，身体被突如其来的臂膀箍住动弹不得，不待贺平昭出刀阻挠，一抹冰冷的刀锋贴上了我的颈，那锋刃寒峭仿佛随时能够割开我的肌肤，但听贺平昭震怒道：“宋郎生！快放了公主！你以为你还逃得了吗！”

被自己一语成谶所震惊的我：“……”

却听宋郎生冰冷地道：“黄泉路上有公主陪伴，又有何惧？”

我心口一疼，眼下宋郎生这死也要拉我当垫背的架势哪还有半分昔日情真意切的样子？

我的身体倚在他的怀中，双手被他牢牢禁锢在臂弯中，下意识想要挣扎，后背却莫名地感受到一股怦怦跳跃的力量，我怔然，这是……他的心跳。

是因为害怕、紧张还是恐惧？是担心不小心失手一刀划死我还是担心逃不出这千军万马之中？

宋郎生又道：“宋某只需公主陪我走上一段路，待离开将军的包围圈自然会放了公主，若贺将军一意孤行欲要拖延时间，宋某也绝不会心慈手软，贺将军也不愿公主受到任何损伤吧？”

我已听不清贺平昭在嚷嚷什么了，我想要转头去看宋郎生，可稍稍一移脑袋，脖子上那冰冷的刀锋又往我皮肉上更靠紧一分，我呆呆地望了一眼周围的兵士高举弓箭，箭在弦上蓄势待发，又木然地望了望恨得牙痒痒又不敢上前的贺平昭，不禁一叹再叹。

太子弟弟命贺平昭围捕宋郎生，在他贺平昭的眼皮子底下宋郎生竟还挟持了襄仪公主，护主不力之罪本就难辞其咎，若是他还一意孤行杀宋郎生而罔顾我的性命，那么更是难逃死罪。

倘若贺平昭就此放跑了宋郎生，纵使怪他办事不力，太子多半也会认定这是我打定主意要救宋郎生这一命，不能全怪于贺平昭头上。

两者相权取其轻。

果不其然，饶是贺平昭再不甘愿，他仍不得不放下长刀，命所有军士弃弓在地。

这时，躺在雨泊中的采蜜发出了低低的呻吟声，那声音如此哀转沉痛，多半是想表述“我替你挡了一刀你不能就自己跑路丢下我不管啊”之类的意思。宋郎生挟持人质在手无力分神，他没有回头，却是唤起了柳伯的名字，道：“过来替我扶起采蜜姑娘，随我一同退至府门之外。”

早已被惊吓到九霄云外的柳伯看着宋郎生，“我、我……”

宋郎生沉声道：“若要公主性命无虞，就照我的话去做。”

柳伯手足无措地走上前来，到了采蜜身边又望向我，试图征求我的意见，我无法点头，只能说：“扶就扶吧，她又不重……”

柳伯：“……”

事实上，想要通过挟持一个人质全身而退的难度极大。

首先四面八方的暗器究竟从何时袭来不得而知，稍有不慎，人质没死人犯先死的例子比比皆是。

可宋郎生不同。

且不论他的武功之高，即便是被戳成血窟窿的瞬间，也必有能力在临死前拉我陪葬，这个风险贺平昭冒不起；而更为重要一点的就是，他不怕死。

勇者无惧，无惧死者则无隙可乘。

宋郎生就是这样架着我的脖子，利用我的生命带着他的采蜜一步一步地退离公主府。

这期间士兵军将如何分散出一条道，贺平昭又要保持在何等的距离，一切的一切，皆听凭他的摆布。

只不过，宋郎生此举仍有一个最为致命的漏洞——我亦不怕死。

此时我只需让自己的脖子往前用力一探，诸多种种也都将尘埃落定。

这么久以来接踵而至的打击早已令我丧失了求生的欲望，尤其是此时，尤其是此刻。

短短几丈距离，我只觉得自己的步子犹如千斤重，每迈出一步，都挣扎过一次。

但我终究还是什么也没有做。

我忽然有些好奇，若是什么也不做，什么也不为，到之后又会是何样一副光景。

说来，之后所发生的，本也都是电光石火间的事儿。

我能记得当我们退到府邸门前，便有几道敏捷的身影自房梁干净利落地落在我们身旁，异口同声道：“少主。”

身后的宋郎生低声命令道：“带上那位采蜜姑娘。”

旋即，自这条道路的右侧急促的马蹄伴着滚滚车轮声疾驰而来，不待我反应过来，但觉身子一轻，就被宋郎生带入那马车车厢之内。

我被惊出一身冷汗，再一抬眼，只见一个年纪轻轻的男子已抱着采蜜蹿入车厢之中，那男子放平采蜜后同我身旁的宋郎生点了点头，便撩开车帘坐在另一个辕位上，帮那驭马之人一齐策马扬鞭。

一切发生得太过突然，直待宋郎生松开钳制我的手，我才感受到浑身被勒得生疼的痛觉，恢复了些许思考的能力。

这个车厢，有些不对劲。

不，与其说是不对劲，倒不如说这车厢太过眼熟，座位布置，丝绒材质，根本与平日里公主府的车驾并无不同。

这分明……就是我的马车？

马车疾驰而奔，上下颠簸震得我摇摇晃晃，我勉强贴住车壁，撩开身侧窗帘往后瞧，此刻尚未有人追来，多半是贺平昭的军队为求埋伏时的出其不意，并未惊动骑兵，再加之夜幕初临，道路行人见是公主府的车驾自然纷纷退避，故而这逃逸进行得十分顺利。

我留心到紧随的几名马上之人，他们身上穿着皆是公主府的侍卫服，那些人的模样我从未见过，显然不会是府里真正的侍卫，他们从天而降救出宋郎生，又唤他少主，莫非皆是前朝叛贼余党？

我这般想着的时候，宋郎生突然开口道："修竹，进来。"

方才抱采蜜入内的那个年轻秀气的男子再度掀起帘幕，这回我看得清清楚楚，他穿的也是公主府的侍卫服，"少主？"

宋郎生左右望了望车厢，那神情看上去仿佛坐上这辆车本也是在他意料之外，他直截了当地问："谁派你们来救我的？"

那叫修竹的男子答道："是风公子。"

风公子？

风离？

宋郎生微微一蹙眉，修竹继续解释道："风公子说少主近日回府，这蛮……"他稍稍一顿，不悦地瞥了我一眼，"……公主必会设下埋伏诛杀少主，我与茂林几人事先易作公主府侍卫，只待伺机助少主逃出重围。"

我心中掀起一阵寒风。

今日所发生的这么一连串事情，本就有太多不可预料的因素，宋郎生未能料到寝宫会爆炸，我未能料到宋郎生会出现，贺平昭未能料到采蜜会舍身挡刀，太子更未能预料宋郎生能挟持我逃走，这事态瞬息万变，而风离竟能算无遗策地做了这么多安排与布置，这老谋深算……简直到了令人发指的地步。

只不过，他为何要救宋郎生，倒是令我百思不得其解。

宋郎生没有立即做出回应，他似乎在思索着什么。修竹见他这般，只当是他有所顾虑，又道："此乃府邸的车驾，如今公主亦坐在车中，我们只需胁迫公主出声示意，自然能顺利出城。"

这话我听着颇有些不是滋味，不由得反唇相讥道："胁迫本公主？如何胁迫？反正本公主跟着你们横竖也是一死，倒不如在城门出声大呼救命，说不准还能有一线生机。"

"你——"修竹闻言一跳，登时把手按在腰间的剑鞘之上，"你当我们少主与你一般铁石心肠，你无情，我们少主……"

"修竹，"宋郎生淡淡截住他的话头，"出去吧。"

修竹不甘心地瞪了我一眼，咬了咬牙，还是听了宋郎生的话，扭头爬出了帘帐之外。

一时间，车厢之内又只余我们三人。

其实，方才说话的时候，我始终未敢直视宋郎生，虽然我也不知自己在怕些什么，可此刻他就这样与我并排坐着，马车摇晃得厉害，宽宽的衣袖覆在我的手背上来回摩擦，不看他，似乎更是一种煎熬。

也仅仅僵持了那么片刻，我还是没能忍受住，在转头望向他的时候，发觉他恰恰也在看我，那秀雅的面容中交织着千万种情绪，漆黑的眼眸中仿佛就要溢出什么。我忍不住屏住呼吸，刚想张口，他便放开了我，身体微微动了一下，就去看采蜜的状况。

我顺着他的动作望去，这才看清采蜜受伤的位置乃是后肩之上，刀口甚深，皮肉掀开露出骨头，鲜血淋漓可见一斑，不过，尽管那伤口看上去恐怖，人也失去了意识，却并非是致命的位置，一时半会儿，只怕也死不了。

宋郎生自袖中掏出一个巴掌大的玉瓶，那玉瓶我一眼便认出，里头所盛乃宫中进贡上好的疗伤珍品，是曾经我送给他的许许多多的东西之一。他专心地将药粉悉数撒在采蜜的伤口之上，须臾就止住了流血。

眼见此刻生死未卜之际，他满心满意挂念的都是这个“小妹妹”，我的心脏宛若被酸楚的针尖刺着，难过得就快要死掉了，这种难过简直比在得知他想害我时更甚。

然而这时，宋郎生忽然说话了，“你已恢复了所有记忆……”

我呆了呆，起先尚没能反应过来他说话的对象是我，直待他坐回到我身旁，低着头，手中把玩着玉瓶，道：“两年来，我心中尚有一问想要问你……”

他一字一顿道：“既然你心中一直有另外一个人，为何当年还要我强行做这个驸马？”

我听不懂他话里的意思，朝他投去疑惑的眼神，只见他眼观鼻鼻观心地垂着长长的睫毛，平平地道：“两年前那夜于山巅之上，你对聂世子的一番告白，我听到了。”他勾了勾嘴角，眼中却毫无笑意，“你说你早已心系于他，与他重逢时就想过只要活下来，便是抛却公主的身份，也要同他在一起……”

我彻底愣住。

这才记起那一夜我误将煦方当成他来一诉衷肠，原来他当真听了去，并信以为真了。

这可真是天底下最为荒谬的事！

宋郎生的手有一下没一下地摩挲着玉瓶，凝目看我，“你失踪的那一年里，我未曾离府，原本便想要问你这个问题，不想再见你时你早已记忆尽失，连我是谁也认不得了……”

我的脑中一片混沌，宋郎生说的每一个字我都听得一清二楚，可串成这么一句话我竟费了好大的劲才懂，他见我瞪大眼半天没回答，遂道：“也罢，事已至此，是我多此一举了。”

我根本分不清他这番话是不是另一番虚情假意，还是他为了诱我带他们顺利出城门的缓和之计，恰是这时，修竹的声音自车厢外传来，“少主，再穿过一条路，就要到城门口了。”

宋郎生嗯了一声，神情看上去并未有太大的变化，他并未再用武力控制我，而是悠闲地靠着椅背，仿佛全然没把自己当成一名逃犯。我没忍住，只问道：“你不怕我就此跳出马车告发你吗？”

他的眼如一潭清水，无波无澜，“请便。”

马车的车速渐渐缓了下来，过了卯时，城门已闭，守城卫见有车驾停至门前，自然会上前盘问。我不由得直起身子，或许城门口早已收到消息要堵住宋郎生，所以贺平昭才会那么轻易放人？

我这厢心头警铃大作，守城卫那边一见是公主府邸的车驾态度倒先恭谨起来，但听修竹有板有眼地说了句“襄仪公主与驸马爷有要事出城还不速速放行”唬人的话，守门卫们甚至未多询问，便依言开启了城门。

一直到车驾顺顺当当地驶出城一段距离，我才乍然回过神，惊疑地望向宋郎生，“连守城军都有你的人，宋郎生，你的手究竟伸得有多远？”

宋郎生没有回答我的问题，只是伸手取下系在腰间上的匕首，伸到我跟前，道：“公主，既已出城，就此别过，这匕首……”

我根本无心去管什么匕首不匕首，直接打断他的话，“方才你问我的问题，难道此刻，你不想知道答案了吗？”

宋郎生听了我的话，手腕在半空中一凝，缓声道：“不必了。”

这算什么？

这算什么！

他就想这么离开吗？

什么也不解释，什么解释也不听？

我深深吸了一口气，“你说你从未做过对不起我的事，可现在我看到的又是什么？你若无谋反之心，又岂会同这些叛党为伍，与风离为伍？”

他道：“你由始至终未曾信过我，我又有何好说的？”

纵然心中早就做好了准备，但听到这样的话我还是忍不住感到难受，此时马车不知行驶到什么地方了，我正想反驳，忽然感到整个车厢都剧烈地震荡了一下，继而是前方的马儿一阵凄厉的嘶鸣。

我心下一惊，正想探出是何来路，尚未坐稳，整个人就被一双手所摁倒，但听“突突”数声，像是数箭齐发插入车板的声音，再抬眼一望，几支箭竟同时穿过窗死死地钉在我方才所在的车壁之上！

宋郎生就着护在我上方的姿势，回头道：“茂林！修竹！”

车前的帘子骤然被掀开，修竹神情慌张道：“少主，后方有追兵正朝我们追来，并不顾忌车中有公主就直接用箭，这马车其中一匹马背中了箭，茂林就快驾驭不住了。”

车厢外传来以剑挡箭的声响，看样子那几个同骑的随从也抵挡不了多久。宋郎生从车窗往外瞄了几眼，又看了一眼采蜜，同修竹道：“待马车驶到第二个拐角处时，我会带公主跳车，你就带着采蜜姑娘一起跳，前方的高坡树木茂密，天色已暗，追兵难以察觉……”

宋郎生又朝那驾马之人道：“茂林，待我同修竹跳下车后，你再往山崖方向驶出一段路引开追兵，等追兵追上前即斩断马绳弃车！”

茂林言简意赅道：“是，少主。”

修竹点了点头，当即对车厢外的几人道：“少主有命，所有人继续随马车同行！”

“是。”

猛烈的狂风灌入车厢内，修竹再度回过头，抱起采蜜，宋郎生将匕首插在腰间，顺势握住了我的手腕，闷声道：“不用怕。”

不用怕？

我惶惶然看着他，前一刻还在冷言冷语的诀别中，几乎就要被他推拒到千里之外，为何生死关头又要挺身保护我？比起我，难道他不是更应该去保护他的采蜜吗？

然而什么也来不及多想，两匹骏马疯跑的速度越来越快，马车好像更上了一个坡度，待到了那个转角处时，宋郎生当即揽住我朝外纵身一跃——

如同被甩飞出去一般的天旋地转，失重的恐惧感在漆黑的夜色中尤为明显，我紧紧地闭上眼，但觉到那揽着我的臂弯一紧，重重的落地感扑面袭来。

这是一条又长又陡的斜坡，我原本以为从坡顶跳下势必要遍体鳞伤，然而，当感到自己落地时，身体尽管震麻并不断下滑，却没有预想的疼痛感，我心下一颤，睁开眼时才发现，宋郎生一手紧紧地拥住我，另一只手握着匕首在草坡上摩擦，始终维持着以背着地的姿势在移动。

草灌沙石在他的衣料皮肉上碾磨出细微的声响，那是人的血肉之躯，磨破了皮便会伤到筋骨，更何况他的肩背刚刚才被烈焰灼伤，身体根本已是强弩之末，怎么还禁得起这种痛楚？

“快放……”我话未说完，那只环着我的手把我的头按在他的怀里，直到一切都停止下来，他才缓缓松开。

远处山顶上的道路上，一拨策马扬鞭的士兵呼啸而过，去追逐那早已空空如也的马车。

我的脑子里一片空白，意识到身下的人一动未动，胸口漾起一股恐惧，弥漫全身，来不及多想，我搭住了他的颈部，只觉得他的肌肤冰得骇人，仿佛已不是活人。

寒风将我的头发吹散在空中飞舞，就在我颤着身想要唤他的时候，他睁开了眼，慢吞吞道：“我还活着。”

我呆呆地看着他。

月光下，宋郎生的脸色苍白到极点，眼眸中倒映着的是我惶恐无措的面孔。

他极慢极慢地抬起手，将我散落在额前的发拨到耳边，轻柔宛如垂柳拂过，他的掌心贴在我的耳根后，冷得可怕，然而神情却柔和得不可思议，“是我错了。”

我听不明白，也看不明白，他指的错了，是什么错。

“少主。”

正是这时，修竹找到了我们，他从不远处的灌木丛中一瘸一拐地走来，艰难地抱着采蜜，宋郎生缓缓起身，问：“可有受伤？”

修竹摇了摇头，待走近了看到宋郎生的背伤，浑身一震，“少主你……”

“不妨事。”宋郎生把目光往采蜜身上一放，她肩上的刀伤又开始流血不止了，浸满鲜血的衣裳也破得不成样子，不用想也知道修竹并未如宋郎生护我那般护着采蜜，不过话说回来，若修竹也用那种不要命的方式去保护采蜜，又岂会有多余气力来保护宋郎生？

修竹上下打量着我，见我毫发无损，眼中再度燃起敌意，“又是因为你，那些士兵也是你派来追杀少主的吧！”

“不是她。”宋郎生抢我前头回答了他的话，“不过，公主这般跟着我们也不是办法……不如……”

宋郎生的声音戛然而止，他突然低下头按了按腰间，又检查了一遍周身上下的衣袖与衣襟，脸上逐渐流露出紧张的神色。

我与修竹不明所以，“怎么了？”

宋郎生眸光一黯，“匕首的鞘不见了。”

匕首的鞘不见了？我莫名，“不见就不见……”

话未讲完，宋郎生猛然转身，弯下腰寻找，修竹忍不住道：“少主，现下必须离开此处，追兵察觉不对必定折而复返，到时——”

“我自有分寸，你留在此处保护公主和采蜜姑娘，我去去就回。”

宋郎生撂下这一句话后，便沿着方才滚落的痕迹原路往回攀去，那架势分明是非要找回匕首的刀鞘不可，以宋郎生的性格，他决定的事便没人可以阻挠。

我心中五味杂陈，“那是什么匕首？对你们家少主很是重要吗？”

修竹瞪了我一眼，极为不耐烦地道：“我哪晓得？”他想了想，又咬了咬牙，将采蜜放在地上，同我道，“你们留在这儿，我去陪少主一起找。”

于是一溜烟地就往宋郎生的方向跑去。

夜色沉沉，凉风刮得树木沙沙作响，我远远望着宋郎生的背影，心中浓浓的不安愈发浓烈。

我一向自诩聪明，任何恶劣的环境下都能审时度势推测出一二，哪怕是面对风离，也能迅速做出应对之法，可这一路上，这一系列不合常理的状况，已经令我完全乱了方寸，迷失了方向。

宋郎生他，究竟想要做什么？

他若恨我，为何还要救我？他若不恨我，为何又要对我说出那番绝情的话？

还有方才那句“是我错了”……

一阵阵刺骨寒风席卷吹来，我忍不住打了一个寒战，抬眼望去，宋郎生此时已攀至半坡之上，仍在仔细寻找他的匕首刀鞘，他从不是如此不识分寸之人，修竹说得不错，这追兵连我的死活也不顾就射穿了马车，必然不是太子的人，若再耽搁下去，追兵回过头来那可真是大事不妙。

想到这一层我也顾不上去理会采蜜的死活，事实上我也从未理会过，见宋郎生他们快要离开我的视线范围，赶忙撩起裙摆往上追去，没走出几步路，见宋郎生突然直起腰，转过头来，恰好对上了我的目光。

宋郎生见我也跟了上来，眼眸中泛起一丝诧异，却也仅是一瞬，目光变得平和起来，嘴角微不可察地扬起一个弧度，“找到了。”

我看着他手中的匕鞘，想他必然是疯了，难不成这破匕首里头藏着什么藏宝图才会令他这般看重？所以他方才想把匕首赠与我难不成是一笔丰厚的散伙费？这么一想我觉得疯的人是我，为何会在这种时候被他的笑容所迷惑，说好了要做彼此不共戴天的仇人呢？

宋郎生一步步朝我走近，我们之间的距离越来越近，连十步也不到。

他的视线没有离开过我，神情柔和得不可思议，我突然之间意识到，自己之所以会这样助他一路逃出来，并不是受到他的要挟。

或许，只是不愿意离开他的身边。

然而，下一刻，他的步伐猛然顿住——

嚓的一声，猝不及防地，利刃穿破皮肉之声钻入耳里。

我望见一截雪亮的箭头，从宋郎生右侧胸口伸了出来。

我的心登时像被一只无形之手攥紧，一股前所未有的痛楚冲击得我几欲窒息。

“少主！”修竹嘶哑的叫声划破寂静的夜空。

然而那个被利箭穿胸而过的人仅仅只是顿住步伐一瞬，下一刻，宋郎生抽出匕首，旋身挡住了接二连三袭来的飞箭。

坡顶之上，有几十个骑兵手持长弓，朝这个方向拉弦射箭，惶急之中，修竹已飞身扑来，挥剑替宋郎生挡了更多的侵袭，然而来者人数众多，根本撑不了太久。

我心中空荡荡的一片，等意识到发生了什么，人已奔至他身旁扶住他，他的脸色惨白到极点，连站都站不稳，我上下牙齿不受控制地连连磕撞，“我、我去和他们谈，你、你……”

“他们的目标是我们，”他喘得极为厉害，胸前的血已染湿半裳，“公主……你先走。”

我怎么可能先走？

我反身挡在他的跟前，死死地揪住他的袖子，“我不走。”

宋郎生反手挡住了利箭，见挣不开我，陡然急促道：“我不会死，你先躲到一旁。”

“我不信。”

“阿棠，”他忽然叫了我的名字，涣散的眼中泛起一股波澜，“这一次，你必须信我。”

他说完这句话，用蛮力将我推下草坡，我重心不稳，抓不着任何东西，滚了十来圈才停了下来。一停下来，想也不想，立即爬起往回攀爬而上。

我不信他，我从来不信他，就在今日，他还说那是他最后一次叫我的名字，可他食言了，他又那样唤我，他说他要与我恩断义绝，可他还是食言了，这生死关头，他把他说过的所有话都抛诸脑后了。

如果他就这样死了……我该怎么办？

只是这样想象一下，我都崩溃得无法呼吸了，对他的爱意与恨意早已交织在一起，几乎要将我撕成碎片。

当我再度看到他们的时候，修竹的腿上亦中了箭，能抵挡住的乱箭越来越有限，而宋郎生的右臂也中了一箭，已换为左手挡箭，可他并非左撇子，身体更是强弩之末，又岂能灵活挑开这没完没了的箭雨？

要死一起死。

反正，我早已泥足深陷。

当我闭上眼拥住他的时候，这个念头占据了我所有的情绪和理智。

风卷起漫天飞草，片刻后，风过叶落。

所有声音都静止了下来，包括嗖嗖的箭声。

我不可置信地睁开眼，回过头，看到那些射箭的士兵已翻下马背，倒地而亡。

怎么回事？

幽幽月色中，我看到一个个身着公主府侍卫服饰的剑客朝我们奔来。

“少主，少主！”

“少主……”

“少主！！”

“……公主，”宋郎生的身体软软地倒在我身上，“你……怎么……总是不听话……”他的声音越来越低，最后什么也说不出，再无声息。

“宋郎生？”我静静地睁大了眼，不敢去探他的鼻息，生怕探不到一丝呼吸，“宋郎生！”

“少主还没死。”修竹抢步上前把了把他的脉，“公主，你若再抱住少主不放，只怕连我也救不了他。”

这时另外几个人也赶到了我们身旁，我泪眼蒙眬地松开手，“你、你救得了他？”

“修竹家三代行医，他是最好的大夫。”那个叫茂林的男子蹲下身，小心翼翼扶起宋郎生，修竹慢慢地用短刀割断插在宋郎生身上的木制箭身，自袖中掏出方布银针，施了几处穴位后，果然延缓了血流的速度。

修竹额上冒出冷汗，道：“得先找一处安全的处所替少主取出箭头，再迟就来不及了。”

“离这儿不远有一家农舍，”茂林道：“那儿应当暂时安全。”

月凉如雪，月孤眠，初雪飘零，雪压庐。

茅舍不大，容纳不了太多人，宋郎生的其他属下都如坐针毡地在茅舍外徘徊，只有我在呆呆地赏雪。

茂林所言不虚，修竹确实是个好大夫，足足两个时辰，他把宋郎生从鬼门关拉了回来。

我蹲坐在茅舍之外，看着天上开始落下雪花，铺在幽幽青草之上。

这两个时辰是我生平度过的最为煎熬的时刻。

我想到了某一年的冬天，京城骤降暴雪，我被大雪困在宫中回不了家。谁知当天夜晚，宋郎生一身落雪地出现在我跟前。

我诧异地问他：“这么大雪，你为什么会来？”

积雪都厚到没过马车的轮子了，他是怎么来的？

他打了好几个喷嚏，不高兴地嘀咕道：“你不回家。”

我一把将冰块般的他抱住，又是心疼又是欣喜道：“驸马，你真是……”

真是个笨蛋。

茂林推门而出，静静道：“少主没事了，所幸箭未中到要位，再调养几日应当无甚大碍。”

众人皆松了一口气，他们不敢进屋打扰，继续守在屋外以防追兵找到，茂林见我站起身来，神情稍稍犹豫了一下，“公主进来吧。”

我越过他进到屋中，此时宋郎生正安安静静地闭目而眠，气息微弱。

我慢慢坐在他的身旁，静静地凝视着他的面容，长长的睫毛下是宁静的神色，这个样子既不像往日雷霆果决的大理寺卿，更不像心怀不轨的乱臣贼子，他的所有都让人猜不透、摸不着，可在不知不觉中总会被吸引，沉醉而不自知。

我忽然间觉得有些荒唐，当朝监国公主竟跟着谋反的驸马躲在这破旧的茅庐之中，而反贼们正守在门外，保护着他们的安全。

这时，修竹从里屋走出来，见我坐在床边，也不讶异，自顾自地打了盆清水洗净手中鲜血。我长长地吐了一口气，“修竹，多谢。”

修竹愣了愣，“不必，救少主是我的职责所在……”

“多谢你能让我跟来，听到他平安无事的消息。”我低头，“从你们的角度来说，没杀我，已经很不错了。”

方才宋郎生昏过去的时候，有人甚至恨不得将我一刀剁了，修竹不仅制止住，还告诉他们少主的意思是要放我走。

可我坚持要随他们到这儿来。

“我只不过，是照少主的意思办事罢了。反倒是从公主的角度，没趁机杀了采蜜姑娘，也很不错了。”修竹淡淡一笑，他自己腿上也受了伤，走起路来并不方便，我问他，“采蜜怎么样了？”

“昏迷不醒，不过……”修竹回头看了看里屋，意有所指，话中有话，“早晚该醒。”

我恍惚点了点头，“是啊，早晚该醒。”

“公主所指的是采蜜还是少主？”

我仿佛从梦游里清醒过来，“我说的，是我自己。”

这一场大梦，该醒了。

生死之际，一切遵循本心，只为无怨无悔。

生死过后，一切恢复如初，该面对的还得面对。

不管是何缘由，不管真情假意，如今，谁也改变不了什么，挽回不了什么。

正如我生来便是襄仪公主，他前朝皇嗣的身份永远也改变不了。

我们回不到从前了，也不可能会有将来。

这一条鸿沟谁也无法跨越。

哪怕我开始愿意相信他了。

信他爱我，信他从来不愿伤害我。

修竹似乎听懂了我的话，又似乎什么也没有听懂，他道：“待天亮了，我们便会带着少主离开，不过，这一次，只怕不能带上公主了。”

我点了点头，“我知道。”

修竹见我这般若无其事，约莫有些惊讶，“公主没有什么话要我转告给少主的？”

转告？告诉他什么呢？告诉他，我已经相信他在那时并没有向我下毒，可我毕竟还是中了毒，只怕再也活不过几日了吗？还是告诉他，当年在山巅之上，我告白的那个人，是他呢？

若没有经过今晚，或许我会。

可我看到了他的心，又怎么忍心再去敲碎？

想到这里，我有些释然地笑了一笑，“你告诉他，我受你们挟持而来，虽为救他性命，却也是看在昔日情分上。如今他平安无事，往日种种譬如昨日死，他日兵戎相见，谁也不必再留情面。”

修竹用一种奇怪的眼神看着我，“公主当真要我这样转达？”

我道：“这是事实啊。”

修竹静默须臾，叹了口气，“其实有时候，你以为自己是为他人好，但委屈了自己，珍视你的人又岂会真的好？”

我心中一颤，可他毕竟不能多说什么，仰头望着窗外满天飞舞的雪花，自漫无边际的虚空落下，“梅花雪，梨花月。”

我茫然地看着他。

“有一次少主他，忽然文绉绉地吟这首诗。”他勾起一抹笑，也不知道是为何而笑，“我原来不懂，今日，仿佛有些明了了。”

“梅花雪，梨花月，总相思……”

“自是春来不觉去偏知。”

我有些无意识地念着这句诗，像一股风，轻缓地拂过我早已如死水的心潭，泛起圈圈涟漪。

雪中梅花，月下梨花，相思之情从来不曾断却。

春天在一起的日子，不知不觉地过去了，直待分开了，才彼此感到难舍难分。

到了后半夜，宋郎生服下药之后烧渐渐退了，安下心后，一日疲倦一同袭来，我也不知我是几时趴在他的床边睡着了。

这一夜安眠无梦，我太久没有睡过这样舒服的一觉了。

冰凉的雪花被风吹入屋中，落在我的脸颊上，再睁开眼时，金色的阳光从天际洒落在屋中，而莹白如绒的雪依旧纷纷扬扬，随风飘零。

是太阳雪。

这景致太过美好，我忍不住想要转头去看宋郎生。

然而，床榻空空。我呆了呆，倏然起身绕过墙一瞧，连里屋的采蜜也不见踪影，推开门，天地一片银白，整个草庐空无一人。

他们走了。

我回头望着屋中仍在燃烧的炭火，一刹那竟有一种恍若隔世的感觉。

虽已做好了准备，可真到了这一刻，挥之不去的苦楚再度揪住我的心口，那种熟悉的疼痛感又回来了，待一口鲜血呕出，我不由得微微苦笑。

大限将至。

这一生走到此处，纵然不愿放下，终究不得不放下。

我拢了拢衣襟，踏着厚至脚踝的雪，一步步往回京的方向走去。

北风凛冽，纵是日光明媚，依旧抵不住侵入身体的寒意。

天色还早，荒野路上枝丫倒影重叠交错，我想起宋郎生吟的那首诗，想象着他吟诗的样子，居然觉得有些好笑，笑过之后，我自己也忍不住诗兴大发，“微风摇庭树，细雪下帘隙。萦空如雾转，凝阶似花积……”

“不见杨柳春，徒见桂枝白。零泪无人道，相思空何益。”有人在我身后徐徐接道。

我回过头，但见修竹自一匹马上跃下，走到我的跟前，我诧然问：“你怎么会来？宋郎生出了什么事吗？”

修竹摇了摇头，“少主还未清醒，是我自己来找公主的。”

我静静地等着修竹的后文。

修竹自袖中取出一把匕首，正是昨夜宋郎生所持，他递给我，慢慢道：“我想，少主本意应当是想把这匕首交与公主的。”

我接过那匕首，金色的鞘反射着太阳的光辉发出夺目的光华，只是剑身已被磨损，想抽出来倒也费劲，“你就是为了给我送这个才去而复返？”

“昨夜事发突然，我一心只想着如何救少主，却把这事抛诸脑后了，”修竹缓缓道，“今日清晨又一心赶路，待走出一段，我才想到昨夜少主为寻这鞘险些丢了性命，那必是极为要紧之物，便拿出来细细端详，不料在匕鞘之中，发现了一件物什……”

他说到此处时，我也发现了匕鞘顶处有一条极有规律的圆缝，顺着缝隙旋开，果不其然，这其中内藏玄机，暗格里装着一个用丝绢裹住的东西，我一股脑儿倒出，打开丝绢，却见帕中躺着一颗药丸。

“这是……”

修竹道：“这是忘魂散的解药。”

仿佛冬日里的一声惊雷，在空旷的心野毫无预兆地轰炸开来。

我浑身僵硬，忆起昔日种种，一种不敢面对的真相呼之欲出，“忘魂散……有解药吗？”

“有。”修竹道，“忘魂散原本就是一种为了将人控制于手的毒药，此药制出来时多半致命，施毒者为达到自己的目的，先是令人丧失记忆，待时日一到，若中毒者尚有利用价值，施毒之人便可用解药换取他们最终想要的。”

所以，昨夜，他为了这颗解药连自己的性命也不顾，是……为了救我吗？

为什么？他不是恨透我了吗？

彷徨在胸臆之间反反复复徘徊，直待修竹慢慢地道：“有些事，我原本并不愿说，毕竟公主与我们是敌对关系，我也有自己的私心……”他淡淡笑了笑，“其实在两年前，我就见过公主了。两年前在灵山之上，公主窥见少主与帮众兄弟集会，后来遭袭晕了过去，那一个掌刀，是我打的。”

我心头一颤。

修竹道：“我原本是夏阳侯的幕僚，后来被指派给风离公子为他做事，那夜抓了公主的不是别人，正是风离公子。而在少主赶来前，喂公主服下忘魂散的也不是别人，还是风公子。

“让公主中忘魂散，委实是侯爷的意思，他为风公子与少主二人准备了一颗毒药，目的便是试探他们是否当真愿与公主为敌。

“公主中了风公子的忘魂散，这一切，少主并不知晓。

“后来，少主闻风而来，并当着风公子的面逼公主服下药丸，那时，我与风公子当真以为那是忘魂散，少主是有心置公主于死地。

“直到上月初，少主在得知公主所中的是风公子所施的必死之毒后，他就像是发了疯一般，夜以继日地赶至绥阳，去侯爷那儿换取解药，我才知道，那一夜，少主喂公主所服的并非毒药，只不过是为了迷惑风公子与侯爷罢了。”

修竹每说一句话，我便觉得自己的心像被利刃割上一分，小小的药丸握在手心，炽热得几乎烫手，可我心底竟连一丝喜悦也无，“换取？他用什么来换取解药？”

夏阳侯处心积虑多时，又岂会是宋郎生说要解药他就能给的？

修竹摇了摇头，“少主与侯爷有何交易我哪会知晓？只不过……”

“只不过？”

“只不过，少主担心侯爷并非愿意替公主解毒，所以便要了两颗解药。”

“为何要两……”问到一半，答案已悄然浮上我的心头，一瞬间，我竟忽然问不下去了。

修竹低下头，沉声道：“少主他……他把他自己手中的忘魂散给服了下去……待毒发后，他足足昏迷了三日三夜，那三日我守在少主身侧，一直遵循他的话等他，待他醒来，见他失去记忆，确认是中了忘魂散之毒，才替他服下解药。”

凛冽的寒冷迅速灌满整个胸腔，我感到手指在轻轻颤动，“他这么做，若解药并非是真的……”

修竹轻轻道：“这话我也问过，少主说，那陪公主一起死，也没什么大不了的。”

“骗人。”我这一声喊出来，才惊觉自己声音沙哑，“他不是前朝皇嗣吗？他不是要报他的血海深仇吗？他不是想要图谋整个江山吗？”

“他不是，”修竹斩钉截铁道，“他不想。”

“他若是想，就不会一清醒，连一刻也不敢耽搁，没日没夜地赶往京城。

“他若是想，就不会不顾及他的身体能否经受住不眠不休的颠簸，只为更早一些见到公主。”

修竹看着远方起伏不平的天际，“他只不过想不到，在他带着他用命博来的解药回到公主府时，等待他的，是公主蓄谋的埋伏与杀戮。”

我的视线一片模糊。

我想起了那封信，在宋郎生离开之时写给我的那封信。

他说：盼你不论记起何事，都能信我如初。

可昨日当他赶至公主府，眼见我陷入废墟时失魂落魄的模样仍历历在目，那时我在做什么？我站在高处无动于衷地想，他为何要演戏，他究竟有何企图？

他说：宋郎生自钟情萧其棠那天起，心便未曾动摇过半分。

可我却对他说：乱臣贼子，人人得而诛之。

“只不过，经过昨夜，我能看得出公主对少主并非是那般绝情寡义，虽说这其中关节我也未能想通，然而这世间原本就有许多事不能只信表面所见所闻。”修竹说完了他想说的，翻身跃上马，“事已至此，修竹能做的，也只有这么多了。”

“你究竟是什么人？”见他就要离开，我赶忙叫住了他，“为何要帮我？”

“我是侯爷的幕僚，过去是，如今也是。”

修竹勒紧马缰，骑出几步，又回过头来，对我说：“还有一件事忘了告之公主殿下，公主中毒已深，这忘魂散的解药服入之后必遭锥心之痛足足一日，一日之后，中毒期间所经历之所有皆会尽数忘却，此生都无法再想起，包括今日我对公主所说的话。”

我只觉得周身彻骨生寒，修竹平和的面容下仿佛隐藏着另一种灵魂，“你……”

“今日距公主中毒之期正好两年，若过了今夜公主还未能服下解药，那便当真是回天乏术了。”修竹的声音隐没在东风中，“公主殿下……后会无期了。”

话音一落，他扬鞭策马，我想要追上前去，却是双腿冻得麻木，刚踏出一步便跪在雪上，眼睁睁地看着他绝尘在茫茫荒雪之中。

我茫然地坐在雪地中，望着四面不着边际的雪峰，如同坠入冰窖，再也找不到暖意。

修竹的意思再明显不过了。

他是夏阳侯的人，所做的一切，只为利益，不为怜悯。

这荒山野岭，方圆百里，便是走上一日一夜，都找不到一个能够帮我的人。

而这解药固然能救我性命，服下的同时也就掐断了我对宋郎生的情义。待我醒来，只会记得是宋郎生逼我服毒，而这两年来他对我的种种好，皆如云烟消散，再也记不起来了。

一切又会回到开始，我会满怀怨恨地和太子弟弟一起，对宋郎生赶尽杀绝。

而宋郎生更会彻底斩断与我最后一丝情义，走上那条他本不愿去走的路。

我踉跄地站起身来，一步一步，顺着修竹离去的马踏雪痕走去。

我必须找到宋郎生。

我还有好多好多的话想要对他说。

我要告诉他我就是当年的那个小妹妹，我要告诉他从未有一个人会像他这样深深地烙在我心上。

我不想再看他受伤，更不能再去伤害他。

我无法忘却这两年时光，更不愿忘记……他爱我。

我紧紧地握着手中的解药，风雪犹如鞭子一般抽打着我，奇怪的是，迷茫的心绪渐渐变得清晰起来，我向着那个方向一直走，恨不能让时间停滞，直待我找到他为止。

时间不断在流逝，雪却越下越大越下越密，天地间像织成了一张巨大的白网，莫要说雪痕，甚至在我回过头时，连自己的脚印都无影无踪了。

寒风刺骨，风如尖针一般穿透我的心，我能够感觉到自己的生命在不断流逝，饶是理智不断告诉自己必须找一处避雪之所服下解药，否则只怕不待毒发，我就会活活冻死在这冰天雪地之中。

我抬手抹去蒙在双眼上的冰雪，到最后，整个人都仿佛不属于自己了，遥遥望去，漫天世界都泛着白光，而灵魂仿佛前一刻就要飘起来，然后，被这灰茫的白所吞灭。

我勉力勾了勾自己冻僵的嘴角。

我想，万一过了几日要是被宋郎生发现我冻死在这儿，让他看到我在生命的最后一刻是微笑的，会不会就不那么难过了？

就在我瘫向雪地之际，一双宽厚的手稳稳地扶住了我。

一件狐裘随之覆裹住我的全身，带着温热的余韵，渗入四肢百骸。

未待我看清来人，但觉身子一轻，整个人被打横抱起，并将我紧紧地贴在他的胸膛之上。

我呆呆地、愣愣地看着胸前还隐隐约约渗着血的蓝衫，心便如隆冬化作一汪春水，自眼眶慢慢地滑落下来。

根本不需要抬头去看的，这温软的气息，天底下绝无仅有，唯有一人。

从十三岁那年，他自洞口跃下，伴着纷乱的枫叶落到了彷徨无助的少女身边，自此以后，他便落在了她的心上。

他能在千千万万盏天灯中寻到她的那一盏彩虹灯，然后把她从重重烈火中救起，气势磅礴地说：“我乃大庆驸马宋郎生！谁敢拦我！”

不论我迷失在哪儿，他总能找到我。

我缓缓抬头，纵然他的脸色苍白到极点，头发被狂风吹得凌乱，容色却依旧是那般秀雅绝伦。

他慢慢地往前走，不知道要走到何处，寒风中，我靠在他身上，浑身酸软动弹不得，事先想了那么多话，此时竟只问道：“你……怎么会在这儿？”

“因为你在这儿。”

他的声音很轻。

心口好像有什么要溢出来，又仿似被抽空，“你不是已经走了吗？”

“你在这儿，我能去哪儿？”

仿佛是带着委屈的语气。他搂住我，不留一丝空隙地贴着。

我不敢眨眼，任由自己的泪水狼狈地不住地滴落，“你……你不是恨透了我，怎么不陪你的采蜜，却还要来寻我？”

他顿住脚步，静静垂下眼凝视着我，然后，轻柔而又小心翼翼地拂去我眼角的泪。

“我的小妹妹就在这儿，你要我上哪儿去？”

第二十一章

阿棠，对不起

那一日的天很是不可思议。

明明晨时艳阳当空，亦百里飘雪，而漫雪纷飞一整日，待到傍晚反倒停了下来，一抹殷红余晖映在远山暮雪之上，刹那间，延绵不绝的雪仿佛罩上一层薄薄的红衫，壮阔而清丽。

宋郎生就这么毫无预兆地将我抱起，漫步于白茫茫天地之中，身后是暮雪皑皑暮光沉沉，垂眸浅语时是风华冠绝。

我忐忑地看着他，脑中反反复复回旋着他方才说的那句话，只觉得整个人仿佛飘浮起来，“你……此刻是入了我的梦境吗？”

宋郎生浅浅一笑，“不是梦。”

我脑子里一片发蒙，“你每次入我的梦都说不是梦。”

他的笑容温润柔和，“不是梦。”

心底的空像是被这笑倏然填满，我摇了摇头，喃喃道：“不，你怎么会对我这般笑，你明明很生我气的，而且，我都没有告诉你，你又岂会知道我是小妹妹……”

宋郎生苦涩地一笑，“你为何一直不告诉我？瞒了我这么多年，我自然生气得很。”

在雪地中走得太久，我冻得舌头都使唤得不大利索，“我并非存心瞒你……”见他笑中仿佛添了几分怅惘，“你……生气的时候从不笑的，就算是梦，也要学得真实些……”

宋郎生听完再度停下脚步，他将我小心放下，让我的双脚踩在他的鞋面上，一手将我圈在他的怀里，另一只手轻轻抚上我的颈，“既是梦，可遂了我的心意？”

我一呆，未来得及回答他的话，他已俯下头，轻轻地在我的唇上亲吻了一下。

我的脑中一片空白，仅存的一些理智都捞不回了，“你……”

伴着一声轻笑，温润的唇再度覆了上来，带着丝丝凉意，一圈一圈涌向心头。

唇畔与唇畔辗转厮磨，起先还是轻柔缱绻的轻吻，然后渐渐深入，分不清是温柔还是肆意，一股火焰在身上蔓延开来，几乎要被吞噬，却又舍不得把他推开。

我已顾不上辨清这是梦境还是现实，唇与心都被吻得火烫，感到他的舌尖在灵活地打着旋儿，酥酥麻麻地传递着温热，分开又重逢，无可遏制，无可取代。

不知过了多久，漫长的吻逐渐停了下来，在唇畔分离之际，他低声问：“如此，真实了吗？”

我的思绪融成一团糨糊，“我……”

他轻轻地用他的鼻尖蹭了蹭我的脸颊，“还是说……公主经常做这样的梦？”

我只觉得自己整个人好像都被这轻轻一蹭点燃了，“……你才经常做这种梦呢！”

“我在梦中与公主所做的可远不止这些……”

什么叫与我所做……我的脸腾的一下烧起来，“你、你——”

宋郎生见我窘迫，正偷笑着想回我些什么，一眼望见我握在手中的匕首，嘴边的笑意却是一滞，我顺着他的目光垂眸凝住，感到搂住腰间的手紧了紧，再抬头时望见他苍白的面容犹如上了一层白霜，“阿棠……”

我知道他要说什么，他历尽千辛万苦取回解药自然是要看着我服下才能安心，可……我摇了摇头，“我都知道了，这药你是从何得来、服下之后会如何，这些修竹都告诉我了，宋郎生，我还有好多的话想要问你，好多的话想要同你说，我不能就这么不明不白地把这两年里的所有都忘了，你明白吗？”

绒毛般的细雪缓缓落在了他的头上，雪又开始下了，我听见他轻轻一叹，下一瞬，感到身体又一次凌空而起，他重新将我抱入怀中，“天就快黑了，眼下，我们先寻一处栖身之所吧。”

我就这样被宋郎生一路抱着，也不知走了多久，走了多远，在雪势更大前，总算在山腰中寻到一个山洞。

山洞静谧，确是这山上唯一的避雪之地了。宋郎生放我坐下歇息，只出去了片刻，也不知从哪儿寻来的干柴枯枝，生了火之后抱我到火堆旁坐下，见我光着的脚丫露在狐裘之外，伸过手来焐上，用掌心的热度让我一点点地找回了知觉。我怔怔地看着他，仿佛心中的寒冷也就这么被他焐热了，忽然觉得，其实有许多困惑也不那么重要了，这一刻这样好，有他在我身边，又何必顾虑太多。

宋郎生见我逐渐恢复了些许温暖，这才松开手，掀开狐裘的一角，整个人也钻了进来，我想到曾经的隆冬在公主府里我们也会这样，他躲进了我的被窝，然后抱紧我，再盖好被子，互相用彼此的体温取暖。可如今我们昔日的寝屋已荡然无存，心中难免酸楚，半晌，却听他道："你想要先问，还是让我先说？"

我抬眼看他，火光在他的眸子中闪闪烁烁，"你是……何时知道我是……当年那个小妹妹的？"

他望着我道："昨日，在我带着你跳出马车时。"

那个时候？

"在马车上我明明什么也没说……"我茫然不解，"你为何会在那一刻得知？而且，那时采蜜明明还躺在你的身边……"

他见我这般诧异，淡淡地笑了一笑，"打从采蜜一开始出现在公主府时，我便知她不是当年那个小妹妹了。"他握起我的手，"你可还记得，那日她陡然出现，我问她为何会找到此处来，她是如何回答的吗？"

我努力地回忆了一番，"她……似乎是说怎么都寻不到她的大哥哥，咳，也就是你，又唯恐她的失踪会令我担心，所以才找到公主府来……是吧？"

宋郎生嗯了一声，"那么你又记不记得，当年……那个总喜欢从玉龙山庄溜出来与我私会的小丫头总喜欢冒充谁的宫女？"

我瞪了他一眼，什么叫喜欢私会啊，"那时我担心你看出端倪，便同你说我是大皇兄的……侍奉宫女……"说到此处我恍然大悟，"所以……"

"所以，"宋郎生接着我的话，"既然是前太子东宫的侍奉宫女，寻故人也不应当寻到公主府上，在我得知她是公主的宫女时，便已起了疑心出言试探，更为她备好盘缠，可她却是惺惺作态，你让她留她便留了下来……"他指尖在我的掌心一下一下划着，“那个与我相知相恋的小妹妹，心气是何等之高，若是见我变心，多扺二话不说便走，又怎么可能屈居于公主府中长住？”

我心中百感交集，无怪那时宋郎生对“小妹妹”的态度那么决绝，我还为此郁郁寡欢，此番想来当真是愚昧至极，我缓缓问道：“你既已看穿她，何不告诉我？”

“采蜜的出现令我怀疑起当年的逃亡是否另有主使，是否另有图谋。我不愿你参与其中，依你的性情若是知道了，绝不会善罢甘休，反倒极有可能步入他人所设的陷阱之中……”

听到这儿我心虚地避开了他的眼神，若是让他知道那后来我确实独断专行，还被风离牵着鼻子走，他是否更恼我了？回想起昨日，想到他眼见“我”埋入泥沙中时绝望的模样，我讪讪问道：“那么……你此刻是否仍在气我，气我诈死，气我看着你在火海中喊我的名字却不应你……”

宋郎生道：“自然生气得很。”

我心中本就愧疚，见他毫不安慰我，又想到昨日在公主府时他对我说的那番绝情的话，禁不住道：“但你早知那采蜜是假的，昨日却为何还要那般凶我，还对我说什么‘恩断义绝’的话……”

“我原本还不信她，你倒好，没事说什么‘从七年前就处心积虑地接近我，调查我，还派千军万马逼死我爹我娘还有采蜜’这些话，彼时我本来就乱作一团，还未弄清那贺平昭、那采蜜究竟是怎么一回事，你却来火上浇油混淆视听……”

我道：“我那说的都是气话……”

他斜睨道：“我说的自然也是气话。”

我不开心地瞪他，“你还说我是蛇蝎心肠！”

“那是谁唤我乱臣贼子的？”

我：“……”

他见我快要哭出来的样子，伸手揉乱我的发，“不过，看到你平安无事，好好地在我跟前，又有什么比这更为重要的呢？”

“是我不好，”我用手背擦了擦眼泪，“我明知不该那样对你说话，不该坠入别人的陷阱之中，可当时你那样说，我确实心如死灰，所以才……”

宋郎生轻声道：“当时的情况你也不是不知，若我留下只有任人摆布，不与你反目，又岂能要挟你逃离？”

我怔怔地问："你是故意的？"

"我虽气极了你，却也不至于在没弄清真相前就妄下定论，"宋郎生的眉稍稍舒开，"原就是想带你离开，到一处只有我们两人的地方再与你详谈。"他稍稍一顿，"其实与公主朝夕相对这么多年，我并非从未想过你就是小丫头这个可能性，只不过……两年前在灵山之上，你与聂然所言乃我亲耳所闻，不论如何想……"

我赶忙打断道："那个时候，我说的话并非是说给他听的，我是……"

"你是说给我听的。"宋郎生笃定地笑了笑，"那日山上你约见的人，是我，不是他。是吗？"

我抿了抿唇，努力抑制住险些破喉而出的哽咽，"可是昨日在马车之上你明明还……后来又是如何想通的？"

火堆啪嗒一声响，宋郎生探出一只手添了几根柴火，"就在跳车后，我们滚落在草丛中，你以为我有事，我看到你害怕的样子，你是那么害怕失去我，那一刻，我才知道是我想错了，我的襄仪公主如此在乎我，又岂会狠得下心设伏杀我呢？"

我呆呆地看着他，他静静地望着我，道："不论是太子设下的圈套也好，是风离的算计也罢，哪怕采蜜的'证据'再确凿，又或者还有其他什么人如何说，只要我相信公主，只要我懂得你的心意，识破那些阴谋诡计又有何难？"

我从来没有想到，宋郎生给我的回答，会是这样。

他静默了片刻，道："因为信你，那么就说明做这些事的人必是另有其人。采蜜能将当年的那封信算准了时机给我，只怕当年你连看都未曾看过，她在那种情况下还不忘告诉我你曾以她的名义与我会面，却不是心虚又是什么？念及于此，我还有什么理由不知道谁才是我的小妹妹吗？"

饶是千般苦难，至此犹记情深。

洞外依旧大雪纷飞，我闭上眼，竟觉得此刻是从未有过的温暖和煦，宋郎生见我久久没有说话，歪着头看向我："我说了这么多，你还未回答我的问题。这么多年，你为何从未与我提及，你便是当年的小妹妹？"

我依偎在他肩上，把原委从头至尾说与他听。

十三岁那年在枫叶树下的苦苦等候，失约后多年长长相思，在酒宴上的惊鸿重逢，以及……那一年在父皇赐婚时，他义正词严地说他早已有了结发亡妻誓终身不娶。

这百转千回，日积月累，原来皆只因我胆小怯懦，才让我们重重误解，平白错过了那么多年。

当宋郎生听到我讲述采蜜出现，我因那封突如其来的信而不敢坦白真相时，他简直气得想要一把捏死我。

我头低得不能再低了："……这世上许多女孩子在遇到这种情况下的反应，原会如此……毕竟让你瞧见那信，我若解释不清误会，那该如何是好……"

宋郎生用指节叩了叩我的脑袋，"说穿了，还不是你不信我？"

我扯了扯他的衣袖，"宋郎生……"

他别过头去，"哼。"

我摇了摇他的手臂，"驸马……"

他闷声置气道："公主不是不信我？怎的此刻却又不问我两年前发生何事？不问我为何与前朝余孽密会？不问我为何勾结夏阳侯？不问我为何会与风离为伍？"

他说到此处，我却猛地想到另外一事，"有件事，你一定要如实告知我真相，绝不可再欺我瞒我。"我将藏在匕首中的解药倒在手心，"修竹说你为了拿到解药，与聂光做了交易，究竟是何交易？"

他微微蹙眉，我见他不回答，心头一揪，"你是否答应他什么不愿答应之事了？他是否想让你做什么替死鬼，该不会还给你服下什么毒药了吧？"

宋郎生捏了捏我的腮帮子，"公主的想象力还真是一日千里……"

我直视他道："不要顾左右而言他。"

"我看去像那么容易受人所制吗？"宋郎生眼角微微弯着，"没有，请放宽心。"

"那……聂光怎么可能……"

"我只是告诉他前朝皇室秘传的百家姓罢了。"宋郎生沉静一笑，"我知道，那是打开秘藏的关键，虽说这两年，聂光与风离都曾旁敲侧击过我，我一直装作不知……如今，只怕聂光想不到风离快了他一步，从你这儿找出了开启石门的方法……"

我怔住，心中疑虑更甚，"你早知道前朝秘地的存在？你是如何得知的？你爹当年……明明未将那秘地之所告知于你，所以才会被风离灭口，武家才会惨遭灭门……

还是说，你一早就知道自己前朝皇嗣的身份了？”

宋郎生欲言又止，道：“公主……当真想知道真相？”

“是。”我道。

“阿棠，”宋郎生深深看了我片刻，望着我，“告诉我前朝秘地存在的，不是别人，是皇上。”

我浑身一震。

“告诉我我爹君锦之乃前朝端王的，亦是当今皇上。”

我目瞪口呆地看着他，不知该做出什么表情，宋郎生极其缓慢地眨了眨眼，“就在两年多前，我将公主从陈家村带回京城后不久，彼时皇上大病未愈，有一日单独召我入御书房，他同我说，太子已将我爹是谋逆案的君锦之之事告之于他。皇上问，‘对此，你还有何话可说？’”

那个时候的宋郎生，早已料到这一天的到来，他更知父皇不可能会放他生路，唯一放不下心的人，也只有我而已，所以他说：“臣无话可说，只求皇上不要迁怒于公主，公主对臣之过往全然不知情，若皇上能私底下将臣处决，那是再好不过。”

父皇沉默了许久，然后缓缓地问：“宋郎生，你可知君锦之，究竟是何人？”

宋郎生疑惑地抬起头。

父皇告诉他，君锦之正是前朝赫赫有名的端王。见宋郎生不太信，父皇挥了挥手让他打开早已搬出的几箱前朝旧物，其中不乏端王的古玩字画，那些本是父皇夺取江山时侵占皇宫的战利品。

宋郎生岂会认不出他爹的字迹？

父皇说，当太子告诉他的时候，他一点儿也不惊讶，知道是为什么吗？因为他早就知道，他的宝贝公主所嫁之人，究竟是什么人。

宋郎生问：“这些事连臣自己都不知情，皇上又岂会知悉得如此清楚？”

父皇让宋郎生打开最后一个箱子，箱子里装满了画卷。

宋郎生展开画卷，一幅幅画中人皆为一人，正是他的母亲。

他不可置信地望着父皇，父皇的眼中竟有几分苦涩之意，“你母亲本名温楚，淮南蔡县人，是朕……年少时，未过门的妻子。”

父皇讲了一个故事。

故事里的少年与少女是青梅竹马的玩伴，少女是那个镇上最美的姑娘，有许许多多的男子都对她倾心不已，而她独独爱慕那个少年。只可惜造化弄人，待那少女过了及笄之年，当朝最有权势的端王途经淮南看上了她，并强要了她。

少女失去贞洁，痛不欲生，再无颜面对少年。她本欲寻死，却在她发现自己怀了端王的骨肉后，决定诞下婴孩。

少年知道了一切，不愿自己心爱的女人生下别人的孩子，他悄悄在她饭菜里下了堕胎的药，没料想，那药不仅令她失去了腹中的孩子，大夫说，她这一生也不能拥有属于自己的孩子了。

那份属于他们的爱，也因此，走到了尽头。

后来少年被征兵入伍，离开了蔡县，时隔多年再回故里，听人说，当年就在他离开后不久，端王再度归来，带她离开了蔡县。

那之后时过境迁，他打下了这片江山，登基为帝，却再也没有见过那个少女。

唯有每每午夜梦回，心痛难忍，将思念寄情于画中。

直到有一日他微服私访，在京城中一个小小的茶馆，与她重逢。

他喜不自禁，欲诉多年相思之情，却发现她与她的夫君举案齐眉，甚至有了一个儿子。

如前朝端王那般风流人物，愿为了那个少女抛却所有，而今改朝换代，她依旧守护在他身边，那情义早已非外人所能动摇。

他回宫后派出人手调查他们，不仅查出君锦之的身份，更得知那男孩并非他们亲生，只是多年前某个雪夜里捡回的病弱弃婴。

那被当作亲生骨肉一般抚养长大的弃婴，正是宋郎生。

宋郎生听完父皇的回忆，静坐在画像旁，久久无言。

父皇长叹一声，道："这也是当年你们一家逃离京城时，朕未派人赶尽杀绝的理由。朕……毕竟亏欠你娘太多。"

宋郎生合上画卷，问："当年，确非皇上派人追杀我爹娘？"

父皇道："朕要杀便杀了，何必纵虎归山再派人暗杀？"

宋郎生心中寂冷，他苦心谋到这个位置，本是为父亲沉冤昭雪，如今不仅得知父亲前朝皇嗣的身份，更发觉自己并非亲生，许久以来坚持的信念轰然崩塌，"皇上既一早得知我的身世，为何还招我入朝为官，将公主许配于我？"

父皇没有回答。他定定地看着宋郎生一会儿，只道："你处事磊落，为官数年，为朝廷为百姓所为，朕皆看在眼里。"

这自然不会是真正的理由。

父皇又道："襄仪她为了护你，宁可瞒住朕，冒着欺君之罪也要嫁你。天底下，岂有拗得过子女的父母？"

即便是宠爱公主，身为帝王又岂会轻易把女儿嫁给与前朝有所纠葛之人。

更何况，这公主还身兼重任，手掌监国大权。

宋郎生见父皇这般说法，显然是不愿深谈，"既然皇上并不愿追究臣之身世，今日召臣入宫，是为何故？"

父皇微微一怔。

宋郎生陡然得知身世，不仅未有如想象一般或恨或愤，反倒一片清明坦然，在接受完事实后平静地询问父皇的真正用意，这胸中丘壑，实非常人所能及。

父皇慢慢地站起身，越过宋郎生，负手道："朕原本是真心想让你与襄仪长相厮守，若非已到了油尽灯枯之境，实不愿见襄仪伤心难过。"

"如今，朝中佞臣当道，军中忠奸莫辨，外有夏阳侯野心勃勃，前朝余党更是虎视眈眈，连朕的几个兄弟都等着朕倒了，再伺机而动。"父皇叹了叹气，"太子资历尚浅，不足以对付这乱局。"

父皇慢慢回过头，暮色映上他的苍苍白发，"朕……需要你的力量。"

宋郎生沉静道："臣只不过是区区大理寺卿，恐怕并不能替皇上分忧。"

"或许其他人不行，你可以。"父皇道，"你是前朝余党眼中唯一的皇嗣，只要你找到端王为你留下的秘地之所，必能一呼百应，将最大的隐患一网打尽。"

宋郎生心头一凛，父皇的意思再明显不过，他若成了叛军头领，自能得知潜伏在朝中的叛党究竟有谁，从而引蛇出洞，险中求胜。

宋郎生毫不犹豫地道："即便臣非亲生，多年来父亲待我如亲子，养育之恩尚不能报，遑论加之利用，陷父亲的旧属于不义之地。臣……恕难从命。"

父皇怫然道："难道你就眼睁睁地看着奸臣贼子掀起血雨腥风，让安逸度日的百姓陷入战火，让襄仪为了守护朕的江山陷入险境？"

宋郎生道："倘若真有那么一日，臣所能做的，只有带公主远走高飞，至于其他，臣一介平庸之辈，无力回天。"

“好一个无力回天，你可知你——”父皇的声音一顿，却是气得连站也站不直，宋郎生赶忙起身扶住了他，唤人去召太医，这时父皇喘了喘道：“本以为你心系苍生，断不会因私废公，因小节而舍大义，如今看来，是朕……错了。”

父皇的一席话，不仅令当时的宋郎生陷入某种震撼中，更让此刻听完真相的我久久无法言语。

我从不知父皇的心机如此之深，更不知他对宋郎生的期许如此之大。

我说：“父皇绝不会就此作罢，若不能为他所用，依他的手腕，多半就不能留你了……是以，这便是你之后冷落我的原因吗？”

宋郎生目光略略闪动，道：“若你知悉一切，必会奋力救我，我实不愿再累及你。”

我想起了那个寒冷的雨夜，他被父皇罚跪在御前，我求情不得想要陪他，他却冷漠疏离地说：“那些话，从来都是公主说的，我没有。”

那个时候，他究竟是怀着怎样的心，来拒绝我的情呢？

念及于此，我忍不住搂紧宋郎生，他见我这般黏他，反倒微微一笑，“都过去了，现在我不是好端端地在这儿吗？”

“嗯……”我低声道，“只是后来，你又为何会……”

“后来，聂光不知从何得知我是君锦之之子，并找到我，同我说了一番慷慨豪言，呵……或许皇上说得不错，所谓前朝复国，本就是聂光为成就自己的野心所编织的谎言，”宋郎生缓缓道，“可不论孰真孰假，我已是没有退路了。”

没有退路。

即使他坚持到最后，父皇也必会杀了他，并昭告天下前朝皇嗣血脉已断，绝了聂光的这条匡复旧主之路。

若当朝驸马以此名义处斩，连我也会牵连失势，甚至不能保全性命。

宋郎生道：“这一场阴谋若不能消止，天下何时方能太平？”

我的目光从始至终都没有离开他，“两年前在灵山之上，你假意下药，那是取信于聂光的投名状吗？”

“嗯。”

我心中隐隐不安，“可如今你却为了救我性命去索解药，聂光知你仍在乎我的生死，又岂会再信你？若是事败……”

若是事败，便只能当成乱臣贼子一并剿灭了。

宋郎生笑了笑，“又不信我了？这两年的精心部署正是为此一战，我，自有必胜的把握。”

我定定地望着他，他的笑容依旧，眼眸沉静柔和，仿佛当真胸有成竹。

我闭上眼，“但我还是不明白，为何父皇不将这全盘计划告之太子而让你孤军奋战……”

“他自然有他的考量。”

我惶惶然，“可他一直昏迷不醒，如果太子一直误解下去，如果……”

一个轻盈的吻，将我的话堵在了唇边。

我缓缓睁眼，近在咫尺的眼瞳中万般柔情带着丝丝倦意，他浅笑道：“即便真有如果，有你在我身边，我又有何惧？”

对我而言，他就是这样一个人。

一个对我温言细语我就狠不下心肠，一个对我展颜而笑我就移不开眼的人。

刹那间我心里千头万绪化为心安，胸口有什么滋味溢出，有他在，有何所惧？

我摇了摇捏在指尖的药丸，“你就是不想与我多说，非要我服下解药才安心。”

宋郎生扶额连连摇头道：“你服下解药之后仍会忘尽我方才所说，我不还得重说一遍？当真是麻烦至极。”

我嗔怪地斜了他一眼，心口却是欢喜与忧愁如千丝万缕般纠缠，“你当真会原原本本和我说一遍这两年所发生的所有事？”

宋郎生无可奈何地叹了叹气，俨然觉得单凭他一张嘴说尽两年是是非非是一件暗无天日之事，“我尽量。”顿了顿，“哦，不过，关于煦方之事，我是不会说的。”

我心头一惊，“为何？”

宋郎生露出一丝笑容，带着一点狡黠，“我本还颇为介怀你曾心仪于我以外的人，此般正好，你将他忘个干净，不论过去还是今后，眼里心中都只能有我一人。”

我不满道：“喂，你怎么可以这样……”

宋郎生缓缓一笑，“因为，我也是。”

我怔怔地看着他。

“当年，我曾答应过那个小丫头要把她明媒正娶当我的小媳妇，奈何没能实现诺言。后来，我喜欢上了那个不可一世的襄仪公主，不仅因自己移情，更因不能全心待她而自愧不已。”

心头像是有什么满满地溢出来了，我定定地看着他眼中温柔的光泽，听到他说：“阿棠，你是那个小丫头，真好。

“小丫头，你是公主殿下，真好。”

我仰头轻轻吻上他的眉梢，“我也是，大哥哥，还有，驸马。”

能携手至今，不负承诺。

真好。

我释然地服下了解药，见宋郎生总算舒了一口气，我忍不住问：“这解药服下得多久后，我才会失去记忆？”

宋郎生敛眸说道：“一个时辰之内你便会产生倦意，睡过之后，梦醒了，一切都恢复如初了。”

我笑了一笑，“那我醒来之后岂非一夜回到十八年华了？”

宋郎生哦了一声，“心智上是，身体不是。”

我敲了他脑袋一下，“不行，若我忘个精光，指不定你会如何糊弄我呢，到时候我被你耍得团团转，吃了亏该如何是好？”

他朗声一笑，“那你要如何？”

说罢我爬起身来，四处张望，最终不顾他的反抗硬生生将他的外裳脱下，用炭枝在衣布上写道：驸马是全天下最最最喜欢公主之人。

宋郎生把头凑过来瞄了一眼，“写反了。”

我不理他，继续涂鸦：从今往后，本公主再也不会不信任驸马，此情矢志不渝。

写完之后，我画了一个特别的小花，那是我自创的画法，是独属于我的海棠花。

我笑嘻嘻地为他穿上衣裳，道：“有了这个，你就不用担心万一我醒来还误会你的情况发生啦。”

宋郎生的笑容依旧，揉了揉我的头发，“好，都依你。”

那是我多年来，最为幸福的一个夜晚。

洞外天外飞雪，洞内火光盛盛。

我依偎在他的怀中，直到倦意重重袭来，闭上双眼，我仍能感觉到他在我的身畔，轻柔地抚着我的背。

我忽然觉得好舍不得，只想多把他的笑他的眼望在心中，或许那样，就能记住这情深不悔。

所以，即使脑海已逐渐沉入旋涡，怀着这样的心，我竟能再一次带着意识睁开双眼。

然后，我看到了离我几步之遥的他，慢慢地脱下那件写满字迹的外裳，抛入火堆之中。

火光映照在他的脸上，那是一片哀凉决绝之色。

他转过头时，恰恰对上了我的眼神，却是浑身一震，“阿、阿棠……”

我不可置信地看着他，霎时间心仿若被许多细细的刀子切割着，“为什么……”

宋郎生飞快地凑到我的身旁，像是用尽浑身的气力颤身搂住我，“阿棠……对不起……”

为什么？

为什么我没能看出他一直在用笑容极力掩藏着什么？

为什么？

为什么我没能细思他与父皇的对话中那么多不合常理之处？

为什么？

为什么直到这一刻我再也无力睁眼即将忘却所有时才想通了所有？

第二十二章 山贼张显扬

我的意识陷入了无尽的黑暗深渊。

而思绪飘忽不定，若即若离。

事实上，当宋郎生讲述他与父皇的那番对话时，我有一处怎么也没能想明白。

为何父皇不把计划翔实地告之太子，若太子能与宋郎生里应外合，岂不事半功倍？

父皇不可能对宋郎生毫无顾虑，更不可能让太子一无所知。

我乍然想起了太子的飞鸽传书，宋郎生连出远门都带上信鸽，他与太子私底下必常有信笺往来。

只怕，太子根本一早就知道宋郎生是父皇派去夏阳侯身边的暗棋。

那么，太子又为何要瞒着我对宋郎生赶尽杀绝呢？

只有一种解释——太子从一开始就没有想要留宋郎生一命，宋郎生端王之子这一身份于当朝储君而言，隐患重重，不除心头难安。

所以，在掌控大局后，在我将前朝秘地开启后，他已是太子的弃子了。

这一点，宋郎生也意识到了。

可他在逃脱之际还不忘与我“恩断义绝”，并“情深”地带走了采蜜。

他没有放弃与风离对弈，与聂光周旋，更没因自己沦为弃子就放弃与父皇的约定。

他说：这一场阴谋若不能消止，天下何时方能太平？

所以才没有同我说实话，还烧毁了写满字的衣裳。

那火焰烧毁的不仅仅是衣裳，还有我想要去信任他的心。

他要利用太子的弃、我的恨，彻彻底底地得到聂光的信任，守住他想要守住的东西。

世上有一人爱我如斯，护我至死，而我却大可不必得知。

这多抵是爱情故事里最差的结局了。

也不知自己在暗无天日的旋涡中胡思乱想了多久，只记得想到这里的时候，我吃力地睁开了眼。

双眼被灌入岩洞的晨光耀得刺目，遍地洒满金色，我揉了揉眼，篝火已灭，天光大盛，连鹅毛大雪都停了。

我试图翻身而起，却发觉一双大手从身后圈着我的腰保持着搂势让我难以动弹。

我缓缓地侧过头。

长长的睫毛近在咫尺，悄然垂覆在姣好的面容之上，那是属于宋郎生的睡颜，安静而美好。

我伸出手想要轻抚他的眉，却意外望见自己手腕上经脉的青紫已然消失，我怔了怔，又掀起袖子，但见肌肤已恢复了往昔的光洁白皙，胸口的不畅亦一扫而尽，整个人恍若重获新生般轻松。

毒解了？

我呆呆地看着自己的手指，又不可置信地看向仍在沉睡的驸马。

为何我还记得他，记得昨日他在漫漫雪地中将我抱起，记得夜晚对我的低喃细语，记得这两年来发生的所有点滴？

怎么回事？

修竹不是说，服下解药之后，必遭锥心之痛足足一日，还会将中毒期间所有尽数皆忘吗？

可我仅仅过了一夜便醒转过来，不仅没遭锥心之痛，更不可思议的是，竟然什么都没有忘却？

这时洞外有人高呼：“少主！”

见宋郎生要被唤醒，我下意识地闭目装睡，只听来人声音更近，确是修竹无疑。

“少主，可算找到你了！”

我感觉到宋郎生坐起身来，摸了摸我的脸，又卷开我的衣袖，半晌方回道：“昨夜风雪过大，我才带公主来此暂避。修竹，你来看一看，公主可有大碍？”

修竹走上前来替我把了把脉，道：“公主脉息平和，面有血色，毒应已解，少主不必过忧。”

宋郎生嗯了一声，问道：“其他人在何处？”

“昨日少主失踪，众人自然是分头寻少主踪影，我估摸着少主是要回头去寻公主，便沿路而返，待雪停下方才找到这儿来。”修竹顿了一顿道，“其实我已把解药送到公主手上，少主大可不必冒险前来，若是让风公子得知，只怕少主先前部署就要前功尽弃了。”

宋郎生冷然道：“擅作主张。你却不知昨日我寻到公主时她几欲冻死，我若再迟一步，便是给她服下七颗八颗大罗仙丹也难救。”

修竹啊了一声，“怎么会？昨日我送药时公主已走到了山脚，再往前便是一大片村落，随便到哪家民宿借一碗热水服下解药，不就行了吗？”

宋郎生叹道：“……你不知道公主是个路痴吗？”

修竹：“……”

我：“……”

宋郎生继续道：“她曾在同一座山的同一个陷阱里……跌入两次……”

修竹：“……属下愚昧，属下不该以常人之能度公主……”

我：“……”

修竹道：“少主，此地不宜久留，马车就在不远处，我们先行上路，再作打算。”

宋郎生道：“也好。”

这一路上我都在想要不要告诉他我没事了而且记忆犹在，但想起昨夜服药后他的诸般行径，又担心他又要为了保护我而瞒我，我不禁犹豫起来。

男人就是这样，你认认真真地和他说请相信我，我会支持你的，告诉我你想干吗吧，他都当你是小孩子感情用事，最后兜一圈还是用他自己的方式去处理，比起共担风雨什么的，他宁可把你藏到安全的地方等风雨过后才安心放你出来。

几番内心斗争下我还是决定暂时装睡，走一步算一步。

宋郎生小心翼翼地抱我上了马车，这马车空间狭小许多，应当不是公主府的马车了，他轻轻让我的脑袋枕在他的腿上，找了个靠垫枕住我的腰，替我盖好狐裘，同修竹道：“走吧。”

修竹扬鞭策动马车，不知是往哪个方向行驶，他道：“少主，依属下之见，我们不能带上公主，眼下满城京兵都在寻探公主的下落，若叫人发现，仅凭我们二人之力恐难突出重围，既然公主毒已解，不如寻一户人家给些银两就此放下……”

宋郎生沉吟道：“今日公主或遭锥心之痛，我不能离开她身边……”

修竹叹了叹气，“难不成还要把公主带到‘我们那儿’不成？若是风公子发觉，必就知晓少主与公主的决裂只为取得他们的信任，要是夏阳侯得知，更会留下公主作人质，彼时腹背受敌，才真叫功亏一篑。”

听到此处我心中微微一惊，原来修竹早已知悉宋郎生的立场与动机，那么昨日又何故要同我说他是夏阳侯的幕僚？他究竟哪句话是真，哪句话是假，到底属于哪边的人呢？

“待公主度过今日安然醒转，我自会放她回到太子身边。”宋郎生道，“一会儿你报个信给茂林，就说刚寻到我，我受伤不便行走，今夜前会赶回去，在此以前好好照顾采蜜姑娘。”

修竹哦了一声，“少主，事到如今，连太子都要除你，你当真还要瞒着公主？”

宋郎生静默片刻，道：“你还记不记得，前日我们逃出城门时追上来的那路军队，根本不顾公主的安危就向我们放箭，这说明什么？”

我心中默答：说明他们那路军队的将领收到了错误的信息，认为我不在马车之上才敢肆意而为。

修竹问道：“少主的意思是……他们想杀公主？”

我想若我不是紧闭双目此时定然要翻个白眼，宋郎生无奈地叹了叹气，“他们若知监国公主在马车之上，便是借十个胆也不敢……”

修竹：“……那？”

宋郎生道：“贺平昭甘愿放我逃走也不敢让公主有任何损伤，足以见得追击我们的那路军马不会是太子的授意，极有可能是将领收错了风，才对我们放出箭阵……”

修竹似乎听懂了："莫非是夏阳侯安插在军中的人从中作梗？可照理说少主于侯爷尚有可用之处，若是少主死了他要想号令前朝旧兵可就师出无名了，这个时候铲除少主……"

宋郎生道："铲除？若我们能轻易被那伙兵马铲除，此刻又岂会安然在这儿……"

修竹完全蒙了，"这、这少主，你就莫要再打哑谜了，我可猜不透这弯弯绕绕……"

宋郎生反问道："若太子事后派人寻到公主的马车，发现车身上中了那么多箭，他当如何？"

修竹恍然道："太子必会勃然大怒，将那擅作主张的将领革职查办……故而，这是为了嫁祸？"

"不错，正是嫁祸。正如太子制造那场公主府爆炸，是为了嫁祸神机营提督万翼，全因他从聂然口中得知万翼是我的人。"宋郎生忧心忡忡道，"只可惜，万翼倒确确实实是忠于皇上的，聂然这个离间计反让太子失去了一员猛将，万翼一倒，太子多半会提携右副将刘重，而刘重，恰恰是聂光的人。"

我心中一咯噔，原来聂然冒死救我，并假作诚恳地同我坦白了那么多阴谋，只是为了借我和太子的手铲除万翼、铲除宋郎生？

我心中懊恼不已，只恨当时被仇恨迷乱了双眼，连孰是孰非都分不清，却听修竹道："如此，侯爷故技重施，是为了在皇城军队中安插更多他的人，待起事时方能知己知彼？"

宋郎生嗯了一声，"不费一兵一卒而乱敌阵脚，这应当是风离献计……"

修竹道："那少主更应将真相告之公主，让公主传达给太子殿下才是。"

宋郎生冷笑道："太子已今非昔比，他能不动声色地一步步将公主手中所掌的各方大权收回，早已对公主生了忌惮之意，即使公主回宫说了，太子也只当是我迷惑公主，岂会信这片面之词？"

修竹叹声道："我现在可有些明白少主为何不让公主知道太多了……"

我内心默默泣血，果然是嫌我坏事吗？

"这些年太子对公主的信任皆是建立在一致立场之上，公主也确是尽心竭力辅佐太子，我担心公主会为了我而同太子公然作对，若因此再生事端，我就更难掌控局势了。”宋郎生仿佛叹了口气，“如今风离占了上风，这上风需得让他继续占着，他认为他步步为营奸计即将得逞之际，往往正是我们可乘之机。”

修竹道：“明白。”

宋郎生字字珠玑，我竟然从不知他如此擅长谋略，想起昔日在他跟前班门弄斧，还嘲笑他只懂审案断案，我的心淌出的血就更多了，这时却听宋郎生道：“公主足智多谋，如非今日身处险境的是我，她不会方寸大乱，风离与聂然也是看准这一点才敢从她处下手……此前是我思虑不周，才累得公主几番陷入险境，这个错，今后我不会再犯了……”

宋郎生这句话的意思翻译过来就是，别看公主看上去很聪明似的，一遇到和他宋郎生有关的事就变成傻瓜任人摆布了，之前他还以为我不会上当受骗，后来发现他想多了，所以决定还是少让我掺和太多……

听到这里我终于忍无可忍地握了握拳头，因恼羞成怒导致抽搐性地蹙眉引起了宋郎生的注意，他按了按我的额头，对马车外赶车的修竹道：“把车停下，公主似乎开始心悸了……”

“……”

我怎么就忘了还有锥心之痛这一茬了……

修竹停下马车，眼见骑虎难下，我只好硬着头皮双手揪住心脏的位置痛苦呻吟，修竹先替我把了把脉，咦了一声，道：“公主心律过快，多半是余毒未清，这心悸之痛少主也体会过，过得今日应就无碍了……”

大哥，我这是紧张啊，你医术行不行啊，不行退一边成不?

宋郎生见我这般，急得更甚，勒令修竹想法子让我减轻痛楚。

修竹道：“只需在公主的百会穴、四白穴、迎香穴、耳门穴、印堂穴施以银针，再配合肩井穴、天宗穴以及上仙点，应当就能暂缓痛楚了……”

我微微眯起一条眼缝，瞄见他展开满是银针的布条，只吓得倒吸一口凉气，见他拈起一根针就要往我脑门上刺下，我下意识地啊了一声，避开银针坐起身来，眼睛一转，这才见到宋郎生与修竹直愣愣地望着我。

修竹一手还保持着拈针的姿势：“你……”

糟糕……

我随机应变地眨了眨眼，装作茫然地看着他们，道："我……我怎么会在这儿……这里是哪里？"

宋郎生愣了一下，想要扶我，我忙往后一躲，他见我如此惊慌失措，轻轻问："你……什么都想不起来了？"

我贴着车壁，以手捧头，喃喃碎语道："头好疼……"

诚然我这种欺骗人的行为是不大好，但他也不见得对我有多坦白啊，这叫以彼之道还施彼身。念及于此我一抚掌，指着宋郎生道："我想起来了，驸马你三更半夜在山间秘密集会被本公主撞见，于是就逼本公主服下剧毒，是也不是？"

宋郎生闻言身形微晃，一时说不出话来，我适时在脑中设想了一下，假如我在两年前那种情况下醒来再见宋郎生会有什么反应？绝望、悲愤，还是刨根究底？

我将怒目睨回宋郎生身上，稍稍酝酿了一下，道："我一心一意待你，你为何如此待我？你纵然不喜欢我，何必要害我？"

他看着我，不说话，我端详着他的表情，看不出太多情绪，我索性闭上双眼，别过头去，颤声道："既然被我识破，就应一刀杀了我，为何还要再利用我？宋郎生，为了达到自己的目的而利用一个真心待你的人，良心何安？"

说完这句话我适可而止地喘了喘气，心底暗暗佩服自己炉火纯青的演技，尤其这最后一句话说得够重，由不得他不信。

我低着头，正想再添几句火上浇油的话，却听他道："那又如何？"

他这话语气平平，仿佛对我声声控诉浑然没有放在心上，他承认了他诸般罪行，甚至懒得多做解释，我想若我不知真相见他这般，定是要信以为真。

我回过头凝望着他，他眼神淡淡，毫无愧疚之意，与昨夜烧毁衣裳时悲伤的神情简直判若两人，我知道他此时有多冷淡，内心就有多痛苦，他是多么想要告诉我真相，却又多么害怕我身陷险境。

一瞬间我的玩闹之心荡然无存，若非我对修竹尚有戒心，此刻早已将实情悉数告之宋郎生了。

宋郎生冷然道："公主如还有疑虑，不妨去问太子殿下，宋某没工夫与公主在此浪费时间……"

果然是急着下逐客令了吗？

我偏不去理会他的话，自顾自地按照原先想说的问道："我不明白，我明明已跳下悬崖，怎么此刻会在你的马车之上？”

修竹抢答道：“公主殿下，那夜到今日对你而言或许犹如一夜时光，于我们而言，已是两载，原本你已到了临死之期，亏得我们少主替你喂了解药你才活了回来，其实……”

宋郎生截断他的话头：“修竹，何必与她多言？”

我心头掂了掂，觉得颇为古怪。方才在路上宋郎生已经和修竹分析过利害关系，他为何还要当面拆台呢？

我看着修竹，努力睁大了眼道：“你的意思是……已经过去两年了？”

修竹点了点头。

我不可置信地转向宋郎生，“我今年已经二十岁了？”

被我的关注点所迷惑的驸马也皱了皱眉头。

我以头抢地，“我明明昨日才年方十八，今日就这么老了？这该如何是好，如何是好！”

“……”

宋郎生见状也顾不得伤离别了，他凑到修竹耳边：“忘魂散伤脑子吗？”

“或许是中毒太深，还需调养。”

修竹探出手来欲要替我把脉，我反手一抽，顺势跳下马车，左顾右盼，口中念念有词道：“这是哪里，告诉我这是哪儿！”

我猜我的样子看上去有点像情绪失控。当然我并非当真失控。

既然苦情戏对驸马无效，唯有剑走偏锋，让他觉得我的精神状况不佳还不能离开他，这样我就能多在他身边收集点线索，待找个时机支开修竹，两人坐下来好生谈谈。

为了避免宋郎生把我直接捞回到马车上直接送我回城，我甚至还朝外奔出了几步，可偏就是这几步，酿出了大麻烦。

突如其来地，一道身影挡在了我跟前。

我抬头，望见了贺平昭。

贺平昭的眼眶乌黑得仿佛失眠了足足三日三夜，我估摸着太子对他下了“找不到公主提头来见”诸如此类的死命令，所以他一见到我几乎感动得快要跪下，“属下救驾来迟，公主受累了。”

我还未反应过来，再一回首，已有二三十名士兵手持长枪将刚跨出马车的宋郎生与修竹团团围住。

宋郎生不动声色地抽出剑来，却听贺平昭冷笑道：“看你今日还往哪里逃！”

我心中正琢磨着与宋郎生之间的距离还有没有可能性让他再劫持我一次，贺平昭极具警惕性地拉着我倒退了几步，伸手挡在我面前道：“公主别怕，这一回下官断不会让逆贼再挟持公主。”

我：“……”

好在贺平昭带的这队人马数量不多，他应当是采取分组搜捕的形式，以宋郎生与修竹的武功要突围也并非难事。

这时贺平昭伸手入怀，取出烟火与火折子，我心头一凛，若是让他点燃信号召来更多兵力，那宋郎生如何逃脱得掉？

眼见阻挠不及，我打算搬起一块大石直接砸晕他，回过头，但见一个满面胡须的男子握着一根长长的木桩悄无声息地站在贺平昭身后，毫不犹豫地用木桩狠狠砸向贺平昭的脑门。

砰的一声闷响，贺大将军应声倒在我的眼前。

一定很痛。

我忍不住摸了摸自己的后脑勺，那胡须男这才看到我，咦了一声，转头见有几名士兵已拎着刀冲上前来，他有些迟钝地避开了袭向他的乱刀，手中的木桩左一抡右一挥直接撂倒了好几个士兵。

我不知道应该对这个陌生的胡须男子摆出什么表情，不过惊呆的人显然不只是我，周围二十几名士兵都愣了一瞬，旋即立刻转变攻击对象，一窝蜂地往胡须男子这方向杀来。

与此同时，树丛中又蹿出了三十多个同样是粗布麻衣，虬髯连鬓的大汉，他们人手一个木桩，力大无穷，不过半炷香的工夫，堂堂二十多名大庆军士都被他们砸晕在地上，动弹不得。

我想，要是他们单单只攻击贺平昭他们，我险些会认为这群人是宋郎生搬来的救兵。

不过很快就证明是我想错了，就在宋郎生跃至我身旁想要将我趁乱带走之际，这群虬髯客已举着武器将我们从四面八方围住，不许我们逃脱。

我叹了叹气，他们之所以没有在第一时间就对我们动手，果然是另有图谋。

我抬头看了宋郎生一眼，见他神态平和，我也稍稍缓了缓绷紧的神经。

这时，一个半张脸几乎都要被络腮胡子堆满的男子从树丛中走了出来，步态沉稳地走至我们面前，他打量了我们三个一遍后，眼神回到宋郎生身上，问："你可知我们是谁？"

宋郎生平静道："以木桩为武器的山贼，天底下除了长空寨又有谁？"

那络腮胡子哈哈一笑，笑得很是狰狞，"长空寨？不知你可还记得当年是谁将长空寨一举剿平，如今天下间哪还有长空寨？"

庐州？我隐约记得宋郎生在庐州任职的时候，似乎确实立过剿匪之功，莫非……这些漏网之鱼是来寻仇的？

算一算时隔数年，这群人才稀稀拉拉地找到这儿来，这报仇速度也真是够……

君子报仇，十年不晚。

宋郎生淡淡地道："既然是寻仇，与这位姑娘和小兄弟无关，宋某一人做事一人当，你将他们放了，要杀要剐，悉听尊便。"

"你以为你这么说，我会上当？"那络腮胡子看了我一眼，"我放走他们，他们去搬救兵，岂不自寻死路？"

见宋郎生想说什么，我忙笑了一声，那络腮胡子见我忽然笑起来，问道："你笑什么？"

我指了指倒在地上的士兵，"这位大胡子兄台，你们刚刚袭击了亲兵头领，早已犯了杀头大罪，再过一会儿就会有重重御林军把我们围住，何须我们去搬救兵？"

那络腮胡子的嘴唇抖了一抖，"他们不是你们的护卫吗？"

我理所当然地摊了摊手。

络腮胡子抽出腰间的短刀往宋郎生脖子上招呼着，"既然这样，我们把你们绑起来，若官兵要动我们，我们就先杀了你！"

我又没忍住笑了一声。

见络腮胡子瞪过来，我道："大胡子，我就和你照直说吧，你眼前的这位宋大人乃是朝廷通缉的谋反逆贼，原本呢，官兵就要杀他，谁知半路杀出个程咬金，也就是大侠你啦，这下可好，只怕待御林军赶来，看到你带着这位宋大人上路，必然会把你们当成是逆贼的同党，唉，当真是冤枉至极。”

虬髯客们闻言皆是面面相觑，有人出声问络腮胡子道：“大当家，我看这姑娘似乎并非诓骗我们，昨日我们在城墙上看到的通缉令所绘之人，似乎……正是他们……”

“我知道你们现在很惶恐，毕竟为了寻个仇就累及家中老小甚至族人那可太亏了，不是吗？”我温言和煦道，“不过不必紧张，我呢，有一个两全其美的法子，既能借刀报这血海深仇，又能保你们所有人毫发无损，平平安安。”

络腮胡子眉毛一挑，“什么法子？”

我微微一笑道：“放他们走，然后光明正大地把我送回京城里。”

络腮胡子眉头一皱，“姑娘这话又是从何说起？”

我问：“难道……你们方才没有发现吗？这二十多名士兵只攻击他们俩却把我护在身后，你们可知这是何故？”

方才那个一棍子把贺平昭敲晕的男子点头道：“大当家，我是看她被那个人护在身后……”

络腮胡子问：“莫非，你与他们两个不是一伙的？”

我连连摇头，“当然不是，不仅不是，我与他们……尤其是这个姓宋的，有着不共戴天之仇。仅仅就因为我杀了他爹娘和他的娘子，他就对我怀恨在心，用诡计将我掳走，给我吃了毒药还恶言相向，若非你们及时赶到，只怕我已小命不保了。”说到这里我拍了拍络腮胡子的肩，“兄台，你说他是不是一个残忍至极之人？”

虬髯客们：“……”

斜睨的宋郎生：“……”

络腮胡子：“老实说……和姑娘你对比一下他也不是那么残忍……”

我咳了咳，“总之，方才你们无意中敲昏的那些官兵原本是奉太子之命前来救我的，不过没有关系，反正以这群废材的三脚猫功夫原本也救不了我，所以当你们出现的时候，我不仅不害怕反而还开心呢。大胡子，你建功立业的时机到了！”不等络腮胡子开口吱声，我继续道，“只要你们现下把他们放走，再把攻击士兵的罪责都推到他们身上，你们不就没事了吗？”

络腮胡子闻言眉头一舒，“方法不是不可行……只不过，朝廷的兵马抓到了他们，他们还会供出是我们所为……”

“他们不会有这个机会的。”我拍了拍胸膛，“有我在啊。”

“你？”

“说了这么久，我都忘了自我介绍了。”我从衣袋中掏出一枚玉鉴，“我乃当朝公主，封号襄仪。”

我听到所有虬髯客倒抽一口凉气的声音。

络腮胡子结结巴巴道：“原来你就是襄仪公主，原来近日传闻公主驸马决裂，竟是真的……”

我拉长语调，“千真万确，所以你们若是将我平安送入皇城，我立刻就让太子把通缉令改成追杀令，这样他们就没机会造你们的谣了。至于你们嘛，救我一命，不要说责罚，赏金千两是绝对不会少的。”

络腮胡子上上下下重新审视我一番，“江湖传言襄仪公主心狠手辣冷血无情，果然名不虚传……”

我拱了拱手，“谬赞，谬赞。”

络腮胡子重新把目光投向宋郎生，“既如此，要怨只能怨你命苦，娶了这样一个媳妇……”

宋郎生闻言呛了呛，络腮胡子挥了挥手，示意手下往后退下，“马车留下，你们可以走了。”

我模仿着络腮胡子挥手的方式，“走吧，走吧，回去路上记得吃些好的，再不吃，以后就没机会了。”

宋郎生将剑收回到剑鞘之中，淡淡望了我一眼，嘴角扯起一个浅浅的弧度来。

他看我演完这么一场闹剧，自然明白我的用意。这群山贼要是真能送我回京那自是极好，若临时反悔，他们再找机会去搬救兵也好过留在这里一起送死。

所以他并没有同我一齐留下来，或者说一些要死一起死这种没用的鬼话，络腮胡子一说放人，他与修竹也不迟疑，就这么施施然拂袖离去，不留下一片云彩。

待到他们走远，我同络腮胡子笑了笑，“多谢救命之恩，眼下，就劳烦大当家同众位侠客陪本公主回京走一趟了。”

说完这话所有人都警惕地往我身上望了望，络腮胡子回以我微笑，“公主殿下，今日时候不早了，不如由在下先为公主选一处舒适的落脚之地，明日启程不迟。”

我哈了一声，“这天色还没到正午呢……”

“公主殿下，”络腮胡子敛去笑容，“我等都是粗鄙的江湖之人，朝廷上的那些算计阴谋我们不懂，不过却也不至于蠢到任人摆布，自投罗网。”

“大当家这话又是从何说起呢？”

“以公主如此狠辣手段，若众兄弟当真送你回京，只怕也是有去无回吧。”

“原来大当家还是信不过我。”

络腮胡慢慢道：“人心难测，不得不防。”

我觉得这话很有道理，遂点了点头道：“依大当家之见，本公主要如何做，你们才信得过呢？”

络腮胡子眸光微闪道：“公主只需写一封信，告之太子我们兄弟是如何从那逆贼手中把你救下，原本是想即刻将公主护送回京，因公主身体不适，无力承受舟车劳顿，只得暂避一处休养生息。待太子昭告那逆贼谋害朝廷命官之罪，在下必亲自护送公主回京。”

“果然谨慎。”我笑了笑，“就依大当家所言。”

络腮胡子同其他人道：“众位兄弟也饿了，先寻一处可靠之所歇脚。”说完这话长臂一摊，恭恭敬敬地同我道，“公主请上马车。”

结果，我就这么稀里糊涂地上了贼车，他们虽未为难我，却将车帘封死，我也弄不清他们是要驶向何处，反正是越走越偏僻，起初还偶尔听得到人声，到后来只余飞禽鸣叫，都不知是否已彻底离开京城。

蹄声踏踏，车轮滚滚，我实在太倦，索性闭目养神，未料就这么昏昏沉沉地睡了过去，待乍然惊醒，已到了一个荒凉无比人烟罕至的村庄。

我黯然伤怀地揉着额，心中暗忖这路上只留下了些许蛛丝马迹，若宋郎生他们找不到这儿来，那可真是搬起石头砸自己的脚。

待到他们停下天色已黑，跳下车的时候我发觉我们处在一个不大不小的农庄里，山贼们纷纷落马卸货，仿佛对这环境很是熟悉的样子，如此看来，这群山贼殊不简单，明明是在江浙横行的匪贼，却连京郊附近也有巢穴。

络腮胡子命一个年轻的山贼送我到庄子最隐蔽的屋子里去歇息，我不动声色地退下一枚玉戒递给那年轻山贼，笑道：“这位小兄弟一路辛苦了，本公主也不愿叫你为难，委实是这两日几乎什么也没吃，饿得头昏眼花，你能否请示一下你的大当家，给我点吃的？”

那山贼迟疑地接过玉戒，示意我回屋等待，他找两人先看着我，一溜烟就跑个没影。

我躺在床上，摸了摸被褥，发现棉布干净如新，想到这一路上有许许多多间空屋都是布满蜘蛛尘埃，反倒是关押我的这屋打扫得还算干净，桌椅床柜一应俱全，实在是诡异至极。

不过困惑归困惑，有美食送到嘴边我可不会拒绝。

那年轻山贼办事还算靠谱，不出一会儿，便送来米饭酒菜还有一只香喷喷的烧鸡，摆好桌后他咽了咽口水道：“这是大当家特意为公主准备的，公主请享用。”

我好心地问：“要不要一起吃？”

年轻山贼连连摆手，不敢再同我多搭话，忙关上门落上锁，移至闻不到菜香的位置才停了下来。

我不担心他们会下什么毒，要杀随时都能杀，不急于一时。所以不过一会儿工夫，这满桌饭菜都让我扫入腹中，直待我心满意足地打了个嗝，才等到那大胡子当家来“探望”我。

他进屋的时候见到桌上的杯盘狼藉，愣了一愣，“公主殿下对我们还真是放心，就不怕我们在饭菜里做什么手脚？”

“大当家对我礼遇有加，又岂会有加害之心？”我饮了一口酒道，“只是想到这屋外还有两个彪形大汉守在门口，唉，漫漫长夜注定要吓到失眠了。”

络腮胡子豪爽一笑，晃了晃手，让守在门口的山贼退至百步之外，问道：“如此，公主可还满意？”

我还未回答，下一刻，却见他反手闩好门，我被他这一举动弄得心下一沉，连忙站起身来，“大当家不过是想让我写封信，又何必支开旁人呢？”

络腮胡子置若罔闻，眼中眸光渐深，一步步往我这儿靠近，步履沉稳却毫不迟疑。

莫非他由始至终都没有相信过我的话，将我掳劫至此，不为谋财只为劫色？

因此这屋子才一尘不染，还换上一床崭新的被褥？等等，刚才那酒菜里该不会下了媚惑之药吧？

我忽然意识到事态的严重已经远远超过我的想象，他明知我身份还欲图谋不轨，根本就不顾忌任何后果，那么，饶是巧舌如簧又岂能动摇他半分？

他步步逼近，我步步倒退，恐惧之意弥漫至心，我的背脊冷汗涔涔，甚至不敢大声喘气，生怕任何声响会提前拉动那根绷紧的弦。

直待退无可退，他离我已不过咫尺，我登时汗毛竖起，吓得就要放声哭叫。

接着，他扑通一声跪下身来，抬袖为礼，道："微臣参见公主千岁。"

这世上诡异之事层出不穷，如今连山贼都懂得对我行最标准的君臣之礼，简直匪夷所思到令人发指的地步。

络腮胡子见我一副困惑的样子，道："这一路上皆有人在暗中监视，臣才未能及时与公主相认，让公主受惊，臣罪该万死。"

我费了好大的劲才稍稍恢复一些思考能力，听出他此时文文雅雅的声音与白日里那粗门大嗓判若两人，仔细想想这声音确实有些耳熟，一时间又想不起来。

他见我没有反应，又道："臣……"

"臣你个大乌龟！你顶着这张胡子脸鬼认得你是哪个！"我终于忍无可忍，"说了这么半天自我介绍一下很难吗？"

络腮胡子闻言哧地一笑，"原来殿下早已将臣给忘了。"话正说着，他抬起手，将整张面皮撕下，"这些年，显扬倒是时常会想念公主殿下。"

我望着这张棱角分明的俊朗面孔，头疼地揉了揉眉道："张显扬，你是浙直总督当腻了闲着没事干，跑去当山贼了吗？"

张显扬，襄仪公主的第一个面首，严格意义上来说，是我利用面首之名救的第一个人，当然，也是所有"面首"中官当得最大最位高权重的那个。

他听我这样说笑得更甚，索性站起身来，看着我笑盈盈地道："多年未见，公主倒是一如往昔。"

第二十二章

太子的苦衷

虽然坊间总传闻卫清衡是我第一个面首，不过传言毕竟只是传言，事实上，本公主纳入府上的第一位面首乃是眼前这位张显扬张大人。

自然并非因我相中了他的美貌，诚然他确实俊朗不凡，不过当年我满心惦记的只有那个消失无踪的大哥哥，哪还装得下旁人？

所以，他进公主府俱是父皇的安排。

事情是这样的。

张显扬的爹张廷原本是驻守边关的将军。

有一年，大梁欲趁着大庆内乱侵我国土，因我军兵力不敌，父皇就命他假意勾结梁国另一个部落的统领，总之就是挑拨离间借力打力。

后来，就在大事将成之际，某位不知情的军官集齐了张廷罪证告上京城，弄得是满朝风雨；彼时父皇骑虎难下，要是说出一切皆授圣意，那大梁只怕是要同仇敌忾一齐攻伐，可若不揭开实情，便要治张大将军这叛国之罪，岂非让忠良含冤而死？

就在父皇犹疑未定之时，他收到了张将军的千里来信。信中表明赴死之心，愿为天下苍生背负此罪，绝无怨悔云云。

随之，他以“畏罪潜逃”之身潜入大梁部落，搅得敌国兵力大损，自顾不暇。

他不费一兵一卒驱散敌国的入侵之意，最终却死在敌人的沙场上。

父皇握着他的信久久无言，国之动荡，他尚不能为张廷将军沉冤，能做的也只是留住张家仅有的血脉。

这血脉，正是张显扬。

于是乎父皇召我促膝长谈，并提出面首保人这一提议。说实话，我无从理解这种侮人辱己的馊主意意义何在，与其要他屈就公主府当面首，何不随便安个身份大隐隐于市？

父皇说，张显扬是可造之才，不该庸庸碌碌苟且偷生。

我当时简直觉得这逻辑匪夷所思，谁不知他爹是通敌卖国的叛贼，就算是因“色欲熏心的公主罔顾法纪强要他来当面首”而保住了他的性命，日后放他出去塞个一官半职，又如何能立足于百官之中？

直待他进府后，我才逐渐理解了父皇所谓的“不该埋没”是何意思。

这个少年不仅不因其父亲之冤心生怨怼，更从未因寄人篱下的面首身份有过羞恼之心。

他心中清明一片，告诉我说他想要当一名好官，让在天上遥遥看他的父亲为他感到骄傲。

彼时我年龄尚浅，几番婉转地表达世事艰难何必执念如斯这些道理，他总一笑置之，不辩不争，安之若素。

这么多年下来，他从一个小小的七品芝麻官一路摸爬滚打坐上浙直总督这个位置，不得不承认父皇的眼力与他的决心。

好吧，扯得有些远了。

其实我说了这么多想表达的主题是，尽管张显扬露出庐山真面目之时令我着实大吃一惊，但一路以来的焦虑心情也随之安定下来。

他是个很靠谱的人。

像他这样的人居然亲身上阵潜伏于这小小的土匪帮派，不得不令我大惑不解。

张显扬看出了我的疑惑，他示意我坐下，替我斟了一杯茶后缓缓道：“公主可是要问臣何以藏身于这长空寨之下？”

我扬眉道：“江浙水患，州郡饥民流离失所，太子知你借粮不易，想尽办法命韩斐送去灾银助你一臂之力，你不在你的位置上做你该做的事，却跑到这匪寨里来以身犯险，你让本宫说你什么好？”

张显扬沉吟片刻，叹道：“这次的水患，公主可知是何缘由？”

“暴雨决堤。”我斜睨他，“怎么，听你这语气，难道内有玄机？”

“同样的河同样的雨，何以邻省不见决堤，江浙却出了这样大的乱子？”

我微微一怔，“你的意思是河道衙门的人在修堤时贪没工款没有修好？那就更应着手严查严办……”

“臣查过，河道的人并未偷工，是有人蓄意毁堤制造这场水患。”

我皱了皱眉，只听他道：“水患之后州中大饥，朝中虽说下令暂缓赋税、禁增米价，可市场中却少米粮可出售；殍馑枕路，盗贼滋事，臣无意间竟得闻有人以米粮诱招各方匪寇，几番辗转下，方知梅雨初期长空寨就开始暗中囤积米粮，那毁堤之事亦是他们所为。”

我心头一凛，“一个小小的匪寨岂有如此能力？”

“小小的匪寨自没有这个本事，可若是背后有人……”张显扬道，“其目的，只怕远远不是壮大匪寨这么简单。”

“所以，你就混入长空寨想要查个究竟？可我想不明白，你是如何在短短时日就当上他们的大当家了？”

他轻轻一笑，“臣原本就是长空寨的大当家。”

张显扬是长空寨的大当家，这话乍一听颇有些骇人听闻。

他说，当年他初入官场，立的第一功便是平了天下第一大寨长空寨。

这匪寨既称为天下第一寨，自是盘根错节树大根深，为了斩草除根，唯有深入虎穴。于是乎，他从一个小小的山贼升为山贼的智囊，再后来又施展了美男计成为山贼头目的准女婿，终于在神不知鬼不觉的情况下干掉了山贼头并取而代之。

张显扬说到这里的时候我忍不住朝他投去鄙夷的目光，张显扬有些心虚地错开我的眼神，咳了一声道：“那之后我就将长空寨各大据点、藏身地一一掌握，最终里应外合，一举将其剿平。”

我连连摇头，“就你这样的叛徒，长空寨的人没把你大卸八块？”

张显扬苦笑，“朝廷命官乔扮山贼剿匪毕竟不甚光彩，这事本就鲜有人知，而当年我趁乱离去，长空寨侥幸未死之徒却踏破铁鞋地去寻，谁又能想得到那堂上知府便是他们的‘大当家’？”

我呵呵了一声，“看来你是不忍赶尽杀绝？”见他眼中闪过一缕怔忪，我不再讽刺他，“那么……这一次你装作是久别重逢的样子重新现身就没人怀疑你吗？”

“如今寨中真正的主事人杨旭当年与我共患难过，这些年他从未停过寻回我，更始终保留了大当家的位置等我回来，”张显扬微不可见地叹了一叹，“他见我还活着，自是喜不自禁地敬我为大，自然，也并非毫无戒心……到底背后是谁人操纵长空寨毁堤，又有何种图谋，却是甚少提及，只道是有人帮助他振兴长空寨。直到前些日子我截过杨旭的飞鸽密信，信中命杨旭领各方兄弟先后启程齐聚京郊，如何行动再等消息……公主可猜得出这密函是谁写给杨旭的？”

我脱口而出：“夏阳侯？”

张显扬讶异地看了看我，“后来臣在杨旭回信的信鸽上做了些手脚，派出的人一路追踪到绥阳，那信鸽确是飞往夏阳侯的府宅。”说到这里他顿了顿，“公主是如何一猜就中的？”

“你说到毁堤淹田内有隐情时，我便想到了他。这么做，既能让朝廷为了赈灾掏出一大笔灾银，地方官员也不得不因流民而动用兵力，如此幕后主使却能在不知不觉中聚集各方匪贼供他所用，除了他还有谁会走出这么一步‘好棋’……”

献计者，只怕，又是风离。

“聂光的棋远不止于此。”张显扬垂眸摇头，“公主此刻置身于此，乃是杨旭受夏阳侯指使刻意为之，这厢房本也是为公主所备。”

“这一点，本公主也猜到了，”我摇了摇手中的茶杯，“今日在树林，你还真当本公主懵懂不知吗？”

张显扬饶有兴味地勾了勾嘴角，“哦？”

“在贺平昭欲要擒住宋郎生之时你们贸然闯入，连想都不想地就先袭倒所有军士，还扬言报仇，真的是古怪之极……哪怕是个孩童都知道‘螳螂捕蝉黄雀在后’‘坐收渔翁之利’等道理，怎么一群成年山贼可以无知得如此坦然？”

张显扬不置可否地笑了一笑，我用指尖敲了敲桌，“山贼想报仇，不是应该二话不说先抡上几棍再说吗？可你们明明人多势众还文质彬彬地讲明来意，这只能说明，根本意不在寻仇。”

“故而公主便出言试探？”

“要是你们当真是想取夺宋郎生的性命，任凭我如何巧言辞令又怎能动摇半分？可一众人偏偏配合我的说辞，装出一副贪生怕死的模样，真正的目标是谁还不够昭然若揭吗？”

张显扬奇道：“公主既已洞悉，为何还愿跟我们走？”

“既是有备而来，寡不敌众，倒不如将计就计，让你们疏于防范，”我放下杯盏，转头看着他道，“只不过，我确实没料到这大当家是你，倒是你，明知聂光要将我囚禁于此，何不当场就放我离开？”

他微微蹙眉，“彼时杨旭在不远之处盯着，如若我送公主返城，他必看出我心存异心，反而会出手阻挠。唯有先取得他的信任，才有机会助公主逃脱。”

我忍不住翻了一个白眼，“请问你这个没人听你发号施令的‘大当家’，打算何时助本公主脱离这重重看守之中呢？”

他沉声道：“此时正是最好的时机。”

我呆了一呆，却见张显扬掀开衣袖露出袖中箭，“他们刚刚落脚，眼下正忙着安顿，此处看守的不超过十人，我会趁这当口击倒他们带公主离开，”他一边说一边将一脸胡须粘回去，“公主可准备好了？”

“……”

当张显扬箭无虚发地射倒把守的山贼，并雷厉风行地领着我奔至东面高墙旁苍松树下时，我才意识到他早已布置好了一切。

他扒开了树后虚掩的青藤，指了指墙角后已事先凿好了通往外处的洞口，道：“墙后已备好了马匹，公主一路向南，待见了河流便沿着一路朝东逆行，快马加鞭不出半日，应当就能看到回京的路了。”

我听他这语气觉得不大对，“你不随本公主一同离开？”

他稍稍迟疑了片刻，“聂光接下来仍要召集匪贼，这些江湖人士个个身怀绝技，若给他们聚上千人，那战斗力绝不亚于一支军队。眼下，臣还不能走。”

他解下袖箭扔到树旁，我抬眸道：“你以为留下这个就能使杨旭相信是我自己逃脱的？”

“纵使他心生怀疑，也不会轻易断定是我做的。”张显扬道，“不必担心，显扬自有分寸，事不宜迟，我也得回去了。”

我知道他在做和当年他爹一样的事。

哪怕凶险重重，就算一去不回。

就在他转身欲离之际，我出声叫住了他：“你可有想过，当年你能剿灭长空寨，靠的并不全是你的智谋和勇气？”

张显扬定住脚步。

我道："若非当年山贼对你的看重，若非你利用他们对你的信任和情义，你如何能全身而退？"

张显扬回过头，"那帮贼匪能为了一己之私掠夺于民，加害于民，与这样的人还要谈什么情义？"

"那山贼头目的女儿也是十恶不赦，掠夺百姓吗？"

他眼中划过一丝黯然，我道："不是我要你与他们谈情义，是你自己都无法做到问心无愧。要不是你心存愧疚，明知杨旭寻你多年，何不捉他伏法？要不是你不忍赶尽杀绝，今日长空寨如何重出江湖？"

张显扬闻言浑身震了一震，我沉声道："既然深入敌营，就绝不能动半分恻隐之心，若做不到，倒不如趁早离开。"

他打断我的话，"显扬可以。"

我听他笃定的语气，知他心意已决再劝也劝不动，"那就好。"

说完这句话后我头也不回地自洞口钻出，这高墙之后是一条僻静的小道，果如张显扬所言，一匹马驹已静候在跟前，待确认四处无人，张显扬方才匆匆而去。

我解开拴马绳，心头五味杂陈，听着风吹着草丛沙沙作响，莫名滋生出孤身一人的恐惧感。

事实上宋郎生说我是个路痴，我还真是路痴，什么东南西北素来分辨不清，这夜黑风高荒郊野岭，能不能安然无恙地回到京城都是未知之数。

也不知宋郎生人在何处。

他是否心急如焚，是否正在来寻我的路上？

只是这样想着的瞬间，我听到一阵缓慢的脚步声定在身后，"阿棠。"

伴着那声熟悉的呼唤，一双手越过我的肩揽在胸前，我就这样怔怔地站着，一时间居然没敢回头。

他绕至我的跟前，我缓缓抬头，夜空的星辰落入他的眼，却掩饰不了浓浓的慌乱，"可有哪儿受伤了？"

心头柔软的地方仿佛被戳了一下，想起昨夜他烧毁衣裳时的赴死之态，此刻却已不掩情深，我摇了摇头，忽然觉得有些想哭。

他伸手拭去我的泪痕，“莫怕，我在这儿。”

我又摇了摇头，“我不是怕，只是……”

只是因为，在想你，然后就看到了你。

我盯着他看，“你怎么来了？你不是要赶我走，要和我恩断义绝，然后自己孤军奋战吗？”

宋郎生淡淡笑了笑，“那公主呢？不是失去了两年的记忆？为何宁可让自己陷入险境也要救我？”

他果然瞧出来了，今早上贺平昭半路杀出来的时候我便知瞒不过他。

宋郎生见我不答，索性一手揽着我跃上了马，一路风驰电掣，我只得任由他这么抱着，直待行了一大段路，回头望见村庄星点火光跳跃，想来应是长空寨的人察觉到我逃脱，正集齐众人分头追寻。

宋郎生稍稍放缓了马速，“不问我是如何找来的？”

我瞥了他一眼，“你能找到我有什么出奇的？”

能守在墙洞口等我，不用猜便知是张显扬做的暗记引他至此。

我撇了撇嘴，“当年与显扬里应外合的那个官员就是你吧，在树林中你一眼便认出他来了，是吗？”

宋郎生道：“若非知是他，我又岂会留下你一人周旋？”

“无怪显扬不亲自护送我回京，原来今日你们一唱一和的时候便想全了计划，”我忧郁地道，“亏我还自以为救了你，倒衬得我像个笨蛋……”

宋郎生忽然打断我的话：“张显扬。”

我怔了一怔，“什么？”

“叫他张显扬，”宋郎生有些不大愉快，“显扬显扬，叫得如此亲近做什么。”

我瞠目，“现在是计较这些的时候吗？相处久了熟悉了省去姓氏很平常啊……”

“平日里你叫我何以总是连名带姓？难道张显扬于你而言比我更为熟悉？”

我被噎了一噎，“宋郎生，你不要为了转移话题就在这么无聊的点上和我计较，好吗……”

他道：“你看，你又连名带姓地喊我了。”

我：“……”

宋郎生语气不善，“此番想来，你叫身边的人从来都只用两个字，叫我偏要用三个字……"

"我什么时候……"

宋郎生打断我的话，"你叫卫清衡什么？"

"师傅。"

他："这不是两个字吗？"

我："……"

"你叫陆陵君什么？"

"……陆兄。"

宋郎生："看。"

"……"

"还有韩斐。"

我有些忍无可忍，"他名字本来就两个字你让我怎么喊成三个字？你说！"

"那煦方呢？"

我觉得我激动得快要从马背上摔下去了，"煦方没有姓！"

宋郎生："他姓聂。"

"……"

被他这么一搅和，我险些忘了前面问过他什么问题了，努力回想了半天，这才想起该接什么，"你还没回答我的问题呢。"

"什么问题？"

"为什么要瞒我，为什么要由着我失忆，由着我误解你，不能坦诚相待！"

"你失忆了吗？"

"虽然没有……"

"既然并未失忆，何来误解？"

"……"逻辑上是这样没错，"可在马车上的时候，我装失忆你明明信了……"

"哦，"宋郎生再度抓住了我的话柄，"所以装失忆是坦诚的行为？"

我颤着手指，回过头正打算狠狠掐他一顿，却听他轻声一笑，方才知是被他逗弄了。

要换作是往日，我非得还以他颜色才肯罢休，然而眼前的他嘴边虽挂着笑，握住马缰的那只手却微微发颤，身上虽拢着厚实的衣裘，脸和唇皆也已失去了血色。

他此前为了我的解药试毒已是大伤元气，如今箭伤未愈又为了寻我几番奔波，根本已是强弩之末，如此还故作谈笑风生，我岂会不明白他的心思？

我默默将头偏转回去，这一次，我没有配合他的笑，许久，直待两人都陷入沉默，我才道："当你决定抛下我自寻死路的时候，是不是在想，哪怕我一时伤心痛苦，能活下去终归是好的？"

耳侧感到他的呼吸微微一窒。

他没有回答我，我了解他，若是他不愿说的话，即使我如何追问都问不出结果，可我偏不甘心，趁他不留神一把夺过策马的缰绳使劲一勒，马蹄踏破了荒野的雪飞溅到脸上，冰凉彻骨，他急忙稳住险些摔落下马的我，出声喝道："莫要胡闹。"

"事到如今你怎么还不明白？"我回过头凝视着他，"若你死了，我也无法独活。"

宋郎生微微一颤，"阿棠……"

"这世间若无你在，何处不是灰暗无光？"我慢慢道，"不论是宋郎生还是萧其棠，他们都不愿行尸走肉地活着，不是吗？"

他的眸中不知浮动着什么，越来越浓，越来越深，忽然扬鞭策蹄，绕过山涧险道，将那长空寨的乌合之众甩得无影无踪，我几度回首去看他，却看不透他究竟在想什么。待策至悬崖，他方拉缰停下，带我落马，一言不发地攀至巅峰。

此时东方欲晓，曙光渐现，整个天际都被白蒙蒙的云雾所罩，影影绰绰，扑朔迷离。

我迈开步子走到他的身旁，他垂着眼帘，静静俯瞰这天地，"聂光坐拥兵马数十万，其党羽遍布西南各省，多年来一直在等待时机，按理说皇上重病昏迷正是起兵的最佳时机……"顿了一顿，"却为何迟迟按兵不动？"

我想了想，道："他没有胜利的把握。聂光固然野心勃勃，父皇更是洞若观火，他招兵买马，父皇又何尝没有蓄整军力？父皇的那只手，早已不着痕迹地挡住聂光企图挥军北上的路。"

宋郎生微微颔首："所以聂光才选择了两个人，一个是我，借我之力寻出前朝密藏从而争取更多的兵力；而另一个则是风离，出谋献策，搅乱京都。"他眸色流转，"只可惜，这两颗棋子，他都用错了。"

我诧异抬头，按说宋郎生这颗棋走错我还能理解，毕竟他是父皇这方的人，可用错风离，这话又该从何说起？

“聂光所希望的是能借这些风波削弱朝廷各方军力，他朝举事能连番得胜，直捣黄龙。风离确实替聂光安插了许多他们的人在朝中、在军中，” 宋郎生道，“可如今朝廷的军力可有丝毫减弱？”

监国这么久，这一点我再清楚不过，我摇头道：“不仅没有，甚至可以说……与日俱增……”说到这里我错愕道，“该、该不会……风离也是父皇安插在聂光身边的人吧？”

宋郎生摇了摇头，“这些年来风离所为，官轮爆炸，毁堤湮城，受害无辜之人无以计数，若真是皇上的人，又岂会如此心狠手辣？”

我敲了敲脑袋，“是我糊涂了，那你的意思是，风离明面上是在帮聂光做事，但在最关键的问题上却没有听从聂光？”

“不错。”宋郎生道，“聂光人在绥阳，一直以来京中诸项筹谋与布置都是风离一手操纵，那些所谓的安插之人实则已让风离掌控其中，如今只怕聂光发号施令，若无风离首肯，根本就执行不了。”

“风离他想要的究竟是什么呢？”

“我原也猜不透，直到你告诉我他想得到地藏库的兵符，”宋郎生神情不变，眼底却是料峭寒冷，“如此，风离所欲，焉能不知？”

我浑身震了一震。

风离想要的，也是这个江山。

我惑然道：“聂光自以为是利用了风离，到头来反被风离利用，难道就一点行动也没有？”

“在聂光心中，风离有能力用阴谋诡计除掉太子，却无法号令朝廷兵马抵御他三十万雄师，”宋郎生负手而立，“若能假借风离之手除掉太子殿下，他能名正言顺地出师讨伐，如此，又何必阻挠风离？”

我的心微微收缩着，一股寒意缓缓涌来，只听宋郎生道：“事到如今，要是我出手对付风离，聂光便会看清我的立场，多年筹谋功亏一篑；可若不出手，风离便会对太子下手，你我都很清楚，太子绝非他的对手。万一太子被害，那么我在聂光身边，就全然没有意义了。”

我定定地望着他，道：“所以，你最终的决定，是想利用你手中的谋反之士与风离一战，只是如此一来，聂光不会饶你，太子也不会留你……因而你瞒着我，是因为你怕我会阻你？”

见他沉默不言，我只当他是默认了，“既如此，现下又为何要将实情告知于我？”

“不，阿棠，”宋郎生微不可见地摇了摇头，“这不是实情。”

我彻底怔住。

他道：“在马车之上，我说担心你与太子为敌，那不过是说给修竹听的，对太子，我心中早已有了应对之策。”

我不可置信地看着他，他的语调冷静而又沉稳：“方才我所述的那番局面，是风离看到的，并不是真正的实情。风离自以为算无遗策，将所有人都视若棋子，殊不知，从我挟持你离开公主府那一刻起，他已沦为我们的棋子。”

他注视着我，深不见底的眼眸中流动着一种我看不懂的东西，“这一战，我有必胜的把握。”

我从未见过这样的宋郎生。

仿佛胸有万千沟壑，仿佛弹指间已变成了操纵这盘棋局之人。

我静默良久，却没问他究竟想如何扭转局面，只轻声道：“既然你早有打算，既然你不会死，为何在山洞之中你还要烧了衣裳？难道，为了瞒过风离，为了让这场戏演得更逼真，你宁肯我忘却记忆痛心疾首，也无所谓吗？”

宋郎生浑身一僵，牵起我的手，“我、我怎么可能……”

我甩开他的手，“那就告诉我理由！”

宋郎生眉心微悸，睫毛垂下复又抬起，目光飘忽不决。我将这极其细微的犹豫望入眼底，只觉得自己的心愈发酸涩，视线倏然模糊起来，“原来由始至终，我都只是一个棋子的存在，只不过，原来是风离的棋子，如今，已变为你宋郎生的棋子。”

我转身欲离，宋郎生一把握住我的手腕，力道之大握得我生疼，“你怎么可以这么想我？我不告诉你，我不告诉你是因为不想让你参与其中，不愿让你左右为难，不要由你做出选择！”

“什么左右为难？什么做出选择？我听不明白。”

宋郎生深吸口气，终于开口：“既然你想知道，那我问你，这么久以来，你就从未想过风离是谁吗？”

我乍然抬起眼，“风离？他行踪诡秘，又从未以真面目示人……”

“他为何不能以真面目示人？又为何会对公主你了如指掌？他凭什么能伪装成明鉴司的影卫，又从何知晓你我的过往？”

“因……因为采蜜？”

“采蜜是孤儿，自幼在你身边与你一起长大，连皇宫都没出过几回，她能从哪里识得风离，并甘愿为他背叛你？”宋郎生的话宛如风，一点一点地吹散盘旋在真相前的迷雾，“这两日，难道你就没想过，何以你服下解药之后并未失去两年的记忆，也未尝受锥心之痛吗？”

脑海里尚未反应过来，心却想要去逃避，我茫然启了启唇，却发不出任何声音。

宋郎生沉声道：“因为……风离给你下的药便不是必死之毒，打从一开始，他就不忍杀你。”

我下意识地摇了摇自己的头，心辣辣地疼痛起来。宋郎生说到这里，像是下定决心般，“或者，应该这样问，他孑然一身，既非权臣亦不似聂光拥兵万千，纵能以诡计除掉太子，又凭什么能坐拥这片江山呢？”

凭什么呢？

其实，我偶尔回想起那夜在悬崖边，当风离见我有了寻死之心，脱口而出念着那个“小”字，之后究竟是什么。

我闭上眼，任凭泪珠滚落而下，心中已有了另一个声音替我做了回答。

小妹。

在当今太子登上储君位置以前，大庆的东宫之主乃是名冠京城的庆王殿下。

嗯，也就是我一母同胞的大皇兄，萧景岚。

立国之初，父皇皇权未固，膝下无子，饶是夜夜辛勤劳作，后宫嫔妃的肚子皆是悄无声息。就在几位皇叔躲自家府里搂着各自的娃儿对那金灿灿的宝座浮想联翩的时候——母后有孕了。

大皇兄的来临如同及时雨一般，不仅令皇权尘埃落定，更重要的是令父皇重振雄风，恢复属于男子汉的尊严。

也正是大皇兄出生的那一年，后宫的嫔妃们接二连三地喜讯连连，除了偷偷蹲在家里哭泣的皇叔们外，可谓普天同庆，万民同贺。那一日，父皇抱着尚在襁褓中的大皇兄登高望远，眺山岚缭绕，遂叹曰：“岚于巅峰之上，罩笼锦绣河山。景岚，切不可辜负朕之厚望呢。”

大皇兄倒真没辜负父皇的期望。

他自幼聪慧机敏，不到七岁各家大学便已是纯熟舒徐，骑射武艺亦是出类拔萃，更难得的是他待人亲厚，上至王公贵胄，下至贩夫走卒，皆是随和有礼，从不恃宠而骄，这一点，倒是与我大相径庭。

好吧，我承认我幼时是被宠得有些目中无人，不仅不爱学习，贪吃贪玩，稍有不顺心便爱乱发脾气迁怒于旁人，偏生母后的教育是无为而治，父皇对我的溺爱简直毫无原则，以至于连后宫的嫔妃见到我都要远远绕开，其他人又岂敢多说半句不是？

除了大皇兄，也只有大皇兄。

我听人说，到我三岁为止，抱我最多的人不是母后也不是奶娘，而是大皇兄。宫中的嬷嬷回忆起来是这样说的：“爱哭鬼公主还是小婴儿的时候连皇上都哄不拢，可才五岁半的大皇子一抱起她她就乖了，真真是奇了。”

三岁前的记忆我是半点也想不起来了，三岁之后父皇为了磨炼大皇兄把他送去祁连山拜高人为师学武论道，再回到宫中又已过了三载。

六岁的我正是最无法无天无理取闹的时候，听闻大名鼎鼎的皇兄要回来，只把他当成是要来瓜分父皇宠爱的敌人，心中不仅不大喜悦，反还有几分抗拒。所以就在一大家子人齐齐于殿外迎他归来的时候，我低着头闷声不乐，连瞧都不愿去瞧他。

谁知他拜答过父皇与母后的嘘寒问暖之后，一扭头就望到了藏在人群后的我。我耷拉着脑袋看着那双鹿皮朝靴离我越来越近，直待在我跟前站定，身子骤然一轻，他竟肆无忌惮地将我一把抱起，然后我看到了那爽朗清癯的面容上，眸中光芒如琉璃般闪烁，他笑道：“我们襄仪都长这么高了啊，可有想念皇兄？”

那是大皇兄给我的第一印象，与其他拘于礼数的皇兄都不一样，他笑起来的样子仿佛比天上的太阳还要明朗。

可我这明朗的皇兄待我却并不似父皇那般纵容宠溺。

我记得有一回，我因为侍奉的小宫女弄折了我心爱的翡翠簪子而大发雷霆，不论那小宫女如何哭着求饶我都让嬷嬷把她逐出宫去，恰好皇兄路过瞧见了，他并未阻挠我，只让那嬷嬷听从我的吩咐照办便是。

过了没多久，皇兄邀我溜出宫去玩，我欣然而往，不想却在路边看到了那被我赶出宫的小宫女。她一身褴褛地跪在街边乞讨，几日工夫居然消瘦了一大圈，也不知究竟饿了多久。我震惊得说不出话来，讷讷地问皇兄："她为何沦落至此？我只让嬷嬷赶她回家，并不愿看她流落街头啊……"

皇兄缓缓道："皇妹在赶走人前难道没有问过嬷嬷吗？这姑娘早已失去双亲，是被后母卖入宫中，因惹恼了你而被赶出宫，又受了杖刑腿脚不便，她没有银子找大夫医治，又无以为生，不去乞讨该如何存活下去？"

我陷入浓浓的愧疚中，一瞬间什么话也说不出来，皇兄柔声问道："摔坏你的簪子，她可以接受她应有的惩处，可妹妹，平心而论，她当真罪该至此？"

我摇着头抹干眼泪，"是我不好，我要接她回宫，治好她的伤，好好待她。"

皇兄微微一笑，轻轻抚着我的脑袋："量宽福厚，器小则禄薄，日后你总归会明白的。"

后来大了些，也随诸多兄弟姐妹一起念书，遇到我偷懒作弊之时，连帝师方良都奈何不了我，大皇兄便会来亲自授习，我虽说会听他的话，却也并非那么情愿，每每读到繁琐处，总不耐烦地抛开书卷一躺，抱怨道："什么之乎者也，处世之道，我真不知学这些有什么用处，常言道女子无才便是德，反正我不愁吃穿，不用为生计苦恼，不读书是公主，读再多的书我还是公主，有何分别？"

大皇兄笑问："那若有一日，你不是公主了，你又是谁呢？"

我怔了一怔，"我怎么可能会不是公主呢？"

"父皇总有老去的一天，也会生病，也会无能为力……"

"那还有大皇兄你啊……"

他摇了摇头，"皇兄也未见得能护佑妹妹一世，身在皇家，福祸莫测，抑而伸，伸而抑，岂可轻率仰仗他人而活？唯有居安思危，天亦无用其技。"

见我懵懂地思索着他的话，他笑着敲敲我的脑袋，"能够一生顺遂自然是好，可漫漫年月，难道就当真靠吃好吃的，穿好看的虚度？公主的身份、父皇的宠爱，皆是上天所赐，莫问天意为何，天欲作何，但问己欲为何，所求为何。"

这就是皇兄的教育方式，怀柔，却从不疾言厉色。

不，印象之中，他似乎对我凶过那么一次。

那是在一次皇家狩猎中，我不听父皇的话悄悄换上男儿装，自顾自地策马跑入树林之中。结果被一只豺狼所追逐，那狼咬断了马腿，眼见就要拿跌落地上的我作餐，正当此时，大皇兄御马疾驰，他大叫一声，飞身扑挡在我跟前，一剑刺穿豺狼的喉咙，待狼血溅满他的脸，他才颤着双手回过头，朝着我怒骂道："谁让你擅闯进来的？！差些小命不保了知不知道？你几时变得如此不识分寸？"

我惊魂未定地望着他，想起方才千钧一发的时刻，道："那皇兄你怎么能轻易挡在我面前？若让那恶狼伤到，大庆国没了太子，当如何是好？"

他将我扶起，道："若连自己的妹妹都不能保护周全，我又有何颜面当这大庆的太子？"

尽管我哭得梨花带雨，可听他这样说，忽然间很想好好感谢一下上天，感激他给了我这样一个好的皇兄。

后来在玉龙山庄外，我遇到了宋郎生，并一见倾心，不见挂怀万分。那时候我不知宋郎生叫什么，只管着唤他大哥哥，回到山庄之后，我把我的奇遇告诉大皇兄，本以为他会为我开心，孰料他一听便板起了脸，严肃问道："大哥哥什么大哥哥！你大哥我都还没表态呢就到处乱认哥哥？快说，那人姓甚名谁？家住何处？相貌如何？可有占你便宜？会否是瞧准你的身份故意来接近你的？不行，我得告诉父皇，派人查查他的底细，在此以前你不许再与他见面了。"

我越听越气，一气之下道："大皇兄，喜欢一个人就应该信任他，若背后做那么多小动作，那根本就不是真正的爱情！"

大皇兄闻言嗤笑一声，"你个小丫头片子，懂得什么是真爱？"

那时我没答他，我私心里想，不懂真爱的是你，你只知道为君之道，江山社稷，心中哪装得下这些儿女情长？

万万没有想到的是，到最后，能为爱抛弃一切的，反而是大皇兄。

我因心中终究存了戒备而不与大哥哥表露身份，又唯恐父皇责罚不得不提前回宫，只让宫女去传个口讯，因此与我的大哥哥失之交臂。

可大皇兄在遇上他心爱的女子之后，却能不顾她卖艺舞女的出身牵起她的手踏上金殿之上，当着满朝文武的面对父皇无所畏惧地道："儿臣此生只娶绮萝一人！"

文武百官的错愕与父皇的震怒都无法让大皇兄的手松开一分，那一瞬间，我在金柱后远远遥望着那个叫绮萝的女子，心中默问：你可知你身侧所站的究竟是一个多么好的人吗？

许多年以后，我时常会想，那些年若无大皇兄在我身边对我耐心教导，我应该会成为历史中诸多骄纵蛮横的公主之中的一员，又或者，我根本就无法活到现在，就在某一场阴谋斗争中“壮烈牺牲”了。

所以当大皇兄为了他的心上人甘愿除去皇籍，应承父皇终此一生不得回京的要求之后，我千千万万个不愿意和不能接受。

他离开的那日，我赶去死死拽住他的袖子，苦苦哀求他留下，一遍遍重复着：“大皇兄，不要走得太远，待父皇气消了再回来可好？”

他微微一笑，道：“从今往后叫我大哥便好了。”

“你走了，父皇要怎么办，襄仪要怎么办？”

大皇兄轻轻一叹，道：“襄仪，你长大了，早已不是当年那个不懂事的小女孩，要学会靠自己的力量来守护自己，守护父皇，守护景宴……”

我连连摇头，“我做不到，没有大哥在我身边，我怎么可能做得到？”

大皇兄轻轻抚了抚我的脑袋，缓声道：“你可以的，萧其棠会做得比萧景岚更出色，这一点若我不能确信，又岂会放心离开？”

我慢慢地松开他的袖子，“大哥自小教我治国，教我处事，教我做人，大哥决定的事小妹自知无法劝动，如今既然大哥已不再把我当成天真无邪的孩童，那襄仪便只问大哥一句，”我深吸了一口气，“值得吗？真的……不会后悔吗？”

大皇兄稍稍一怔，眼中却写满坚定：“值得，大哥绝不后悔。”

我呆呆地望着他。

大皇兄微微仰头，望向碧空，旋即泰然一笑，“晴空朗月，何处不能翱翔？”

这就是我的大哥——萧景岚。

父皇说，岚于巅峰之上，罩笼锦绣河山。如此人物，又岂会是那阴险诡谲的风离？如此仁心，又岂会为了权位而牺牲千千万万黎民安宁？

过往历历在目，无一不在告诉我一个答案。

宋郎生见我陷入回忆中久久无言，他伸手上前替我擦干眼泪，“你在想什么？”

我抬起头，晨风吹得我们衣袂微动，“我在想，风离绝不可能会是大哥。”

宋郎生眉头微皱，我道：“就如此前，所有人都说你是叛国逆贼，可我仍愿信你，大哥于我而言，也是这样的人……再说，单凭一个采蜜，还有风离不愿杀我，就断言他是我大哥，这也太草率了，不是吗……”

宋郎生见我有些无措，伸手揉了揉我的乱发：“如此下定论是太武断了些……又或许，这也是风离的诱导……”

“对啊，对啊。”

就在我一个劲点头的时候，宋郎生轻轻一笑：“对我而言，风离是谁并不重要，我本不过是怕阿棠伤心。”

日出的光辉映照着他的眸，绽出温暖的光来，我心头微暖，点了点头。

宋郎生问：“眼下你是想要跟着我，还是回宫？”

我想了想，道：“回宫。我实在不愿看到太子弟弟一而再再而三地对你赶尽杀绝，不论他信是不信，都姑且一试。你也不必放不下心，这么多难关我们都闯了过来，最紧要的关头，上天也必能顺遂我们的心意。”

宋郎生闻得此言，明显有些如释重负之态，看来他嘴上说得好听，心底仍不愿我陪他一起涉险。

他从袖口中掏出一支竹哨，放入我的掌心，“这鹰哨能唤来我在皇宫附近所放养的飞鹰，黑夜飞行敏捷迅猛，比信鸽稳妥许多。你回宫之后，若有紧况脱不开身，可用之来与我联络，我若有什么消息也会传达给你。记住，万事慎重，切莫轻举妄动……”

我握着鹰哨，“嗯。”

回城的途中我一路无言，心底隐隐窜动的不安犹未散去。

直到此刻，仍有太多的谜题依旧没能解开。

既然风离当年给我下的毒是不置人于死地的天山曼陀，那这两个月，我又为何会频频呕血出现经脉变紫之象？毒发的时机恰恰是宋郎生匆匆离府之时，不早不晚，倒像是有人在不经意间施以类似症状的药物，让我以为自己性命堪忧，不得不以身犯险，堕入圈套。

要是只是障眼法，凭周文瑜的医术，不可能发现不了真相。

除非，故意误导我的人就是周文瑜。

周文瑜是从我去年坠崖中箭后偶然相识的，莫非那个时候风离就安排好了一切？

这不合理。

如果风离早早就得知流落民间的我身在何处，不可能一年的时间不加以利用——比起此刻的我，一年前那个懵懂无知的和风才是最佳的切入点。

那么，周文瑜究竟是谁的人？

宋郎生微微歪了一下头，“你又在想什么了？”

我脑中一片混沌，下意识脱口道：“我只是在想，当日煦方是不是因为服下了忘魂散的解药，才会忘却期间所有属于我们的回忆……”

“何谓你们的回忆？”

我这才反应到我说了什么，懊恼地敲了敲自己的脑袋，讨好地笑道：“没、没什么，我就是那么一说，你不必放在心上。”

宋郎生没有笑，“才死里逃生，如今又大敌当前，你却还顾着追究夏阳侯世子的失忆缘由？”

“那毕竟……此前一直疑惑，如今忽然想通了，才……”

他没有吭声。

我硬着头皮回过头，伸手戳了戳他的脸，“好啦，你不喜欢我就不提了，不要生气，不要生气……”

宋郎生微微别过头去，哼道：“不想摔下马就坐好。”

我乖乖摆正坐姿，感到他环住我的手紧了紧，想笑又不敢笑出来，“哦。”

城门转瞬而至，宋郎生还是个通缉犯，自不能陪我回到京中。他扶我下马后指着前方熙熙攘攘的官道，说：“回宫的途中我已安排了人在暗中保护你，你大可不必担心。”

我笑盈盈道：“我没有担心。”

宋郎生低头看我，“要分开了，还笑？”

“这样好好地站在你面前，看到你也平安无事，”我看着他，阳光透过树影映得他眉目秀雅，“心情就会很好啊。”

宋郎生静静地望着我，俯身在我额间留下软绵绵的一吻，犹不够，又轻轻亲吻了一下耳垂。

我只感到耳根子莫名地烫，心底酥酥麻麻地忍不住期待更多，他却已直起了身，松开揽着我的手，笑容淡淡，“走吧，我看着你。”

这下舍不得走的人倒变成我了。

他见我原地不动，疑惑道：“怎么了？”

我总不能告诉他“我现在想亲你想得不得了，可你站得那么直我亲不到”这样不害臊的话吧。

我怏怏地转身，刚迈出几步，却被他旋身拉回，将唇辗转贴上我的唇。

极轻的吮吻后，他再一次离开，两人的唇挨得极近，几乎又要触碰在一起却又没有碰着，他的呼吸吹拂在我的唇上，我忍不住睁开眼看他，下一瞬，他稍稍低下头，长长的睫毛覆上眼睑，湿润的嘴唇再度甜腻交缠。

也不知究竟亲吻了有多久，直待宋郎生微微喘息着说：“全怪那风离与聂光，凭空制造这么多事端，倒误了我的正事。”

我心潮未退，听不懂他话中的意思，“还有什么正事未办？”

宋郎生抿了抿唇，脸几乎红得像颗柿子，古怪地道：“待这风波过去，我要做的第一件事，就是和阿棠圆房。”

我心头突突乱跳，“你你你……这、这大街上……胡说什么呢！”

他的手指摩挲着我的腕侧，眼中逐渐也有了笑意，“心之所往，身之所向。”

“你你……”我的心绪顿时化为糨糊，“……登徒子！”

他盯着我，“与自己的娘子行风月之事岂能称为轻浮？莫非你要我去别处寻花问柳？”

“你敢！”我慌得舌头打结，“除了我以外你谁也不许碰！看也不许看！”

见他笑意如水，我才意识到自己是着了他的道了，遂窘然跺足道：“我不和你说了！”说完我甩开他的手，一溜烟就跑了。

宋郎生宋郎生！什么郎，分明是头又饿又色的狼，干脆改名好了，反正读起来都一样！

我羞恼得一路叉腰疾行，脑海里尽是宋郎生那一副不怀好意的笑，守门的侍卫见状拦下我询要路引，我此刻气正无处可发，直接掏出玉鉴，也不理会他们跪成一地，兀自径直前行。

直待贺平昭带着一众士兵闻风而至，齐刷刷跪在我跟前请罪，提到太子如何心焦如焚，我才恢复了思绪，想起了我接下来所要面对的好弟弟。

太子弟弟应是得到了我平安的消息，我方踏入东宫就见他在前厅来回踱步，而他一看到我便大步流星地踱上前来，上上下下打量我一番，喜不自禁地道：“皇姐，我就知道你还活着，我就知道呢，你的毒可已解清了？身上可还有哪儿不适？我这就去请太医……”

见太子弟弟如此关心我，心中不悦已消弭大半，“不必兴师动众了，我服下解药，已无大碍了。”

太子长舒一口气，“我就知道，皇姐吉人自有天相。”他看我不苟言笑，眼中露出几分了然，旋即屏退服侍的宫人，让我先坐下，又拉着凳子坐到我跟前，问：“皇姐可还是在生我的气？”

我平平抬起眼帘，“你是太子殿下，是未来的皇帝，我哪敢与你置气？”

太子低下头，“皇姐这么说，那便是生气了。你气我瞒你驸马与我曾通过书信，你气我利用你围捕驸马……”他见我不理他，又道，“可我若不这么做，皇姐一见到驸马定又信他，景宴不愿见到皇姐一次次地为情所困，为情所迷。”

我皱起眉头去看他，“所以你现下仍断定宋郎生是谋反作乱之徒？若他真有异心，当日又岂会飞鸽传信告之你他的动向？”

太子道：“他是否告诉你他是潜于敌营假意叛国？他也是这么同我说的，可在我看来，这只不过是他所编织的谎言，他为了继续取信于我们，故意透露了些许线索，你看，皇姐这不就信他了吗？”

我道：“太子，我这几日与他朝夕相对，方知他并未对我下过毒，下毒的是聂光，他甚至为了替我寻解药几乎搭上了自己的性命，如今我能安然站在你面前，也是他几番救我，若他想要谋反，何不杀了我？”

“杀了你对他有什么好处？像此刻这般怂恿皇姐来与我作对，岂非更利于他的大计？”

我不可置信地望着他，“太子，我并无意与你作对，我只是想要将真相告之于你，让你认清真正的敌人……”

太子不为所动，只道：“真正的敌人是聂光，这一点景宴心知肚明，只是宋郎生，你说他对你动了真情拼死救你，这一点我会信，可他既身为前朝皇嗣，不仅国仇家恨抛诸脑后，反而来助我们，于情于理不合啊。”

看来宋郎生所料不错，他的身份是逾越不了的鸿沟，太子不会轻易相信这片面之词。

我覆上太子的手背，“景宴，你好好听我说，宋郎生根本就不是君锦之亲生的，他根本无心造反，如今这一切皆是父皇的属意……”

太子闻言笑了笑，那笑的姿态显然对我所说半字也不信，“父皇性情你不是不了解，他从不会轻易信任何人，此等大事，他若不是有九成九的把握，怎么可能把一个前朝皇嗣之子安插到聂光身边？”太子反问，“即便父皇兵行险招，又岂会不告诉我们姐弟？告诉我们，我们也不可能会透露给聂光知道，反而能时时助驸马一臂之力，若驸马稍有异动，我们还能有所防范，但绝不是像今日这般受制于人，事事被动，后知后觉。”

我稍稍一怔，他继续道：“皇姐信任驸马多多少少是因为情爱，难道父皇对驸马也有爱慕之意？”

我瞪了他一眼，“瞎说什么？”

“你也知道这是瞎说，那景宴就更是费解，即便驸马并非前朝皇嗣，可如今他能号令诸多前朝旧贼，就足以证明他这身份的力度，”太子问，“难道父皇就不担心万一他有反心吗？皇姐，父皇可是从小就教导我们，世间本无绝对的善，只有不够诱人的利益，若江山权柄触手可及，行差踏错也是极之寻常——这样的父皇，岂会把鸡蛋都放入一个篮中呢？”

我下意识想要反驳太子弟弟，可张开口的瞬间，却又觉得太子所言确是合情合理——倒不是对宋郎生有所怀疑，只是父皇的举措确实太过匪夷所思，连我都无法寻出一个能够说服太子的理由。

太子看我又不说话，拉着我的手道：“我知道皇姐始终放不下对驸马的情谊，可景宴也有景宴的身不由己，无论如何，我希望皇姐能够明晓我的苦衷。”

苦衷？弟弟这苦衷不就是为了让我成全他的宁枉勿纵吗？先是主动站在我的角度动之以情，把我昔日所思所为皆归于一个情字之中；再是晓之以理，将他的决断置身于国之大义之上，最后再以父皇压我，他知我素来以大局为重，如此，应不会再对他多加阻挠。

果然是萧家未来的帝王，每一句话看似随口无心，委实拿捏了分寸，掐准了要害。

我看着他，慢慢地道：“你说得不错，我确实放不下驸马，可我仍愿信他。皇弟，你希望我理解你，也烦请你能理解我，你要是做出伤害驸马之事，我不可能无动于衷。”

太子没料到他说了那么多我居然还是这种态度，他倏然站起身来，“如此说来，皇姐是执意要与我作对？”

我抬眸看他，“这么说，你是非要置驸马于死地不可？”

太子死死盯着我，双拳紧握，眼神越发冷冽，“既然皇姐心意已决，我也无话可说。”

他没话可说，我自然也没什么好说的。

望着太子怫然而去的身影，我紧绷的神经也松懈了下来，其实我心中又岂会不理解他的立场？换作我是他，只怕手腕会比他更决绝。

然则……

“公主。”门外的成公公已久候多时，“公主回来前，太子已命奴才打点好公主在宫中的住所，奴才这就领公主前去。”

我叹了叹气，“长乐殿吗？”

成公公一怔，旋即点了点头。

长乐殿。

在宫外的公主府没建好前，这里一直都是我的寝宫。

出嫁以后我彻底搬了出去，偶尔回宫也多是被太子弟弟拉去东宫商议政事，夜深了便直接留在东宫就寝，倒是许久未有归来。

一别经年，重回故地，但见廊前梅花开得正旺，心中不由得涌起了几分怀旧情境。一路往内，所及之处侍奉宫女不在少数，我扭向成公公道：“本公主只不过是暂住数日，你找了这么一大群宫女是用来干吗的？为我歌舞助兴？”

成公公笑道：“这皆是太子殿下的意思，唯恐怠慢了公主。”

“本宫回到自己的家还怕人怠慢？回头留几个机灵的便好，成日那么多人在眼前晃来晃去，心会浮躁的，好吗？”

我步入内厅，环绕四顾，这么多年过去，此处陈设布置一往如昔，连屏风边的茶花都与我记忆中的并无二致。

我沉默片刻，道：“我记得这盆大理进贡的茶花曾不小心被太子给打翻了……”

见成公公又待张口，我挥了挥手，“我知道你要说什么，是太子命人重栽了一盆吧？”

成公公微微一笑，我揉了揉眉，“行了，有什么需要的本宫自会吩咐，你回去伺候你的太子殿下吧。”

成公公走后，我独自踏进久违的寝屋，一进到房里熟悉的熏香扑鼻而来，这气味许久未闻，倒也有几分亲切。

我揭开熏罐的盖子，凑近瞧了瞧，正是檀香、沉香、木香与迦南香，看来景宴至今都不知我当年还在香中添了白芷、独活、甘松与连翘，难怪这味道浓郁过了头。

事实上我本不喜欢燃香，只因景宴自幼身体不好，吹个风都能吹个伤寒高烧不退，偏生他又总爱来找我玩，我就让太医开了香草削成碎末混在熏香中，一则烧熏御寒，二来又可祛病养生。

躺在温暖的被榻之上，难免生出困顿之意，我正想唤人备好热水沐浴后好好睡上一觉，却听床底下传来轻微的声响。

该不会进了老鼠吧？

我挠了挠发麻的头皮，摁住床沿，慢慢地把头往床底下探去。

然后瞧见了一双眼睛。

我当即吓得从床上摔到地下。

我承认那是一双明丽的美目，但这样毫无症状地出现在卧榻暗处还是很恐怖的，不是吗？

我扶着闪到的腰坐回榻上，“你，出来。”

床底下那个小家伙很听话地爬了出来。

她钻出来看到我，也不急着起身，就着跪坐的姿势生涩地给我行了一礼，怯生生地道：“参见皇姐。”

我头疼地看着眼前这张粉白软糯的小脸蛋，若没有记错的话，这小姑娘应该是我最小的一个皇妹嘉仪公主，她的母亲丽嫔一度很受父皇宠爱。不过我嫁人的时候她好像才三四岁，平日里我也甚少会来后宫，除了每逢佳节宫宴时象征性地打打招呼与她们并无太多接触，此刻她就这么从我床底下爬了出来，倒让我不知该凶点还是该和蔼点。

嘉仪灵动地转着眸，大眼忽闪忽闪地眨。我被她眨得有些招架不住，拍了拍床榻道：“地板那么凉，你还要坐到何时？”

她闻言浅浅一笑，两颊酒窝若隐若现，一坐到我身旁，我就忍不住伸手戳她的酒窝道："你怎么躲到我这儿来了？玩捉迷藏？"

嘉仪摇了摇头，羞涩地看了我一眼道："嘉仪是听闻皇姐回来了，就想来悄悄看一看皇姐。"

我停不下揉捏她的脸蛋，"看我干吗？好吧，就算要看何不光明正大地看？皇姐心脏不是很好，你这种看法很容易看来太医的。"

嘉仪小声地道："……是母亲不让我来的，她怕我不知分寸惹皇姐不开心……"

后宫的那些糟心事我虽甚少理会但也算是自小耳濡目染，父皇常年卧病在床，这些妃子失了盛宠便如同失了靠山，本就只能战战兢兢安分守己地过活；若还被我母后知悉有哪些后妃公主什么的来找我套近乎，那往后的日子只怕更不好过了。

我揉了揉嘉仪的头，"反正接下来皇姐也闲着没事，你要想找我玩儿随时可以，如此可爱的小妹子，谁看了心情不好？"

嘉仪展颜欢笑，"皇姐说话算话？"

"那是自然！"

她喜不自禁，跳起身来抱住我，"皇姐最好了！"

我被她软软的身体抱得简直连心都要融化了，心道以后定要生一个女娃儿，若生得似驸马必也是极为漂亮可人的。

不对，我怎么会去想这么不害臊的事儿，若让宋郎生知晓，他必要取笑我一番。

瞧着嘉仪蹦蹦跳跳的身影，我摇了摇头，眼下可不是去思量这些的时候。

用不了几日，我与太子闹翻的消息应当就能传遍皇宫，太子会加大搜捕宋郎生的力度，也会为了阻我出手而架空我的势力。我就顺势扮演一个因与驸马决裂又与太子翻脸的公主，颓养于长乐殿中，只顾着与幼妹虚度玩乐，如此一来，风离与聂光必会有所动作。

若我是风离，有什么方法能够用最直接的方法制造最大的影响呢？

"皇姐？皇姐！"嘉仪摇着我的袖子，"你在发什么愣呀？"

"没什么。"我慢条斯理地望向窗外来来往往的陌生宫人，以及这熟悉而又久别的长乐殿，"皇姐只是在想……接下来，我们究竟……要怎么玩。"

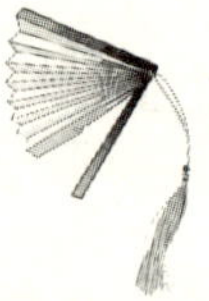

第二十四章 乱点鸳鸯谱

接下来的那些天，我过起了安逸到无聊的日子。成日里不是吃喝睡，就是陪嘉仪下棋，连偶尔来探风的成公公都道：“公主瞧着倒是圆润了起来。”

冲他如此坦诚，我再一次婉拒了他劝我去哄太子的请求。

自打与景宴闹掰后，他一步也未曾往我的长乐殿踏，我自然也没去过东宫，如此僵持了一段时间，连寡言少语的母后都找上门来劝我“姐弟同心其利断金”云云。

母后素来偏袒弟弟，但大多时候她是不会来干涉我们姐弟间的问题，得她亲自出马委实是因为近来发生的两件事。

第一件是祭天大典。

说起来，历朝历代的冬祭是一桩极为紧要的大事，从祭祀前的诸多烦琐准备到祭位祭典的布置都半点马虎不得，曾几何时，父皇只因该悬挂的天灯少了一盏直接革了工部尚书的职并发配边疆，更别提当日陪祀各官的言行举止，稍有行差踏错那就得备好项上人头，故而满朝上下祭祀时无一不诚惶诚恐，如临大敌。

往年祭天之人自然是当朝帝王，自打两年前父皇晕厥不起，这祭天仪式也不得不停了两年。

说来也是蹊跷，这两年的天灾连绵不绝，这厢旱灾刚有所缓和，那厢水患又起，弄得是民心不安朝局动荡。朝中几番激烈的商讨下，大家伙儿一致决议恢复祭天。

如今父皇依旧昏睡不醒，没人有胆子敢抬着他去祭天，故而这重担自然是落在太子身上。

那么，这祭天的意义对太子而言可就非比寻常了。

自古以来，之所以每逢祭祀君王都慎重对待，不仅仅是为了奉求天佑，更为了向万民彰显君威，所谓“君权神授”，意思就是若连上天都认可你君王的位置，天底下谁还能质疑?

实则父皇的病拖了这么久不但毫无起色还日益恶化，朝中早有人提出让太子登基的提议。只不过此前太子根本没有做好准备，故而迟迟未有动静。后来康王图谋在前，夏阳侯兵患在后，以赵庚年为首的内阁再一次提出“国不可一日无君”的看法，满朝文武皆附议。

这一回，太子没有拒绝，只道了句“兹事体大，待祭天后再另行商议”。

一言以蔽之，此回祭天事关重大，万一发生个动乱或是灾祸什么的，太子极有可能会被曲解为“非受命于天”，那登基之路可就更艰难崎岖了。

母后来找我，说白了，她也觉得景宴办事不那么靠谱，若我能出面帮衬自然能稳妥些，当然要是能全程陪着太子那就再好不过了。

我十分头疼地看着母后道：“母后，我是景宴的姐姐不是他奶娘，他既要坐上那个位置，就必须要做到独当一面，要总当他没断奶似的守着，文武百官又当如何看待。”

母后道：“你可还记得你父皇对你的嘱托吗？”

“这个句式您已经重复七遍了……”我轻咳了一声，“且别说父皇授予我的我已悉数交给太子，如今朝中权臣已然不把我放在眼里，您让我去帮，也得说从何帮起？”

母后道：“祭天一事暂且不提，那宴儿娶妃一事，你也无能为力？”

这说的便是第二件事，太子欲立首辅千金为妃，虽说赵庚年亦有此意，可赵嫣然似是抵死不从，听闻被赵首辅锁在府中已绝食了三日。

我长长地叹了一口气，“这种郎情妾不意的问题我怎么可能有办法？如果我有这能耐，倒不如在京城十里铺开个店，但凡有一厢情愿者娶不到心上人便找上门来，那必然是财源滚滚，更能一解国库燃眉之需啊……”

母后的目光凌厉扫来：“太子将实情都与本宫讲明了，你因私情而废国业，可是将你父皇对你的嘱托抛诸脑后了吗？”

“即使您换个句式，我也无能为力。这个问题的关键根本不在我……”

母后一拍案几，将手中杯盏摔个粉碎，“好！果然是本宫的好公主！”

母后极少动怒，此刻看她这般，我心中不免一悸，她道：“你当本宫不了解你的性子？且不论你有没有法子助景宴一臂之力，这几日你寸步不踏东宫，不正是不愿插手此事？你与你皇兄一样，看不起所谓的联姻，总追求那些真挚的情感，呵，于本宫看来，那些只不过是你们为了满足私欲的理由！”

“母后……”

“一个，为了儿女私情罔顾自己的责任一走了之；一个，为了儿女私情与自己的弟弟反目。”母后颤道，“难道你以为景宴就愿扛此重担，愿娶一个不喜欢自己的女子？！你怨恨你的弟弟不顾及你的感受，那么你又何曾顾及过他？”她说完这句话，也不等我阐述完观点就拂袖而离，留下小宫女们噤若寒蝉，手忙脚乱地拾捡碎片。

我没有告诉母后其实我从未想过置身事外，这几日我早在暗处做了许多事，只是在等待一个合适的时机罢了。

奉茶的小宫女小心翼翼地看着我的脸色，正蹑手蹑脚地要去沏壶新茶，我道：“本公主馋了，晚膳想吃通花软牛肠、烤虾、里脊肉、西湖鱼羹还有奶汁炖鸡，笋可以炒一盘，糕点来笼金乳酥。”

小宫女有些傻眼道：“殿、殿下一个人用膳吗？”

“有何不妥？”

小宫女连连摇头，“奴婢这就去吩咐御膳房。”

不就是多点了几道菜吗，何致如此大惊小怪。

若人人皆能在不如意时把悲愤化为食欲，也不知可免去多少纷争。

我伸手入怀，展开掌心字条，这是昨夜三更来自宋郎生的飞鹰传书：祭天大典，聂党必有动作。

我顺着微风望向窗外，天边的云絮绵软柔和，暴风雨前的宁静冷不丁地让人有些发怵。我琢磨着是该去给太子提个醒，让他在宫内宫外增兵加防了，虽说宋郎生叫我放心，可放心绝不代表能够掉以轻心。

既然专程备了太子喜爱的食物，邀他来长乐殿用膳也是无妨，我顺手拢起外袍，正欲出门，却传来宫女的声音：“公主殿下，嘉仪公主来了。”

不待我出声，嘉仪便推门而入，手中挥着风筝笑眯眯道：“皇姐！”

我揉了揉额，这才想起昨日随口哄嘉仪说陪她去院外放风筝，遂道：“皇姐有要事要去找太子相商，风筝不如改日再放吧。”

嘉仪面露失望之色，又不敢耍性子，只得乖乖点了点头。我瞧着有些不忍，忙叫住了她，让她在外头等我一会儿。

我在柜中翻寻倒腾了一番，从小到大我搜集的奇珍异宝何止一二，反正大多都压箱底没再碰过，此刻寻出来给皇妹玩也是无妨。

果不其然，柜底下的几个大木箱均藏着许多有趣玩意儿，我顺手抱起一摞，正打算给嘉仪送去，却在不经意间瞥见一柄剑。

这柄剑的剑鞘乃青铜所铸，雕有龙腾祥云，极之磅礴阔气，出鞘，可吹毛断发，削铁如泥，挥之，如一泓秋水，劲力无穷。

此剑是父皇夺打江山时所用之剑，后来他将此剑赠与了皇长兄，那时众位兄弟无不艳羡。直待皇兄携美人离开皇城，临别那日他把剑交给我，说他没有颜面亲自把剑还给父皇。

当我把剑送到父皇跟前时，父皇却道：“既然他把剑给了你，好好收着吧。”

我便把剑收了起来，只想有一日大皇兄回来我再将此剑还给他，可那次一别之后，他就再也没有音讯，宛如离去的风……

念及于此我心头重重一沉。

岚为山中之风，随风而离，是为风离。

我合上眼，告诫自己莫要再凭空胡思臆想，眼下还当以助景宴渡过难关为重。

晌午时分，景宴果然未歇，仍扑在几案之前奋笔疾书，审阅如山奏章。

我没让成公公通传，故而他一抬头见来人是我显然一怔，“皇姐……”

我在他身旁屈膝坐下，随手捡起一本奏折，看了看道：“看来朝中的清流对你这种强取豪夺的做法并不大赞同啊……”

景宴低下头，“皇姐此番是来奚落我的吗？”

“太子的用心我又岂会不知？如今大庆可算是内忧外患，赵首辅拥有如此庞大的势力却隔岸观火，其心深不可测，若然倒戈相向，今后太子的路将举步维艰……老实说，除了联姻，我也想不出更好的法子能够拉拢赵庚年了……”我放下折子，叹了叹气，“只不过你太不了解赵嫣然了，我曾与她有过些许接触，她虽贵为首辅千金，但与其他的名门淑女不大相同，对后宫高墙下的权贵荣华更是毫不眷恋，她若不愿嫁，你想娶也未必娶得到。要真想拿下一个对情感执着的女子，这步棋就不该这么走。”

景宴诧异地转向我，“你、你的意思是……”

“我会亲临一趟首辅府，”我道，“谋事在人，成事在天。”

见我撩袍而起，景宴匆匆站起身，“皇姐与赵家千金既然交好，景宴实不愿强你所难，此事还是……”

“皇姐心中自有计较。”我拍了拍他的肩，“母后说得对，一直以来你都做得很好，是我太任意妄为了。”

景宴摇了摇头，“若不是为了我，皇姐当过得比现在更自在……”

我没顺着他的话去说，只笑了笑道：“待我回来时你来长乐殿同我一齐用膳吧，皇姐已让御膳房准备了你最爱吃的菜。”

景宴定定地看着我，点了点头，“嗯。”

转身离开的时候，我轻轻地舒了一口气。

或许，皇姐能待在你身旁的日子，陪你用膳的机会，本也不多了。

黄昏时分，赵府邸中的一湖秋水，在夕阳下波光粼粼。

我跟在赵府下人后面在水榭边悠悠地走，回头时，但见赵庚年匆匆穿过长廊而来，待近到身前叩拜完毕，抬手示意我进厅中入座，恭谨道：“老臣未知公主驾到，有失远迎，还望公主莫要见怪。”

我缓缓看向他，他的面色比上回见到时更憔悴了些，“阁老公务繁忙，是襄仪唐突了阁老。”

赵庚年吩咐下人看茶，待糕点上齐，方道：“不知殿下驾临，所为何事？”

我道：“本宫今日来此，是专程来探望嫣然妹妹的。”

赵庚年神色未变，眼中却是稍有讶异，“哦？不想公主竟与小女相识？”

我笑了笑道：“与令爱有过几面之缘，尚算得上投契，近来听闻嫣然妹妹因太子选妃一事茶饭不思，心中甚为担心，便不请自来了。阁老有什么为难之处，不妨坦言相告，若有能帮之处，本宫必会相帮。”

赵庚年做出感激之态道：“承蒙公主厚爱，怪只怪老臣平日里太过纵容小女，竟惯得她不知天高地厚，连太子殿下的婚事也敢违抗，唉，老臣委实无颜面对太子……”

“此乃嫣然天性使然，阁老无须自责。”我道，“既然如此，阁老可否带本宫去见一见她？”

赵庚年微微颔首，起身带路，“公主这边请。”

我猜，赵嫣然应该绝食了好几日。

进屋的时候开门关门的动静那么响，她居然置若罔闻，一动不动地坐在窗边望着天边的彤云，看来她所受的打击委实不小。

我拉了把椅子在她身边坐下，盯着她看了好半天，她总算发现了我的存在，缓缓回头时惊了一惊，“公主？！”

我看着她乌黑的眼眶，叹道：“好久不见，你清瘦了不少。”

她用眼神询问我，“你怎么会来我家？”一思之下旋即明了，“是了，太子要娶我为妃，你怎么可能不知道？公主，你是来帮我的吗？”

我心头一涩，赵嫣然双手已搭上了我的肩，眼中犹如死灰复燃般闪着光，“你知道的，你知道我心中真正喜欢的人是谁，我不可以嫁给太子，不可以嫁入皇宫中，公主，你帮我好不好？你是太子的姐姐，你说的话说不定他能听得进去……”

“嫣然，我……”我嘴唇一动，几欲开口却是什么也没说。赵嫣然何等聪慧，似读懂了我眼中的无奈，她慢慢松开手，“你不是来帮我的……为什么？是因为我抢了你的煦方吗？”

我摇了摇头，她目光渐转怒意，“那是为什么？”

“为了太子。”我沉默了一瞬，“太子需要你爹的一臂之力，可你爹亦有你爹的顾虑，如若立你为妃，他日太子登基许你为后……于你爹而言，唯有如此才能保你赵家屹立不倒，于太子而言，唯有如此方可得你爹全力扶持……”

赵嫣然抬手打断我的话，“这些与我何干？！你们私底下决定的时候可否问过我的意愿？！难道为了稳固权势就能牺牲我的感情，牺牲我的人生？公主，你不帮我就算了，如今还联合他们来对付我，你扪心自问，我赵嫣然待你如何，你待我又是如何？！”

我低下头，喉间不由得一哽，“你待我极好，在我落难之时努力地想要救我性命，在煦方消失后还将真相告之聂然……”

赵嫣然怔了一怔，“这、这些是然哥哥告诉你的吗？”

我点了点头。

“既然如此，你怎么可以……”

“嫣然，”我沉声道：“就算你不愿意嫁给太子，你也绝无可能与聂然在一起的。”

“为什么？”

“既然你还被蒙在鼓里，那我就告诉你——夏阳侯聂光意欲谋反，聂然亦参与其中，”我道，“如今太子已命人在暗中监视他，只待事发当即捉拿归案。”

赵嫣然倏然起身，满面的不可置信，“你，你胡说！然哥哥岂会有谋反之心……”

“是他亲口告诉我的。”我闭了闭眼，复又睁眼，“你与他相识那么久，我不信你当真什么端倪都瞧不出——若你仍不愿信，大可去问你爹，要再不信，亲自去国子监找聂然看看他怎么说。”

她颤着指尖扶住窗沿，仿佛陷入回忆，良久，问道：“倘若当真如此，你为何把这些都告诉我？你就不怕我去告诉然哥哥，让他趁机逃脱吗？”

我说：“你尽可一试，最好确保他能安然逃脱，否则，畏罪潜逃被捕，便是提前将他推入死境，坐实了他的罪名。”

赵嫣然浑身一震，面色苍白如雪，我咬牙道：“只不过这么做不论成功与否，你都将被视若同党，赵家也将面临灭顶之灾。你可以为了救聂然放弃你自己的性命，可你当真能舍弃得了你的亲人、你的家族吗？”

她像是随时都会垮掉的样子，从我一进来她就在坚持的一股子气顷刻消散得无影无踪，“你告诉我这些，是想让我对然哥哥死心，然后嫁给太子吗？”

“你重情重义，自不愿家人因你受到牵连，若聂然因此而死，你心中自是愧恨难当，又怎么可能会嫁给太子？”我别过头去，“你会随聂然而去，如此，方不负你此生一片情深。”

赵嫣然秀丽的眼中透出绝望之意，“公主果然是最了解嫣然之人……”

我暗暗握紧了袖中的拳，告诫自己绝不可露出马脚，“嫣然，你想救聂然吗？”

赵嫣然闻言猛地抬眸，我道：“我可以保他平安离开皇城。”

“……他、他不是要谋反吗？太子怎么可能会容许他离开……”

“莫要说太子不会容许，只怕满朝文武都不会同意纵虎归山……”我深吸一口气，“可若你想，我可以做到，只不过你得嫁给太子，这是唯一的条件。”

赵嫣然紧紧咬住嘴唇，咬出鲜红的血来，过了不知多久，气若游丝的声音幽幽响起，“我嫁。

“只要你能救然哥哥，我嫁。”

虽然是预料之中的答案，可听她这般说我心中仍是酸涩难当，我缓缓站起身，“既然你想通了，就好好吃饭好好歇息吧。你应该不愿我留在这儿了……”

“公主……”赵嫣然出声叫住了我，“我可以……问你一个问题吗？”

我不敢回头看她，“嗯。”

“你可还记得当年树林之中我曾问过你，‘为什么你要替然哥哥挡下那一箭’时，你是如何回答我的吗？”

当日言语，恍惚萦绕耳边。

“你说，‘他总有一日会记起我，只是这样想想，都会觉得很幸福’。”她慢慢道，“我听了觉得好难过，可是……也好羡慕……我不仅羡慕他对你的爱，更羡慕你对他毫无保留的心。”

我垂下眼皮。

她道：“你说，那时的和风若知一年后的自己为了达到目的，连誓死守护之人的性命都能相胁，还能无愧地说出那番话吗？”

“赵姑娘，如今站在你跟前之人，早已不是和风了，这个问题，恕我没有办法回答你。”我深吸一口气，道，“告辞了。”

我缓缓转身出了房，走出几步，望着立于窗边的赵庚年，此刻他脸上的神情颇为复杂臭测，却又没有吱声。为避免赵嫣然发现他一直都在屋外，我伸手请他先走，旋即紧步跟上。

穿过庭院，绕回会客正厅，赵庚年挥手遣散了厅内的下人。

我坐下身，顺手拿了块蜜糕，见赵庚年负手不语，问道：“阁老有什么话想对本宫说吗？”

赵庚年微微眯眼，“老臣以为当是公主先说才是。”

我道：“我已说服了令千金，不日便可筹备婚事，此事尚算圆满，回宫交差即可，哪还有什么话想说？”

赵庚年深深看了我一眼，“恕老臣糊涂，既然公主所为旨在替太子殿下筹谋笼络，那么单独劝服小女便可，何必引老夫暗中窥听？”

“阁老误会了，本公主今日，并非是为了笼络阁老而来……”我回望了他一眼，“只是有些困惑为求一解。”

赵庚年道：“公主此言，倒令老臣更加听不明白了。”

我拂了拂袖口沾上的糕点碎屑，“既然阁老希望本宫说得通透点，那我也就直言不讳了。”

我斟酌了一下用词，道：“一直以来，阁老可知您在我心目中，是一个什么样的人吗？遥想当年，您与本宫的恩师方良皆受父皇重用，风光无限，从京城到地方不知有多少官员想要攀附你们，阁老您呢，从结交权贵到结党营私一个也没少沾，如今是党羽遍布天下，位极人臣，而恩师方良一心为民却落得如此下场……”我扯动嘴角，“本宫曾叹世事不公，曾怨父皇不公，更想有朝一日必要扳倒所有赵党，让百官万民看看昭昭日月，天道轮回，想来太子的想法应当是和我不谋而合吧。”

他没有说话，只是继续听我说：“本宫监国初时，朝中大小一应事务若无阁老首肯，根本办不妥当。我与太子为了对付阁老，可谓费尽心力地明察暗访，笼络人心，栽培能臣，到最后总算是小有所成，纵不能扳倒阁老，也总算是能与您抗衡一二。

“再到后来，本宫受聂光所害流落民间，太子恐以他一人之力难以敌得过阁老的势力，只得在匆忙之际寻一个替身蒙骗阁老……”想到这里我笑了笑，“赵阁老，您说好不好笑，太子至今都以为您毫不知情呢。”

我慢慢站起来，道：“本公主回宫之后，对诸多事物都极为陌生，彼时赵阁老提议聂然为赈灾之选，太子唯恐其中有诈，故极力推动韩斐前往。而我近日得知，江浙水患竟是由夏阳侯一手造成，其目的正是为制造更多的祸端与动乱。如此回想，要是当时真派聂然前往，这灾嘛，赈不好，朝廷必得降罪，若赈得好，岂非是老子挖坑儿子填土的费劲活儿？我心中实在疑惑，遂去翻查当时的卷宗，这才发现夏阳侯所打通的脉络、呈上的折子皆是要让聂然进京，未有只言片语提及赈灾——我恍然大悟，原来赵首辅您当日提名聂然，明面上是为了替夏阳侯谋取一个机会，而真正所助之人，是太子殿下，是吗？”

这一问，赵庚年眉间终于出现了一丝波澜，我道：“一路助太子辅国以来，我曾觉得费解，何以事事不顺却能有所成？拿赈灾的指派人选来说，饶是赵阁老稍有阻滞，最终不还是同意让韩斐前去了？还有康王谋逆一案，若不是赵首辅的一句‘谋害公主如谋害圣上’，又岂能逼得蒋丰指认康王，让满朝文武俯首称臣？”

赵庚年静静道：“这些只是公主的猜测而已……”

我淡淡一笑道：“一年前在绥阳，我曾与令千金及聂然在一个树林中遭袭，照理说出奇制敌当择弱者而挟之，然而那么多杀手皆只对聂然发难，几乎没有人对我们两位女子下毒手……”

哪怕是我中的那一箭也是自个儿缺心眼自寻死路地去当人肉盾牌。

我与宋郎生也提及过这件事，关于究竟是谁派去刺杀聂然这个问题实在是一筹莫展，毕竟最有可能的人就是父皇，可父皇昏迷不醒哪还有法子暗派杀手呢？

后来宋郎生忽然问我：你与聂世子在陈家村那么久，从未出现过什么杀手，为何你约赵嫣然于丛林中，杀手就出现了呢？

“我心中疑惑，遂派人查探刺客来自何处，究竟受雇于谁，”我看向赵庚年，“赵首辅，话止于此，你还要瞒着本宫？”

赵庚年混沌的眼中逐渐有些显山露水的意味，“刺杀聂然的确是老臣指使，老臣确是不知殿下当日亦在绥阳，本以为此事办得滴水不漏，连聂光都查不出任何蛛丝马迹，如今看来，确实小觑殿下了。”

我心虚地笑了一笑，那日刺客除了一身黑衣外毫无特征，时隔一年谁还追查得出线索？

我道：“数年前太子初立之时只不过是个懵懂少年，在朝中无半点威信，而今满朝文武皆心甘情愿地奏请太子登基，这其中若无阁老您推波助澜，本宫是万万不能信的。阁老费了这么多苦心，让太子在忧患之中学会治理朝政，学会平衡诸方势力……”

说到这里我一敛袖，恭恭敬敬地朝赵庚年躬身行礼，“襄仪感念万分。”

赵庚年赶忙回了一礼，“岂敢……这一切原本便是圣上的意思，老臣只不过是食君之禄忠君之事，还望公主莫怪老臣欺瞒之罪……”

我稍稍一怔，旋即就想明白了，“父皇既重用阁老，就必有重用的道理。这么说来，起初聂赵两家的联姻，也只是您为了取信于聂光的手段？”

“正是。”

看来，聂家据地为王时父皇就留了个心眼，赵家与聂家的交好，是一早就算计好的。

只可惜，赵嫣然始终都被蒙在鼓里，把真情付诸聂然的身上。

我叹了叹气，“阁老委实不该利用嫣然来达到您的目的，当初不该，如今更是不该。”

赵庚年捻须问：“公主此言又是何意……”

我微微抬眸，“方才阁老问本宫为何要引您听我们的对话，其实有两个用意。第一个用意只是想证明给阁老看，嫣然心有牵挂，说服她并不困难，连本宫都能做到，何以阁老只能任由她绝食消沉呢？您的这场戏，究竟是做给太子看的，还是给聂光看的呢？”

赵庚年浑身一震，在我定定的目光里，竟有些结巴，“老臣、老臣绝无此意……”

我静静地看着他。

他毕竟有自己的私心，他不留痕迹地暗助太子，何尝不是为自己留了一条后路。

他对父皇确实忠心，可他对朝廷未必尽心尽力。

太子提议联姻，他将赵嫣然拒婚的消息散播出去——直到此刻他仍想保持明面上中立的态度，因为他不愿意明目张胆地与聂光为敌。

“您深知太子与聂光这一场纷争在即，却又不愿卷入其中，您不愿让聂光察觉您已倒戈相向，也不愿得罪太子，是以这门婚事您以嫣然为由拖延，是想等到太子登基，一切尘埃落定再做定夺吧？”我凝着他，“很遗憾，从这一刻起，阁老您已无法再置身事外了。”

赵庚年疲惫地闭了闭眼，“原来公主劝小女结亲，实则是要让所有人都看到我赵庚年是向着太子爷的……倘若老臣现下提出拒婚，只怕公主亦会将当日刺杀聂世子一事透露给聂光，如此老臣不进则无路可退……”

我淡淡道：“食君之禄，忠君之事，这句话阁老才说过的，不是吗？”

赵庚年睁开眼，眼中是幽幽的古井无波，“公主的第二个用意，是什么？”

我向前走了几步，又顿住，缓缓开口道：“第二个用意……比较单纯，只不过是阁老能够看到您的女儿嫣然，哪怕她用情至深，能为了聂然不顾及自己的性命，可她更能为您以及你们家族的安危，放弃自己的信念和人生。其实呢……本宫私心里是打算等此次风波过去后，想办法让太子取消婚事，毕竟太子要娶嫣然，目的本是能获得阁老的力量与帮助，若阁老能尽全力帮太子赢过这一仗，那么联姻不联姻于太子而言，也就不那么重要了……”我顿了顿，“可只怕到时坚持联姻的，会是阁老您……”

赵庚年久久未言。

这个父皇最为重视的内阁之首，到了如今这个位置，有太多的顾忌。

所谓一朝天子一朝臣，权势越大，忧患越多。

即便他豁出所有帮了太子，他也未必能够守住如今的权势。

联姻，是最直接也最稳妥的手段。

赵庚年的身影在光影衬托下显得颇为萧索，他伸手捂上额头，哑着嗓子道：“天底下岂有不疼惜自己子女之父母……”

此一言后，他再也说不出什么了。

直到我离开赵府，我都不确定赵庚年究竟有没有把我所说的放在心上。

我逼得他不得不公然站在太子这方，已是强人所难了，若还要他放弃联姻，想想是有点不大可能。

唉，也唯有期盼嫣然的眼泪能激得他父爱泛滥了，否则待到那时，还得另想法子帮赵嫣然逃婚。

我头疼地揉了揉额。

也不知道有没有可能性让嫣然移情到太子弟弟身上。

我在脑海里对比了一下聂然的脸与景宴的脸后，迅速打消了这个念头。

天色已暗，一个愣神间马车穿过宫门，两旁宫灯一晃而过，素月清辉洒落红墙高瓦。

再过几日便是祭天大典，对许多人来说，成败皆在此一举。

宋郎生说他有赢的把握，我相信他。

我想，待除掉风离，解除眼下危机后，也是时候与宋郎生离开皇城，彻底放手了。

将赵首辅彻底拉入我方阵营，这应当是我能为太子做的最后一件事了。

有赵庚年在，哪怕聂光起兵谋反，太子也有足够能力应对。

长乐殿的积雪布满院落，我踏上去发出咯吱声，引得里头的人听见动静，匆匆迎了出来。

“公主，太子殿下方临，正在厅内等公主回来。”

我这才想起临走前邀太子来我殿内共进晚膳，遂吩咐传膳，然后径直迈步上阶，进入厅中。

景宴坐在乌木椅子上，一见我进来，便走上前来，也不顾我一身外头带来的扑扑寒气，拉着我的手道：“皇姐，你可回来了，去了这么久，景宴担心得很，赵首辅可有难为你？”

感受到他手心的热度，我怔了一怔，下意识地望了一眼木椅旁的高案，案上空空如也，景宴顺着我的目光扫去，“怎么了？”

“我只是在想，这长乐殿的侍女怎么这么不懂规矩，你来了也没人上来奉茶，来人——”

景宴笑了笑，“她们自然是上过茶的，只不过景宴寻思着这天寒地冻的，喝茶倒不如喝酒来得畅快，便命御膳房选了一坛好酒煮来吃……”

这时，宫女近上前来表示晚膳与酒都已备好，请我们移至偏厅。

“说得正是，”我抿唇一笑，“正巧早上翻箱之时寻出了一套父皇赐给我的青铜杯，那可是件极妙的古物，今夜雅兴正浓，好酒配好器，不醉不归。”

“好！不醉不归！”

当一盘盘色香味皆全的美食一股脑儿摊在饭桌前，我顿觉饥肠辘辘，景宴亦是食指大动，笑嘻嘻道：“还是皇姐疼我，备的都是我爱吃的。”

我夹起牛肉津津有味地嚼起来，“反正皇姐无肉不欢，有肉吃心情就会很好。”

景宴一边动筷，一边问道：“皇姐还未说今日去赵府，究竟如何了？”

我神秘一笑，“你猜？”

“皇姐……”

“赵嫣然妥协了。”我举杯轻嘬了一口梅酒，“赵首辅嘛……倒也不是特别情愿的样子，碍于这婚事是太子提出的，他也不好驳回。不过太子不必过忧，只要嫣然愿嫁，这婚事便成功大半。”

景宴闻言一喜，“皇姐说的可是真的？”

“皇姐几时诓过你？”

景宴将美酒一口饮尽，“弟弟在此谢过皇姐了。”

酒过三巡，夜色愈浓。

景宴不胜酒力，已呈微醺之态，道要早些回去歇息。

我起身相送，忽又想起一事，让他且等片刻，转回寝房执起桌案上的那柄青铜剑，回过头递给他。景宴略略愣神，诧道：“这剑……”

我笑道：“这是皇姐赠与你的秋水剑，预祝你祭天顺利，早登大统。”

他眸光微微一闪，点头致谢道：“盛情难却，弟弟就却之不恭了。”

景宴方走出几步，我脚下一软，险些就要站立不稳。

身边侍奉的宫女见状一惊，“公……”

“嘘——”我伸出手指做了个噤声的动作，她倒还算机灵，连忙捂住嘴唇，并将我扶住。

我觉得自己好似被浇了一桶冷水，浑身上下都被冻住，心中乱成一片。

从我一进到长乐殿时，一切都变得那么诡异。

景宴自幼体弱多病，连秋凉之季都会捧着个暖手炉，可这样寒冷的冬日，厅中熏炉未开，他也未随携他常持的暖手炉，握住我的手却是热的。

撇开这一点不提，素来三杯就倒的太子居然主动邀我饮酒，半坛醇酒饮入腹中，他居然能面不改色；更让人匪夷所思的是，当我提及自己无肉不欢之时，他未见疑虑——宫中谁人不知，我自幼只爱吃鱼，不喜吃肉。

而那柄大皇兄的剑，乃景宴自幼就十分向往的凌霄之剑，意为龙腾九霄，我唤它为秋水，他不仅没察觉出半分不妥，那眼神更如初见此剑一般。

我恐惧得一时难以呼吸。

怎么可能?

怎么可以!

这个太子殿下，是假的。

第二十五章 我要的是你

我陷入了极大的恐慌之中。

真正的太子因常年浅眠，就寝时总会命人在熏笼中点燃苍术和艾叶等草药，久而久之他浑身上下都散发着一股药香，我记得傍晚离开皇宫之前所见到的景宴身上就有这种熟悉的味道。

可方才的这个太子近到我身旁，我却连一丝气味都闻不出来。

哪怕再荒谬，再不敢相信，太子被人调包之事还是发生在眼前了。

前后不到两个时辰。

这个假扮太子之人不论谈吐、言行都足以以假乱真，为了不让我起疑，他专程赴约，说明今日黄昏他听到了我在东宫与景宴的对话；看来，是有人早有预谋地在景宴身边观察了一段时日，寻隙替换之。

那么这个人，极有可能是东宫侍奉太子的太监之一。

只不过，此人露出了几处破绽，在太子身边所待的时间应该不长。

这般想来，寸步不离景宴的成公公今日怎么不见人影？难道说，幕后主使担忧成公公会识破，所以已经暗中将他除掉了？

我心跳如雷，明知越是此等时节越不可乱了手脚，偏生我的手脚不听使唤地乱颤，颤得一旁的宫女都看得心慌，楚楚可怜的美目迸出泪花，“公、公主，您可别吓唬奴婢啊，今夜这天是冷了些，可也不至于抖成筛子吧，奴婢这就去加些炭火……”

"……"

我瞥了一眼屋外时不时偷往里瞄的宫女们，料到这当中应有混入监视我的，若火急火燎地去搬救兵，必有人闻风而阻挠。

要想拆穿一个假太子不难，难的是真太子势必在他们手中，稍有差池，景宴可就性命堪忧了。

却不知这假太子是何人派来的？此举的目的是什么？真正的太子人又在何处？

我深知当务之急是要将这消息告之宋郎生与赵庚年，过两日就是祭天大典，已经没有时间从长计议，迟一步就什么都来不及了。

念及于此我披上貂裘外袍，宫女们皆疑道："殿下，这夜都深了，雪还未停呢，您要出去怎不备好轿辇？"

"不必了，太子殿下匆匆而回落下了要物，本宫去趟东宫就回。"我淡淡道，"你们不必跟着了。"

我自然没有欺骗她们。

与其鬼鬼祟祟乔装溜走，倒不如堂而皇之地去东宫，襄仪公主要去东宫找太子如此平常之事谁人会疑？不疑则不必通风报信。

东宫离长乐殿不过是百步之遥，我人一出现在东宫门外，守宫的禁军便认了出来，齐齐抱拳行礼道："属下参见公主。"

我略略转眸，冷然问："怎么今夜人都在外边守着？"

其中一名禁军头领答道："禀公主，太子殿下一回便说要歇息，令所有人都在外院巡逻，不得打扰。"

我点了点头，"太子方才在长乐殿同本宫用膳，遗下要物，故本宫亲自送来，既然太子要休息，你们也不必再去麻烦通传了，本宫直接进去便是。"

两位禁军头领互相交换了下眼神，反正我不经通传直接去找太子也不是一次两次了，他们不敢阻挠，忙给我让出一条道来："公主请。"

从东宫殿外入内院，一路畅通无阻，离太子寝宫越近，所见的太监与宫女就越少，我估摸着多半是假太子心中有鬼，遂才屏退众人。

待穿廊而过，远远便望见屋内亮着灯，有两个人的剪影映在雕窗之上，一个看上去应该是那假太子，另一个则着太监服饰。奇就奇在那太监坐着，太子反倒站着，他微微颔首，不时在同那太监说着话，需得近到窗沿石墙下才能听清他们在说什么。

我四处张望了一圈，虽说周围暂时没什么人，要是沿着长廊走，一拐弯很容易就会被屋中的人察觉。原本那窗沿外是对着一片花圃，踩着草倒还好，可这几日落雪纷飞的，地面早已积了一层雪，靴子踩在上头嘎吱作响，但凡屋中的人不聋，都听得到脚步声。

我低头看着自己的长靴，稍一思虑，便绕转到寝宫朝北的后侧方，那面窗户被几棵苍松所挡，即使有人从里边看也未必看得到人影。

我轻手轻脚地跨过木栏杆，将脱下的绒毛长靴藏到长廊底下，继而弯低了腰，极缓极缓地踩入雪地中。

雪水渗过袜子，冰寒刺骨，每迈出一步都要配合着阵阵风声，不过短短的十步之遥，耗了大半体力，到最后浑身僵得打战。我心中暗暗嘀咕，也不知道日后会不会落下诸如风湿之类的什么病根。

好容易靠到石墙，刚挪出两步，就隐隐约约听到一个声音悠悠响起："公主当真没发现什么？"

脑中嗡的一声——这个声音，果然是风离！

"这几日我在太子身边伺候着，同公主所说也俱是按公子的吩咐做的……我看她的样子，应该不像是察觉出不妥……"此人说起话来，尽管声音与景宴极像，但却低沉许多，听他的意思他应当是混入东宫乔装成太监，或者压根就是新来的太监。

"她的样子？"风离冷笑一声，"公主最擅长的就是将计就计，在险境之中随机应变，天大的事压着她都能不动声色，凭你就能瞧得出什么端倪？"

听到风离如此评价，而此时此刻我正在做他口中所做之事，都不知究竟是谁料事如神。

假太子连连称是，"既然太子已成功送出宫去，接下来公子要我做些什么？"

风离漠然道："你留在东宫当这个太子，切不可露出马脚，两日后的祭天大典，百官皆会出席，此次祭天皆由太子心腹操持，到时候你在'迎帝神'时会发现错处，继而小事化大，大发雷霆，命人当场处决负责的御史及太常令。如此，百官必会齐齐劝谏太子继续完成仪式，你就借题发挥，将挺身说话的官员都拿下，以犯上论处，直待所有人都噤声，再继续祭天。"

假太子迟疑道："如此……我不就得罪了满朝百官？"

"错了。"风离道，"得罪百官的不是你，我要的，就是萧景宴尽失人心。"

我微微皱了皱眉，只听风离的声音徐徐飘荡：“还有，你必须在两日之内找出前朝兵符究竟藏在何处……”

“可我在太子的书房、寝宫都翻了个遍，根本没看到什么兵符，连当朝的虎符、玉玺都不见踪影……”

风离道：“实在找不到，就从襄仪公主身上下手了。”

假太子问：“襄仪公主怎么可能会告知于我？我去问她，只怕她反起疑心。”

风离笑了笑，“起疑心又如何？她已中了软骨散，两个时辰之后她会渐渐感到手脚无力，失声失语……对了，方才她可有动过那酒？”

假太子得意道：“她饮下好几盏，只怕都不需两个时辰她就连站都站不稳了呢。”

风离道：“若明日还找不到兵符，你就去长乐殿直言不讳地告诉她太子在我们手中，以太子的性命换兵符，她不妥协也得妥协。”

风在耳边呼啸，我庆幸地拍了拍胸脯，好在早有防备，事先用了那套古铜杯盏，当触动机关时酒液皆流在了杯底，只要做出一饮而尽的样子，再在不经意间倒入袖管中就能掩人耳目。

“祭天时在外守卫祭坛的宿卫京师三千营是我的人，在内是羽林军，聂光意欲趁那日祭天率叛军趁势攻入皇宫，让三千营拿下羽林军。”风离又笑了一声，反问道，“我为何要替他人作嫁衣？”

假太子道：“公子此言甚是。”

风离道：“亲军都尉府的总统领贺平昭忠心于萧景宴，此人绝不能留，既如此，你就让他留守皇宫，让他们与叛军自相残杀。祭天之后，你调出都指挥使司的各地方兵力全力镇压乱党。至于贺平昭，死了最好，若还活着就治他一个护主不周之罪，将他处死。”

假太子沉吟道：“只不过，若公主交出兵符，我们岂非要交出真的太子？”

风离嗤笑了一声，“我们可以还公主一个真太子，却没有说过还了之后……不能杀之。”说罢，他哈哈笑了起来，假太子亦跟着笑道：“公子果然妙计！谁又能想得到太子如今被压锁在京郊一个不起眼的村寨之中呢？”

莫非是长空寨？

我心提到嗓子眼，复又稍稍心安。长空寨有张显扬在，景宴应该暂时不会有性命之忧。

尽管我本欲探听到更多，奈何才这片刻工夫双腿已不听使唤地直打哆嗦，再往下站，只怕俨然要塑成一块人形冰雕，思及于此，我当即扶树转身，原路而返。

待跨上长廊，脱了袜穿上靴，才感到自己恢复了些许体温。我深知东宫甚至皇宫已不宜逗留，脑海中回响着风离的话，当务之急，是要拿走兵符速速离宫，先想法子通知宋郎生，同时连夜赶至赵府，若能让他们知悉一切，风离的奸计则无法得逞。

我悠闲地走回东宫殿外，禁军领头见我出来再度行礼，我点了点头，忽然想起一事，便悄声附耳问他。

他听了之后连连摇头，唯恐我不信，道：“没有，属下们在此看守一日，从未见过此等情况发生。”

我笑了笑，“那就好，太子现已就寝，本宫也就回殿了。”

“恭送公主殿下。”

此夜注定无眠。

我自然没有回长乐殿安枕就寝，而是改道去了父皇的藏书阁。

我知道景宴会把兵符藏在哪儿。

将要物藏于千千万万册其中一册之后，这是景宴多年的习惯，也是我的习惯。

夜已深，书阁上了锁已无人看守，我进到书阁之中，就着窗外灯笼的光束攀上高高的书架，寻了几本景宴最喜欢和最讨厌的书卷，很快便寻到了那熟悉的木盒。

这就是风离梦寐以求的兵符。

可我却想不透，他究竟是什么身份，能够单凭几个兵符就调动前朝旧部？宋郎生曾疑风离是大皇兄，然大皇兄乃是当朝皇嗣，怎么可能有资格使用前朝兵符呢？

我写了张字条唤来飞鹰，放飞的时候只盼着它能早一步抵至宋郎生的身边。

那样一切都有救了。

出了藏书阁我一路往北，我想要是没有记错，今日巡夜的军头应当是孙轩，就是当日康王一案在大殿上弃剑对我跪下的侍卫亲军，是个可信之人。

如果我是风离，应当已让那假太子在宫门处设下公主禁出令，想顺利出宫，须得乔装一番。

毕竟天无绝人之路，穿过御花园转眼就望见了孙轩带着的几名亲军巡夜，我知事不宜迟，立刻迎上前去。碍于夜色迷蒙，他们看不清来人，纷纷拔剑而起："何人？！"

"本宫乃是襄仪公主。"我不疾不徐地行至孙轩跟前，"孙轩，好久不见了。"

孙轩微微一惊，当即同各亲卫军单膝跪下，"参见公主殿下。"他皱了皱眉，"夜半三更，不知公主何以在此？"

我长叹一口气，不由得苦笑道："本宫是来请求你帮我一个忙的。"

我自然不敢同孙轩说得太多。

这其中关联错综复杂，不是他们几个小小的侍卫亲军能够解决得了的，若贸然闯入东宫，一着不慎，这几人的性命可就眨眼没了。

但他毕竟是信任我的。

我说我要出宫，他二话不说让身形较小的下属除下铠甲给我换上。恰好到了交接轮替的时辰，守门的士兵并未起疑，于是我混在他们当中顺利地出了皇宫。

孙轩事先命人在宫门外备好了马车，他小心翼翼地扶着我上了马车，转头吩咐车夫驶向赵首辅府邸去。

直待车夫缓缓策动马车，我才有一种暂离险境的真实感，整个人放松下来，对孙轩点头致谢道："亏得有你。"

孙轩微微笑了笑，"公主在车内稍作歇息，属下在车外随时查探。"言罢他起身掀开车帘，坐在辕位座上，同那车夫一同驭马。

冻僵的双足刺刺疼痛，回想着这一夜所发生的事，不禁仍有几分后怕，若在偷听之时被人当场抓个正着，后果可就不堪设想了。

冷风一吹，湿润的寒气便往骨头里钻，我搓着手哈着气，想让自己暖和一些，却怎么也搓不热乎，只感到自己的体温越来越低，连带着双手也越来越使不上劲。

意识里有了很不好的预感。

我缓缓摊开双手十指，再慢慢试图握紧，双拳根本握不紧，双腿连伸直都颇为困难，仿佛整个身体的力量都在不知不觉中流逝。

这不像是冻僵的反应。

这时，马车从赵首辅府邸的大门口呼啸而过，未停留片刻。

"停……"我下意识地想要让孙轩停下马车，一开口，入耳的却是嘶哑的嗓音。

耳边乍然响起风离所说的：两个时辰之后她会渐渐感到手脚无力，失声失语。

此时距饮酒后，恰好是两个时辰。

还是中毒了，可我并未饮过那酒。

风离为何会说毒是下在酒中的呢？

除非，他那番话，根本就是说给我听的。

寒风透过窗帘的缝隙侵入，我冷得一哆嗦，蓦地转过头，车帘亦在暗处幽幽浮动。

恐惧一层一层压上来，我缓缓抽出腰间的佩剑，方抽到一半，就听车厢外的人淡淡道：“公主，这剑太重了，你中了软骨之毒，还是省些力气吧。”

风离的声音如同扼住了我的喉咙，令我无法言语。

我怎么就没有想到，从遇到孙轩离开皇宫，这一切都顺当得太不寻常了。

在我离开东宫之时，他就早了我一步，他知道我只能求助孙轩，所以他迅速扮成孙轩，在我离开藏书阁的时候恰到好处地出现。

他的目的，是我怀中的这盒前朝兵符。

他深知威逼利诱无用，故而引蛇出洞，引我去东宫偷听他们的谈话，诱我带着兵符逃离。

那么，假太子赴约的种种破绽，也皆是他环环算计的第一步棋。

此情此景太过熟悉，当日我以为武娉婷乃是风离所扮，直待打开秘道之后才意识到，忠心耿耿的“阿左”才是真正的风离。

分散的神思集中回来，我双手勉力抽出佩剑，颤着手往帘外的车夫背上刺去，自然是没有刺中。下一瞬，车帘倏然拂起，有人伸出两指接过剑尖，轻轻一弹，巨大的回力将剑从我手中震落到地板之上。

然后我看清了车夫的面容。

清俊而冷漠，熟悉而陌生。

是聂然。

狂风从耳畔吹过，雪花倾斜砸在脸上，冰冷如斯，危机如此，而我此刻方知。

聂然没有避开我的目光，他将马缰随手丢给风离，然后弯腰跨进了车厢。

我下意识地倒退一步，跌坐回到绵软的垫上。

“公主，”低沉得不像他的声音，他在我的跟前坐下，“是不是很惊讶我是如何从国子监的监视之下脱身的？”

我当然惊讶。为了确保万无一失，太子几乎倾尽了半个京城的影卫去看守聂然。

我听到自己沙哑的声音断断续续道：“是风离……救的你，所以，你，再次与他合作了。”

聂然勾了勾唇角，“风公子的易容术天下无双，我若不同他合作，只能被你所杀，公主认为我该如何选择？”

“风离不会让你爹独享江山，”我艰难地哑着嗓子，“和他合作，结局只有死路一条。”

车帘外的风离闻言轻笑了一声，却什么也没说。聂然看我冷汗涔涔，伸出手来想要扶我。我连忙避闪开，警惕地盯着他。他的手在半空中滞了一滞，旋即冷笑道：“我与风公子的交易并非江山。”

那是什么？

此时马不知道行驶到什么地方，黎明的晨光从车帘缝隙投射进来，我听到稀稀疏疏的行人的声音，心头一凛，原来城门已启，马车已到了京城出入关口之前。

这会是一个机会。

只要能让守城门卫看到我，或许就有一线希望。

我身形微动，却让聂然读懂了我的意图，手腕被他紧紧握住，仅仅是这样一握，莫要说我中了毒使不上力气，即便是平日都难以挣开。

决意孤注一掷，只要将怀中木盒从车窗抛向守城门卫身上，就能引起他们的注意。

然后，就在撩开窗帘的那一刹那，看到了一个背影。

那个人头上戴着黑色的斗笠，低着头，顺着人流往京城内走去。

他的衣着、他的身影、他走路的样子还有他手中的剑，尽管看不到面容，我都能一眼认得出他是宋郎生！

我几乎能听到自己快要跳出的心。

“宋郎生！”我铆足了劲喊他，声音却细若游丝，淹没在人潮之中。但他仿佛感觉到了什么，缓缓地顿了一下，偏过头来。我还未发出声音，身体忽然失去平衡，拽着我的那只手把我带入一个怀抱中，冰凉的手指牢牢地捂住我的口。

我下意识地挣扎，双臂却被聂然牢牢地反剪在后，此时车外的风离以孙轩的身份很快得到了出城的许可，马车再度策动之际，我心凉了半截，奈何双手不得动弹，只能用双脚狠狠地踢向车壁，试图制造更大的动静引人注意。

就在此时，钳着我的手忽然松开，视线猛然一晃，聂然一个旋身将我压在他身下，左右的手腕被他捉住摁在两侧，膝盖被他的膝盖顶着动弹不得。我张口欲呼，下一秒，嘴却被他的唇侵略般地封住。

脑海里轰的一声炸开，我不可置信地睁着眼。

马车一刻不停地奔出城门，我的脑内一片空白。

我根本料想不到聂然会对我做出这种事。

他的舌尖毫不迟疑地想要撬开我的唇，我感到自己在微微地颤抖，愤怒与羞恼顷刻间占据着整个思绪，根本来不及去想，用尽全力张口咬了下去。

尝到了血腥的味道，聂然不仅没因舌头被咬破而退却，反而更狠更绝回咬了我一下，他毫不留情地吸吮我疼得发麻的舌面，近乎要碾碎我般与我唇齿交缠。

我终于不能克制地涌出眼泪，这一刻，我已经与宋郎生失之交臂了。

聂然缓缓地松开了我。

他抬起袖，擦去唇边的血，然后掏出一只绣帕，替我拭去眼角的眼泪。

我别过头避开，颤声问他："你究竟想要做什么？"

修长的手指不经意抚过我右侧鬓发，拂至下颌，他指节稍一用力，捏住我的脸逼着我同他对视。

他的眼眸中泛着深不可测的光，然后用那浸满迷香味的绣帕缓缓地捂住了我的口鼻。

"唔……"明知挣扎无用，强大的倦意一层一层地压来，视野渐渐模糊不堪。

我不知道我睡了多久。

等我缓缓恢复意识的时候，入眼的是高悬的薄帐，整个人平躺在一个卧榻的锦被之中。我撑着手肘坐起身，掀开幕帘，看清自己身处在一间极雅致的寝屋内，房里空无一人，桌上有一副茶具，小炉烹水，发出轻微的响声，烛台燃了数只明亮的烛火。我扭头自半倚的窗望出去，天色漆黑，原来我这一昏迷，又从清晨到了夜晚。

不知这儿到底是何处，是风离与聂然将我掳至此地，还是宋郎生追上了我，将我救了出来？

发觉身上的中衣单薄，而床尾摆着一套蓝绸裙袄，像是为我准备的。我顺手披了件蓝袍，欲出门去探个究竟，可光足踩到地面上时，酸软无力的腿根本承受不住全身的重量，我咬着牙撑着床柱勉力站起身，才踏出半步，双脚一软，就这么重重地摔到冰冷的地板上。

我闷哼一声，还未来得及站起，屋门便被人推开，来人见我跌在地上，道："软骨散的药力至少持续十日十夜，你莫要白费气力了。"

言毕缓缓踱至圆桌前坐下，慢条斯理地泡了一壶茶，微微笑道："是否还未想通自己是在何时中的毒？"

我无力起身，只能靠坐在地上。风离已褪去孙轩的易容人皮，换上了另一个陌生男子的面貌，但我知道这仍然只是一个人皮面具而已，他不愿在我面前揭开他的真正面目，至少证明他暂时还不会杀我。

"哦，我忘了，你现在无法说话了，"他举起碧瓷茶杯，品了一口，道，"毒不是下在杯里，而是饭菜之中，酒里的是解药。只需让'太子'露出一点点破绽，你自会想出不饮下酒的法子，可你装得实在太像了，连'太子'都以为你把解药给吞下了，此番回想，真是有趣。"

风离歪着头看我，"你那么聪明，应当已经猜到我在东宫与'太子'的对话皆是说给你听的吧……"

我努力让自己镇定下来，启唇想要说话，"你……"仅仅是这么一个字，都犹如利刃在喉间轻划一刀，刺痛难忍，"已得到了……兵……"却是痛到说不出声了。

风离愣了一下，随即听懂了我的话，"你是想问，我既已得到了兵符，为何还要掳你至此？"他又笑了笑，"萧其棠，这一路走来，你是我风离极为敬重的一个对手，到了今日这个地步，我可以告诉你一个好消息和一个坏消息，不知你愿意先听哪个？"

他见我抿唇不吭声，缓缓笑道："那就从坏消息开始说起——"

"从一开始，太子殿下就未曾离开过皇宫，甚至没有离开过东宫，我只不过是让人在熏香中添了点迷香，让他自然而然地睡了一觉，将他藏于柜中，再由他身边的一个侍奉太监装扮成他与你会上一面。"

我浑身僵了一僵，他道："我相信此刻太子应当早已苏醒，或许连发生了什么都弄不清楚，你人消失在长乐殿中，他说不定根本毫无察觉呢。

“东宫守卫森严，我乔装进去已实属不易，又怎么可能把一个晕厥的太子带出宫去？再者，我根本没有想过要让太子离宫啊。

“我早已在祭坛的望瞭位下埋好了火药……”他勾了勾嘴角，道，“当太子行完三跪九叩之礼后，会踏上望瞭台之上观看祭品的焚烧……”

“我要太子堂堂正正地参加明日的祭天大典，”风离黑眸层层看不出喜怒，“然后众目睽睽之下在祭天大典中薨逝。”

犹如平地一声惊雷，胸口一窒，我呆呆地看着他，他的笑声在这样的夜中如此恐怖，“你可知晓我为何要故意让你认为我要用一个假太子参加祭天大典吗？只要你听到了，就会有办法把这个消息带给宋郎生，他若得知太子是冒充的，又会如何？”

寒风吹入，烛火急速一晃，屋中忽明忽灭。

“他会命人杀入长空寨营救‘真太子’，会亲率军马闯入祭坛阻挠‘假太子’祭天，”风离的笑声低低沉沉，“前者，长空寨已遍设埋伏，地底下埋藏炸药无数；后者，是货真价实的谋反作乱，彼时所有人皆会认定太子的死是宋郎生这个前朝叛党所为，必将当场诛杀，以绝后患。”

方才我想过最坏的结果大不了一死，何曾想得到风离竟是如此处心积虑，就这样不声不响地瓦解他所有的障碍。我费力地哽咽道：“他……死了，前朝……皇嗣没了……聂光……出师无名……”

“你错了，还有一个皇嗣。”风离一笑，“当年，前朝皇帝被你父皇屠尽满门，尚有一宠妃得幸逃脱至洛阳，被洛阳令聂光所救，那妃子怀有七个月身孕，腹中胎儿正是皇帝的骨肉。聂光对前朝君主忠心耿耿，自知国破家亡，他纵有十万雄师亦是无力回天，唯有忍辱负重，投诚于你的父皇，等待时机光复山河，并在婴孩出世后对外称那是他自己的长子……

“如此，你还想不出那前朝皇帝最后的一个血脉，是谁吗？”

原来如此。

原来宋郎生只是聂光用以掩人耳目的一个幌子。

我怎么就没能想起，青姑也曾在聂光跟前唤聂然为“少主”。

风离放下茶杯，转头朝着门外道：“少主，还要在门外站到什么时候？”

灯火明明暗暗，当聂然跨门而入，沉静地俯看着我时，我多希望这只是噩梦一场。

我又何曾想得到，这仅仅只是噩梦的开始。

风离见我们默默地对视不语，饶有兴味地看了我一眼，“公主殿下不是问我既已得到兵符，为何还要掳你至此？我曾听闻你爱慕过聂世子，还费尽心思地破坏过他与赵家小姐的婚礼，”他的嘴角翘起极浅冰冷的笑意，“既如此，今夜不妨让你得偿所愿，同聂世子做一对真真正正的夫妻，这个好消息，你可还满意？”

我恍恍惚惚地看着他们，一瞬间听懂了他话中的意思，只觉得寒意由背脊滋生蔓延，不能置信地摇头：“不……”

风离又笑了笑，眸色带着无限肃杀冷寂与森森冷意，“我对公主动过杀机，但少主不舍得你死。你若活着，于我而言后患无穷，既杀不得，也就只有，毁了你。”

烛光倒影的巨大阴影缓缓移近，我看着聂然，“你……不会……”

聂然每走近一步，就在木质地板上踏下喑哑之声，我害怕得想要往后移，可身体仿佛被灌了铅根本动不了。他的目光直直落在我身上，神情宛若严冬里的冰，“我说过，我与风公子的交易不是江山。”

他在我跟前慢慢地蹲下，呼吸近在咫尺，他说：“我要的是你。”

心一下子沉到底，脑海中闪过千种万种计谋，却没有一种能让我脱离眼前的困境，想起在马车之上他的一番轻薄之举，身体颤得更加厉害，这一刻我才明白风离所说的“毁”是什么意思，我能在临死之际坦然面对，但绝无可能接受这样黑暗的事发生在自己身上。

风离站起身，悠悠踱至门边，将一样物什抛来，聂然头也不回地随手一接，却是一个白瓷小瓶。风离神舒意闲地道：“此药助兴怡情，聂世子慢慢享用，在下就不打扰二位的雅兴了。”

话说完他反手关上门，门关上时的响声，仿如铁锤在我的心口重重一砸，寒风吹得窗吱呀作响，幽若鬼魅呜哭。

屋中极静，聂然的身子慢慢朝我靠近。我用尽全身的气力往后挪，背靠到墙，蜷缩在角落中无路可退，我颓然启唇，说着只有气却发不出声的话：“你不能和风离合作，他狼子野心，他……”

聂然伸手抚摩我的耳廓处，眼眸深如古潭，暗潮汹涌地似乎想要说点什么，可他什么也没说，冰凉的手指摩挲至我的后颈，微微用力一托，蓦地凑下身含住了我的唇。

湿冷的触觉让我忍不住往旁边瑟缩，下意识地想以臂相抵，他却压下我的手，另一只手把住我的后脑勺，让我不得动弹。见我死死咬着牙关，他低声一笑，舌尖在贝齿上轻扫，颤抖的唇被他一下吮进，一下放开，所有的呜咽都被他堵在口中。

泪水不住地往下滑落，这是前所未有的陌生与恐惧，在他亲吻我之前，我还怀着一丝渺茫的希望期待这个人是驸马假扮的，可他不是，他的身上带着的那股淡淡的气息，是煦方身上独有的。驸马他从来不舍得让我这样哭泣，哪怕是煦方，他又何曾对我有过半分逾越？

杀了他。想要他立刻死在我的眼前。

说不清是害怕还是愤怒，生平第一次这样强烈地起了杀意。

我哆嗦着手解下束发的银钗，就在发丝滑落下来之时，对着他心口的位置用力地刺入。

那天赵嫣然问我，如果当年的和风得知自己今后为了达到目的不择手段，可还会无愧于心？我想，如果和风早知道救聂然会酿成今天这个后果，她一定不会为他挡那一箭。

可世上哪有后悔药吃？一个小小的银钗又不是开了刃的匕首，饶是我刺得极准，也终究只是入了他肌肤一寸。

他一吃痛松开了我，我慌忙推开他避开了掣肘，转过身，急急往前爬去，被他一把捉住了脚踝拖了回去。他拧过我的肩，迫使我的背贴着冰凉的地上，我惊慌失措地挥臂，如同垂死求生一般地想要抓住些什么，却又立刻被按住，不给我挣脱的机会。

“你想杀我？”他冷着脸，将胸口的钗子拔下，扔在地上，“当日是谁求着我要我记起你？”

我已不敢去看他，紧紧地咬住唇，费力地压住就要冲喉而出的哽咽，一个字一个字艰难地道：“我……只后悔……救了你……”

“后悔？”他手指摩挲着我的眉，到脸颊，沿着颈一路向下，在腰间停下，他抓住了我的衣带，慢慢地解开。意识到他要做什么，战栗的感觉从脊背攀爬到全身，他低声道：“那我不妨令公主遗恨终生。”未等我做出反应，他用力一扯，白绸单衣滑落肩头，除了胸前贴身的织锦束缚，所有肌肤都裸在他的面前。

过度的恐惧与震惊在顷刻间就要将我淹没，我一直在发抖，一刻也没有停下来，不愿在他面前示弱，泪珠却不受控制地从眼角滑落，从前我一直觉得女子因为贞洁什么的寻死觅活太过愚蠢，此刻我只恨不得当场死去，也好过受此折磨与煎熬。

人就是如此，事情没有落到自己头上总能说出云淡风轻的道理，发生的时候永远只会遵循内心。

我张了张嘴唇，让他看到我说：“今夜你如此待我，驸马必会为我报仇……”

“报仇？”他冷冷地笑着，眼中不带一丝温度。突感身子一轻，他将我拦腰抱起，扔到了床榻之上，我猝不及防，他欺身压上来，将我的一双手按在头顶，我挣动着企图摆脱，却见聂然解开自己的腰带，飞快地抽出，把我的手捆缚在床头的雕花柱上。

我已没有任何反抗的余力，根本弄不明白他为什么要如此，这样的举动，仿佛昭示着接下来会发生比我想象的还要恐怖的事情，令我浑身都起了鸡皮疙瘩。

然后，我看到了他手中的白瓷瓶，想起了风离的话，所有血液霎时冰凉。

他一只手撑在枕旁，凑近，“刚才我的属下告诉我，宋郎生仍在四处寻你……不过，你大可放心，我已命人在明日清晨给他带去消息，告诉他你被困于此处，你猜，他是会去救太子，还是来救你？”聂然的眼中闪着残酷的血色，“他若为了江山社稷先去营救太子，那么你就会被我带走，在我身边的每一日都会如此刻般痛苦难耐，但他若不顾所有赶来救你……”

聂然捏开我的唇，就这么直直看着我胆战心惊地泪水弥漫，“他会亲眼看到你我欢好后的样子……一样，迟了……”说完这句话，他将瓶中液体一股脑儿地灌入我的口中。我奋力挣扎，只能眼睁睁地感受到那股冰凉自喉咙滑入腹腔。

风将帷幔吹得飘起来，烛火霎时熄灭，一切都沉沦于黑暗之中。

从心底深处升起的寒意带着绝望的嘶喊将我吞噬，我忽然想起与宋郎生分开那日，他红着脸说着“我就是要和阿棠圆房”，我吐着舌头骂他登徒子，那些喜悦与甜蜜明明只是发生在数日之前，如今却是咫尺天涯。

聂然没有解开绑住我的束缚，他重新俯下身来轻啜我的唇，我的耳际，而后一路往下，引起一路战栗，直到颈旁忽然重重地吮了一口。我想要挣脱，想要尖叫，却只能发出细若游丝的抽泣声。他抬起头舔去我的泪，“是不是连宋郎生都不知道你这里的弱点……”

他说着，一只手缓缓地滑入织锦亵衣之中，指尖慢慢撩拨，一手向下探去，那动作浸满了露骨的欲念。难以言喻的恶心与触感，令我浑身寒毛竖起，连胃都翻滚了起来。

极度的羞辱与无边无际的炼狱终于令我崩溃，苦苦支撑到现在的一切都轰然倒塌，我忍不住开始哭着求他，“求你放了我也好，杀了我也好，只要停下来……”

我想我这一辈子从来没有在一个人面前这样狼狈不堪地哭过，这样苦苦哀求过。

他闻言，手上的动作稍稍一僵，可仅仅是那么一瞬，他俯下身，带着黏腻的湿气，吐息在我的耳畔：“公主，你知不知道你此刻的模样，但凡是个男人都不可能停得下来……”

我绝望地睁大着眼，“不，你不能……”

下一刻，伴随着撕裂皮肉的痛，我听到了自己的悲啼。

那是一个残月之夜。

宛若所有可怕的伊始，天不遂人愿，若忐忑不安则必有事发生。

而那种撕心裂肺的痛纠缠在噩梦里，把我席卷向无尽的黑暗深渊。

梦里是无助绝望的嘶喊，冰冷陌生的触碰，还有那如鬼魅一般的笑声。

我知道自己正陷入梦魇，想要苦苦挣脱却根本寻不到岸边。

咚。

一声钟鸣，把梦里黑白错乱的天地震了一震。

咚。

又是一声沉沉悠长的钟声回荡在耳际。

我倏然惊醒坐起，动得床前珠帘轻晃，丁零入耳。

已是破晓时分，从窗口映入屋中的曙光令我情不自禁地抬手遮挡，一眼便看到了自己腕间深深的勒痕。

我一惊，回头望见床柱前系着的腰带，霎时，思潮汹涌，如惊涛加身。

我低下头，看着被撕破的单衣落在床前，恐惧与战栗几乎又要攀上身来，好在织锦小衣仍贴着身，掀开被褥一瞧，里裤也还穿在身上，腿间亦未发现有任何疼痛不适，方才稍稍舒了一口气。

感觉到肩膀隐隐作痛，我发现右肩上印有深深的齿痕，脑海里乍然回现聂然俯身咬向我肩颈的情景，我不由得一颤，虽说经过一夜，伤口上的血已暂时凝住，但从褥子上都沾了血渍这一点可以看出，这得下了多大的狠口，简直是在把我往死里咬。

我环顾着空无一人的屋子，一时之间竟想不起昨夜后来发生了什么，只记得隐约间有和聂然对过话，然后……

笃笃两声，有人在敲门，我慌忙地拾起破烂不堪的单衣罩在身上。木门应声而启，一身粉衫女子步态轻盈而入，我拢好了被子往后一躲，这才看清了来人的面容。

采蜜？她怎么会出现在此处？

细细一想，她本就是风离派到宋郎生身边搞破坏的人，到了今时今日已无必要留着，回到风离身边来也并不出奇。

采蜜端着冒着热气的银盆，看着我，眼神中充盈着怜悯。我琢磨她这么看着我一定觉得我特别的凄凉，果不其然，她放下热水，拧干毛巾，坐到我身旁想要替我擦拭身子，见我扭头避开她，她也不勉强，只是突兀一笑地道："公主……见到您落到今日这个地步……采蜜心中……委实开心得很……"

开心？我面无表情地看着她，她柔声道："采蜜是为了公子才去接近的驸马，到头来，却喜欢上了驸马爷……"她说着说着眼泪忽然就冒了出来，"可是驸马爷，却从来没有把我放在眼里，他甚至一刻也没有把我当成是小妹妹，采蜜不得已，唯有狠下心肠背叛他，而如今，我终于如愿以偿地回到公子身边，可我为了公子做了这么多事，他也只把我当成一颗可有可无的棋子……我才知……这世上，根本从来就没有人在意过我的死活……"

她闭上眼任凭泪水直流，又突然咧嘴笑了起来，"可是公子竟然这样待你，哈哈哈，如若驸马瞧见公主此刻的模样，纵然他再爱你，你在他心中，也不再清白干净了。哈哈，哈哈哈，至少，这个世上并不是只有采蜜一个人是悲惨的，不是吗？"

我单手抚额，这姑娘的心灵已经扭曲至此，我自认为和她是没什么话好说，索性一脚掀翻床榻边的那盆热水，毫不客气地让她滚蛋。

大抵是这番动作在她看来是我恼羞成怒，她更欢快地笑了起来，眼见她又要面目狰狞地说什么吓人兮兮的话，风离不声不响地出现在门口，"你先退下吧。"

采蜜紧张地回过头，恢复了娇弱可人的模样，拾起盆子匆匆出了屋。

风离入屋后淡淡地瞟了我一眼，踱至窗边，负手而立，良久，道："昨夜良辰美景，公主可还受用？"

我无法出声，只能默不作声地瞧他。他静了半晌，道："夏阳侯急召回少主，他离开不到两个时辰，本欲带你走，却叫我拦了下来……我答应少主，待所有事尘埃落定之后，我再把你交到他的手中。”

他回过头来，勾唇微微一笑，“不错，眼下我不会放你走，既然所有人都紧张你，不论最终谁赢谁输，只要你还在我手上，他们就只能受制于我。”

我垂下眼，原来这就是他要聂然占有我的真正原因，他认为，一旦食髓知味，聂然就不会轻易对我放手。

风离见我毫无生机地蜷缩在床角，对我的这种反应极为满意，“你是否还在等宋郎生来救你？”

我微微抬眸，像是有所反应，眼睛仍不瞧他。

“恐怕你是要失望了……少主派去京中传消息的人在半途中被我的人杀了，故而宋郎生根本就不知道你被我困于此处，更不知道你昨夜经历了什么……”

我心口一窒，昨天夜里风离果然守在门外监视着我们，如此看来，聂然也并未真的有心要引宋郎生来救我，他只不过是为了让风离动手阻挠，如此一来，风离自然就不会一直留在屋外查探虚实。从某种意义上来说，聂然与风离毕竟还是一条战线的人，他也确实没有理由要让宋郎生逃出险境。

想到宋郎生大抵真的不知道我被困于此处，一种难言的难过攥住我的心。风离见我依旧没有什么表情，又道：“不过就算他找来了，也未必能进得来……你可知这是在何处？”

风离道：“此处乃是睿王王府。”

我微微一惊。

睿王，父皇的几位皇弟中最为骁勇善战的一个王爷，他为人刚正不阿，虽非帅才却是大庆的一员猛将，常年在外镇守边关，在京中是极有名望的一位王爷。

这般想来，风离所易容之人多抵是睿王府邸的管事或是亲信，难怪他有恃无恐，睿王与他的妻儿皆不在京中，谁又能想到失踪的公主会堂而皇之地被绑在王府之内？

最糟糕的是，当年父皇为了犒赏睿王战绩在加封时，还准许这个皇叔在府中驻有府兵，如无圣上谕令，任何人不得擅闯。

“公主可知我为何要囚你至此？”风离从袖口中慢慢掏出木盒，打开，把玩着盒中的兵符，“此处离西郊大祀坛极近，方才那钟鸣之音，正是祭天大典开始之际，太子此刻踏入祭坛，从迎帝神到进俎奏‘咸平之章’，再到献礼跪受福……”他闭上眼细数祭天仪礼，“直待最后望瞭奏‘佑平之章’，钟鸣之声会再度响起……”

他再度睁眼，定眸看着我，语气却是冰凉森寒，“轰隆一声，灰飞烟灭，天下缟素，今日是也。”

他的衣袍被风吹得翻飞扬起，眼神似剑一般锋利，在这靡靡之晨尤为慑人。

我垂下眼帘，明知到了这种境地我根本无力再挽回什么，可随着时间一点一点地流逝，心绷得仿似一根快要拉断的弓弦，直待那声钟鸣再度敲响，响彻遥远的天际，风离的眉睫一掀，“一切就要开始了。”

我强忍住不让自己闭眼，而是死死地盯着窗外的天空。

微风轻轻吹散淡薄的浮云，鸟儿轻轻落在枝丫上引得枯枝窸窸窣窣，除此以外，天朗气清，晴空和煦，再无其他动静。

风离的神情从兴奋渐渐化为失望，他缓缓垂袖，盒中的一个兵符“啪”地落地，那符壳竟被迸裂，碎成两半在地。

号令千军的鱼符怎么可能一摔即碎？他的眸色愈发冷峻，瞬时凝在了我身上。

所有苦心孤诣，终究功亏一篑，他又岂会不怒？

我长长舒了一口气，张口道：“风离，一切已经结束了。”

“你……你能说话……”风离脸色遽变，“这假兵符是你故意带出宫的！”

我抬眸注视着他，“风公子以为呢？”

风离迷茫的神色刹那清明，浮起丝丝戾气，但他尚能自持。这时，门外忽然传来侍从火急火燎的声音，“公子，大事不妙，有人带着一路军士来势汹汹，说是缉拿要犯，正要硬闯进来！”

“混账！”风离怫然拍案，带翻了茶盏，“此乃睿王王府，如非圣谕，何人胆敢擅闯！”

侍从颤颤巍巍道：“来，来人自称是……五军都督府的……”

“五军都督府？”风离陡然一晃，显然是有些慌了，“这怎么可能？”

“小、小人也不知……”

风离回头瞥了我一眼，许是见我亦有讶色，知来者非我引来，既从我这儿探不出虚实，他当即广袖拂案卷剑而起，唤采蜜进屋好好看紧我，随即一把拉开门声嘶力竭地喝道：“你们两人守在门外，其余的人随我出去！”

事发突然，采蜜更是不知所措，她关上门，抽出长剑挪至我颈下，眼神却是不时往窗外瞟去。

我懒得与她计较，心底犹疑未定，琢磨着五军都督府的人马会出现在此处确实是件怪事。

大都督府乃是统领庆军的最高机所。

文臣里最能说得上话的是内阁首辅，武官之中以大都督为首则是当之无愧的。后为了防范统帅专权，父皇收回了都督府的调兵权，也就是说，除了父皇以外，没人能随意调派五军营的军队。

此前风离之所以胸有成竹，是因为他不仅集结了前朝叛军，更掌握三千营与神机营的要害，如此，羽林军与宿卫府军难成他的对手。即便我与太子想要调遣五军都督府的军队，也得等战事爆发，再由内阁商议，最后让兵部拟好文书调到各都司卫所，这一连串耽搁下来，他可以扭转太多的局势。

可是如今祭天大典谋杀太子之计未成，兵符作假，五军都督府居然能找上门来，又如何不叫他方寸大乱？

此时自窗外传来厮打拼杀之声，看样子是真的有人带兵硬闯了，若当真是来自五军营的，难道是得到消息赶来救我的？

我低忖了一下，又觉得不像，方才侍从所说的是缉拿要犯，那就说明来人还并不知道我被困于此处。不过有人来总比没人来要好，我对他们产生了殷殷期盼，转眸看着采蜜，正盘算着如何找机会向外边的人示警，忽听嗖嗖箭声钉在门板之上，伴着凄厉的惨叫，鲜血飞溅在门扇之上，守门的两个侍从应声倒地。

我陡然一惊，正欲探前，采蜜手中的剑刃又往我脖子肉下贴了贴，示意我莫要轻举妄动。

恰是此时，门外毫无征兆地传来一个声音：“风离，大局已定，你已无路可退了。”

这熟悉而又久违的嗓音，只一句，就如久溺深海而遇浮木，让我一下子心跳漏了半拍。

却听得风离步步倒退至门边，道：“宋郎生……你、你是如何找到这儿来的？”

宋郎生冷笑一声道："你处心积虑意欲借祭天大典谋害太子，以你素日行事之风定会在祭坛附近暗处布置筹谋，伺机而动。祭坛四周可藏匿之处虽多，然我几日前放走采蜜时在她身上下了九隐香，方圆九里能以犬嗅之，如此，方能在一夜之内寻得你们隐藏所在。"

采蜜闻言如石雕木刻，眼里泛着惊涛骇浪。多抵风离也有着同样的震惊，他道："你是朝廷缉拿的逆贼，怎么可能统率得了五军营！呵，莫以为让那些追随你的前朝逆贼扮成朝廷的军队就能诓我就范！此刻京城四面皆有我的兵马，你以为就凭你这几个残兵破甲真能困得住我？"

纵然风离不提，我也有同等的疑问，只听宋郎生笑了一笑，"不错，你在暗中集结势力，网罗天下武林高手，又利用聂光在京的前朝叛军意图揭竿而起，哪怕是三千营、羽林军、神机营也都有你安排的前朝叛党，若当真仅有几个残兵破甲，如何破你大计？"他顿了一顿，"不过……你可认得此乃何物？"

他应当是拿出了什么物什，我在屋中瞧不见，心下也有几分好奇，却听风离惊道："……中军都督府的佩印……你……岂会……"

宋郎生波澜不惊地道："当今世上能授予我此印的，只有一个人……"

"当今皇帝！"风离颤声道，"你是他的人？！他，他竟将中军府的佩印交与你手中！不，这不可能，你乃一介文官，岂能越职权而率千军！"

宋郎生平平地道："文官自不能统军率兵，不过在下早在两个月之前就已被免去大理寺之职，此佩印更是昨日皇上亲授……"

"皇帝亲授？"风离声音凉了下来，一字一句问道，"你是说，他……醒了？！"

我心中一震，父皇醒了？

"皇上醒或不醒，对你而言，已无分别。"宋郎生沉声道，"你在祭坛之下所埋的火药已被挪走，三千营之中的亲信也已捉拿归案，在京的前朝叛军有半数已被我招安归降于朝廷——包括长空寨的杨旭，也已被潜在寨中的朝中命官所制伏……至于那些誓死愿追随你的人……呵，都不需要动用五军营的兵力，更是全军覆灭。聂光是个聪明人，他明面上是让聂然助你，实则早已连夜撤兵逃脱……风离，你最大的仗势都已看出了你的颓势，此刻你早已孤立无援，你以为，你还有什么赢面？"

这一席话，让我莫名地想起临别前那一天宋郎生平平稳稳地说的那句：他已沦为我们的棋子。

那之后所有部署只不过是逼他露出所有底牌，从而一网打尽。

或者对父皇对太子对宋郎生而言，击溃风离，是为了正式对聂光宣战。

风离……他是一个可怕的谋士，阴谋层出不穷，但对皇者而言，只有绝对的武力与阴谋，才是真正要正视的敌手。

大局早定。

“这不可能……”风离仍不甘心道，“你是如何得知祭坛底下有火药的？你是如何得知今日祭天的太子是真的？！当日公主分明用飞鹰传信，告知你说宫中的太子是冒充的，难道你并未收到？！”

“我自然是收到了。”宋郎生笑了一笑，“只不过公主的信中所提及的并非是太子有假，而是……”

而是，在前日夜里踏入东宫之后，我躲在太子寝宫外听到他们那番对话之时，就已猜出太子仍留在宫中这个真相。

委实诸事太过凑巧。

恰好让我发觉太子是假的，正好遇上东宫守卫均移于殿外我能毫无顾忌地偷窥，还让我赶上我所想听到的全部——就像是一场完美的计划。

所以我在离开东宫之前附耳问过守门的侍卫统领：“今日东宫可有人是在昏厥的情况下被抬出去的？或者有人搬了什么布袋箱子之类的东西出去？”

侍卫统领很肯定地道：“没有，属下们在此看守一日，从未见过此等情况发生。”

如果没有，就只能说明太子并未离开东宫。即使风离将太子熏晕，易容，也不可能做到神不知鬼不觉地把一个大活人送走。

我当时心下有了判断，也约莫能猜到风离既诱我取出兵符必会尾随其后，于是当即去往藏书阁，拿了太子以前所备的假兵符，并写了一封信给宋郎生。

我将这一切所有的怀疑都用一封小小的书信传递到宋郎生手中，望他能查探出真相，或是将所有都告之赵庚年，共同谋划对策。

信上，我唯一诓骗宋郎生的话只有一句：我已平安离宫，藏于安全之处，切莫忧心。

我心中明白若要宋郎生心无旁骛地去查案，就不能让他心有牵挂。

哪能料想，孙轩乃是风离所扮，更可怕的是，还有一个聂然。

此些种种，是我太过自以为是了，只懂得兵行险招，却不去预料事情往往会比想象得更糟糕。

这时，门外的宋郎生道：“你当真以为公主会一次一次地被你玩弄于股掌之中？她早已洞悉你的图谋，诱你踩入她的陷阱之中。这一场较量，你终是输了。”

这话听得我很是惭愧，要是让驸马得知我自己挖了个陷阱自己跳下去还差点被埋死，也不知道他会否气得想要掐死我。

风离显然也觉得宋郎生最后说的这番话很是可笑，他远虑近忧，机关算尽，终于彻彻底底地沦为输家，于是突然发狂般地大笑起来。那笑声让人倒抽一口凉气，只听得胸膛凉飕飕一片——诚然我胸前确感凉飕飕来着，但连采蜜都有些把持不住地手一歪，剑刃擦破了我的颈，我一吃疼忍不住“啊”了一声——

宋郎生似乎听到了动静，问道：“谁？还有谁在里面？”

风离总算从上气不接下气的笑声中缓过来了，他道：“宋郎生啊宋郎生，你是赢了，我输得心服口服，只不过尚有一事你还未知……

“带公主殿下出宫的不是别人，正是我与聂然。

“昨日夜里，聂然公子忽感寂寞，所以……在下就让公主与之相陪，让他们共赴巫山……孰料公主不大情愿，寻死不成，更饱受折磨……”

话音未落，门砰的一声已被撞开。

我抬眸，他就这么毫无预兆地冲入房中，站在我的跟前。

我彻底呆了。

那仅仅三步之遥仿佛隔着千山，万物都隐去，直当那人真的出现，才惊觉思念来得如此猛烈。

心头涌现强烈的浪潮，冲撞着五脏六腑，我忍不住泛出泪，想要上前去拥住他，却想起自己衣不蔽体的模样，脖子与胸前的斑点吻痕犹在，连眼睛都因昨夜哭得太厉害而消不下肿，这不堪的场景落入他的眼中，还不知道他会怎么想我。

我颤抖着拢着被子，费力地想对他说些什么，却什么也说不出来。

反倒是采蜜，她见宋郎生闯入顿时一阵紧张，抖着手握着剑在我的脖子上摩擦道：“你、你莫要轻举妄动……要是再上前一步……休怪我剑下……”

“下”字还没说完，采蜜的声音戛然而止，手中的剑一松当啷落地。我懵懂转头，根本未能看清宋郎生是如何将手中的刀掷向采蜜，便见采蜜怔怔地望着被戳穿的腹部，僵着身子倒在血泊之中，仿佛到死都不明白自己是怎么死的。

这是我第一次看到宋郎生杀人，一招毙命，手下未留半分情面。

他从不是这样心狠果决的性子，那时被贺平昭围捕，饶是他势单力薄，性命堪忧，仍无法对敌方下重手。

我战战兢兢地看着他，他整张脸都苍白到毫无血色，不知道是有多么愤怒，连眼睛都红了。他这般看我，看得我愈发紧张，可是我的心里何尝不是浓浓的委屈，我咬着嘴唇，哽咽道："驸马，我……"

我刚说出这几个字，就感到眼前一晃身子一倾，分明只是眨眼的工夫，已被他紧紧揽入怀中。他浑身冰凉，眼底是满满的彷徨无措。我被他的模样吓傻了，试图推开他同他好好解释，话未说出口手便被他握住。他缓缓垂眸，用指尖轻抚摩我腕间的瘀痕，颤抖得比我还厉害，衣襟滑落，他望见了我肩上血未干涸的齿印，眼中溢出浓浓的震惊。我下意识抬手盖住了他的眼睛，费力让自己声音平稳一些："不要看……"

温热的水泽从我的指缝间溢出，我心底一颤，他扭过头旋身拾起方才采蜜的剑，踏向门前的风离。风离的手中也有剑，却没有举起来，只是唇角微微一翘，问："你要杀我？可我现在就死了，就没人知道聂然逃往何处，聂光真正的实力为何……既然皇帝派你来缉拿我，他自然还不希望你带一个尸体回去……"

我深以为然，风离说得不错，宋郎生若想杀他，方才便已动手了，又岂会与他多费唇舌？我以为宋郎生是要逼问他什么，可他什么也没有说，却是嗡的一声长剑破空，毫不迟疑地刺去——

风离悚然一惊，出剑招架，但宋郎生去势如虹，锐不可当，逼得风离退至墙角。宋郎生横剑一扫，但听"嗤"的一声，风离双目圆睁，一只手慌忙地捂上自己的脖子，可鲜血根本不听使唤地汩汩冒出，直待眼里失去了光彩，他才应声倒地。

窗前，宋郎生一下一下地喘着气，手中握着的剑染着嫣红。门外聚集的兵似乎都吓坏了，进也不是退也不是，面面相觑不知所措。宋郎生的声音飘飘响起："所有人退至府外待命，若有妄言、妄动者，以军法处治。"

他的嗓音低沉平淡，却令屋外所有人齐刷刷转身听命，不敢有一丝懈怠。那股浑然天成的威严，与平日里那个古板无趣的驸马，简直判若两人。

正沉浸于思绪之中，周身一暖，再一次被宋郎生慢慢拥住，紧些，又紧一点，他怕压疼我，又克制地轻抚我的背，下巴轻轻抵在我的肩上，搂了良久良久，一室独静安怡。

这温暖太过久违，久违到我也不舍得与他分离寸毫，我静静趴在他的胸前，压抑太久太久的眼泪倾巢而出，啪嗒啪嗒掉个没完。也不知过了多久，他终于开口了，声音低哑得根本不像是他："都是我的错……从今往后，我再不离开你了……"

听他这样说，我眼眶又是一热，心中又是难过又是欢喜，难过的是我们经历了那么多的苦难，欢喜的是他能这样说就会做得到，一切都会愈来愈好。

宋郎生稍稍松开我一些，发现我在哭，一下一下地替我拭泪，半晌，他道："我一定会杀了聂然，一定会……"

我呆了呆，明白他或许是误会了什么，努力平复心中伤感的情绪，抬睫看他，"他其实没有动我……"

宋郎生愣了一下，一时间仿佛没有听懂我话里的意思，我低下头，轻声示意道："你瞧我里面的衣裤都还在呢……虽然他确实很是过分，但他最后什么也没有做……他之所以这样，是因为我中了风离的软骨散，软骨散服下之后会失力失语，十日内若无解药，想要好起来可就难了，所以……"

所以，那个时候风离给了他一瓶药乃是解药，说什么怡情助兴，其实是因为聂然他也中了此毒——他与风离合作，风离却并不尽信他，除非他愿意当面侵犯我，他才能相信聂然与他还能搭上一条船。

聂然演了那么长的一段戏，在灌我饮下解药的时候还用上衣带，委实是他自己都没有太多的气力能够制住我了。

直待最后他用尽气力咬我，逼我撕心裂肺地啼哭，等到风离终于离去，他才松开我，宛如脱力一般瘫在我身旁，闭上眼，轻轻地说："我知你恨我，哪怕告诉你这只是权宜之计，你依然会恨我，可我并不后悔，此番所为皆是我心中所想做的，虽然，我知道我终究不能得到你更多……"

我惊魂未定地看着他，他努力撑起身子，替我松绑道："我今夜无法救你出去，不过你放心，风离暂时不会再动伤害你的念头，待到明日宋郎生会来救你，风离无法得逞，所有事都会平息的……"

他说完替我盖好被子，我忽然想问他一句，"没有解药，你该如何逃离京城？"

可我没有问出口，我感觉到自己的意识在逐渐模糊，合眸前，望见他站在窗前，任凭雪花吹在身上，良久未动。

宋郎生在听我说完这些之后眉头是舒展开了，他轻抚着我喃喃说：“只要你没有受到伤害，那就很好……”他顿了一顿，又蹙眉道，“既如此，你方才怎么不说？”

我内心纠结万分，“那么多人在场，我也不知怎么细说，而且，聂然他……”

他问：“他怎么了？”

“他毕竟……”我挣扎了一下，轻声道，“也是亲了我……然后也稍微摸了那么一下……严格意义上来说，我也算是被他轻薄了……我觉得吧，可能你会有那么一丁点儿的介意……”

宋郎生板着脸，咬牙道：“我不介意……”

我看了他一眼，端详他的表情，试探问：“真的？”

“嗯……”

我舒了一口气，“那就好……害我担惊受怕了一晚上……”

宋郎生抿唇忍了又忍，长长吸了一口气，问：“他摸了你哪里？”

我：“……”

“脸？还是手？”

我干笑了一声，拢着被子不着痕迹地转移话题道：“其实我现在比较好奇的是……风离的真面目……”

宋郎生抬起眼睛，回头望向躺在血泊中的风离，稍一蹙眉，起身踱过去，缓缓伸手掀开他的人皮面具。

第二十六章

鸳鸯泉水暖

是一张熟悉而又清俊的面孔。

宋郎生回过头来，望见我一脸的诧异，问：“他是谁？”

我愣了半晌，轻轻下床走得近些，宋郎生沉声问：“该不会……”

我点了点头，复又摇了摇头，“不是大皇兄，但是严格意义上来说，也可以算是……如果我没有记错，这位应当是我的大堂兄，父皇最大的一个哥哥的儿子……”

宋郎生蹙眉想了想，问：“就是数年前闹兵变的那个禹王？”

我点了点头，“禹王伏诛之后，父皇念及亲情并未赶尽杀绝他的家人，只判了流刑，后来听闻大堂兄在服刑的路上就病死了，为此，大皇兄还难过了一阵子……”

“你大皇兄难过？”

我道：“他们俩年纪相仿，志趣相投，是一个太傅教出来的学生，也算是交情甚笃……”

宋郎生挑眉道：“如此，便能解释何以他能对你了如指掌，看来，他是遁死而伺机复仇……或是想要走他爹的老路，夺取江山……”

我意兴索然：“也许吧……”

宋郎生揉了揉我的头发，“既不是你大皇兄，你当高兴才是，何苦沮丧个脸？”

我收回目光，道：“我只是觉得人生无常，有些人使尽浑身解数也不得所望，有些人日日夜夜盼着谢幕却又不得不扛下去……”

“你说的是风离还是你自己？”

我不置可否地叹了口气，猛地想起方才宋郎生所言，忙问：“你说父皇醒了，是真的还是假的？”

宋郎生轻轻一笑，“自然是真的，连太医都觉得不可思议，虽说皇上走得还不利索，但却毫不糊涂。我收到你的信后与赵首辅取得联络，本欲冒险进宫确认太子的安危，哪知刚到了宫门就被皇上传召进殿，太子亦在金殿之内。皇上当着内阁与几位大臣的面说清了他对我的授意，并要我一一道来，彼时我已查探出风离祭天的预谋，本只希望皇上能派兵镇压叛军，不料皇上忽然赐我佩印，任我为中军都督。情况紧急，我也不便推拒，火急火燎地赶至此处，却不想你竟被风离所困……”

我微微笑了笑，又萧索地叹了叹气，“父皇此举哪是刚醒？只怕他装病是有一段时日了，五军营的都督们多是开国元勋，这些人未必信服于太子，而你临危受命立下大功，今后这中军都督的位置自然无人敢有异议，若非如此，历朝历代哪曾见过文官领兵的？父皇这是在为太子一步步集权，他想换一换朝廷的血液，便选择了这个时机，待到聂光起兵谋反，父皇定会任你为主将，到时，要烦心之事可远比现在还多……”

宋郎生慢慢揽住我，良久，“你莫要思虑过多……”

我摇了摇头，只觉得有些心灰意冷，“上阵杀敌岂是那么容易的事？不是武功高计谋好就能保全性命……纵然你最终能战胜聂光，待班师回朝又要面对那样多的权谋争斗……”

他松开揽着我的手，弯下腰，眼底有笑意，“只要你在我身边，我也在你身边，此些种种何足挂齿？”这笑容太过好看，我看得心神一晃，咬了咬唇道：“我想要亲亲。”

宋郎生怔了一怔，旋即一笑，苍白的脸色瞬间恢复了几分血色，他俯下身轻轻地在我唇上啄了一口，亲得我心挠如痒，“还想亲一下。”

他眼睛晶晶亮亮地望着我，“阿棠，你想此刻就回宫去吗？”

我伸手摸了摸自己臃肿的眼皮，想了半天，道：“父皇他老人家才刚醒，我现在这副光景要是被他看到，还不知要气成什么样……你要回去述职就先走吧，反正此处离玉龙山庄倒是很近，我去沐个浴更个衣待恢复点精神气再回宫去，你看如何……”

宋郎生亲了亲我的额头，点了点头道：“不好。”

我：“……”

他将我身上的被子裹得更紧一些，拦腰横抱而起，“我说过，从现在开始，你都要与我在一起。”

在说完那句肉麻兮兮但我听着很是受用的话之后，宋郎生义无反顾地陪我去了玉龙山庄，也不知道他是怎么打发那群中军营的士兵的，反正等他抱我走出王府时，除了封锁现场的官兵，以及马车旁的修竹，府外是空旷一片。宋郎生让我放心，现下四处都是我们的兵马，哪怕步行都能平安抵达。

“所以，修竹居然是父皇派去聂光身边的？！”我在听完他们二人的描述后激动得几乎要从马车里跳出去，“那他怎么不早说？”

修竹道：“在我确定驸马爷是真心为皇上之前，我自然不便透露我的身份。”

我瞠目结舌，“那么，如果宋郎生叛变你就出手揭穿他的真实身份，让他无法在聂光身边继续潜伏？哇，搞了半天就不能有一件事不在父皇的计算之内吗？”

宋郎生笑了笑，“皇上也是为了以策万全。”

“于是当时在雪地里，修竹阴阳怪气地和我强调自己是夏阳侯的幕僚，”我踹了外头赶车的修竹一脚，“是担心我察觉到你的身份耽误正事？”

车外的修竹适时咳道：“请公主原谅我吧，我也是不得已而为之。”

我翻了个白眼，“那么茂林呢？”

宋郎生道：“他起初是风离的人，不过最终还是弃暗投明了。”

我连连摇头，“我可是不想再听下去了，现在我看到一个人都恨不得先掐上一掐，谁知道是不是本人？”

宋郎生逗趣地捏起我的腮帮子，说：“还不是你自己掉以轻心到处乱跑？你哪怕有一次听我的话乖乖待着，都用不着我去收场。”

我拍开他的手，道：“我决定了，待回宫去就让父皇下令民间禁止易容术这种邪术，否则，今日死了个凤梨，明日还会来个鸭梨，根本就防不胜防。”

话题还未聊完，玉龙山庄已近在眼前，宋郎生小心翼翼地抱我下车，让修竹先禀告父皇，就说他因为和敌匪厮杀了一番，受了点伤需要包扎，晚些再回皇宫去。

修竹心领神会地点了点头，风一样地策马消失在我们眼前。

我搂着宋郎生的脖子问道：“玉龙山庄守卫森严，你都好好地送我到这儿了，还有什么不放心的？”

他一面抱着我一面往庄里行去，对跪着的一地侍卫奴仆视而不见，待穿过长廊入了寝屋，他把我好好地放在床上，问：“公主是想就在房内沐浴，还是去锦华阁泡汤泉？”

我原本只想简单地梳洗一番，脑海中乍然现出昨夜聂然伏在我身上那副上下其手的场景，心下一片恻然，忍不住打个寒战道：“……还是好好地泡一泡，洗净浊气好了……”

“好，你先换上衣衫，我去命人打点。”

我在床榻上滚了一圈钻出被褥的围裹，顺手披了件锦袍，歪着头地瞧着驸马的背影：他今日是吃错什么药了，我说什么他都言听计从，难道这就是所谓的小别胜新婚？

玉龙山庄的锦华阁源于一个闻名遐迩的典故，大抵就是有一个皇帝在一处温泉盛地修筑了一处别宫，大兴土木，引泉入室，每每过冬便携爱妃游宴沐浴，说穿了就是嫌宫廷烦闷，找个好地方供他谈情说爱，自此流传千古。

父皇效仿该帝，也倒腾出那么一处汤泉池，奈何他政务实在繁忙，后来身体也不好，就没那么多闲情逸致鸳鸯戏水了，此池便成了宫中姊妹偶来调养生息之处。

锦华阁四周群山掩映，进门处被屏风所挡，一入阁中可见泉水顺着石雕龙嘴潺潺流出，水面上热气蒸腾，人一近便感到湿润的热浪扑面而来，到处是烟雾弥漫，仿若腾云仙境。

撒花瓣的宫女们一见到我便齐齐跪下身，我挥了挥手示意她们不用撒了，这寒冬之季有花瓣还不如拿去泡花茶，她们这才匆匆退下，留给了我一处清净之地。

宋郎生手中持剑，一身铠装靠在门边，俨然就是个侍卫的架势，我觉得好笑，逗道：“你分明就是假借护我的名义想要偷窥我洗澡，登徒子。”

他道：“我这并非偷窥，而是光明正大地瞧。”

感到脸上微微一热，想到若换成是他沐浴，我应当也会无耻地围观，仿佛也没有什么立场去反驳他。我深吸一口气，这才背过身去，绕过屏风，除下锦袍，缓缓步入池中花瓣汇聚密集的地方，然后回转过身，若无其事地看向驸马。

因屏风所遮，只能隐约望见宋郎生侧靠在墙上的半张脸，也不知道是因为害羞还是被蒸汽熏的，连耳根子都涨红起来，那样子真是可爱极了。

我的心何尝不是怦怦乱跳，光天化日之下当着一个男子的面脱得一丝不挂钻入水中，即使他是我的夫君，这也是要羞死人的，本意是想逗他，弄得自己比他还要紧张。

我按了按额头，不就是洗个澡吗，都老夫老妻了，怎么就像是对新婚夫妻洞房花烛似的？

池水中汩汩流淌的热水，如摇篮般让人舒适暖和。我想我真的是晕乎了，要不然怎么会脱口而出道：“今日这温泉倒是温度适宜，要不你也下来一起舒服舒服？”

说完这句话后我才回过神来，懊恼得恨不能钻到水下去，本以为宋郎生会借机嘲讽我几句，谁料他慢慢转过头来，做出勉为其难的姿态道：“既然是公主强烈要求，我若再推拒，岂非太不顾念夫妻之情了？”

“呵呵，呵呵，其实我只不过是那么随口一说……无须当……”

最后一个字还没来得及说出口，宋郎生已经利落地脱下上衣，一步步缓缓走来，露出挺拔的臂膀。

我捂住胸口，惊惶地退了两步，此时才后悔没让宫女们多撒些花瓣，根本就是无处可藏嘛。

宋郎生笑意斐然地看着我，虽说他身体的线条和脸一样的好看，诱得人不忍移开目光，可连裤子都滑落的时候，我终于还是禁不住捂住了双眼，结结巴巴地道：“你不要乱来啊……”

听到宋郎生踩下水的声音，我整颗心都七上八下地乱窜，只想着往后再退几步，哪想越退越往深处，一不留神足下一滑，就摔到了水里去。

视野模糊不堪，我原本水性就不大好，摔得这一跟头扑腾了好几下都翻不起身，等到宋郎生赶到我身边，双手搂住我的腰，将我捞出水面时，那些仅有的可以勉强遮遮羞的花瓣早已被打散开来了。

宋郎生替我拂去脸上的水珠，看着我呛个没完，忍不住笑道：“不是你让我一起的吗？瞧你吓得这样子……”

这样子，我们贴得这么紧，他的手停在我的腰际，而我勾住他的脖子，触着温热的肌肤，仿佛有热源不断从触碰的地方传向四肢，两个人看起来应该都是红扑扑的。

我想要放开他，可是往后一转，发现身后是高高的池壁，他一手搂着我，一手撑在壁上，就这样把我抱在他的怀中。

伴随着旖旎的微风，心跳滚烫地在胸臆间回响。

他一言不发地看着我，吞了吞口水，喉结滑动了一下，像是极力在忍耐什么似的。静了半晌，他松开了我，旋身靠在池壁上，缓缓道：“我知道，你还未从这几日中缓和过来，没关系，我会等你。”

心头有处很软的地方被轻轻地触动了一下，我静静看着他，这个人，任何时候任何事都不愿我受半分委屈，永远把我的心情摆在比他自己还要重要的位置上。

他是我的驸马，我的夫君，我从小到大心仪之人。

宋郎生闭了一会儿眼，见我没有反应，又抬眸看着我，他的脸通红一片，神情却是淡淡的，“我只不过是被这汤泉熏得热了些，你不必这样瞧我，我现下什么想法都没有。”

我问：“真的？”

“真的。”

“哦。”我遗憾地叹了口气，“我本来是很有想法的，所以才邀请驸马同我洗个鸳鸯浴，既然落花有意流水无情……”

宋郎生倏然转身，因为弧度太大掀起了不小水花，“你……你说的可是真的？那……那方才又……”

我抚着自己怦怦跳动的心，别过头去，喃喃道：“女孩子家总是会怕羞的嘛……有时候说不好其实是好，说不想其实是想……口是心非啊欲拒还迎什么的，哪能把想法都说出来……你、你总不能如此不解风情啊……”

话音未落，他反手拥住了我，抬起手将我的脸正过来，神凝的目光渐渐柔和，嘴角再也止不住笑意，偏头缱绻怜惜地亲吻着我。

从轻柔的浅到缠绵的深，暖意从心头层层叠叠地漾开，又层层叠叠地覆盖，所有的不安在消散，呼吸是滚烫炙热的，明明紧张得不敢睁眼，却还怯生生地回着他的吻，逐渐融入这温存泉中。

他的手指划过我背上的肌肤，引得我全身绷紧僵硬，不知如何是好，他的舌尖轻轻撩拨我的耳垂，让我与他贴得更近一些。

迷迷糊糊中，那只手悄然而下，仿佛在探寻更为羞涩隐秘之境。我下意识地蜷缩起来，汤泉的热气把我蒸得晕晕乎乎，整个人仿佛漂在水上，又仿佛沉在水底，好容易找到机会喘了两口气，温热的唇再度缠绵地吮了上来。

酥酥麻麻的颤意化作一汪柔水与这温温的泉水融合在一起，我只觉得那股炽热烧遍全身，还需要贴得更近一些，让心更满足一些。

直待迷迷糊糊中，腰际被缓缓托起，伴着一刹那的剧痛，心底最后一处空虚也被填得满满的，从未有过的痛意与快意交织在一起。

龙头的嘴不断喷出细流，溅在水面上发出点点声响。

而缠绵的姿态在水中发出更大的哗哗声。

艳阳从雕镂的窗漏了进来，所有的所有，都随着荡漾的水纹，开始晃动了起来。

他俯下身来舔着我的泪，我想要开口说些什么，却连呼吸都失去了节奏，唯能以一声声低吟回应。

不知过了有多久，直待心痒如麻得连意识都要抽离而去，一切才逐渐静了下来。

事实上，驸马到底是怎样把我抱出池子擦干水珠，又是如何替我更衣抱我回屋的，这些我统统都不愿再回想第二次。

只是当理智逐渐找回来的时候，我除了把整个人埋到被子里羞愧到不能自已外，什么也做不了。

宋郎生坐在床边，幽幽地道："阿棠……真的有那么疼吗？"

我恼羞成怒道："要不要我找根棍子捅你试试？我不是让你先出去吗？"

他闷闷地道："是你说女子素来口是心非……你让我退出去难道不是欲拒还迎的意思？"

我崩溃："……我说要慢一点的为什么不听我的……"

他道："……那，不是快一些的意思？"

我："……"

这一刻，我总算是切身体会到何谓搬起石头砸自己的脚。

不，我更深层地意识到找一个一点风情也不解的夫君是一件多么惨烈的事了。

宋郎生见我痛不欲生地在被窝里颤抖，道："那……是我不好……我答应你，今夜我不会再如此莽撞了……"

今夜……

我忍无可忍地掀开被子，"什么今夜！谁答应你今夜了！"

被吓到的宋郎生："……好好，有什么明日再说……"

我拿起枕头丢他，“明日也不行！你分明就是条恶狼！”

驸马稍稍褪去的面色又红了起来，“诚然我确是饿了许久……”

大哥哥，我想说不是那个“饿”……

他看着我，面不改色：“但若不是你，我宁愿饿死，也不会另觅他食。”

我怔怔地看着他，问：“这么难登大雅之堂的表白是出自你的口中？真令人难以置信。”

他拉过我的手放在他的手心里，嘴角含笑，“所谓的闺中私语，唯有夫妻方能心领神会。”

我抽出手，扭头：“哼。”

宋郎生起身：“好吧，那我还是去另觅他食吧。”

我猛地拉住他的手臂，愤愤道：“你这个人，哄女孩子怎么才不到一炷香工夫……”

宋郎生瞬时坐回床榻之上，一把将我搂在怀中，“在至关重要的事情上远远超过一炷香就好……”

我：“……”

床上的另一个枕头又被我砸了过去。

在玉龙山庄待到日落时分，宫里的父皇终于忍无可忍，派人来勒令我们回去。

回去的路上，坐在马车上的宋郎生频频回望山庄，道：“原本只觉得此处不过是寻常避暑之地，如今看来，还是清修的好去处。”

“……”清修？

我枕在他的腿上，看着轿顶摇晃，“我早上一直想问你，你原本不是说你有说服太子的方法？此次是父皇醒了真相方能大白，若父皇依旧不醒，你意欲如何？”

宋郎生道：“反正……是有办法的……”

我坐直身子，皱起眉头，“所以是什么办法？说说看。”

他的声音徐徐入耳，“自然不是什么沁人心脾的好办法，事情都过去了，何故再去回想那些？”

我一琢磨，觉得颇有道理，也不再追问，只叹道：“我只希望经此一役，太子弟弟能够看得开一些，不要再因为你是端王的儿子就针对你了。”

“皇上金口已开，文武百官皆是信服，太子深明大义，自不会再难为我了。”

“那是因为他还只是太子，”我摆了摆手，“算了，不提这些扫兴事，大不了我们远走高飞，过我们自己的好日子，什么国啊民啊的，再也不操这份心。”

他嘴角微微一扬，笑着挑起我的下巴，“说得正是。”

这话原本也只是说个痛快，毕竟我与驸马都不是那种能够眼见战祸缭乱而躲起来闲云野鹤之人，风离虽除，却还有势力更大的聂光，而如今竟得知聂然才是嫡系的前朝皇嗣，宋郎生回到朝廷之后，只怕天下旧朝余党便会齐齐聚往聂家。

真正的战争才要开始。

进宫前，我反反复复告诉自己，见了父皇切不可哭哭啼啼，得让他安心宁神慢慢调养为佳，可一踏入父皇的寝宫，望见龙榻之上坐卧的父皇深陷的双眼，所有抑制的情绪轰然崩塌，我热泪盈眶地跪下身：“儿臣……参见父皇……”

父皇朝我招了招手：“襄仪……过来给朕瞧瞧。”

我抬袖擦干眼泪挪到父皇床边，他伸手轻轻抚摩着我的头发，“是瘦了……”

我被看得心头再一热，哽咽道：“父皇如今醒了，襄仪很快就会胖回去的……”

父皇被逗得一笑，岁月无情地在他脸上刻上一道道深深的皱纹，可他笑起来的模样仍有几分风采，“这么久以来，苦了你了……”

屋内侍奉的人都知情识趣地默默退下。

父女两人促膝长谈了许久许久。

大多数是我在说，父皇在听，朝事国事家事还有琐碎的儿女情长，说到后来，我甚至觉得像是回到了儿时，依旧是我滔滔不尽地说，父皇耐心地听。

父皇说他醒来有几日了，我问他何不召我来见他，他道在他醒来的时候成公公奉太子之命前来探望，恰好几位太医也在场，都觉得成公公面色有异，一查之下才知他是中了毒。

成公公是父皇一手调教出来的内监，连他都在不知不觉中中了奇毒，不由得让父皇疑心东宫有鬼。故而父皇勒令在场的所有人绝不能将他醒转之事传给任何人，而他就趁此机会顺藤摸瓜。

我恍然，“原来父皇比襄仪还要更早一步查到真相，那之后也是太子弟弟配合的将计就计？”

父皇微微颔首，“朕确实未料想他们真正的意图是引你上钩，若非如此，朕也绝不让你涉险其中……”

我道：“万事皆有两面，我若不入虎穴，风离与聂光也不会掉以轻心，暴露京中所有势力与兵力……能一举扫平这最大的隐患，即使日后打起仗来，也会省下不少兵力。”我自然没提及自个儿差些被那什么，否则，还不知父皇得气成什么样。

父皇淡淡一笑，“能平安最是难得，朝中诸事交与太子，你也勿要操太多的心。朕听闻你与驸马此前闹决裂，连朕赐的府邸都被炸了？”

“那、那是我与太子中了风离的计……”我把眼神瞟向别处，不过经此一提倒想起了另一个问题，“父皇，您让驸马只身周旋于敌方阵营倒也罢了，可弟弟毫不知情，若非您醒得及时，只怕太子最后会把驸马当作反贼给处置了。”

父皇沉吟道：“太子性情温和，处事优柔寡断，如他知悉真相，必会处处留情，反叫人看出端倪。至于驸马……朕早在此前赐给了他一道旨意，若太子真要动手，此旨能保他平安。”

我诧然，“那他怎么不告诉我？害我白白担心了一场。”

父皇皱了皱眉，淡淡道：“或许驸马有他自己的想法……事情都过去了，不必追根究底了……”

这话听着甚是耳熟，我那夫君几时与父皇会如此口径一致，配合默契？

我耷拉着脑袋百思不得其解，看父皇的样子是真的乏了，我也就不敢久留，恋恋不舍地交代了几句，请了安这才缓缓退下。

一出寝宫见太医署规规矩矩站了一排，遂上前询问父皇病况，他们相互交换了一下神色，道：“皇上能醒来已是天之洪福，臣等自当竭尽全力。”

话音方落，屋内的侍奉内监传召太医，我来不及多问一句，他们便匆匆踱了进去。

这时，东宫太监奉太子之命传我过去一趟，左右无事，我便随之前往。未料一跨入书房发现宋郎生也在，他与景宴正神情肃穆地盯着桌上的木盒。

我不明所以，“怎么了？”

景宴见我来了，用手指轻轻点着桌面，“皇姐，大事不妙，当日你从万坟岗的地窖带回的前朝兵符，竟然有假。”

我微微一惊，“怎么可能？”

宋郎生拿起一块兵符，“前朝兵符乃为鱼形，君主与将领手中各持一半，合则为一可率万军。乍一看去，这几个兵符并无不妥之处，可我幼时曾见过父亲把玩这兵符，符的底缝所刻之字与此并不相同，应当是有人伪造的。”

我端起来细细看了一番，知他所言非虚，“可我当时确是从端王的秘地中取出，岂会有假？”

宋郎生道：“这兵符刻纹尚新，不似被尘封数年，十之八九是后来被人给换了。”

我看向景宴，景宴摇头道：“从皇姐你带回宫时，这兵符我看了百次千次，就是眼前的这几个，再者，此物事关重大，我当即藏在一极为隐秘之处，不可能会给别人任何可乘之机……”

我大惑不解，宋郎生忽然问我：“公主从地道出来后，这兵符可有转过他人之手？”

他人之手？

当时我被风离追杀，到了崖边跳崖自保，然后……

“是聂然！”我终于回过神来，“那时我被树枝扎得浑身是伤，几欲晕厥过去，后来聂然出现救了我，可那会儿我根本无暇顾及什么兵符，待我清醒了，聂然就把兵符还给了我……”

景宴猛一拍案，“果然是奸诈之徒，他分明已换走了真的兵符，却还惺惺作态把所有人都给骗了！”

宋郎生慢慢道：“聂光让聂然留在京中让我们掉以轻心，利用风离在京城兴风作浪让我们无暇顾及于他，而他们只怕早已用那几个兵符暗中联络忠于旧朝的藩王，集结更多的兵力蓄势待发……”

景宴沉着脸道：“最让人难以料及的是那聂然竟是前朝皇帝的子嗣，聂光隐藏他身份那么多年，利用驸马与皇姐取得端王的兵力，随后定会为聂然正名，打着复国的旗号公然起兵……呵，他果然是前朝的好臣子！”

宋郎生道：“眼下当务之急是增大追捕聂然的兵力，聂然身中软骨散，应当跑不了太远，若能及时将其擒获，聂光欲行此事，便是出师无名，纵有那前朝兵符，也未必能号令群党。”

景宴连连点头，起身与宋郎生商议起调兵遣将之决策。我偏头看了锦盒之中的兵符，想起聂然为了救我把解药给我服下，而他明明应当连夜逃走却为了守住我在禹王府待至天明，若他当真被捕，父皇与太子必然会杀鸡儆猴，以除后患，可那时，我真能狠得下心肠吗？

“阿棠……”宋郎生拍了拍我的肩，“你在想什么，一直走神……”

我回过神来，这才发现我们已然从东宫走了出来，今夜无雪，却依旧是天寒地冻，我道：“……只是在想父皇和我说的话……”

宋郎生替我拢了拢袍子，拉着我的手道：“太子还是希望能由我亲自领兵去追捕聂然，毕竟我在聂光身边已久，对聂家一干护卫的惯行路线较为熟悉。”

我点了点头，笑了笑，“你这就要走？你不是说要寸步不离地守在我身边？”

“所以我才想问你要不要与我同行？”宋郎生望着我，见我有些为难，“是我疏忽了，你应当不愿见到他……阿棠，反正公主府还未修葺好，你就留在宫中，好好陪着皇上，我争取十日内赶回来陪你……”

他的眉眼间蕴着笑，叫人移不开眼，我忍不住搂住他把脸埋在他胸前，“你还记得……”

他轻轻抚着我的头，“我们成婚的日子我岂会忘？”

我鼻头一酸，将他抱得更紧了，只听他道：“那年我被你硬掳到府中，成婚当日我告诫自己勿忘今日之耻……”

我：“……”

见我怒目而视，他俯身在我耳边轻道：“幸好今日在玉龙山庄时我已一雪前耻……”

我手中一用力，捏着他的腰。

他嘴角一抽，“过几日回来，我会再雪前耻，公主记得等我。”

“……你可以走了，不送……”

接下来的几日，我如他所言乖乖地留在宫中，陪陪父皇，见见母后，找找嘉仪，散散步，倒也过得安逸平静。

父皇的身子有所好转，亦能上朝议政，但他更多时候是让景宴处理朝政，把诸多大权交与景宴手中，满朝文武但凡不是瞎的都看得出他已有了让贤之意。

经祭天大典之后，景宴行事也越发有了王者之风，再加上内阁赵首辅与李次辅大力支持，他未来的帝位已是固若金汤。

虽然令我略感不安的是他的身体因繁重的政务更弱了些，除上朝以外的时间暖炉不离身，日日以汤药奉之，夜深露重咳嗽不止，太医皆说太子体弱，应多加休息，切勿过于操劳。

我想，父皇始终面有凝色，若太子不堪重负而倒，那才真是前景堪忧。

这就是父皇开始考虑太子娶妃的原因，得让皇室尽快添加子嗣。

原本景宴就有个心仪的女子，后因家世平平，只是个六品同知的女儿，纳为良嫔，这两年来亦无所出，太子妃之位悬而未决。

赵首辅千金赵嫣然自然是一个理想的人选，父皇听闻赵庚年此前应允了这桩婚事，本是颇为喜悦，谁知赵庚年匆匆进宫哭诉道：他的女儿被叛贼聂然绑架了，求皇上与太子派兵前去营救。

赵嫣然被聂然给拐了？

我觉得颇有些荒唐，不过见赵首辅那般焦虑痛心，又觉不似作伪。

父皇安慰赵庚年，说太子早已派兵去追，若真见到令千金必然会把她平安带回来。

我在一旁揉着眉毛想，只怕见到了令千金，也未必能将她带回。

果不其然，下了朝之后，赵庚年前来我长乐殿，道有要事与我相谈。

我屏退众人，还未开口相询，赵庚年便跪下身，颤颤巍巍道："老臣恳请公主救小女一命……"

我连忙搀他起身，"赵阁老何出此言？本宫既视嫣然为友，自会救她……"见赵庚年摇头苦叹，我问，"是否并非聂然掳走嫣然，而是嫣然自己跟他走的？"

"当日公主同老臣一番言辞，令老臣苦思良久，终向小女道破，若她不愿嫁与太子，老臣不会强迫，只要老臣忠于皇上忠于太子，赵家也不会受到牵连……"赵庚年垂下眼，"小女得闻后自是开怀不已，谁知京中没几日便传来通缉追捕聂然的消息，当夜她便留书出走，说是要确认聂然的平安再回来……"

我轻叹道："嫣然啊嫣然，她是何等的聪明，本宫以太子婚事为胁许诺留聂然一命，如今聂然逃出京城，她料想我未必还会遵循诺言，故而才亲自前往。若她能到聂然身边，便是一个很好的人质，纵使追兵追上，看在赵府千金的分儿上也不敢赶尽杀绝。她不是去确认聂然平安，却是去保聂然平安的……"

赵庚年正欲张口，我道："以我对聂然的了解，他不会为难令千金的，若是嫣然要走随时可以回来，可她的心在那儿，只怕我也是无能为力……"

赵庚年沉默半晌，终道："正因如此，老臣才前来求公主相助……也只有公主你，才能带回小女啊……"

"这……"

"公主，"赵庚年往后倒退一步，再度跪下身，"老臣只有嫣然这一个女儿，若她有什么闪失，老臣……"

我终究还是应允了赵首辅。

他确实是老谋深算，知晓我与聂然素日的那些恩怨，只消我能让聂然对赵嫣然说出什么绝情的狠话，嫣然自然会死心离开。

可如此一来，我就要再一次面对聂然了。

就在我离京三日后，青州传来消息，宋郎生已擒获叛贼聂然，现押于牢中。

我距离青州不远，赶了一夜的路，终于抵达了所在。

第二十七章 纵虎再归山

一到青州衙门，便得闻赵首辅千金在官兵擒拿叛贼时受了伤，好在宋大人及时救下，已无性命之虞。当我问及她是如何受的伤，青州知府支支吾吾不知如何作答，只道赵千金已安顿在他府邸内休息，派了人贴身照顾，不会有什么大碍。

已是二更时分，宋郎生及军营的人都还在驿馆内歇息，我稍加思忖，还是决定先去探探赵嫣然，若她并无大碍，我根本不必多此一举。

谁想一进府邸宅院，就传来极大的骚动，府内的丫鬟们神色慌张，更有大夫们匆匆赶往内院。

原来赵嫣然在闹自尽。

或许不能说她是在闹，大夫说，她割腕的力度毫不含糊，单是止血都费了九牛二虎之力，要是迟发现一步，恐怕就真的能够自尽成功了。

知府早已吓得面色铁青，狠狠叱骂伺候的丫鬟后，哆哆嗦嗦地求我恕罪。

我觉得这种事当然不能怪他，毕竟在自杀方面我也是一个有着丰富经验的人。一个人要是真想死，头埋被窝里咬舌都能死得了，哪是旁人能阻拦得了的？

好在赵嫣然命不该绝，止了血灌了药后沉沉睡去，短期内她应该是没有力气把自己的舌头咬破的。

我让那些吓得找不着北的小丫鬟退下，独自进屋陪赵嫣然坐一坐。

床上的赵嫣然面无血色，身子毫无意识地打战，左手手腕间厚厚的绑带仍渗着丝丝血迹，而脖子上也有一道细细的剑伤。

我闭上双眼，仿佛能想象到当时赵嫣然让聂然手持长剑挟持自己，眼见宋郎生步步逼近，她不惜靠上剑身想要胁退围兵的场景。

她颈上的血痕极浅，应当是聂然及时挪剑的结果。

我叹了一口气，不知要怎样才能说服嫣然放下这个执念，连我自己都是不撞南墙心不死的性子，说的话哪会有什么信服力？

我替她拢好了被褥，正待起身离开，见她缓缓睁开了眼。我没料想她这么快就清醒过来，一时没想好说什么，她却已咬牙撑坐起身子，静静地看着我道："公主……你怎么会在此处？"

"我……是受令尊所托来带你回去的……嫣然，事已至此，你又何苦……"

赵嫣然闻言敛下眉睫，低声问道："然哥哥是否……难逃一死？"

我不愿欺瞒她，沉默须臾，点了点头。

她的脸上出现了痛楚之色，情不自禁地抓住我的袖子，"你可以救他吗？"

我轻轻摇了摇头。

"可是你分明答应过我……"

"此一时，彼一时，"我打断她的话，"聂然乃是前朝皇嗣，且有谋反之心，举事在即，没有人能救得了他。"

赵嫣然微微一颤，"若然哥哥死了，我也无法独活……"

我不忍道："此事关系国之安危，百姓之安宁，即便是你爹也无法改变，又岂是你使使这些儿女情长就动摇得了的？你若就此轻生，只能让你爹白发人送黑发人，遗恨晚年，你何其忍心？"

"国之安危……百姓安宁……"赵嫣然跪坐在床上，勾了勾嘴角，眼中却蓄满了泪，"我听闻，你的驸马爷也曾被指认为叛国的前朝皇嗣，可你宁死也要救他，带他脱逃，那时的你，怎么不想想国之安危与百姓的安宁？"

"因为我相信驸马不会做出这种事……"

"那你为什么不愿意相信然哥哥！"赵嫣然哑声怨道，"你心中早已给他判了死罪，从来没有给过他机会！"

我道："事实摆在眼前，他诸般所为，皆……"

"他诸般所为？你看到什么了？他为你做了那么多，你看到了吗？"赵嫣然截住了我的话头，“他是为了谁才中了软骨散，又是为了谁宁可不服解药也要置身于险境之中？哦，你多抵还不知道他是如何被抓到的吧？是你的好驸马放出你在京城被叛贼所害的消息。他明明已经快要与夏阳侯会合了，却放不下心，说要回头确认你的安危，谁知陷入了层层箭阵之中！我想要让他以我为人质挟我离开，他推开了我，不再做丝毫抵抗。你说他一心叛国，可我看到的是他把你看得比他的复国大业更重要！”

我倏然起身，“你不必再说了……”

“公主殿下若心中无愧，有什么不敢听的？”赵嫣然望着我，惨然一笑，“反正今日到了这个份儿上，该说的话，不该说的话，就都说了又何妨？你不是一直想要知道，当年他一夜之间失去关于你的记忆，究竟发生了什么事吗？”

我心头一颤，怔怔看着她。

“或者……”她道，“公主，你有没有想过，到底是谁给然哥哥下的忘魂散，让他流落在民间的？”

“是当今皇上，你的父皇。”她一字一句道，“他命我爹给夏阳侯世子下此奇毒，我爹寻不到机会，就假手于我，他在我为然哥哥做的糕点中下了药，你知道吗？然哥哥的毒……是我亲手喂下的……”

赵嫣然见我一脸震惊，反而一笑，“这些都是我爹前几日刚刚同我说的，他说皇上想让夏阳侯为此奔波而无心增兵，我爹甚至派了杀手暗中将然哥哥逼入绝境，最后杀手被杀光了，可是然哥哥也不见人影，自此杳无音信，生死未卜……”

我微微启唇，声音轻得几乎自己都听不清，“父皇……”

赵嫣然的双眼渐渐失了焦距，她抬起手，擦了擦眼泪，“在我们所有人都倾力寻他的时候，然哥哥流落在一个小村庄里，他没有记忆，成了一个日出而作日落而息的小渔民，直到他在一场天灾中救了一个女孩……”

我不敢置信地望着赵嫣然，“你……你怎么……”

她没有回答我的话，静静地说：“那个女孩腿伤颇重，为了救人，他与青姑达成了试药的约定，饱受呕血锥心之痛，终于得保性命，可那个女孩却要走了。走之前，她给了他一个名字，叫煦方。

“女孩走后，煦方在海边枯坐一日，直待夜幕时漫天天灯升起，他远远地看到了一只色如彩虹的灯，毫无理由地，他便随着天灯的方向一路奔去，却看到了女孩与她的心上人相拥而泣……

“他才知道，那个女孩，竟然是当今公主，那个风姿绰约的男子，是她的驸马。

“没过多久，夏阳侯找到了他，把他的身世经历都告诉了他，希望他能随自己回去慢慢调养好身子。但他无意得知夏阳侯要加害公主的消息，便悄悄赶往京城，同公主一齐跳下山崖，带公主远远逃离。”

心头某块巨石沉沉压下，我睁大眼睛，久久不能相信此刻所听到的，“这些……这些事为何你会知道？”

“我为何会知道？”她突然笑了笑，再抬眼时泪水滑落脸颊，“在我回答你这个问题之前，你能否先回答我一个问题？”

我浑身僵了一僵，还没反应过来，就听她声音落下，“你那个时候，那么喜欢煦方，要是他没有变回去，没有忘你舍你而去，到最后你恢复所有的记忆，你会离开他吗？”

这个问题一而再再而三地有人问我，可我从来不愿深想下去，每次想只觉得胸口被什么给堵住了一样，可今日赵嫣然寥寥数语，却不知为何仿似揭开了早已埋藏在心底的答案，我闭上眼，“你究竟想说什么？”

“你不敢回答，是因为你怕答了就无法面对你的驸马，”赵嫣然道，“可是我知道，如果煦方对你不离不弃，你一定会和他走下去的……”

“嫣然！”

“公主……你知不知道，那个时候的煦方，不，是已经想起所有关于聂然记忆的煦方，是有多么努力想要和你在一起……他为了你，可以抛却他的全部……”赵嫣然两眼通红，“你们抵达绥阳的那夜，在聂家，所有人都朝他跪下，连老侯爷都磕头求他……”

所有聂家的人，所有从小扶持他保护他到大的长辈、族人、忠仆，都在用他们的生命，去恳求他留下来。

那是重如泰山的责任和恩情，却在那一刻摧得他体无完肤。

“纵使如此，他依旧要走——为了你，你根本不知道他为了你舍弃了什么！”赵嫣然面色苍白，“你可否知道……青姑本已清除了他身上最为致命的毒，哪怕不服解药，也暂不会有性命之忧，如不是那颗突如其来的解药，你们原本是不会分开的！”

听到这里，我终于按捺不住心头的震惊，毫无意识地倒退了两步，“解药？”

“是，解药，你的好驸马为了取信于夏阳侯，命人送来了皇上所下之毒的解药，”赵嫣然冷笑道：“就是那颗解药，重燃了聂家的希望，他们让无数护卫拦住了他，硬是让人制住然哥哥，把解药生生地给他灌下……

“公主，让煦方消失在这个世上的人不是别人，是宋郎生。”她长吸一口气，“此乃我爹亲口所言，你若不信，大可去问问你的驸马，若非他送上解药，天下间还会有意图谋反的聂然吗？！”

我不由自主地揪住衣襟，感到自己整个人都在微微发抖，“驸马他……对这些内情并不知情，一切皆是……造化弄人，不该把错处推到他身上……”

“造化弄人？”赵嫣然抬起头，有那么一刹那的茫然，“难道一句造化弄人就可以轻易地毁掉一个人的一生吗？！”

我摇了摇头，紧紧握住埋藏在袖中的双拳，“可是煦方已经消失了，不管是什么理由，现在的聂然盗取兵符，招揽旧部，搅乱京城，此般种种皆是危害朝纲，动摇国本之举！他做了就是做了，并不是你告诉我一句内情就可以改变得了当下的事实……”

“不……”赵嫣然咬住下唇，泪光闪烁，“你以为他消失了，其实没有，他没有消失……”

我浑身一震，“你、你说什么？”

她的眼神静静落向床尾的一个包袱上，“事已至此，我又有什么必要继续隐瞒呢？”言罢，她挪过身，将包袱散开，把压在最下层的一样用绢布裹住的物什掏出，掀开，露出厚厚的信封，“这是……煦方写给聂然的信，一直以来都是我代为保管……”

她把信缓缓递到我身前，“我想，真正需要看看这信的……是公主你……”

原来这信，赵嫣然未曾将其烧毁。

我迟疑片刻，慢慢接过，却觉得这信纸如此灼手，一时间连拆封的勇气都没有了。

赵嫣然沉沉地道：“当日，他在服下解药之后就被困于聂府之中，层层守卫森严，而他根本无力逃出去客栈寻你，药力令他困倦难耐，他深知睡下去便要忘记所有关于煦方的记忆……所以，他拿了一把匕首，每当自己困到不能支撑时，便往自己腿上刺一道口子，迫使自己保持清醒，然后……写下这一沓厚厚的信……”

我颤着手抽出信来，当熟悉的字迹映入眼帘，视线倏然蒙眬了起来，泪水涌出来，将一切都淹没了。

赵嫣然的声音如同棉絮般织拧缠绕，“他伏在桌案前，饱受锥心之痛，就这样整整写了一日的信，把与你在一起所有的点点滴滴，全部写在纸上……他不知道自己还能够做些什么，可他不愿把你忘记，不论过往如何，来日如何，他唯一的心愿……只是想要记住你，唯此而已……”

风声呜呜，如泣如诉，云遮住了圆月，周身一切都在斑驳中黯淡。

可指尖所触的点点字墨，却清晰如斯。

我以前常常会想，煦方在变回聂然前在做什么，在想什么，他会想我吗？

答案在眼前的信纸上，我看着看着，眼泪忽然掉了下来。

他说：和风还在客栈等我，我回不去了，她会来找我吗？可我不在了，她要去哪儿才能找回我？

他说：我曾以为她会是结束我虚度光阴的一个新开始，可直到恢复了所有记忆，我才幡然醒悟，那短暂的日子是聂然遥不可及的一个梦，梦醒了，一切都没了。

他说：我自幼身负重责，身边所有人都对我抱以厚望，总有人告诉我我来自何处，我的命是多少人用血肉之躯所换来的，他们盼我莫忘国仇，要我日日夜夜都铭记于心，却从未有人问过我是否愿意活在仇恨中。后来我成了煦方，我才知道，原来，若聂然是在一个平常人家中长大，不必肩负复辟之责，他会是这样的人，一个与聂然截然不同之人。

他说：聂然，我知道，当你看到这封信时或许会不屑一顾，直把这些当成是自己失忆的一时彷徨，而我想要告诉你的是，大千世界，芸芸众生，唯有她，才能救赎你。

他说：想念她，可过了今日，连想念也是奢求了。不甘心，真的不甘心就此把她忘了。聂然，你可否能替我记住她，可否能替我守住她，可否能答应我，永远都不要去做伤害她的事。

心口像是忽然被什么东西揪住一般，痛得几乎喘不上气，这沓信在手中沉如千钧，怎么也握不住，当信散落在地时，我双腿一软，沿着墙壁滑落在地，脑海中却回响着昔日煦方问我的一句话——

“和风，万一，我是说万一……有一天我做了件大坏事，你会不会就不理我了？”

我莫名其妙地问："什么坏事啊？"

他眼睛往天空看去，"大概就是那些祸国殃民的坏事……"

我忍不住笑出声，"就你？还祸国殃民？怎么祸啊？用渔网还是钓鱼竿啊，哈哈……"

"……这不是打比方嘛……回答问题的人呢，就要尊重这个假如……"

"哦……"我吐了吐舌头，想了一想，"万一……真的有这个万一……那我肯定就不理你啦……"

他叹了叹气，"唉，我还以为你会说那些'哪怕你与天下为敌我也会站在你这边'这样的话……太失望了……"

我斜睨了他一眼，"我是这么是非不分的人吗？"见他头还不转回来，我不由得一笑，"不过，只要有我在，就一定不会让你误入歧途的，不管你今后变成什么样子，哪怕一时行差踏错，我也一定会把你拉回来的！"

他扭过头来，眼睛宛如冬日的暖阳，温和而灵动，"当真？"

"那是当然，和风一言，八马难追！"

"快快拉钩……"

"……"

煦方，煦方。

原来到头来，没能守住承诺的人，是我。

颤悸的感觉从脚底升起，我闭上眼，任凭眼泪顺着脸颊滑落，良久，我听到自己沙哑的声音："这些信……聂然可曾看过？"

赵嫣然轻轻地摇了摇头，"没有……或许他是心有所感，害怕这信会动摇他的决心吧……当我以为忘记你的他不会再对你动心时，也曾自私地想过把这一切都掩埋起来，让这些成为永远的过去……可是……"

她哽了一下，抬指拂去自己眼角的泪，凝望着我，"就在那天，我们在树林中遭遇伏击，跌下悬崖，眼睁睁地看你被人水冲走时，然哥哥他当即让我抓住蔓藤，下一刻，他想也不想地跃入水中，朝着你的方向一起被江水卷走……"

我猛然抬起头，这一刹那，我几乎以为自己幻听了。

赵嫣然缓缓道："后来，然哥哥拼尽全力救回了你，可你所中的箭伤太重，普通的大夫根本束手无策，他不敢惊动夏阳侯，以千金求来周文瑜替你治病……你昏迷的那两日，他寸步不离地守在你的身边，我问他为何要不顾性命地救你，他连连摇头，说他自己都不知道原因，只是当看你消失在他面前时，他唯一的想法，就是绝对不能让你有事……”

这一切，究竟为什么？

她微微勾起嘴角，眼中再度热泪盈眶，“把你从鬼门关救回来后，他告诫自己不能再弥足深陷，就让周文瑜带你离开，捏造了只是偶然救起你的谎言……可他还是不放心，所以……就一路悄悄跟着你，你冷了，他让客栈的老板娘装成好心人收留你；你饿了，他就给摊贩银子让他们给你粮食；看有人要对你图谋不轨，他就抢在前头把那些人都给收拾干净……”

赵嫣然见我一脸的不可置信，她问：“难道你真的以为凭你一个身无分文的弱女子，能安然无事地从绥阳回到京城？”

我不明白，喃喃问她：“为什么？为什么他要这样做？”

“到了此时此刻你还不明白吗？”赵嫣然的眸光明明灭灭，她用手点向心口的位置，一字一句道，“纵使他的记忆没了，脑海里把关于你们的过往情事都给忘了，可他的心，还记着他爱你！煦方从来没有消失，他一直活在聂然的心里！煦方一直在等你把他找回来！是你……是你放弃了他……”

这个答案，就像一道霹雳，将我劈个正着，我浑身僵在那儿，一句话也说不出来。

赵嫣然抬起雾蒙蒙的眼睛，缓缓道：“煦方曾告诉我，这封信上所写，是让聂然重新变回他的方法，我按捺不住好奇悄悄看了，看到最后……我才知道，那句话是什么意思……”

最后？

我垂下眼睫，看着散落一地的信，慢慢伸出手，一张张地去寻找，终于找到了信的最后一页。

入目处，字迹已歪曲不堪——

当聂然爱上和风，他就会是守护和风的煦方。

和风，煦方一定会与你再相见。我坚信。

室内一片寂寥，两人久久无声。

赵嫣然缓缓翻身下床，跪在我跟前，“公主，你真的不能放然哥哥一条生路吗？这些日子，我总觉得他快要想起些什么了，只要多给他些时日，或许，他就能迷途知返呢。”见我不答话，她又道，“难道你真的忍心，还未等到煦方回来，就把一切都给扼杀了？”

我静默良久，将散落在地的信笺一一捡起，装好，望向她，“嫣然，非我忍心，当日，我明知驸马是奉旨假意谋反，若非我父皇醒来，凭我一己之力也改变不了什么。而今，莫要说其他人，纵然是我，若他朝有一日再无圣眷庇佑，都不知还能过上几天安宁日子……”

赵嫣然蹙起眉头，她或许根本没听懂我在说些什么，我抚了抚信，这上头字字句句如鲠在喉，却已恍如隔世，“不过……你说得也不错，他既因我而受捕，我总该还他这一份情谊……”

这世上总有一些事，不应去求可不可为，而该问自己一句该不该为。

见赵嫣然面露喜色，我道：“但我有一个条件。”

她怔了一怔。

我道：“我会放聂然离开青州，至于他能否安然与聂光重聚，一切也只能听天由命。至于你，你要随我一同回京，不能再跟着他一起上路了。”

赵嫣然欲言又止，我道：“若你不能答应我的条件，我也不能放走聂然。”

她忍住泪，终于轻轻点了点头。

青州大牢不比京城的环境好，不仅光线暗淡，阴冷凄凉，穿过漆黑的甬道时，甚至还能闻到一股霉味。

我随同狱卒绕到最里间，在关押聂然的囚室前停下脚步，命人开锁。

身后知府战战兢兢地道：“这，当真要立即押送回京？不如等宋大人带中军营的人来了，再行上路，较为稳妥吧？”

我斜睨他，冷笑道：“莫不是大人信不过本宫？”

“下、下臣不敢……”

“此乃皇上圣谕，叛贼同党已在赶来救人的路上，为免夜长梦多，必须及早启程。本宫已通知了宋大人在外接应，大人就不必忧心了。”

知府称是，不敢再问。

我就着火光往里看去，聂然因软骨散浑身无力地躺在石床上，胸口与右腿中了箭伤草草包扎，鲜血仍在往外渗出，整个人看上去奄奄一息的模样。

栅门的铁链哗啦啦地响起，听到动静，他缓缓抬起头，见是我站在他跟前，眼中微微一讶。我面无表情地转过头，示意狱卒把他架出来，不要耽误时辰。

待我们一行人出了大牢时，东方的天已隐约泛蓝，风吹得树叶沙沙作响，天是要亮了。

知府左顾右盼，眼下除了狱卒与我的几个护卫外，四面空无一人，他甚为不安，问我何以不见宋大人踪影。我也是一脸困惑，只道："没准是他听差了与本宫相约的时辰，驿馆离此不远，不如这样，大人速回衙门，命人快马联络宋大人，或许他已在前来的路上了……"

知府连连点头，转身走出了几步，又犹疑地回过头来，显然还是不太放心。我微微一笑道："本宫的这几个护卫皆是武功上乘的高手，不至于连一个病弱之徒都看不牢。"

知府闻得此言这才安下心来，待他走得远了，我手下的护卫利落地敲晕那两个狱卒，取下钥匙解开了锁住聂然的镣铐。

月光下，聂然眉目依旧，我迈步走到他跟前，平平道："你走吧，我想庆州城内早已埋伏有你们的同党，你自然有办法唤人来送你离开。"

他抚着胸口的伤，额角渗着冷汗，嘶哑着声问我："为什么？"

我道："嫣然求我救你，她说若非是我，你也不会落此境地。"

他眼中泛着意味不明的光，"你，应知晓纵虎归山的后果会是什么……"

我道："我知道。"

"那你……"

我说："我不喜欢欠人的情，你救过我，我还你一次，如此而已，走吧。"

他还待开口说些什么，忽有人道："只怕他是想走也走不成了！"

我呆住，一簇簇火光盛起，霎时间，四面八方涌出层层兵卒把我们围住，宋郎生自人群中缓缓踱出，手中长剑在光影的映照下寒芒闪烁，他望向聂然道："若非知府大人提前命人知会，眼下已让你逃出青州……"

我瞟向缩在宋郎生身后的青州知府一眼，正兀自懊恼自己的疏忽大意，便听宋郎生一声令下："来人！"

"且慢！"

我抬了抬手，上前几步，来到宋郎生跟前，"放他走吧。"

宋郎生的神情在晦暗不明的光中不大分明，我能感受到他沉沉的怒意，"你知不知道你现在在做些什么……"

我当然知道我在做什么。

可是，我又该如何与你解释呢？

我捏紧了拳头，道："你知道的，他救过我的命……"

宋郎生的眼中浮着比寒冰还要冷的光，"大战在即，他一人生死，关乎万民安危，不是救过你就能罔顾国法放他一马。若他就此离开回到敌营之中，到了皇上跟前，谁能担待得了！"

我道："到了父皇面前，一切罪责，由我来担！"

宋郎生的脸色顿时难看到极点，他不怒反笑，后退一步，道："把叛逃逆贼缉拿归案！"

兵卒们得令后正要上前，我怫然道："谁敢！"

见士兵们有所动摇，我道："本宫的手腕，你们也有所耳闻。今日谁要敢在本宫面前动手，休怪本宫不顾及情面！"

宋郎生毕竟新官上任，且他此前在大理寺为官，而今父皇一醒便降大任于斯，难免威信未能尽立，最重要的是这些中军营的士兵终究忌惮我监国的身份，相权之下，他们互相张望，谁也不敢做那开罪我的第一人。

我这样说，只为让所有人都看清放走聂然是我一人之失，与驸马全然无关，却没有料想这一番威胁将他激得更怒，他举剑冷笑道："我倒是要看看，今日我将这谋逆之贼就地正法，公主要拿我怎样！"

话音方落，他的剑携着山雨之势而去，我深知此刻的聂然根本不是他的敌手，情急之下抢身用右手握住剑刃，左臂挡在聂然身前，意图阻拦这一击。宋郎生始料未及，连忙收住剑势，可利刃已划破我的掌心，鲜血沿着指缝淌下滴落在地，我疼得几乎有些握不住，闷哼一声道："你不能杀他。"

宋郎生低头看着我的手，不再挺进一分，也不敢抽离，生怕剑刃把伤口擦得更深，他的眼中晕出悲怒的神色，嗓音里透着失望的质问："你竟为了他……"

他看我的眼神让我很是难过，这么久以来终于等来了安宁与喜乐，顷刻间又要被我一手摧毁，我不知从何解释，嘴唇开合了几次，才道："驸马，算我求你了，放他走吧，他若死在这里，只怕我此生都难以心安。"

东方的天空升起几道微微霞光，却没能为宋郎生苍白的面容上增添一丝血色，就这样僵持了许久，他忽然发出一声低哑的笑，"好，公主待他如此情义，我便成全你们……"

我心底一凉，他冷声道："松手！"

我放开颤抖的手，这才感到掌心与五指痛得锥心，他弃剑转身，头也不回地命所有人随同他离去。

聂然踉跄着步伐走上前来查看我的伤势，我挪开手，说："不必劳心。此地不宜久留，趁宋郎生没改变心意之前，赶快走吧。"说完这些，我迈步朝前。他突然从后方握住了我的手臂，缓声道："你不至于为嫣然的几句话做到这个地步……"

他问："你……可还有其他话想要和我说？"

煦方的信还躺在胸前的衣袋里，赵嫣然的那句"煦方从来没有消失，他一直活在聂然的心里"还萦绕在耳边，我本以为我会有许多话要对他说，可当他近在眼前时，我却不知还能说些什么。

那年，在月光下许下的诺言，和煦和煦，煦跟着和，风吹往哪儿哪儿就是我的方向。

而今，我的心早已被另外一个人填满，煦方回来了，和风却已远去了。

我莫名有些庆幸，庆幸他没有恢复煦方的记忆，这样的离别，对他，对我，都不至于太过残忍。

我闭上眼，道："聂然，一路保重，他朝兵戎相见，不必再手下留情了。"

言罢，我挣开他，朝宋郎生远去的方向大步流星地追去。

煦方，这是我能为你做的最后一件事了。

从今往后，不要再见了。

回京的途中，宋郎生一句话也没有同我说过。

我试图主动去找他搭腔，可他别说回应，连瞟都不瞟我一眼。

我知道他是真的生气了。那夜回去后，我喘着大气表示手快要废了血要流干了，他竟置若罔闻，自顾自地驭马命大队启程，最后还得我自己去找军医上药，疼得龇牙咧嘴都没人心疼。

我当然不能说我做得很对，那毕竟是我想要做的事，对过去的告别，对纠缠的放手，是为了全新的开始，却没能得到他的理解，我其实也是极委屈的。

一路上另一个郁郁寡欢的自然是赵嫣然。

我们俩坐在同一辆马车上，各自哀婉叹息，谁又能理解谁的苦？

她说："公主，有时候，我真的看不到前方的路，看不到自己该何去何从。"

我道："是啊。"

她问我："我还可以遇到心仪的并能让我付诸真情的人吗？"

我说："我不知道。"

赵嫣然斜睨我，"这种时候，不是应当安慰我说'会的'吗？"

我微微一笑，"有些事，不是我们愿意去相信就能拥有，只不过，如果不愿意相信就必然一无所获。"

她若有所思地点了点头，又望向我，"你说的是我，还是你自己？"

我怔了好一会儿，才回过神来，问她："你刚才问我什么来着？"

她："……"

三日后，我们回到了京城，刚到便收到了父皇的传召。

满朝文武齐齐跪在金殿之上，大气都不敢出，进宫时，我们才知道，夏阳侯聂光杀了贵阳都司，率兵趁夜攻夺湖广，称前朝周皇帝嫡亲血脉仍存于世，以"光复大周"为名，起兵造反。

更让父皇震怒的是，已擒获的叛党竟又让他逃脱，是以聂光再无忌惮，杀出了这么一个措手不及。

父皇就像一只巨大而苍老的鹰，虎视眈眈地俯视着乌压压的百官。

宋郎生一进到殿中，便跪身领罪，道皆是他在回途时看守不力，才让聂然被人劫救而走。

我大惊失色，未料想驸马赶在我之前领罪，看父皇脸色，唯恐他会迁怒于宋郎生，于是赶忙与他并排跪下，道："父皇，其实一切都与驸马无关，是……"

腰间一痛，宋郎生不留痕迹地掐了我一下，在我耳边恶狠狠低语："多说半句，再不理你。”

我呆了一呆，不知如何把话接下，宋郎生已磕头在地，道出一番毫无破绽的走犯始末，独自承揽了所有罪责。

我怔怔看着他，纵然他心中有一千个不愿意，可我说要放人，他还是放了；纵然他恼我不肯给我一个好脸色看，到头来他还是害怕我受到伤害。

鼻腔涌来一阵酸涩，我重重磕头，只能道叛党人数众多，我亦无计可阻，驸马已竭尽全力，求父皇开恩云云。

这时，赵庚年亦跪身求情，他一跪，满朝文武也跟着跪了大半，到最后，其他人站着都是种尴尬，未免得罪内阁首辅及监国公主，也只好随大流一同跪下。

看得出来，父皇本不愿降罪于驸马，毕竟是他重用的人，再说，几路大军一齐去追捕聂然，也只有宋郎生得了手，既然文武百官纷纷求情，他也就顺台阶而下，叹道就依军法罚他三十军棍，以为薄惩。

本以为事情告一段落，哪想父皇刚说了上半句，我气还未来得及松，下半句便提及此次出兵讨伐叛贼的宿卫京师，封兵部总兵统霍川为征南大将军，率三十万大军，以五军营、三千营及神机营为主力军，而宋郎生则封云麾将军，随大军出征，将功赎罪。

父皇话音方落，所有人便倒吸一口凉气，就算此前京城平叛一役宋郎生立了大功，可他毕竟连一场真正的仗都没打过，没有带兵经验，怎么能直接封将出师呢？

父皇见诸臣颇有微词，沉声问道：“方才，是谁同朕说宋卿乃是不可多得之人才，又是谁同朕说宋卿熟悉敌情，应当留以为用的？”

所有人哑口无言，原来父皇兜了这么一大圈子是给众臣下了套，他们前一刻才为宋郎生说了情，又岂好在下一刻推翻，那岂非是以己之矛攻己之盾？

大局已定，无须赘言。

因战况危急，不能耽搁，父皇命各位将军点齐部队，备好军需，两日后即刻启程。

我冷汗涔涔。

三十军棍后，必定皮开肉绽，哪怕是最精锐的将士也至少要卧床十日，两日后，他要如何骑马远征？

心中犹疑之际，宋郎生已恭谨叩首道：“臣领旨。”

退朝后，宋郎生就被带走受罚，我心中焦急，想要同往，却让父皇叫住，说有事要和我单独聊聊。

一进到御书房，我便跪下身，道："儿臣求父皇手下留情，若真要驸马出征，受此棍刑，如同在沙场上先剜去他半条命。"

父皇抚须道："你真当朕不知你们在青州发生何事？若非你坚持纵走聂然，驸马又何致累及于此？"

我心头大凛，看来万事都没能逃过父皇的法眼，"父皇既知真相，那便惩罚儿臣，儿臣不用上阵杀敌，那三十军棍由儿臣来受。"

父皇摇头叹道："纵然因你所阻，他终是难辞其咎，驸马既有心替你揽罪，朕也只能成全他，否则如何向百官交代……"

"父皇……"

"不必多言，"父皇道，"襄仪，这一次，你委实太过糊涂了，要是朕罚了你，你领了罚之后只怕更是心安理得，只有落在宋郎生身上，你才会知道自己所犯的过错究竟会引发多大的祸事……"

我喉咙发紧，不自觉地咬着唇。

其实，放走聂然，对我来说是一场赌局，既然聂光谋反势在必行，不论聂然在或不在，都不可能阻止战争——聂光残忍狡诈，反而是聂然心中存有善念，聂光听命于聂然，单就此论，放他走，于我们而言，未必是一件坏事。

可是这些话，我又如何能与父皇解释得清呢？

一回到公主府，我早早招来太医院的太医，让他们陪同我一齐等驸马。

我不知道为什么罚三十军棍需要耗费整整小半日，只是当军营里的士兵把宋郎生架回来的时候，他双腿后膝盖以上的部位已是一片血肉模糊，连衣服的碎片都被打入了皮肉之中。

我看他身上的伤痕，又是心疼又是后悔，一时没忍住眼泪冲上前去扶他，"驸马……"

他顶着那张苍白的脸颇为无奈地道："你请这么多太医来我们家，不知道的，还以为我身患绝症命不久矣了……"见我只顾着哭，他粗鲁地用袖子摁上我的眼，头却转向太医们，"公主胡闹，让各位大人见笑了……"

那几个太医哪敢说些什么，忙附和着笑了笑，"宋大人出征在即，老夫必会用上最好的药让大人快快愈合……”

尽管宋郎生对一群老头围在一起看自己的臀这种事极为排斥，但毕竟来者是客，他也不好将人赶走，只好全程闭着眼把头蒙在被子里，偶尔说上一两句瞎话：“差不多就行了，我觉得我已经不疼了。”

太医们替他敷好药后，嘱咐我道：“这药每隔两个时辰都要换一次，不知公主府上的人是否会换药？要否老夫留下替驸马爷……”

“不必了，”躲在被窝里的驸马爷立即道，“公主府上能人辈出，劳大人们费心了，慢走。”

老太医们闻言尴尬地笑了笑，拎着药箱匆匆离开。我唤侍从出门相送，一时屋中只剩我和驸马两人。

宋郎生一动不动地趴在床上，一声也不吭。

我蹑手蹑脚地关上门，惴惴不安地回到榻旁，想要掀开他用来盖头的被褥，却是怎么扯也扯不动。我晓得他还在生气，此时应当不愿和我说话，若换成平时我定就留他独处了，可一想到过两日他就要上战场去了，这一战不知打到何时才能休止，我们会有很长很长一段时间都见不到面了，眼下哪还舍得离开他一分一毫？

我安安静静地坐在他身旁，不说话，也不出声。不知过了多久，被窝里的人忽然道：“谁许你哭这么久了？”

我呆了一呆，啊了一声，“你，你怎么知道……我在哭的？”

他轻哼一声，不再和我说话。

我抹了抹眼泪，轻声道：“都是因为我，才害得你挨了军棍……”

他又哼了一下，“谁气你这个了？”

我怔住，旋即明白他的话意，他仍在气我私纵聂然的事，我道：“我……我放他走，真的……只是为了还他对我的救命之恩……”

见他不答话，我道：“我去青州，是想带嫣然走，本不是为了救聂然的……后来，嫣然告诉我，聂然他为我做了许多我不知道的事，所以……”

“所以，你感激涕零，”宋郎生闷声道，“情愫暗生，拼死也要救他。”

我哭笑不得，“我要是对他暗生情愫，就和他远走高飞了，干什么还死皮赖脸地缠着你？”

我弯下腰，凑近他，也学着他的样子趴在他身旁，小声地说：“当日我以为聂然要对我不轨时，我连死的心都有了，后来你找到我，我回到你的身边，那一刻觉得便是天塌下我也不会害怕了……宋郎生，我心里早已将你满满当当地装下，怎么可能还容得下其他人？是，我是喜欢过煦方，自从聂然出现，我一直在逃避他，连我自己都不知道在逃避什么。直到我从嫣然那儿知道真相的时候，我才明白，她说的我并非从未想过，我逃避，是因为我心中已有了你，就算那时我还没想起大哥哥是谁，可我喜欢上了你，对煦方的情就永远都不可能回应得了了……所以，我才那么坚持地要救他，我不希望让自己总是对他怀着歉疚和亏欠，我想要彻彻底底地把煦方放开……你明白吗？"

他还是什么话也没说。

我看着裹成粽子一样的驸马，轻轻地叹了口气，正打算出门唤人备膳，一只手忽然从被褥中伸出，把我的手腕握住，"去哪里？"

我缓了半天才回过神，"我……看你不理我……"

"谁不理你了？"他没好气地道，"你试试被打一顿后可还有力气说话……"

"……那，我去找人来给你换药？"

他握着我的手更紧了，"难道你要丫鬟把我看光？"

我唯唯诺诺地道："不是可以让府里的大夫看看吗？"

他道："这年头男女有何分别？"

我："……"

他从被窝里探出半颗脑袋，露出好看的眼，"除了你，我不想再被其他人看我的……那个地方了……"

我点了点头，"那个地方……你说的是屁股啊？"

他瞪着我，脸倏然红成柿了，再一次钻回被子中，手却不松开，"我休息，陪我趴着，哪儿都不要去。"

"……可，我趴着，不盖被子会着凉的……"

"你不会自己钻进来吗？"

"哦……"

"你笑什么？"

"没……"

两日匆匆即逝。

出征的那日，宋郎生起得极早，天还未亮，他就已穿戴好铠甲，缚好了行囊。

我坐在床边静静地凝视着他，窗外隐隐的天光无声落入，洒了他一身，从来没有想过，永远如清风般儒雅的驸马也会有这样英姿飒飒的时候。

宋郎生怕我着凉，替我披上了外袍，见我神色黯然，道："没有话和我说？"

"我想的，不用说，你也知道。"

"嗯？"

"对我而言，最重要的，是你的平安，"我轻轻拥住他，"对你而言，最重要的，是无愧于心。"

宋郎生抚摩着我的头，不期然间，他把一样东西套到我的脖子上，我低头看去，却是一件白玉挂坠，那玉坠形若折扇，扇面上雕着一只飞鸟在棠花前眷恋盘旋，活灵活现，栩栩如生。

他说："大哥哥曾答应小妹妹为她画扇，那么多年却一直都没能送出去，最后还被霸道无理的公主殿下把扇子给撕了……"

他低下腰，眉眼一弯，"说过的话总要兑现，你这么不爱惜东西，我哪敢再送你纸做的东西，如今我是把扇子好好地交给你了，切莫一个不开心就把它给砸了。"

我小心地捧着玉扇，憋不住笑意，"这是你雕的？什么时候雕的？啊，十日前你让我等你，就是要送我这个吗？"

宋郎生笑而不语。

看他有了笑意，我怔怔地问："你不生我的气了吗？"

他点了点头，道："等我回来的时候，你还能像现在这样好好地站在我眼前，兴许我就会消气了。"

我抽了抽鼻子，忍住让自己不再哭哭啼啼，"嗯嗯，我会尽量少吃点，不要让自己变得太圆润。"

他："……"

大军出发之时，我站在城楼上极目远眺，静静地看着千军万马中的一人，他回过头来，笑了一笑，眼中灿若星辰。

晨曦升起，马蹄声渐行渐远，高高飘扬的旗帜越来越模糊，直到天地间再度恢复宁静。

（第二十八章）

明鉴司之令

随着聂光的谋反，整个大庆都开始陷入某种恐慌中，京城表面上看虽仍是有条不紊，实则已是暗流涌动，诸方势力都在静待局势，随时为下一步作打算。

短短三个月时间，叛军就乘锐拿下益州、利州与衡州三地，与此同时，陕西靖西王二藩与河南汝宁王亦先后揭起叛旗，纷纷响应，一时间，形势对聂光极为有利。

当然，朝廷所派出的雄师亦是兵强勇猛，当双方战于潼关时，朝中三军以正面死守、腹面主攻、前后夹击以致叛军大败，斩杀叛军二路主将，总算是夺回了这三面临河、易守难攻的兵家重地。

那一役决胜之关键在于交战时的奇谋战术，大将军霍川奏称此战宋将军足智多谋，功不可没云云。父皇收此捷报后，连日来的肃容也稍有缓意。

宋郎生的将才令满朝上下都极为震惊，任谁能想到平日里那温文尔雅的大理寺卿去到战场上能如此奂勇？虽说我对此也颇为诧异，不过驸马曾说，君锦之在他很小的时候就喜欢逼他读各家兵书，闲来无事都会在家里铺张地图布个沙阵授他上阵奇术，久而久之，耳濡目染，对此也是颇有所得。

前朝端王乃是百年难遇的神将，想来他当年教宋郎生那些是盼着有朝一日他能替自己光复河山，又岂能想得到多年后宋郎生将此用在对抗前朝旧部之上呢？

有时候我也觉得有些奇怪，当年宋郎生答应父皇假意投诚聂光已是极为勉强了，这一次兴兵出师，他又为何会轻易妥协？不管怎么说，若换成我是他，我定然是不愿意的。

彷徨不解只能继续彷徨，也许从根本上来说，在宋郎生眼里国泰民安这种大我还是比其他小我更重要些。不过，因战争而大放异彩的还有一个人，就是陆陵君了。

原本陆陵君被发配于边城，后因战事突起，边城即要被攻陷，他们那路人马就被临时调往战场，去充当人肉挡箭牌先行压阵。出乎意料的是，那路人数不过五千的充军兵马竟就此杀出一条血路来，不仅没有被敌军击溃，反而扭转了局势，守住了边城，更让人想不到的是，接连几场攻城之战，他们的勇猛都起了极大的作用。

这种情况引起了朝中的重视，细究之下才知那路军马以陆陵君马首是瞻，平日里都是陆陵君授以他们武艺及兵器使用之法，到了战场上陆陵君冲锋在前，看准时机擒获敌军之首领，从而鼓舞士气，让战局转危为安。

在得知这个消息时我和景宴正好在书房议事，他长长感慨了一句："皇姐，你的这两个男人真是深藏不露啊，深藏不露……"

我被噎了一下，"什么叫我的男人，陆兄是我的好兄弟……"

景宴摊手而笑，"你不用说，我懂，我懂……"

我瞪了他一眼："陆陵君立下如此战功，怎么着都能免他的罪了吧？"

"那是自然，"景宴微一点头，"我已命人下去先安排个千户给他当当，他若再立战功，今后，便是前途不可限量……"

我道："我对陆兄，还是极有信心的。"

景宴不置可否地转了一下毛笔，复又顿住，"对了，皇姐，你后来可有寻回你们府上的那名神医？父皇的病情连太医都束手无策……或许……"

父皇近日来病情每况愈下，骤醒时的精神气早已荡然无存，虽未就此昏厥不起，然而气色与脉息却比昏迷时来得更虚弱，太医院铆足了力去治疗，皆是收效甚微，只道沉疴痼疾，时日无多。

我轻轻摇了摇头，心中再度蒙上一抹愁云，"周文瑜是聂然派在我身边的人，真相大白之前他就已逃之夭夭了，哪还寻得到踪影？再说，他这样的人敌友难辨，就算是找回他，我也不敢让他给父皇诊治……"

不过，提到周文瑜，我倒又想起另一个人。

周文瑜的师弟，药王谷的关门弟子，同安堂的掌柜康临。

因着忘魂散的事，我去找过他两次。他曾告诉我，从他手中卖出去的忘魂散有两颗，一颗致命，一颗不致命。当日他的话也误导了我，让我以为只有两颗毒药，可事实上流于市面上的忘魂散远不止这个数目。

康临对周文瑜与聂然之间的事一无所知，他确确实实只研制了两颗忘魂散，再无其他。

我总算还是相信他的话，出了那么大的乱子，他一直照做他的生意，压根没有离开过京城，若是同党，早就闻风而逃了。

“除了你以外，还有什么人能制出忘魂散呢？会是周文瑜吗？”

康临怔了一怔，“有这个可能性……只不过，如果他是制毒之人，当日又何必领公主来到草民这儿探寻真相？”

这么一说，倒也有几分道理，我略略思忖，问：“本宫当时问过你们是否有令人一夕之间忘却部分记忆之药，你们都坚持说没有这个可能性，可康老板，你怎么不如实告诉本宫，若是服用了解药，极有可能在一夜之间忘却失忆期间的所有事呢？”

康临骇然跪下身，道：“那日师兄来找我时，便同我说起公主是中了忘魂散之毒，且极有可能会是致命之毒，若让公主得知此毒有解药，必会让草民配制……”

“所以呢？”

他诚惶诚恐地道：“解药，便是在配制毒药时以同等分量相反顺序所炼制而成，多一分不行，少一分也不行，草民炼出这独一无二的忘魂散，绝不能让他人破解出解毒之法……遂草民便把配药的药方销毁……草民唯恐让公主知悉，因草民配不出解药，从而惹来杀身之祸，故才……求公主饶恕草民死罪……”

如此看来，康临所制的两颗，多半是让父皇与太子弟弟分别买去，至于聂光给宋郎生与风离的忘魂散，并非来自康临。

虽然，我至今没能猜出风离又是从哪儿得来一颗不致命的忘魂散给我服下，正如我至今都搞不明白风离为何要饶我性命一般。

事既已过，不想也罢。

念及父皇的病况，我命康临进宫替父皇诊治，他的医术与周文瑜不分伯仲，没准还能有所转机。

可康临的看法与太医院并无分别，我问他：“药王谷不是远近驰名吗？难道真的回天乏术了？”

他摇头叹道："药王谷以奇药偏方闻名，皇上所患并非急病亦非奇毒，乃是陈年旧疾积久所致，病根早已根深蒂固，药石无灵。"

纵然早有准备，可听他这番说来，我仍是忍不住黯然泪下。

父皇对此或是早有预感，从他苏醒那天起就在为景宴继位所筹谋，替景宴巩固权力，收揽人心。到了今日他终于没有下床的力气了，反而长舒口气地和我们说："大庆将来就靠你们了。"

景宴已成长成一位真正的储君，处理政务再也不似昔日般优柔寡断，朝中上下无不信服于他。我一直觉得我监国的意义就是为了等到景宴能有独当一面的这一天，事到如今，我只想陪同父皇走完最后一程路，在家中静待驸马回来，待到那时，再不过问那些纷纷扰扰的争斗之事。

然而，你想谢幕的时候未必就能顺利谢幕，入世易，出世却难。

其实那日，我原本只是带着从康临那儿配制好的药草熏香，欲要摆在父皇的寝宫中，让他安神宁心，得到更好的休息，所以在我看到寝门外的宫女们都退到了十步开外，她们说皇后娘娘正与皇上说话故而屏退众人时，我也并未顾虑太多，只想着敲个门放下熏炉离开就是。

可是当我步至门前，腾出一只手刚要敲门时，听到里屋传来母后焦急的声音："陛下宠爱棠儿，不愿让她受委屈，这一点，臣妾岂会不明白？可她终究不是陛下的亲生女儿啊，岂能将此重任托付于她？"

我以为我幻听了。

轰隆隆地，母后的声音字字清晰，虽然入了耳，却传不到里头。我思绪空了半晌，又听她说："陛下可还记得当年赶走景岚时所说过的话？陛下说，'非我萧家血脉，其心必异'，故才忍心放逐他远去……陛下待岚儿尚且如此，何以对棠儿……"

我听到父皇一声叹息，他缓缓道："男子终归与女子不同，景岚有名望有野心，有他在皇家一日，景宴都难登大统……棠儿却是不同，她处处为景宴着想，身为一介女流却能让朝中诸臣都敬她三分，绝不仅仅是因朕赋予她的权柄，有她辅佐宴儿，朕亦能放心许多……"

"陛下……"

母后尚要说话，我已推门而入。

我的脑子一片空白。心中明白不论听到何种震惊之事此刻都不该擅自闯入，要探寻真相有千百种循序渐进之法，可理智这样告诫自己的时候，手已情不自禁地往前一伸——寝门应声而开，映入眼帘的是父皇与母后的满面错愕。

我昏昏然地站在他们跟前，将怀中熏炉摆在桌几上，跪下身，颤道："儿臣……原只是想来给父皇送个熏炉，无意间……听到了父皇与母后的谈话……"我努力让自己的身子不要摇晃得太厉害，"听到母后说，棠儿与大皇兄……皆非父皇亲生，父皇告诉棠儿，是棠儿……听错了吧？"

我多么希望父皇与母后能笑吟吟地和我说句"是你听错了"。

那么，我是不是就可以当作从来没有听过，装作浑然未觉地继续当这个公主。

然而父皇与母后的神情却给了我答案，哪怕真相荒天下之大谬，那终究是真相。

不容忽视，不容置疑。

父皇说，起因要追溯到大庆江山初立之时。

那时他登基不久，兵权未统，诸方势力皆是虎视眈眈，此等时节极需诞出一个皇子以固政权。可当时虽说后宫佳丽成群，却是连一个肚子都没动静，母后便是在那时忽然怀有身孕的。

父皇喜出望外，自将母后视若珍宝，然而，他却不知这背后的文章。

母后自幼身体极弱，因家族顽疾所故，本不适合生子，即使受孕，也难以产下健康的婴孩。她当时只不过是个小小的嫔妃，蒙获圣宠，怀有龙脉，又岂会忍心割舍？

她瞒下自己的病情，一日日坚持下去，终于，在父皇的守候与群臣的期待中，诞下了龙子。

而她没有料想到的是，那婴孩一出世便枯黄消瘦，连啼哭的声音也极为微弱，接生的太医们皆惶恐地说此婴孩活不过三日。

父皇大为震惊。

万众瞩目的龙子倘若很快一命呜呼，岂非是要落歹人口舌，道这江山之主非真龙天子？

父皇心焦如焚，他忽然想起自己的胞妹永安公主不日将要临产，他心中起了这个念头，就连夜把永安公主召入皇宫，暗中令妹妹服下催生之药，第二日夜里，永安公主在撕心裂肺的哭喊声中，生下一个男婴。

"那个男婴……就是大皇兄？"

父皇慢慢地点了点头，他的脸上流露出愧悔的神情，"那是个健康的婴孩，然则朕的皇妹因服下药物，流血不止，便在那一夜……离开了人世……"

那年，永安公主的驸马正在遥远的北境抗战杀敌，得闻心爱的妻子产子离世的噩耗，悲痛欲绝，没过多久，北境就传来驸马战死沙场的消息。

自此，天下人只知公主难产而逝，却不知这背地里藏着多少不可告人的秘密。

父皇说，他对永安公主之死极之愧疚，告诉自己一定要善待那个孩子，是以大皇兄自幼都是在众星捧月之中成长，乃所有人眼中既定的太子之选。

然而不是亲生的终究不是亲生的，随着后来其他皇子的出世，父皇对大皇兄的爱逐渐减少，不论大皇兄有多么出类拔萃，那一段过往终究成了他心中的一根刺。他试图去寻找什么理由废黜太子之位，可大皇兄忠君孝顺，才智双全，更以德行服众，根本就寻不到任何理由。

直到大皇兄爱上了一位民间女子，他故意百般阻挠，出言相激，才顺理成章地将这根刺拔出心头。

话说到这里时，屋内的炭火炉啪嗒一声，烧得屑子星星点点。

满屋暖意，驱不走一身寒冷交迫。

我跪在地上，只觉得所闻太过荒唐，想要笑又笑不出来，"……那么我呢？我又是从哪儿来的？"

父皇望向母后，长长叹了口气："……棠儿，直到七年前，朕……还一直以为你是朕的亲生女儿……"

这话的意思，便是说，母后瞒了父皇十三年。

那自然是发生在永安公主逝世之后的事。

父皇的后妃们开始争先恐后地怀了龙种，而母后所诞的这个"大皇子"根本就是假的，她几乎可以看到自己一片迷茫的未来——倘若不能生下属于她和父皇的孩子，终有一日会为父皇所厌倦而遗弃。

然而她的身体经过一次生产之后变得更脆弱了，莫要说生子，即便想怀有身孕都是件难事。

她听闻说民间有一位名医，乃是药王谷谷主之女，名唤林丹青，对治疗女子难孕难产颇有所成，故派人辗转召入皇宫替自己诊疗，不过三个多月，她的身子果然恢复了许多。

不过，林丹青算是江湖人士，常年行医四处游历，不可能为了母后三年五载地都留在后宫中。母后为了留住林丹青，便暗中搭线，制造机会让太医院最年轻有为的太医徐留芳与她接触，共同为自己诊疗。

这年轻男女，都是极爱医术之人，年龄相仿且志趣相投，很快便看对了眼，陷入爱恋之中，两人难舍难分，林丹青自然愿意为了徐留芳留下，母后也就顺水推舟做了人情，令他们早早成婚，在京城安家。

自那以后，林丹青也就夫唱妇随，尽心为母后调养身体。依林丹青而言，母后的宿疾乃是先天所致，需得经过很长一段时间的调理，切不可操之过急。可母后眼见满宫苑的皇子四处溜达，哪还沉得住气？她不听林丹青劝阻，再一次怀了龙种。

巧合的是，与此同时，林丹青也怀有了身孕。

那漫长而又短暂的十月怀胎，母后是在汤药的陪伴中度过的。

奈何好景不长，母后的第二个孩子在诞生的那一刻，就已断了气息。

母后在望见死婴时几乎快要发疯了，彼时父皇正在外御驾亲征，她想着若是父皇知晓她再度诞下死胎，从今往后又岂会再正眼瞧她？

仓皇失措之际，她想起了正在家中待产的林丹青，刹那间，脑海中闪过一个念头——故技重施。

“于是……母后您……就把……林丹青召入宫中，把她的孩子据为己有……”我缓缓地问，像一条焦渴的鱼，连眼皮都抬不开来，“那个孩子，就是我吗？”

答案不言而喻。

比永安公主幸运的是，林丹青并未在催产中坠入黄泉，她活了下来。

可母后又岂会冒着被父皇发现真相的危险让她继续活于世上。

就在即将灭口之际，徐留芳将林丹青从虎口中救了出来。他们连夜逃出皇宫，试图找到父皇以求告之真相，但母后派出的杀手还是快了一步，最终，他们在逃亡的途中双双坠崖，不知所终，不明生死。

后来，父皇班师回朝，出乎母后意料的是，父皇一抱起襁褓中的我时我便眉开眼笑，父皇疼极了我，下了朝，最大的爱好便是来母后寝宫抱着我玩。

我的出生对母后而言，就像一个幸运之果。

第二年，母后就此登上了皇后的宝座，第四年，母后诞下景宴，从此后宫地位不可撼动。

世间之事如此讽刺，母后之所以能平安诞下弟弟，全因她继续依林丹青的药方调养身子，遵从医嘱循序渐进，方能有此奇迹。

母后以为这道疮疤永远不会被揭开，可惜她料错的是，徐留芳与林丹青双双被一棵崖间树所截，那树枝只能承载一人重量，最终，徐留芳为救林丹青，自己跳入了万丈深渊，保住了他心上人的性命。

在我十三岁的那年，父皇在去往清真寺的路上，遇见了林丹青。

父皇自然认得林丹青，当日她与徐留芳的婚事也是母后让父皇赐婚的，后听母后说他们夫妻二人登山失足也极为惋惜，此番骤见她出现，他亦甚感诧异。

林丹青把事情的始末原原本本地告之父皇。

世上本无不透风的墙，当人被蒙在鼓里的时候自是浑然不觉，一旦经人提点，所有蛛丝马迹皆变得有迹可循。

父皇惊怒不已，比愤怒更让父皇难以接受的是，我不是他的亲生女儿。

而他却把太多的父爱和关怀用在了我的身上。

他回宫后，去寻母后兴师问罪，母后既被揭穿，亦是供认不讳。母后说，她这些年受尽了良心的折磨，夜不能寐，又唯恐父皇知悉真相，如此倒也好，她别无所求，只求父皇莫要迁怒于景宴，他是父皇唯一的血脉了。

母后说得不错，这么多年来，或因战争，或因争权，或因疾病，父皇的几个儿子相继离开人世，就像是上天惩罚父皇残忍害死永安公主的诅咒一般。到最后，唯一的孩子，只余景宴一人，而父皇的身体却大不如往日，莫要说再孕龙子，那堆积如山的朝务，内忧外患的国情，都快要令他撑不下去了。

父皇想到了我。

他认为我天资聪颖，处事果决，颇有王家之风，只需稍加辅助，必能成为景宴强有力的左膀右臂。还有一点，也是最为重要的，那就是，我并非真正的皇室之女，而这个证据掌握在母后的手中，若他朝有一日我图谋不轨，为一己私欲独揽大权，要推翻我根本不费吹灰之力。

为了景宴，为了大局，父皇没有将母后的罪行公之于众，却从此冷落了她。从那日起，母后再不问后宫琐事，一心吃斋礼佛，以此为戒。至于父皇，他一心授我政务，予我权力，终于送我站上了庙堂的风口浪尖之上。

到了今日，景宴终于不负他们所望，成为一个真真正正的储君，然而我的驸马忽然手握重兵，母后终究对我有所忌惮，她担心父皇离去之后凭她一人之词无法与我抗衡，故恳求父皇能削去我的权柄，如此大庆江山方能高枕无忧。

但是父皇，却不同意。

其实听到此处，我只觉得浑身如入冰窖，眼前熟悉的人、熟悉的物忽然变得极为陌生，房中一切幻化成恍惚的幻影，瞬间分崩离析。

这就是帝王之家。

当他们静静道出那一幕幕血腥的真相时，他们或会露出悔意，或懊恼或愧疚，可在那之后，他们更关心的，永远是权力，永远是利益。

父皇见我久跪而无言，长叹道："棠儿，朕……今日本可以不用同你道出此番种种，可……"

我打断他的话，"难道父皇还要棠儿为这份坦诚而感恩戴德吗？"

父皇被我这一句话问得无言以对。

无言以对，不论是我对他们，还是他们对我。

我默默爬起身来，用袖子拂去眼角的泪，不再施礼，不再多瞧他们一眼，就这般施施然离去。

我小的时候时常会想，何以母后待我不甚亲近，何以我不能与其他的公主一样，遇到不顺心的事时就钻入母后的怀中撒娇。我以为是自己不讨她喜欢，也为此努力过，争取过，母后始终待我不冷不热，我猜测过许多的可能性，直到今日听到真正的答案时，方觉往事一幕幕宛如一场笑话，只是我根本笑不出来。

原来，那个在村镇替我治好腿伤，又奉聂光之命将我锁在疫屋中的青姑，才是我的亲生母亲。

当年我还一直奇怪她为何不遵聂光之命杀我，为何对我下的疫毒只是掩人耳目的普通疫病，想来，多半是她从聂光处得知我是襄仪公主，知我是她的女儿，故才施以此计令我逃脱。

如此，她逃亡之际救下她的人，应是夏阳侯聂光了。

可是，明明不是没有机会的，为何却不告诉我她是我的母亲呢？

我如同行尸走肉般回到了公主府。

抬起头，望着门前那镶金牌匾上明晃晃的"襄仪公主府"，只觉得那每一个字都抒尽了讽刺。

我悲戚而笑。到如今，连这个我视为家一样的府邸，也已非我的归属之地了。

自那日后，我再未出过公主府半步。

父皇传召我称病不去，太子派来的人也让我挡了回去，如今，就算是天塌下我也管不着了，那诸般烦心琐事又与我何干？

昔日里遭挫时总会感慨一句，若我不是生在帝王家，若我不是公主，我应当能过得轻松许多。而今一语成谶，反倒令我深深悟到何谓站着说话不腰疼，事情没有落到自己头上的时候谁都能云淡风轻，如果一个人在得知自己的亲爹是被自己的养母所害之后，还能坦然地说一句“人生自古谁无死，冤冤相报何时了，往事如云如烟，何必执着不休”等言语，那只能说明那个人的养母真的很有钱，报仇不利于继承遗产。

诚然我的养父母确实很有钱。

我倒也不至于待在府中成日感慨什么凄凄惨惨戚戚，虽说每当夜里忆起自己亲生爹娘的那些遭遇都有些愤恨难眠，可他们于我，毕竟还是太过遥远，我不知我的亲爹生的是何模样，性情如何，而我的亲娘明知我的存在，却从未试着找过我，我甚至都不知道他们的存在，一方不曾尽责，一方不曾尽孝，这之间，又有多少亲情可言？

这二十年来，我把对父母所有的情感都付诸父皇与母后身上，事到如今，叫我情何以堪？

就在我以为自己会闷在府里就此郁郁而终的时候，父皇来了。

父皇御驾亲临公主府这种大事居然没有事先通传，吓得全府上下哆嗦得不知所以然。彼时我赖在长椅上看书，柳管家连滚带爬地闯入屋中战战兢兢地道：“公、公主，不好了，陛下来访了……”

我一听愣是从椅子上跌了下去。

我惊诧的理由自然不是因为父皇来瞧我，以前他身体硬朗的时候偶尔也会来公主府喝杯茶吃顿饭，可近来他已病得连床都下不了，怎么还有办法前来？

我顾不上琢磨他的来意，唤柳伯他们在前厅把一切都备妥了，当即赶去接驾。

父皇是坐在木轮椅上在宫人缓慢推移下进的府，他仍是一袭玄袍，却难掩满脸病容，面色枯槁，再也回不去那金殿之上的一派帝王威仪了。

我心中莫名地感到难过，朝前走出几步，跪身为礼道：“儿臣参见父皇。”

他饱含深意的目光落在我的脸上，半晌，方叹了声：“你还能叫朕一声父皇，朕心甚慰……”

我不置可否，只道：“父皇却是忘了太医的嘱咐了，您身子未愈，经不得寒气，岂能离宫？”

父皇苍白的面容浮出一丝无奈之意，“朕唤你进宫，你不来，也只能由朕来找你了。”

我哑口无言。

他遣退了所有侍奉的人，一时间，厅内只余我们两个。

这是生平第一次因与父皇独处而感到尴尬，我坐在他身旁，不知该说些什么，忽听他开口道：“你是否还在恼朕？”

我轻轻摇了摇头，“当年的事，父皇也是被蒙在鼓里的……”

父皇道：“朕说的，是朕把你推上你不愿意上去的位置，做你不愿意做的事。”

彼此沉默了一会儿，我开口道：“这一点，我这几日也仔细想过了……治国之道也好，朝局大事也罢，这些皆是父皇从小说与我听的，我从小不喜女红，不喜诗词歌赋，倒不能说是父皇强迫我做我不愿意做的事……我想，即使我当真是父皇的亲生女儿，为了大局，为了社稷，您还是会把我推上那个位置的……于我而言，我是吃皇家饭受皇家的恩宠长大的，在其位谋其职，只要我还是大庆的公主一日，就应当担当起属于我的责任，这与我是否拥有皇室的血脉又有什么关系？那满朝文武大臣为国鞠躬尽瘁，哪能个个都与皇家扯上什么干系呢？”

他默默抬了眼眸，眼中掠过诧异，“朕……倒未料你能这般想……你不怨朕，却是怨皇后了？”

我垂下眼，“她终究是害了我的爹娘，说不怨怎么可能？”

“你打算如何做？”

“她抚育了我二十年，在我病时替我喂食汤药，在变天时节嘱咐我增减衣服，不论真情或假意，她毕竟做了一个母亲该做的事……若他朝有一日，我的亲娘想要报仇雪恨，我绝不阻挠，可若要我去做些什么，我又能做些什么呢？更何况，她是景宴的母亲，景宴登基的时候，朝中不能没有一个太后……父皇不也是因此一直没有处置皇后吗？世上本无双全之事，得此失彼罢了，连父皇都不能率性而为，何况是我？”

父皇叹了一口气，颤颤地招了招手，让我靠他再近一些。我心头一软，索性起身跪坐在他膝旁，“父皇可还有话与棠儿说？”

他伸手把我的手覆在他的膝上，轻轻拍了拍，“棠儿，你可知，朕为何要在皇后的面前把当年所有的真相一五一十地告知于你？你在门前听到的并不多，朕若有心敷衍，随便编个理由便是。”

我闭上眼，摇了摇头，“棠儿不知。”

他沉吟道：“朕也就剩这几日了……”

“父皇……”我忍不住打断他的话，他抬了抬手示意我别说话，“朕走了之后，于皇后而言，你便是她最大的威胁，她心中对你既愧又怕，终究会揭开你的身世……你这么多年来以公主的身份在朝中做了这么多事，得罪之人不计其数，莫提其他，单是你当年府上的那几个面首，本是大罪难赦，而你罔顾法纪救了他们，旁人看在眼中不说话权因你是公主，若他们得知你并无皇室血脉，只会群起而攻之，列上你百宗罪置你于死地，待那时，哪怕是景宴都救不得你……”

我勾了勾嘴角，“这一点，棠儿自然清楚。”

“朕，只问你一个问题……”他问，“你既已知真相，如今，你是想当这一人之下万人之上的公主，还是天高任鸟飞，去过你想要过的人生？”

我怔了一怔，一时半会儿解不出此问的用意。

父皇道：“若然……你想要继续做你的襄仪公主，朕离开之时，便会让皇后随我一起，将这秘密永远葬入黄土之下……”

我不禁一惊，他静静地看着我，“要是你不愿拘于皇城，不愿继续留在景宴身旁辅佐，那朝中便不能没有太后……”

而太后绝不会容我。

我对上了父皇的眼神，“我会如何选择，父皇应该再清楚不过了，不是吗？”

“好，既如此……”

父皇伸手入怀将一个金色令牌放在我的手心之上，我定睛一看，诧道：“明鉴司之令？不是已把明鉴司交与太子了吗？何以……”

父皇道：“从今往后，朝中再无听候皇令之明鉴司，只有听候萧其棠差遣之明鉴司。”

我心中蓦起惊澜，登时惊得说不出话来。

他徐徐道：“明鉴司中所有与朝堂有牵连之人以及卷案已尽数移交于太子手中，

如今剩下的，除了京中八百影卫，便是散布大庆各处商贾与士卒，只要不涉朝纲与皇权，他们所有人都不能违抗你的命令……他日你若身处困境，此令能助你逢凶化吉，不论你去到哪儿，都能护你平安，一世不必为身外之物所忧。”

这就等同说送了我一个金钟罩，哪怕有一日母后找人把我打入天牢，那八百影卫也能轻轻松松地劫个狱，然后带我逃得雁过无痕，以及附带了一张万能银票，不管逃到天涯还是海角都能找人奉上金银珠宝，永远不会陷入柴米油盐的困境。

好半晌，我道：“……这些当给景宴，我并不……”

“这是朕……唯一，也是最后能够为你做的事了……”

我心头一涩，怔怔地望着父皇，“可是棠儿并不是父皇的亲生骨肉，棠儿……”

“你是。”父皇眼中蒙上一层薄雾，一字一句道，“在朕心中，你从来……都是朕的女儿……永远都是。”

泪眼蒙眬中，晃过那些年那些瞬间，在他的庇佑下慢慢长大，由他牵着手走向万人朝拜的高处，还有那些数不尽欢颜笑语的春夏秋冬。

日日夜夜那般长，那时父皇还那么年轻，我还那么年幼，未来的一切都令人期待与向往。

我慢慢起身挪后一步，屈膝跪地，拱手于地，缓缓行稽首之礼。

屋外月影清斜，我伏在地上，直到泪已干，久久而未起。

那是我最后一次与父皇促膝长谈，没过几日，宫中便传来了噩耗，父皇驾崩，传位皇太子景宴。一时间，宫阙上下尽是凄转啼哭之声，天地间一片幽寂。

景宴继位后，即为父皇发丧，群臣上尊议文后，新皇亲御宣治门审定，并由翰林院写出谥册文，出殡起葬皇陵。

国丧之后，我在皇陵的碑亭孤坐了许久，手中握着明鉴司的令牌，心中却是茫然一片。

战乱未平，景宴也才刚刚登基，难道我真的可以就此一走了之，什么事也不理会远离皇城吗？那么宋郎生呢？他仍在战场上奋勇杀敌，我许诺过会一直等他回来，若他回来寻不着我，又当如何是好？

我意兴阑珊地踱出陵外，远远地，望见仍有百姓静静地朝皇陵方向跪拜，实为诚心祭拜父皇。我心中感慨万分，正待转身上马，一瞥眼间仿佛看到了什么，再回过眼时，却见人群之中有一人身着半旧宽袍青衫，横袖而深深叩首，清风自他身上掠过，广袖轻晃，整个人都散发着一股飘然之气。

我怔立半晌，敛袖前去，一步一步走得更近，直待他行完那个郑重的大礼，我在他跟前站定，他抬头间一眼便见着了我，眼中微微一诧，随即露出欣喜之色，“许久未见，险些要认不出来了……”

我望着那张英朗如昔复又增添了几分沧桑的面容，听到自己如梦呓般的声音，“是啊，太久没有见了，大哥，这么多年了，你究竟去了哪儿？”

岳麓茶馆。

小时候第一次带我来这个茶馆的人便是大皇兄景岚了，如今时过境迁，茶馆仍在，人事已非。

景岚替我斟好了茶，见我托着腮死死盯着他，不由得一笑，“瞧够了没有？”

我摇头道：“这么多年没得看，此刻才这么一会儿，哪能看得够？哎，大哥，你是怎么保养的？简直就没有变嘛，这要叫我们女子情何以堪啊……”

景岚失笑道：“你啊你，人是长成大姑娘了，说起话来怎么还和小时候似的不着边，看来驸马爷把你宠得极好。”

“他啊，算了吧……”我微微一笑，“你是何时来京城的呢？”

“昨日。”他道，“听闻父……皇上仙鹤之时我正好途经承德，只想来京中祭拜便走，未料却遇上了你……”

听他这般小心的避讳之谈，我心中着实难受，忽然有些庆幸他并不知晓自己的身世，也就不必如我一般为此在苦海中挣扎。

我转着热茶杯暖手，“对了，怎么不见大嫂同你一起来？”

他目光暗了。

“她已不在了。”景岚低下头，“三年前她染了急病，没能熬得过去，是我……没有守护好她。”

我心头一颤，“怎、怎会如此……”又不愿继续戳及他的伤心处，只问，“那，都过去这么久了，你怎么不来京城找我们呢？”

他释然一笑，“我这些年天南地北四处云游，闲云野鹤惯了，回来倒显得拘谨了……再说，当年既应承不再回皇城，却也不愿违背诺言，得知你们过得很好，我也就安心了。”

我小声嘀咕一句：“你不惦记我们我们还惦记你呢……”

他伸手弹了弹我的额头，“别总说我，说说你。”

“我有什么好说的啊……日复一日，年复一年……”过着悲惨算计的人生，接下来还得面对被当今太后追杀的漫漫长路，实在不得不令人叹息，“不过，前阵子遇到了个强劲的敌手，闹得是满城风雨，险些把景宴，啊，皇帝弟弟给算计了，这个人外号风离……”

“风离？”

我道：“自称风离，是聂光的谋士，他对我的事情极为熟悉……我还一度……把他当成是你了呢……”

景岚瞠目结舌，“我？”

“结果最后居然发现他是大堂兄萧怀锦……”

“……”

我与大哥就这么闲聊了大半个下午，待到日落西山，方才想起早与景宴约好商议要事，便询问他所住何处，嘱咐他莫要不声不响地就离开了，难得重逢我还有许多话要同他说。

景岚笑着答应我了。

与景宴要商讨的自然是战事，现如今我最关心的便是征南军的战况了。这一战打了近乎半年，起初双方斗得如火如荼，旗鼓相当，近来两个月，朝廷大军数战告捷，局势开始有利于朝廷。六月十五日，大将军霍川叩关，诱部分敌军攻入城池，聚而歼之。可六月二十日，当两军交战于泽州时，聂家军有刺客伪装成我军侍卫，企图刺杀霍川，虽未中要害，霍川却也受了重伤，群龙无首，士气终究有些低迷。

景宴放下奏报，忧心忡忡地道：“想不到聂光如此狡诈，竟暗袭我军主帅，如今只能收兵暂守泽州城内，由宋郎生暂代一应事务。”

我就着烛灯盯着铺在长案上的地图，景宴问我：“皇姐在想什么？”

我沉吟道：“我只是在想……敌军若要继续兴兵北上，有泽州、潼关、从梁山绕远三条路可行，交战这么久，敌方兵粮应已不足以继续僵持，绕山的可能性微乎其微，而潼关易守难攻，他们应当也不会贸然出兵。如今我军受挫，霍川昏迷不醒，恰是他们趁机拿下泽州的好时机，他们定会在离泽州不远处安营扎寨，待集齐后路军便一举进攻……”

景宴点头道：“需得调集兵马增援泽州。”

“调兵是必要的……我只是觉得……”我道，“这危急关头倒是一个击溃敌军的好时机呢。”

“此话何解？”

当敌方认为我们的军马需等待朝廷增援时，应会有所松懈，要是趁此时率军与敌军正面交锋，就兵力而言应能打个平手。这时敌方的后路军必会快于朝廷的援军，从地形上看，我方大军极有可能会被敌军逼得退往十里河的峡谷之内。当聂家军意图将我方大军困入绝境时，我们根本不必等朝廷援军，可兵行险招，出动潼关的十万兵马前后夹攻，将叛军一网打尽。

只不过……如今霍川受了重伤，宋郎生掌握主权，若想令聂光大军信服，就势必要宋郎生亲自率军冲锋。

此计一个不慎，陷入峡谷之时就有可能阵亡，我又岂能拿驸马的性命开玩笑？

景宴见我想得愣神，问道：“皇姐？”

我笑了笑，“仔细一想，又觉得不大可行，我们在京中对敌军的把握远不如他们在战场上的，胡乱出主意极有可能令将士们陷入险境，还是依陛下所言，调军增援，徐徐图之。”

景宴慢慢点了点头。

我觉得，自从我得知自己的身世后，我已不能算是一个合格的公主了，成日里不是在考虑远走的最佳路线，便是在思索高飞的良辰吉日。之所以还愿与景宴议政，也是本着见一次少一次的心态，若较之以往，家国安危任何时候都胜之于小家小情，怎会有如此多的考量。

可我总是习惯小看这个皇帝弟弟。

第二日我才刚刚睡醒，就被景宴传召入宫，一跨入御书房，便见到一个熟悉的身影坐于侧席之上，那人见我来了，起身行了一礼，“公主殿下。”

我张口结舌了半晌，“大哥？你怎么会在这儿的？”

景宴笑道：“皇姐，你与大哥见过面了怎么不同朕说？若非昨日跟去皇陵的侍卫见着皇姐与陌生男子相谈甚欢，只怕朕此刻还被蒙在鼓里呢。”

我扶了扶额，果然当了皇帝之后，连监视这种事情都能这么明目张胆的。

景岚忙道："此事与公主无关，是草民不愿声张，望陛下莫要见怪。"

景宴拍了拍他的肩，"什么草民不草民的，你是我大哥，小时候我和皇姐都是你带着四处乱跑，大家都是一家人，怎么长大了反倒生分了？"

景岚微微含笑，"陛下说得是。"

我不去掺和他们的兄弟情深，默默地找了一个位置坐下，顺手拿起一块桂花糕咬了一口，问道："弟弟一大早唤姐姐来，又出了什么事？"

"是了。"景宴旋身回到桌案旁，指着地图道，"方才朕把近来战况与大哥简述一二，让大哥替朕出谋划策，大哥只看了一眼就想出了一妙计，若主军能诱敌军入十里河的峡谷之内，继而前后两路夹击，或能在最短的时日内大挫敌军。"

我险些被嘴里的桂花糕噎着了。

景岚道："草民拙见不过是纸上谈兵，具体策略还当因地制宜，此计我们能想得到，只怕敌军将领未必察觉不出。"

景宴挑了挑眉道："不，大哥的计策在朕看来值得一试，纵使聂光老谋深算，他们若不倾巢而出，则无法与我大军抗衡，而我方主军若节节败退，他们岂有放过之理？便算他们有所察觉，不追落寇，返其领地，于我军而言，也不见得有什么损失，反而能拖延时日，到朝廷援军而至再行此战，亦能乘胜追击。"

我还待出言相阻，景宴道："皇姐心系驸马，朕能理解，可战事一日未平，受苦的就是黎民百姓，相信驸马亦有此心，方不辜负当日父皇委以重任。放心吧，驸马智勇双全，必能安然替朕打赢这一场战。"

我再一愣神的时候，门前的成公公通传兵部尚书已在外候着了，景宴示意我们先行退下，其他诸事容后再议。我如今已非监国，自然不好与皇帝弟弟硬辩，只得拂袖而去。

大哥就是大哥，就算离家出走在外头风花雪月了好些年头，一回头一瞥眼，都能说出一番真知灼见来。我忽然有些理解父皇当年赶走他的心态了，这种高智谋的大哥若有朝一日知晓自己的亲娘是怎么死的，十个景宴叠加起来都不是他的对手。

景岚见我古古怪怪地瞅着他，颇有些不自然地笑了笑，"我脸上可有什么东西？"

我道："没，我就是觉得大哥的身后仿佛在发光。"

他：“……”

所谓乌鸦一般的第六感，就是每当我预感有好事发生，就一定不会发生什么好事；与之相反的是，每当我有不祥的预感时，就一定会发生什么不祥之事。

比预期更糟糕的是，泽州一带与朝廷的联络完全阻断了，消息就如同断了线的风筝，无影无踪。

这就表明，要么是三军传令兵在半途遭遇截杀，要么泽州一带已沦陷，沧河断，连驿站都被封锁。

景宴告知我这个消息的时候我几乎有些站不稳，他赶忙上前扶我坐下，道：“泽州内究竟发生何事尚不能妄下定论，皇姐切莫心急，朕已命兵部飞书相邻诸郡，必能在最快时日内把消息传递到京中。”

我试图喝一口水让自己镇定下来，可握着杯子的手颤个不停，反而把自己给烫着了。景宴一惊，正待命宫女进前服侍，我抬了抬手道：“陛下处理国事要紧，我回公主府等陛下消息。”

不等景宴多说一句，我已躬身退下，他应当知道我对他有所怨言，要不是他贸然下令大军迎敌，不可能短短几日内就让泽州陷入险境。我心中害怕，这世上我只剩下宋郎生一人，若他真出了什么事，我又该何去何从。

仓皇无措之际，我想到了明鉴司，父皇曾说，明鉴司商贾门客遍布天下，消息网极广，没准他们能够探听出朝廷探听不到的消息。

果不其然，陶渊接到我的命令后，不出一日，便送来了密报。

宋郎生受皇命率领大军突袭敌军，当敌军的后路军接踵而至时，我军连连败退于十里河峡谷，然而潼关竟无一兵一卒出兵相援——原来聂家军自开战以来一直隐藏着自己的兵力，除四十万主军以外，另有十万精兵留为后招，就在十五万潼关军意欲倾巢救援之际，那敌兵已率先守于潼关之外。十万兵马虽不足以攻城，倘若潼关军正面迎敌，必会大大损伤兵力，残兵之力根本难以救援主军，反有可能成就敌军之突破口，遭遇失陷的境地。

换而言之，宋郎生此刻与他的军马正被聂家军困于峡谷之内，若要突围，需得等待援军赶至共同夹攻，可潼关军根本无法出兵，他们以寡敌众，根本难以与聂家军抗衡。

我攥着密报恍惚半晌，一怒之下，再度进宫去找景宴。

酉时已过，我根本就顾不得成公公的阻挠，硬是闯入御书房之中。进门的时候，发觉景岚也在场，眉头紧蹙，似乎正与景宴讨论什么要紧事务。景宴一见我来，明显有些不大自然，下意识地将桌上的宣纸盖过，仿佛唯恐被我瞧见什么，嘴上却是一笑，“这么晚了，皇姐怎么来了？”

我道：“姐姐为何而来，弟弟心中最清楚不过了，不是吗？”

景宴怔了一怔，“皇姐这话又当从何说起？”

我冷笑一声，一把掀开御案上的宣纸，指着上头明黄色的奏报道：“泽州根本就没有沦陷！驿站也没有被封锁！不是朝廷没收到战报！是陛下根本就不想让我知道战情！”

景宴浑身震了一震，“你是从何知晓……”

我问：“陛下不必追问我是从何得知的，陛下只需告诉我，如今宋将军与大军沦陷至峡谷，陛下有何应对良策挽救大军？！”

他僵了一僵，“朝廷的援军已在赶往的途中……”

“最快还需要八日！”我接着他的话打断道，“敢问陛下，大军如何熬得过八日？都不需要聂光出兵，他们只要截住出峡谷的出路，我军就会因为断粮缺水不战而亡！纵使熬过了那八日等来了朝廷援军，我军又何来气力同援军一齐攻打聂家军？”

景宴的脸色一白，“那么依皇姐所见，朕当如何做才是？”

我沉声道：“潼关城内有十五万军，离潼关最近的朔阳诸郡可集结五万兵马，先让十三万军倾巢突围前去营救峡谷大军，潼关易守难攻，两万军马守城能够坚持两日，待朔阳兵马赶至潼关，如此一来，城可保，而大军也有希望得到营救。”

景宴摇头道：“聂光得闻潼关只剩两万守军，必会增派兵马前去攻城，一旦城池失陷，敌军必会率大军一路北上，彼时殃及的就是更多的……”

我感觉血气一下子从脚底冲上了头顶，“陛下担心的是危及陛下自己吧！”

景宴拍案而起，震怒道：“你放肆！”

我激动道：“我一向都是这么放肆，陛下此刻方知？”

以下犯上到这个地步，可以说我的理智早已飞到九霄云外去了，景岚见景宴气得脸都青了，跪身劝阻道：“皇上息怒，公主是爱夫心切，故才口不择言……”

“谁口不择言？我说的字字发自肺腑！”我把目光移到景岚身上，“大哥你也无须多言！若不是你给皇上出的主意，驸马今日至于沦入险境？！”

我从未用如此语气与大哥说话，大哥闻言亦是一呆，景宴颤着手指着我：“皇姐……你可知你究竟说了什么！”

我微微偏头，静静地与景宴对视，“我只知道，若驸马就此战死，我也不会独活。既然皇上不愿冒险出兵，那我也无计可施，唯有亲赴战场替他收尸再殉葬！”

“你敢！”

我自然是敢的。

所以我说完话便不再给他们说话的机会，决然而去。景宴了解我的性格，他知我言必行行必果，终怕我做出什么傻事，当即快步追出门外，一把将我拉住：“朕比皇姐还迫切地想要救出大军，可朕不能拿万民的性命作为赌注……”

我甩开他，走出了好几步，他也不敢惹我，只紧跟在我身后，我转身说：“陛下的心意，我自然是明白的。”

景宴呆住，明明前一刻我还一副要与他决裂的姿态，下一刻又忽然这般说法，他是被我变脸的速度弄得彻底糊涂了：“明白？”

我轻声在他耳边说：“我为了驸马与陛下闹翻，誓言要与驸马同生共死，这个传言很快便会流传出去……自然就不会有人去怀疑我远赴战场真正的目的为何……”

他诧异地看着我，我悄声道：“若然此次宋郎生熬不过此劫，我军折损两名大将与近三十万兵马，这对朝廷而言就是一大重创，即使援军到了泽州也未必能拦得住敌军，要再不扭转颓势，他们必会一路攻伐北上……陛下放心，我的身份特殊，即使聂光想动我，聂然绝不舍得，若能被他们擒获自是最好，我就冒死一搏，摘取陛下心中这颗前朝毒瘤……”

景宴仿佛听懂了我接下来想要说什么，“皇姐……”

我说：“当时是因我一己私欲纵走聂然才酿下了这般后果，今日我虽未有多少把握，但不能什么也不做，任凭这叛国逆贼毁踏我大庆疆土……”

景宴眼中泛着一眶痛色，他紧紧拽着我的袖子，颤声道：“大庆江山可以共守，可朕的姐姐只有你一个……”

我替他整了整衣袖，轻声道：“姐姐答应过父皇，要还弟弟一个太平盛世，姐姐说过的话，几时食言过？弟弟答应父皇的话，也应遵守诺言，不能为小事所困，需时刻谨记自己是万民之君。”

他低着头许久，渐渐松开了握着我的手，“姐姐的话，弟弟铭记于心。”

我欣慰地笑了笑，“我还有一句忠告，对大哥，陛下可尊敬不可尽信，可采纳不可重用，他可以是我们的大哥，但绝不能是陛下的兄长。姐姐此言，陛下可听进心里了？”

景宴蹙了蹙眉，虽有困惑，却也明白我暗指什么，点头道：“朕明白。”

此后很多年，我回想起那夜，总会问自己，为何当时不愿和景宴说得更明白一些，告诉他大哥的身世不得不加以提防。后来仔细想想，大抵是我与大哥同病相怜，经历相似，我心中委实不愿大哥再遭亲人的驱逐。上天待他已如此不公，但存一念之仁，一丝亲情，又岂会忍心将他摧毁？

可我却忘了，生在帝王家，一念之仁，接踵而来的往往是同室操戈，萧墙之祸。

（第二十九章）

日暮踏归途

千里戎机，万里黄沙，迎面狂风拂得衣袍猎猎，凉意袭人。

从出京开始算起，已近乎小半个月了，这一路上所经过郡县都城，除了添了几分萧索，总算是安如往昔，可见聂家军并未攻破防守军北上，换句话说，泽州与潼关应当暂时还未失守。

连日来顾着抄近赶路反而未能及时收到相关军情，我不确定这眼前安稳是否因为朝廷援军赶到泽州守住城池，甚至不知宋郎生的大军是突围峡谷，转危为安，还是已经全军覆没。我不敢多想，生怕想多了就熬不下去了，心中仍抱有一丝希望，终于在累死几匹马甚至连自己都要与马儿同归于尽的时候赶来了泽州。

自山际望去，泽州城已是咫尺可见，再快马加鞭两个时辰内应能抵达。

这一路多亏有明鉴司百名影卫贴身保护，哦，他们在我勒令之下穿上侍卫常服光明正大地跟着我，已不能算是影卫了。陶总管曾说明鉴司的影卫就战斗力而言可以一抵十，这样算来我也勉强算是个率领千军的千户了，万一遇上什么危机逃起来应当也会比较顺利一点。

临近夜里，前方树丛中忽盛层层火光，几乎是一瞬间照亮山野，这训练有素分毫不差的行令自然出自军队。我的侍卫们齐刷刷地拔剑而起将我护在中心，我顺着火光定眼望去，千名以上的玄甲士兵肃然策马而立，朝我们的方向慢慢逼近，就服色来看应当是地方的戍守卫军。

本以为会先遇上敌军，没有料到的是，先发现我们行踪的竟然是我们自己人。

我稍稍舒了一口气，正待表明身份，却听那士兵之中有人喝道："何方匪寇，胆敢夜袭泽州城！"

我呆了一呆，这声音如此熟悉，虽然疑似比原声多了气魄，可仍旧掩不去那隐隐散发的逗趣之意，不是陆陵君又是谁？

我扬声道："在下姓白，双名玉京，是赫赫有名的陆千户的好兄弟，不知阁下可有听闻？"

此话一出，一位玄甲将士当先下马出队，火光明暗，映出那人俊秀的轮廓。我策马朝前，他看清了我的容貌，大步流星向着我行来，脸上有着挂不住的欣喜："白兄，你怎么会在这儿？"

我翻身下马，示意侍卫们收剑，正待与陆陵君好好叙个旧，谁料他刚走上前来就将我一把拥住，开心道："我好想你啊。"

"……"下一刻，我听到身后再度响起唰唰的抽剑声，以及前方一干兵卒瞠目结舌的神情。

我比较想说的是：陆兄，此刻我身着男装，大庭广众之下如此举措当真合适吗？

陆陵君见我的侍卫们虎视眈眈地盯着他，摆了摆手笑道："各位放松放松，我是你们主人的好友，她都不介意，你们就不要太小气啦。"言罢看向我，"对吧，白兄？"

我微微笑道："陆兄，你以这一身铁甲拥我这绵软布衣，可否考虑过我的感受？"

陆陵君当即撤手。

他见我忍俊不禁，知我是故意捉弄他，也吐了吐舌头道："我这不是把握时机吗？待见到了宋大将军，只怕我就没有这个机会喽。"

听他提及宋郎生，我心头一喜，"他在泽州城内吗？他安然无恙否？可有受伤？"

陆陵君道："你猜？"

我："……"

他嬉皮笑脸地道："除非你说你千里迢迢是来找我的，我就告诉你。"

我怔了一怔，回头对着侍卫头领下令道："阿上，刺他！"

阿上出剑的速度自然很快，陆陵君一个旋身后险险避开，他心有余悸地离我三步远，拍拍胸脯道："公主，你这人忒小气了，开个玩笑都要闹出人命。"见我笑意不减，他飞快地道，"宋将军人就在泽州城，我这就带白兄去见他。"

眼下我虽还没摸透情况，不过看起来宋郎生是顺利逃过那劫了。

从小到大，每当我身犯险境之时总会理智地做出各种最坏的打算，从而让自己有个心理准备不至于轻易被击垮，结果后续往往比我想象的来得更糟，坏人的无耻奸诈永远是超越想象力的。当我对自己的人生已不抱任何希望、对前景自暴自弃的时候，忽然凭空砸下这么一个好消息，我竟觉得有些不大真实，飘忽得不知所以然了。

途中，陆陵君见我急不可待的模样，摇头道："一提到驸马爷你就如此开心，何以见到我却一点反应都没有，怎么说我们也是患难之交，哪有如此重色轻友的？"

我斜了他一眼道："我说陆兄，你好歹也是个千户了，怎么还这么没边没谱的……"

陆陵君道："非也，如今我已是副总兵营的参将了……"

"又升官了？看来此次峡谷一役你立功了啊，到底是怎么一回事，快同我说说……"

陆陵君神神秘秘地道："公主还是亲自去问最大的功臣吧……"

长夜沉寂，若不是有陆陵君的印信，只怕我们也不可能如此顺当地进城。

一入城，陆陵君便收起了他那份闲散之态，同我稍一点头，挥着马缰快马奔往军营。我心中稍诧，也不多问，紧随而后。

夜间的泽州城街道空无一人，不过多时，我们便赶至了军营所在。随他一路横行无阻，看样子陆陵君在军中还是有些辨识度的。太久未见驸马，一想到马上便重逢，我竟有些心潮澎湃，恨不得立马就凭空出现在他跟前。

然而事实总与想象有些出入。

当陆陵君通报完带我入到营内时，我看到的是屋中站着的几位将军，他们一见陆陵君带我进来，面色均是一沉，"谁让你把不相干之人带入营中的！"

陆陵君正待解释，我走到近处拱手道："赵将军、王将军、李将军，难道本宫换了身装束便认不出了？"

赵乾、王仪、李盛这几位将军平日里在京中没少与我打照面，一听声音才将我看清，连忙躬身施礼，赵乾先问道："公主殿下，您怎么会来泽州了？"

"本公主奉陛下之命前来探访军情的。"我将衣袋中的密诏取出，递给几位将军，这密诏乃是景宴在我上路前为我所备，他同我说若我能安然抵达，它至少能保我在军营中畅通无阻。

几位将军阅过之后恭谨地将密诏还给我，我问：“怎么不见宋将军？”见他们面有难色，我心下一沉，“莫非他出了什么事？”

他们领我进了里屋，我一眼便望见了躺在床榻之上的驸马，看他紧闭双眼，唇色苍白，我都要被吓傻了，冲到榻旁去探他的鼻息，这才稍稍恢复一些理智，“他怎么了？”

赵乾道：“宋将军受了伤，但并无性命之忧，只是昏睡至今，仍未苏醒。”

我掀开被子，发现他的左肋下缠着厚厚的绷带，想起方才在外头陆陵君时不时提及宋郎生，仿似他还好端端的，哪料想得到会是这种境况？我把颤抖的手隐入袖中，道：“这样说来，你们是不愿让外人知晓宋将军的伤情？这段日子究竟发生了何事？”

三位将军又互相交换了眼神，赵乾道：“此事说来话长。”

原来，早在峡谷关一役前，宋郎生与霍川他们在勘察地形时，便在十里河峡谷的侧崖内发现了一处窟洞，那窟洞外覆蔓藤琼枝，极为隐秘，内里空间倒不小，阴凉却不潮湿。宋郎生当时觉得这倒是个存藏粮食的好地方。不过，这毕竟只是一个想法，这荒郊野岭之地，又岂能真的将粮食存放于此？莫要说敌军，便是飞禽走兽都会先把粮食啃个精光。

直待叛军压境，京中又传来了皇帝的军令，命大军引敌至峡谷夹攻取胜之。当日霍川重伤昏迷，几位将军都不大看好这一计策，毕竟我们能想到的聂光未必想不到，倘若潼关因故出不了兵，几乎就等于要这路大军全军覆没了。话虽说将在外君命有所不受，但新皇刚登基下了第一个命令就公然违抗，也太不把皇威放在眼里了，他日回皇城皇帝必会记上他们一笔。宋郎生倒是无所谓，只不过其他几位将军皆噤若寒蝉，唯恐一失足成千古恨。

进退维谷之际，宋郎生想起那个窟洞，要是有人能甘冒危险连夜将军粮悄无声息地转移至那处，并且守在窟洞之中保证军粮不被野兽所噬，没准这一仗反倒能成为逆转局势的重要一环。

这是个艰巨的任务，守粮者不仅需要极高的应变能力以及胆识，更要做好随时丧命的准备。不论是在途中还是到了窟洞，但凡敌军收到一点风声，结果都是不言而喻的。

就在诸将斟酌运粮人选之时，有一人主动请缨。

这个人，正是陆陵君。

陆陵君果不负所望，将军粮顺利运达峡谷窟洞之中，那么接下来的关键，便是布局作战的策略了。

“策略？”听到此处我已有些明白了，“如果你们一开始就做好了敌军会阻碍潼关出兵的打算，那么得在最初就向潼关借兵了。”

赵乾点了点头道：“公主所言极是。潼关若拒不出兵，只需五万兵马便可阻截敌军攻伐，如此，我们借了潼关另外五万精骑。”

我道：“但是敌方主军有三十万众，本以为能赶至的后路军顶多十万，谁料却比我们所想的还要多出十万兵马，而泽州的兵马加之潼关的那五万骑兵也不超过三十万，你们最终究竟是如何得以取胜的？”

陆陵君轻轻一笑，“公主又是如何得知我军取胜了？”

我瞟了他一眼，“要是败了，此刻泽州必定岌岌可危，你们哪还有心情在此同我详述战情？”

赵乾道：“宋将军与末将率十五万精兵突袭敌方军营，奋战整整一日后，故意让敌军截断我们的粮草，败退于十里河峡谷之中。”

我心有余悸地道：“十五万对抗三十万大军？你们这是疯了。”

李盛插嘴道：“赵将军的布阵之术精妙绝伦，那打了败仗还是故意的，若真要浴血厮杀拼个你死我活，鹿死谁手还尚未可知。”

我看了这年轻的将军一眼，看来他对赵乾极为崇拜，我微微一笑：“这样说来，你们最终全身而退了？既是如此，聂光则不会轻敌，他们已然断了你们的粮草，倒不如把你们困在十里河峡谷内静待他们的后路军，再一网打尽，以逸待劳。如此，也就陷入你们的陷阱了。”

李盛诧异地看了我一眼，赵乾点头道：“正是如此。”

就在聂光以为我们的军马被逼入死胡同里垂死挣扎之际，宋郎生与赵乾带领大家一一分粮后便睡个好觉，养精蓄锐。如此过了五日之后，聂光算好时机一举进攻，却不想宋郎生带着吃饱喝足的将士们满血复活杀了个回马枪。与此同时，泽州城内的十多万兵马也等来了朔阳的救兵，虽是地方民兵参差不齐，但总算是声势浩大。最终，聂光因轻敌，将大军分散开来，被我军逐一击溃，兵力损亡之数近半，只能仓皇败退而去。

只不过……在地处劣势的情况下以十五万军突击敌方主军，本来也就是一场赌局。这场生死之战，叛军众将受命围杀宋郎生，千刀万剑俱向他袭去，他身中两刀一箭，能勉强留下性命回到泽州，已是不幸中的万幸了。

我能想象战场上的残酷与惨烈，可当亲耳听闻驸马死里逃生的过程，仍能听到自己心中的颤音，好在他还活着，对我而言这便是最好的事。

几位将军见我听完默不作声，却是不知如何把话给接下去，还是陆陵君知我心意，道："公主与驸马爷久别重逢，便不叨扰公主歇息了，属下先行告退。"

他这话一说，其他三位将军也就幡然了悟，赶紧道别后告退，整间屋子终于只剩我和驸马两人。

窗外天幕漆黑，清风拂着烛火欲熄，我见他面色苍白，猜他应是冻着了，念及于此就除下外衣，钻入他的被褥之中想要替他取暖，没想到他一重伤病患的被窝居然如此温暖，我赶了这么多天的路，着实累坏了，眼睛一闭，这温软层层袭来，不过是须臾的工夫，便搂着他睡着了。

这一觉便睡到了天亮。

我是被小鸟叽叽喳喳的鸣叫声吵醒的。醒来的时候日头尚未完全升起，天还蒙蒙亮，我揉着眼睛，脑子有些犯浑，一时间还没意识到自己是在哪儿。待瞧清了跟前仍在熟睡的驸马，想起他死里逃生，而我与他同床共枕了一夜，心莫名地安定了下来。

神思回归之时，我撑起身子去看他的脸，他眉毛处一道小小的口子已结了痂，应是战场上险些避开敌军的刀锋所致。我心疼地轻抚他的伤痕，摸完了之后又忍不住摸了摸他的眉眼，再到鼻梁，最后触到他嘴上时不知怎的手指就不听话地被我的唇替代了。

思慕太久太久，唯恐眼前是一场美梦，我小心翼翼地亲吻着他，却见他眉睫微微一动，我呆呆地停住，看到他缓缓睁开眼，在晨曦的映照下，那清眸泛着波动。我怔怔看着他，有那么瞬间没有反应过来他醒了，下一刻，他展臂将我拥在怀中，身子微微颤动，"阿棠……"

我咬着唇正要开口，他忽然说："别说话，你每次一说话，就要消失不见。"

我浑身一僵，等听懂了他话中的意思，就感觉到眼眶一热，眼泪不争气地掉了下来。他见我哭了，伸手拂去我的泪，我听到自己哽咽的声音："梦里的我也是爱哭鬼吗？"

宋郎生的手指一抖，他几乎完全傻了，半晌，他轻声问我："阿棠……真的是你？"

我抬手抹了一下眼泪，“不是说我一说话就会噔地消失吗？我没消失就说明我是真的啊。”

“你、你怎么会来这儿？你可知这儿有多危险？”他忍不住出声责备我，可搂着我的手却更紧了，我生怕自己压着他的伤口，把他往外推出一点点，嗔道：“说我危险？是谁九死一生，若不是陆陵君、赵乾他们同我说起，我都不敢相信，你几时如此骁勇，连命都可以不顾了？”

他微微含笑，摸了摸我的头发，“我知道自己定能战胜此劫，既然答应要回去寻你，绝不会食言。”

我委屈地抱着他，“反正，我不要再离开你了，我也不要再装什么大义凛然，我就要你平平安安的。”

他柔声道：“好，我答应你。不过，你得告诉我，到底发生了什么事？”

我呆了会儿，“什么事儿？”

他叹道：“你心中定是受了委屈，要不然，怎么一见到我便哭成了泪人儿？”

我止住哭泣，静静看了他一会儿，轻轻道：“驸马，我……父皇……临终前，告诉了我一个秘密，他告诉了我，我的身世……”

不知是否是错觉，我感觉到他浑身微微一僵，再抬眼时，他又神色如常，“身世？”

“嗯。”我点了点头，“他告诉我……我并非是他与母后亲生的女儿……”

我把那日父皇同我道明的话慢慢地说了出来。

那些令我锥心的真相一直在我心中缭绕不散，我觉得自己就像找不到归巢的鸟儿，漫无目的地在浩瀚的天空中飞，直待回到了宋郎生的身边，我才能卸下所有的束缚与包袱，肆无忌惮地哭泣，毫无顾虑地告诉他我的难过和伤心。

他会在我哭得厉害的时候替我擦泪，会在我说不下去的时候拍拍我的背，仿佛是鸟儿的羽毛受了伤，虽然疼，但被轻舔着伤口，痒痒的，暖暖的，没有什么比他更令我感到安心。

说到最后，我抽泣道：“所以……我根本就不是什么公主，连我的亲娘都不认我，现在，我就是一个人……”

“谁说你是一个人了？”宋郎生刮了刮我的鼻子，如清风般的嗓音拂过耳侧，“你是我的人。”

感到胸口有什么在剧烈地窜动，我用力地点了点头，想了想，又觉得不对，“你的娘子不是公主了，以后你也当不成驸马了，你怎么就和没事人似的……”

他笑了笑，“我的娘子是你就好，你是不是公主，于我而言有何分别？”

我低下头，慢慢道：“可是，父皇说，太后不会饶过我，我也不愿与他们为敌，我是……不能再回去了……”

宋郎生道：“那就不回去了。”

“啊？”

他把我固定在他的怀里，“此战大势已定，聂光气数将尽，只待乘胜追击，不日天下便可太平。”

他道：“待那时，我便携你远走高飞，再不被这些凡尘俗事所扰。”

这世上有一个人，与我心意相通，不必我开口，就知道我所期盼的是什么。

我怔怔地望着宋郎生，“逃跑的公主和逃跑的将军，只怕我们远走高飞之后，要顾虑的凡尘俗事就更多了。”

他笑了笑，“反正娶了你，就注定过不上什么太平日子。”

我瞟了他一眼，“谁说的。你瞧，是你自己还顾忌什么天下太平，否则，我们立刻启程离开，也不会有人找得到我们。”

他怔了一怔，“你想现在就与我私奔？那也甚好。”他直起身子，披了件外袍欲要下床，“你等着，我这就收拾包袱去。”

我连忙一把抱住他的腰不让他动弹，“我们怎么可以在这节骨眼上不声不响地走了？可不要乱了军心再被聂光乘隙而入。”

宋郎生笑意盈盈地瞧着我，悠然道：“所以到底是谁顾忌什么天下太平？”

我松开手，别过头去，“我不和你说了，肚子饿，我去吃饭。”

好消息总是接踵而至。

就在宋郎生醒来的第二日，昏迷已久的征南大将军霍川也醒了，对三军而言，两位大将的回归比朝廷来了二十万援军更令人振奋。如今叛军兵力大损，而我军兵力充沛，几位将军商定之下，意欲趁叛军还没来得及养精蓄锐就全力出兵，乘胜追击，将余党一举拿下。

胜利仿佛就在跟前，军营处处时时都能感受到士兵们的高涨士气，哦，他们听闻连我这个身份尊贵的皇亲国戚都被皇帝派来与将士们共敌叛军，每每见着我时都毕恭毕敬地朝我施礼。我倒是不知自己在军中还有这样的威信，宋郎生却淡淡地道："这还不都拜你那好友陆陵君所赐，他时常在军中对你夸夸其谈，久而久之，那些士兵就信以为真了。"

我道："什么叫信以为真，我可是有真本事的好不好？"

说起陆陵君，自宋郎生得闻他在众目睽睽之下一把抱住我之后，就很不经意地让校场上正在练兵的陆小参将去练扎马步，练到他回来为止。一个多时辰之后，当宋郎生说要带我去泽州一家不错的面馆吃面时，我忍不住提醒他陆陵君还在校场呢，他这才想起来陆陵君的存在，再去围观时，陆兄已扎得满头大汗，他望着宋郎生咬牙切齿地道："公报私仇……"

宋郎生悠然道："惊扰公主凤体，罚你一个时辰的马步算是手下留情了，军令如山，你可有何不满？"

陆陵君一听，抬头瞧了我一眼，喜不自禁问道："这么说，是不是我再扎一个时辰，便能再惊扰公主凤体一次了？"

我："……"

宋郎生："本来是来叫停的，看来没这个必要了。阿棠，走吧，去吃面。"

陆陵君："……"

见宋郎生已走远几步，我悄悄退回去，拍了拍陆陵君的肩道："别生气，我晚上回来偷偷带酒给你，你再随便蹲一会儿好了，不用理他。"

这时宋郎生不耐烦地回过头来看我，我若无其事地追了上去，环住他的胳膊道："来了，来了。"

他斜眼瞄我，"怎么，还对他恋恋不舍？"

"你这个人，心眼儿怎么这么小，他当我是朋友才那么大大咧咧的，要真的对我有什么非分之想，避嫌都来不及呢，而且陆兄他可是可造之材……"

宋郎生道："正因他是可造之材，却不知收敛，在众目睽睽下还随自己的性情而为，若再不管管，他日惹出大祸，才叫为时已晚。"

我点了点头，笑道："原来你是为他好，并不是吃醋啊……"

宋郎生平平道："我从未吃过醋。"

我："……"

军营的夜，没有城中百姓的多姿多彩与繁华，有的常常是星空皓月下的篝火与言谈欢笑，将士们肆无忌惮地豪饮吃肉。哦，豪饮是没有了，明日大军就要出兵攻伐叛军，大战在即，军中禁酒。不过陆陵君偷喝一点倒是无妨，此次征战他并未随行，宋郎生安排了十万精兵守城，让他留下坐镇。

不能上阵杀敌，这对陆陵君而言比不让他喝酒吃肉更难过，其他将士都在篝火旁玩摔跤比剑，他一人一反常态，闷闷不乐靠在树旁对星空发呆。我揣着小酒壶坐到他身旁，悄悄递给他，“我没食言吧？”

他顺手接过，开盖闻了一下，“上品呀？”

“那是，我买的，能差吗？”

他微微一笑，将酒壶放在一边，叹了口气道：“白兄，你说，宋将军他们是不是很不看好我啊？”

“要是不看好你，何必让你守城？你也不想想看，这次是谁陪你一起留守的？”我指了指自己的鼻子道，“是我啊，宋郎生让你留下来保护我，实则是相信你的能力。”

陆陵君点了点头道：“你说的疑似有那么一点点道理……”

我道：“此次攻敌我军占据先机，只要不出大的差池，胜，是必然的，但守城不同，泽州与潼关是大庆最重要的一道防线，守好它，才能保障我们立于不败之地，你瞧，连这也不懂，亏你还打了这么久的仗呢。”

陆陵君想了一想，神情立即开朗了起来，“白兄，幸好你告诉我，否则我就得恨死驸马了。”

我随口胡诌之言他也能尽信，看来宋郎生说得不错，他还需多加历练，方能挑起重任。我托着腮看着他，忽然想起一个问题，便问了他：“陆兄，征战这么久，你可知聂然有否亲自率兵打过仗？”

“似乎没有听闻……他不是前朝皇嗣吗，尊贵之躯聂光怎会舍得让他露面？要是不小心被砍断一只手一只脚的，不就功亏一篑了吗？”陆陵君微微偏头，“你怎么问起他来了？”

我道：“没什么，就是觉得奇怪，按理说……他要树立威严才能事半功倍嘛，这样消极的作战态度，根本就没有一点造反精神啊……”

陆陵君斜睨，“这话我怎么听着有点怪怪的？你这么关心他，你家驸马知道吗？”

我踩着他的鞋尖，“谁关心他啦？我只是关心战况，关注敌情。不过，我问你的话你可不许告诉……”

背后传来一声淡淡不着力的声音，“不告诉谁？”

我拍了拍陆陵君的肩道：“今夜与陆兄畅谈人生理想，收获颇多，我还得再去消化一番，告辞了……”话毕我立刻一溜烟往前跑，刚踏出一步就被一只手拎住领口拉入怀中，我面不改色地回过头望着宋郎生道，“驸马，你怎么在此？真巧啊。”

宋郎生微微一笑，“你说呢？”

这时陆陵君已在须臾间消失不见，我干笑着咳了咳，“我还以为你还在和霍将军他们商讨出征事宜呢……”

他瞪着我半晌，见我耷拉着脑袋，无奈叹道：“你啊你，我还真不放心把你一个丢在泽州……”

我一喜：“那是肯带我上战场了？”

“……你想得美。”

我摊了摊手，“守个城一万个士兵都绰绰有余了，你留了十万人，就算来了五十万敌军攻城玩车轮战，最快也得十日八日才能把城池拿下……难道聂光还能凭空生出一批新的军队来？你啊，就是瞎想，再说了，我是谁啊，论熟读军法兵书，我可不比一般的将军差，有我在，泽州城定能固若金汤，你就放心好了。”

他揽过我的肩膀，道：“若真有什么意外，你立刻命人将你连夜送离，我不要泽州固若金汤，我只要你平安无事。”

我摇着他的手臂，“好啦，我答应你，一定好好的，你也要答应我哦。”

他揉了揉我的头发，垂眸望着我，“待我归来之时，便同你携手天涯。”

大军再度出征之时，我与陆陵君并排站在城墙上远远遥望，旌旗如飞。陆陵君见我恋恋不舍，忍不住问我，为何明明不舍不忍，却对他不阻不留。

我靠在墙上，用手挡住刺眼的艳阳，“有时候，人活着，不能总是为了一己私欲而活，不是吗？”

十日后，泽州收到前方军报。霍川与宋郎生各率一路大军攻伐湖广，连日兵马交锋巧计周旋，突破敌军防线抵达贵阳，双方连日血战，终于大败聂家大军，取回贵州，俘敌五万八千人许。

聂光苟延残喘，且战且退，平叛大军士气高涨，势如破竹，一路南下。

陆陵君笑说："看来公主与驸马重见之日近在眼前了。"

得闻捷报，本是该喜不自禁，可饶是如此，我心中仍有些许不安，聂光老奸巨猾，难道当真不会留有后手？安全起见，我命明鉴司各处所细细查探，但凡有蛛丝马迹皆要上报，却不想，真的得到了一个可怕的情报。

有敌军绕过太行山正于陵川集结成水师，意欲在出其不意间突破运河防线，倘若让他们强渡长江，叛军便极有可能直取京城！

陆陵君脸色煞白地问我："敌军有多少水师？"

我闭了闭眼，揉着额道："至少二十万……可五军营、三千营主军都随霍川南征了，即使现在要他们立即赶回，最快也要十日……单凭京城的羽林军、虎贲队要拦下敌军，那就是一场血战了……"

陆陵君怒极敲桌，"果然是阴险之徒！但是，聂光正败走贵阳，那叛军水师的统帅又是何人？"

我叹了一口气，将密函摆在桌上，"聂然。"

这半年多来聂光率大军一次次攻伐北上，逼得朝廷出动大部分兵马与之抗衡。这是聂光的第一步棋，若能胜自是极好，若最后败了，他们至少把我军最为精锐的部队远远地引开皇城。

而下一步，就是让蛰伏多时的聂然率军进攻，他们截断水路枢纽，让消息延迟滞后，等到京城闻到风讯，只怕聂然大军已步步逼近，再着各指挥使司调派地方军，已是凶险万分了。

这支军队才是敌军整轮计划中最重要的一步棋！

狂风掀开门窗，我踱至窗边，眺望远山沉沉，那山路绵绵，宛如漫长一生，我想了许久，回头看向陆陵君，"离陵川最近之地，就是泽州与朔阳了，为今能阻住聂然的唯一计策，便是在霍川大军往回赶之前，阻断他们的去路……"

陆陵君倏然抬头，他听懂了我的话意，"今日北风大作，他们无法渡河……若连夜兼程，应当能趁天亮前赶往陵川，我即刻……"

"陆兄……"我的眼慢慢模糊起来，"我们只有十万兵马，而敌方却有二十万……此一去，只有全军覆没，没有生路……"

“嗯。”他已转身持起桌上的剑，然后单膝跪地，“末将定不辱使命，为皇上与公主争取更多时日，将叛党一举歼灭！”

我心中如被千针所扎，十指紧紧捏起，“陆陵君，其实，如果你……”

“公主，”陆陵君已重新站起身，朝我笑了笑，“是你说的，人活着，不能总是为了一己私欲而活，难道不是吗？”

是吗？

我无从作答。

只是当陆陵君领兵离城后，我一遍一遍地反复问自己，难道君王的性命是命，这十万玄铁军的性命就不是命了吗？当将士们为了守护疆土理所当然地献出自己的性命时，居于上位者，可曾会为天下万民牺牲自己？

萧其棠啊萧其棠，连你，在得知自己身世之时都想着摒弃一切责任，去过自己逍遥的日子，你又有什么资格去怨怪什么呢？

夜色浓得化不开，这一夜，无星无月，军中无人安枕而眠。

第二日天未亮，外头传来了连绵的军号之声，如此突兀，令人不由得乱了心神。

待我慌慌忙忙奔至城楼时，守城的士兵们也不约而同地往外跑去，我站在城墙之上，极目眺去，但见一骑快马飞奔而至，远远地隔着护城河嘶喊道：“中军营探孙平报！安阳方向有大队人马向泽州而来！似是梁国铁骑！”

城墙上有人慌了，“梁国？梁国与我们不是友谊之邦吗？梁国的大军怎么会来？”

我怔怔地望着远方延绵不绝的山脉，乌云遮住天光，黑压压的阴影由远逼近，迫得人无法呼吸。

君外舍而不鼎馈，非有内忧，必有外患。

这一次，内忧外患双双而至，可泽州的守城军却是寥寥无几了。

重回大厅之时，我的影卫头领与军中王千户齐齐跪下身，恳请我趁梁军还未兵临城下之前，速速逃出泽州城去，将战报送回都城。

我道：“已着两路飞骑赶回京中，三日内朝廷必有所行动，就不必本公主亲自跑这么一趟了吧。”

阿上猛地站起：“公主，若再迟一步，只怕就来不及了……”

王千户也站起身，急得口不择言：“探子报有近四十万梁军啊，可泽州城内的守城军不过五千人，公主，泽州……怕是守不住了，您又何苦留下来等死呢……”

我默然片刻，看了他们一眼，“我走了，泽州城内的五十万百姓走得了吗？”

王千户道：“公主，您是千金之躯，怎么可以有什么闪失？我们就是死……”

我喝止道：“本公主乃是陛下派来泽州的督军，大军倾巢而出，军中无将，本公主便是将，守住泽州城便是本公主的职责，你们何曾见过一军之将弃军而逃的？”

“公主——”

我道：“阿上，命所有明鉴司影卫换上军服准备守城！”

明鉴司影卫素来只有服从，阿上见我心意已决，便也不再劝言，当即转身而出。

王千户仍想开口说些什么，我问：“王平，梁军来袭，你怕死吗？”

“属下……不怕。”

我道：“你都不怕，难道本公主还不如你一个小小的千户？”

这样问话自然是在偷换概念。

这世上除了活得不耐烦的人，谁会不怕死？

可王平却答不上我的话，连他也无法说出一个足够令我信服的理由叫我离开。

梁国忽然袭境，绝不会是临时起意，而他们趁大庆内乱之时攻城，必已对我们的军情了如指掌。

泽州城，最终是要被攻破的，正如陆陵君他们区区不到十万人的队伍必然是会被聂然的精兵所覆，可是他不得不去战到最后一刻，泽州也必须要守到最后一刻。

任由五千散兵在惶恐中毫无章法地守城，与在有人引领之下的誓死共捍，结果是决然不同的。我知道，哪怕我都不需要去做什么，只要我愿留下来与他们共存亡，城池至少能多守半日。

也许半日时间，既等不到各地的援军赶到，也等不及宋郎生赶回力挽狂澜，但至少，可以为他们争取到更多的时间，去防御，去增援，去做好更多的准备。

当我再度踏上城墙，自城垛处望着徐徐逼近的梁军时，我想起父皇与我的最后一次谈话，他忽然说：“在朕心中，你从来……都是朕的女儿……永远都是。”

我那时，并没有说什么，如今，却想要回答他一句。

我未必能做一辈子的公主，可我是父皇的女儿，父皇的女儿，永远不会做逃兵。

这一场守城战，我们足足守了一日一夜。

护城河早已被两军的尸首所填，热油、滚石、箭阵永不间歇，却没能让攀城的梁军有丝毫退步。

放眼望去，城下的梁军尸殍遍野，可他们就像是杀之不尽般一轮又一轮攻伐而上，人命如蝼蚁，杀戮永无止歇。

梁军的冲车檑木再度被推向城门，每震一声，仿佛整个天地都随之颤抖。

城门即将要被攻破，可我们的兵力所剩无几，能奋战到这个地步，已是奇迹了。

梁军的主帅在城墙下远远遥望着我，昔日两国交好联邦之时，我曾与他有过一面之缘，他知我在庆国的地位，必会着力将我生擒。若大庆的公主当真落入他们之手，只会沦为受人摆布的人质，假使不能为他们所用，所将受到的折磨与羞辱，是不言而喻的。

我又岂会给他们机会擒获一个活着的襄仪公主？

此时，阿上与其他几位尚存性命的影卫守在我的身边，毅然道："公主，我们誓死护你至最后一刻。"

我捡起一柄剑来，同阿上道："本宫不会使剑，不过装装样子倒也无妨。"

能让自己一剑毙命，便已足够了。

阿上瞠目结舌："公主，你这是要……"

"待梁军破城，你们护我杀出重围，到梁军主帅跟前为止。"我将剑收入剑鞘，握柄在手，轻轻笑了笑，"阿上，谢谢你们，能陪我走完这最后一程。"

我已记不清那一程的刀光剑影与血雨腥风是多么惨烈的光景了，只是当我们步步逼近帅旗，离梁军主帅愈来愈近时，远方天之尽头，终于升起冉冉日光。

胸前的玉坠在马骑晃动之下钻出领口，我低头看了一眼，这是那时宋郎生在出征前为我亲手所雕，仔细想了一想，这玉扇是他送我的第一件礼物，只怕，也是最后一件了。

他答应过我，一定不会让自己死在战场上，一定会活着与我团聚。

他做到了。

可我曾答应他的，会乖乖地等他回来，与他携手天涯，却是无法兑现了。

我以为我会这样光荣地死去，在后世流传为佳话，从此美名远扬，在历史的长河中生生不息被人提及。

可当我近到梁军主帅的跟前，意欲在他们包围的箭阵之下从容地抹脖子而去之时，忽听嗖的一声，一支羽箭不偏不倚地射入梁军主帅的胸膛。

这突如其来的变故令我震惊到忘了自杀的正确姿势，莫非是梁军的士兵手滑失误，还是泽州城内有神箭手深藏不露，我竟毫不知情?

周围所有的人都慌了神，梁军主帅摇摇欲坠，他捂着胸口当即命人将我拿下，尽管我知道这种时候我更应该抓紧时间好好自裁，可仍是禁不住好奇心朝来箭的方向回头一望，这一望便望见了一人一身银甲长枪，策马朝这边风驰电掣而来。

足下大地隐隐颤动，那人身后带着滚滚马蹄飞踏之声，层层涌来。

我望着那面飘扬的旗帜，犹然发愣，那人已策马近在跟前，长枪一横——

枪刃入甲，刺耳万分，但听哐当一声，梁军主帅正欲朝我挥来的刀应声落地。那人手腕一转，将枪杆拔出，鲜血飞溅。就在梁军主帅跌落马下之时，他横臂一揽，将我带到他的马背之上，圈在他的双臂之中。

然后，他对我说："坐稳了。"

我以为我看错了，以为我听错了，他的精兵不是正在攻往京城的途中吗，怎么会突然现身于泽州?

聂然，聂然！他怎么可能会来?

梁军终于反应过来，几方士兵朝此一拥而来，身侧的聂家军将我们紧紧护在中间，躺在地上的梁军主帅冲聂然大声吼道："你们是庆国的叛军，理当与我们共敌庆军！何故要与我等为敌！"

聂然冷笑道："我们如何那是我们的事！岂容外寇侵我国土，杀我子民?！"

梁军主帅怒指道："你——你可知此乃你们的主帅聂光……"

他话未说完，聂然横臂挥枪，将梁军主帅的话生生截断在血泊之中。

与此同时，他扬鞭纵马，在梁军围歼之中，破出了一条染血之路！

这一路，有利刃无数次刺到跟前，有无数人的鲜血溅到身上，但所有席卷而来的攻势，皆被他的长枪挡在身外。

梁军兵力之多，远甚于聂家军，这一番苦战，每一步的前进，皆是士兵们用自己的血肉之躯所换。

聂然再度砍翻一人，我遥遥望见前方赶来的玄甲之士，帅旗之上偌大的"庆"

字，正是陆陵君所率的精兵。我浑身一震，喃喃问他：“为什么……”

为什么聂家军会联同庆军前来击退梁军？

为什么？

聂然顾不得回答我，护在我们周围的精骑越来越少，他的每一分注意力都在击敌之上，即使他的手脚都受了伤，梁军的攻势不减，他都没有让一箭一矢伤到我分毫。

我从来没有想过，将我带出这场纷乱厮杀之中的人，会是聂然。

我不明白，我无论如何都想不明白，这一支聂家军，是他们最后一路精锐之师，是他们复国最后的希望，可聂然却率军前来与梁国厮杀，他究竟知不知道，他选择了这一战，究竟是一场什么样的战争。

离战圈越来越远，原本紧跟在我们身旁的聂家护军为了截断杀路让聂然先走，却再也没有追赶上来。

马儿头也不回地蹿入树林，跑了许久许久，久到再也听不清远方的杀戮惨号之声，天地苍茫，荒道崎岖，这条路长得像是没有尽头，我不知道聂然要把我带去哪儿。

然而，就在下一刻，聂然拉住了缰绳，将我带下了马。

他浑身上下染遍了血，已分不清是他自己的还是别人的，他平静地将一个铜牌递至我跟前，道：“穿过这片树林便是松江，江边有几户农户，你将此物给他们看，他们自会收留你，待风波平息，再离开不迟。”

我没有接，他掰开我的手指，将铜牌塞入我的掌心，见他欲要转身，我开口道：“你伤得很重……”

“无妨。”

说完话他翻身上马，再次往树林外而去。我心中茫然一片，望着他渐行渐远的背影，然后，看到他扑倒在马背上。

马儿也受了伤，跑不了太快，我火急火燎地奔过去，揪住马缰绳，这才让马儿停了下来。

聂然已然昏厥过去，他的面色苍白如纸，鲜血一滴一滴沿着马鞍滴落在地。哪怕已到了强弩之末，他还想赶往战场，去与他的部下并肩作战。

我摸了摸马儿的鬃毛，牵着缰绳一步步地往松江踱去，夕阳的余晖照在树梢上，路且长，暮色茫茫。

夜雾，随风轻涌，宛如薄纱，不敢揭开，不敢面对。

屋内的烛火燃到近半，村里的大夫替聂然包扎好伤口这才缓缓踱出门来，同我道：“公子失血过多，所幸未伤及五脏六腑，需得静心休养，老夫已开好的方子放在桌上，五服药分十日服用，不日便能痊愈。”

我点了点头。

与我所料不差，这个小小的村落与聂家有着千丝万缕的联系，故而村民一见到聂然就关切备至地替他去寻大夫。他们并不知晓我的身份，只当我是与聂然一路的，并为我们腾出两间村屋供我们休息，却没敢多问什么。

我缓缓步入房中，此时我们都换上了一身干净的棉麻布衣，回想起一日的惊心动魄，不觉得有些恍惚。

我拾起桌上的玉箫，将箫身浸在铜盆中清洗掉血污。这支玉箫当年是我送给煦方的，可我没有想到的是，到了战场上，聂然还把它带在身边。

我挪了床边的木椅坐下。

聂然紧闭着双眼，眉头微蹙，似因伤口牵痛而难以安眠。我伸手探了探他的额，觉得滚烫，转身欲替他打一盆凉水来，却突然被他握住手腕。我呆了一呆，但见他的眉睫微微一动，然后慢慢睁开了眼，清哑的嗓音飘散在夜风中：“和风……”

我浑身一僵，他叫我什么？

他见我愣着不知所措，有些疑惑地望了望四周，凝视着我的眼睛，“我们这是在哪儿？”

我震惊地望着他，茫然地答道：“我们……这是……在江边……”

“江？”他有些迷糊地眨了眨眼，“我们不是要去绥阳吗？”

屋外传来阵阵蟋蟀声，那一刹那，我忽然意识到眼前的聂然是烧糊涂了，直把自己置身于一年多前与我同往绥阳的途中，他还以为我是和风，以为他是那个要带和风远走高飞的煦方。

一阵风将屋中的烛火熄灭，瞬间漆黑一片。

我仓皇地抽出他的手，“我、我去点蜡烛。”

打火石就像失灵了，一次次敲撞，都击不起火花。我颤抖着双手，试图让自己急促的呼吸缓和下来，等到点燃烛火，回过身时，才发觉，他再度睡着了。

我一步一步缓缓踱到床边，轻轻推了推他：“煦方？”

他没有回应。

我抚着自己沉甸甸的心，呆呆地看了他良久良久，久到连我自己滑下眼泪都未曾发觉。

我守在他的床边，靠在椅背上胡思乱想，不知不觉就睡着了。

我也不知我睡了有多久。

只是乍然醒来的时候发觉身上披着一件男子外袍，而床上的人已经不见了。

门外隐约有人在说话。我反手将衣袍放在床上，缓缓踱至门边，顺着门缝望见外边有几个身着铠甲的人跪在聂然跟前，当先那名老将颤着嗓音道："少主……梁军已败走西境……只是我们的大军……"

另一个老将哽咽道："聂将军他们也都……少主，如今，只剩下我们，只剩我们了……"

聂然背对着我，我看不见他的神情，他的背影犹如一尊雕塑，纹丝不动，那名老将抹泪道："少主，不、不必丧气，属下已在江边备好了船，大可渡江远离庆兵……少主，我们还有兵符，还可以笼络北境的前朝旧部，一定还能东山再起，少主，只要少主还在，少主就是大周的希望……"

聂然沉默半晌，他的声音听不出情绪："陈将军所言极是。你们先行一步，待天色一亮我自会与你们接应。"

那几名老将士走了之后，聂然就不声不响地靠坐在门边，不知在想些什么。

我缓缓推开门，聂然循声抬眼望着我，"把你吵醒了？"

"……没，我是看你不在……所以……"我心中一片凌乱，想起他昏睡时唤我"和风"的模样，与此刻的冷静疏离简直判若两人，我讷讷，"刚才……"

"嗯？"

"你在睡梦中时……曾迷迷糊糊地……问我……"

"问你？"

"问我……我们这是在哪儿……"我试探地看着他，"你想不起来了？"

聂然蹙眉想了想，摇了摇头，"许是我受了伤，神志有些不清，你莫要放在心上。"

我看着他，他的神情不似作伪，遂点了点头，在他身旁坐下，"你的伤……好点了吗？"

他道："嗯。"

我正不知该如何继续话题，脑子正在空白中。他和我说道："泽州城保住了，陆陵君也还活着，你可以放下心了。"顿了顿，他转眸看我，见我毫无欢欣之意，"怎么了？"

我低下头，发觉自己的手竟在微微发抖，"梁军攻境，朝廷大军赶之不及，京师自顾不暇，难道你不应趁此良机直捣黄龙？为何？为何要赶来泽州？"

他缓缓道："到了此刻，这个问题于你而言，又有何意义？"

我道："有。我想知道答案……我想知道，是因为你们担心最终被梁军坐收渔翁之利，还是这也是聂光的计谋之一？或者……"

"因为你在。"他毫无预兆地答道。

眼前的一切瞬间恍惚模糊起来，然后渐渐清明，月光映出聂然深海般的眸色，"因为你在泽州，所以，我要救你。"

我呆呆地看着他，听到自己的声音在颤抖："聂然，我不值得你如此对我……"

"值得。"

这句话，如此耳熟。

与煦方初遇那年，我曾在村中怒叱煦方，告诉他我的真心不在他身上，他也和我说过一样的话。

可这温煦之言，此刻却如刀子一般剜着我的心，我对上了他的目光："你……"

他忽然扬起嘴角，笑了一声，"骗你的。"

我不明白，"啊？"

"公主，"他道，"今日你也听到梁军主帅冯之岑说了，他们进攻泽州乃是与家父联手所为，泽州此役本既由聂家军而起，又谈何是我们救了你们？"

今夜的月悬在墨色的夜空，好生凄冷。他平静地望着夜空，"至于我，即使……我选择了走上这条复国之路，却也不齿他们利用外寇敌国之力，以千万百姓性命为代价换取江山……这就是，我的答案。"

月光将我们的身影拉在地上，他的双手交叉置于膝上，紧紧地握着。

他不知道，以前在陈家村，每每煦方心虚诓我时，两只手也会这样交握在一起。

我别过头去，突然觉得胸口有什么东西被堵得满满的。聂然忽然道："我一直有个疑惑……”

我若无其事地回头，“嗯？”

他从身后拿出了那支玉箫，在我跟前晃了晃，“此箫，你是从哪儿买给他的？我记得那陈家村是个渔村，根本不可能有什么玉箫。”

我被勾起了回忆，不由得一笑，“为了买这玉箫，我走了整整半日的路，在临镇才买着的……你别看这箫玉质拙劣，为了买它，我可洗了好久的衣裳呢……”

他的目光转柔，“看来公主那时着实受了不少苦……”

我脱口道：“能和喜欢的人在一起，那点苦算得了什么啊……”

聂然转箫的动作顿住，我这才意识到自己说了什么，轻道：“我说的……是过去……”

他不置可否，嘴边浮出一抹自嘲的笑意，他转眼看向院落的桃树，当年在陈家村我与煦方的家门前，也有一棵很像这样的树，煦方很喜欢在树下为我奏箫。聂然定定地看了一会儿，缓缓将箫举至唇边，徐徐吹起那首熟悉的乐。

《煦风和月》。

只是当他吹到一半的时候，却停了下来，他转头问我：“当日在林中，你只与我哼了这曲子的前半段，我一直都摸不出这后半部分的曲音，如今，你可唱与我听？”

眼眶一热，我赶紧偏过头去，不留痕迹地拂开眼角悄悄滑出的泪，“太久了……我，记不清了……”

良久，他忽而一笑，轻轻打破寂静：“你说得对，过去太久了，是该忘了。”

我低下头，不敢看他的眼睛，“聂然，天一亮，你便要离开了吗？”

“嗯。”

“你打算去哪儿？”

“不知道，大概，会走得很远吧……”

我点了点头，“能把这里的一切都忘了重新开始，那也很好……”

“嗯，那也很好。”

几朵云轻移，遮住了月，光影斑驳黯淡。

我慢慢站起身来，往屋内走去，“我、我困了，去里屋睡一会儿，你也早点休息。”

就在我跨入房门之际，他突然叫住了我：“公主……”

我顿住步伐，单手摁在门框上，然后缓缓回过头，努力地微微一笑，“怎么了？”

他看着我，眼底里有一瞬的波动，像是想对我说些什么，然而他深深望了我片刻，终究没说什么，只是极轻地笑了笑，道：“没什么，早点……休息。”

两间房，一墙之隔，与那时的陈家村屋一模一样。

只是，再也不可能回到过去一日一忘的时光中，回到每日清晨睁开眼时，入眼便是他坐在我床边，然后小心翼翼地问我：“你……记得我吗？我叫煦方。”

我已不再是和风，他也不是煦方了。

可是这一夜，我们又有谁能安枕入梦呢？

夜幕渐薄，天边渗出曦光。

我恍然一醒，这才惊觉天色已亮。

我默默地穿好鞋袜，绕至外屋，屋中空无一人，萧与剑都不在桌上，他果然已经离开了。

原来昨夜的最后一句，竟是道别。

我徐徐步出村屋，前方是江水拍岸的流动之声，衣袂迎风，我情不自禁一拢，沿着江边独自而行。

一江秋水，拂如绸锦，水天极目处，凝成薄薄的雾。

我望见了一叶扁舟，舟上有一人一身布衣静静而坐，划桨缓缓驶往江心。

却不是聂然是谁？

可是为什么，他只有一个人，难道他不是随他的部下一同离开的吗？

我心中不安，下意识地朝前大步行去，然后见聂然将长桨抛入水中，慢慢地站起身。

他、他在做什么？

下一瞬，我看清了！他将手中握着的火把轻轻地往舟上一掷——

一点猩红之光倏然燃起熊熊烈火！

“不！”意识到他想要做什么，我不可置信地惊叫出声，“不可以！”

那叶轻舟中似乎堆满了浇了火油的稻草，火势随风蔓延，须臾之间，整只小舟皆陷入火海之中。

我惊骇地望着前方，此刻回想昨夜，种种异常我怎么就没能看出端倪！

他这一生为匡复前朝而生，背负了太多太多，可到了最后，追随他的部族统统为他丧命，却不是死在复国之路上。

他怎么可能还甘独活！

我只觉得那团火焰在心头胡乱焚烧，可是却什么都阻止不了，只能踉跄踩入江水中声嘶力竭地喊着，盼着他能听到，能改变心意，不要走上这条绝路。

火影之中，那个清隽的身影依旧静静伫立，仿佛那盘旋的热气丝毫没有影响到他。他执起玉箫，微微俯首吹之。

箫声清婉徐缓，静静流淌而来，如朝阳温煦，又如月下清风。

曾经，编这首曲子的人同我说：和煦和煦，煦跟着和，风吹往哪儿哪儿就是我的方向。

煦风和月，这是煦方与和风在月光下的承诺。

紧接着下一个滑音，我的呼吸，在那一瞬间几乎停止。

是他。

曲音悠悠不止，寓意于情，那是煦风和月的后半段。

是我在树林没能接下去唱完的半段，是我骗聂然说我再也想不起来的半段。

一直……都是他。

“煦方……”

“煦方！！”

眼前的视线开始模糊起来，我栽倒在水中，一遍遍喊着他的名字，可除了曲音，我听不到任何回应。

曲中诉问，可还记得那三月桃花，那月明良夜，凭肩游，长相伴。

几番行，几番醉，几番留，终留不住那韶华一梦。

那灿烂的殷红火光，染红了天边的云，那首《煦风和月》，成了最终的镇魂调。

当曲音终止，江面再度恢复宁静，东边的太阳完全升起，又是新的一日。

只是这世间，再无煦方了。

第三十章 平地起波澜

浪花啪的一声碎在岸石上，漾出粼粼波光。

眼前是白茫茫的一片，恍惚到陌生的冰凉，逐渐将我包围了起来。

想到从前，想到后来，一片迷茫，一片惶然，每当我伸手欲要挽留什么，却什么也做不了，只能眼睁睁地看着物是人非。

而我回过头，看到一个身影伫立树下，离我几步之遥，静静望着我。

我怔怔地看着他，一时间没想明白，他怎么会出现在这儿。

短暂的一阵寂静，我看到宋郎生缓缓朝我走来，走到我的眼前，下一刻，将我从水中横抱而起，一步步地往回走。

我想要说些什么，却不知该怎么说起，“我……”

我听到他慢慢地说：“是我不好，是我来迟了。”

我一个劲儿地摇头，语无伦次地道：“如果不是因为我……他就不会……他本不该……”

宋郎生将我抱回岸边，放下，让我站定，解下外袍替我披上，然后轻轻地道：“阿棠，不要内疚……这些，本不是你的错。”

我感到自己的眼泪断线如珠，他将我拉过去贴在他身上，一下一下地抚着我的头，没有再说什么。他的呼吸就在耳畔，暖暖的温度就像暗无天日的夜里的一束亮光，慢慢地，沉痛的心稍稍地缓了些许。

飞鸟无痕，隔着远山，可看到遍地的尸野与荒凉，仿佛在泣诉这些日子以来的战事有多么惨烈。

我问宋郎生怎么来的，大军明明还要两日才能赶回。

宋郎生说："聂光一伏诛，我便想着回来见你……我也是在半途听闻梁军的消息，到了泽州陆陵君说你被聂然救走往东而去，我这才一路寻往至此……"

他见我不应声，偏头看我，"阿棠？"

我抽了抽鼻子摇头，"我只是觉得……累了……"

他更紧地抱住我，半晌，道："别怕，都结束了。"

彤云逐风，宋郎生缓缓策动马儿，我靠在他的胸膛前，不知不觉地睡着了。

我想我应当是睡了许久，等到睁开眼的时候风渐柔，柳渐青，前方是一片开阔旷野，我们正于山野田间，一路逶迤前行。

我看了半天，颇有些分不清东南西北，"这，我们这是在哪儿？"

"我们已出了翼州地界。"

"出、出了翼州？"我张了张嘴，"我们不回泽州了吗？"

"嗯，不回去了。"

我诧异地回过头看他，"那，你不等大军回来了？我们就这样一走了之，景宴必会以为我们出了什么事，万一梁军再袭泽州，万一……"

他握住我的手，轻声道："我们任何时候一走了之，都会有成千上万的人来寻我们，不是吗？"

我说："可我们都还没有收拾细软，我们可以去哪儿，我……"

斜阳下，我看到光晕里的他望着我："去往前方的路，有一匹马，你和我，足矣了。"

所以，我们就这样私奔了。

虽然说我是宋郎生明媒正娶的妻子，但不管怎样，这种私自奔走他乡自此杳无音讯的行为统称为私奔。

在此以前，我一直认为私奔是一件很浪漫且美好的事，直到亲身经历之后才体会到这其中的艰辛。尽管有宋郎生在，倒不至于忧愁衣食，但为了避开各路官府的巡查，我们不得不另辟蹊径，多绕远路，如此这般就要经历诸如两天没洗澡五天没洗头等惨无人道的过程。

却也有几分妙趣在。

比如夜空晴朗，我们在溪前篝火烤鱼烤鸽子，会为了何不事先准备盐而吵嘴，然后在那样星光璀璨的仲夏夜躺在草地上，一边咬着肉，一边有一搭没一搭地聊着过去，想着将来。

有时馋了想要吃一顿美味佳肴，宋郎生会乔装成一个长须夫子，而我扮成他的侍从，大摇大摆地踏入酒楼之中，一边欣赏艳绝天下的美人与歌舞，一边点满一桌的燕鲍翅参，摇一摇扇子，与旁坐书生高谈阔论家国天下事。

人生如此惬意，何以往昔不曾知?

我们就这样一路躲一路玩到了江南广陵，彼时距我们失踪已过去了五个月，街上已鲜少看得到张贴着我们画像的告示。诚然，这一路确实尽兴，不过这居无定所的日子倒还真是过得疲了，索性与宋郎生商议之下，先隐于这市井之中再做打算。

我们在广陵的一个小城镇里买下一栋小户宅院，稍加布置一番后，就这样住了下来。

尽管，明鉴司的令牌大可令我们不必为银两所烦忧，但宋郎生并不愿当一个啃老族，所以他找了个城镇私塾的活计，每日清晨同我在小茶馆吃过早饭就去教书。我拐去邻街的菜场买好菜，回到家的时候请来的阿婆已打扫亮堂，我则会随她一同溜进厨房研究午饭的菜式；中午吃过后睡个大饱觉，若是闲着无聊就去偷看宋郎生教书，在门外抿着嘴偷着笑，而屋内的少年们则会抿着嘴偷瞧着我笑；到了晚上，就和宋郎生一起手牵着手逛夜市，买点街边的小吃一路走走停停，直走到困了再磨蹭回家就寝。

唉，可恨的是因某人的饱暖思什么欲，常累得我第二日太阳晒到屁股都爬不起来。

我们就这样平平静静地过着每一天，住在温暖的小屋里，有着唠叨八卦的邻居，有一份安定的生计，还有愿意陪伴终生的人。

之后很长一段孤寂的日子里，我都会想起一个夜里，月正清风正柔。

他在书案前提笔作画，我盘膝席地抚琴为奏，想起昔日种种险象环生，生离死别，好在现在那人近在咫尺。念及于此，我心头暖意融融，停下，手肘支着琴仰头瞧他，他听琴音骤断，扭过头来，见我笑意盈盈，问起："怎么了？"

我说："阿生，此刻比梦境还要好。"

他闻言亦然一笑，"又矫情什么？"

我摇头道："没有，就是觉得，现在……很好。你说，我们会一直这样过下去，然后有个孩子，等到孩子长大，我们还这样好，是吗？"

他怔了怔，随即放下笔，缓缓走到我的身边，"那是自然。"

见我仍若有所思，他握着我的手，不怀好意地笑了笑："你是不是又想做要孩子要做的事了？"

我一个激灵，狠狠拍了他一下，"不要这种时候说这么大煞风景的话！"

他被我窘迫的模样逗得哈哈大笑，"还不是看你又要胡思乱想，你啊你，成日在担心些什么？对了，上次我们酿的桂花酒已闻得芳香气味了，明日我们正巧要去城郊赏花，把酒带上如何？"

很多年后，我仍能记得那夜后的清晨，艳阳高照，我们小两口就把埋在园里的酒挖了出来，装上满满两袋酒囊，骑着白马晃到了城郊群花丛中，所到之处，溅起芳香，风一吹，花瓣漫天飞舞。

我们追追赶赶，最后累得倒在地上，肩并肩躺着看天空缓缓流动的浮云。

那样的生活，我们曾经哪敢奢求？

我们年少的时候，总会在求而不得的时候安慰自己一句，盼望来生。

其实此生有得亦有憾，又何必太过执着于结局？

只是故事，总是要说下去的。

说起来，时值八月仲秋，遍地桂香，仔细算算，我与宋郎生在广陵小镇也住了一年有余。

那日清早我们一如往昔地吃过早饭，在他出门之后我悠闲地拎着菜篮子去逛集市，本还打算绕到江边瞧瞧能否买两条新鲜的鱼炖汤喝，却在穿过树丛时被人突如其来地截住了去路。

不等我反应过来，那人便扑通一声跪在我的跟前，哭道："公主……奴才可算找着您了……"

我这才看清来人竟是景宴的贴身内侍成铁忠，且不提他一身衣衫褴褛，右臂的袖子更是空空荡荡，狼狈不堪，我磕磕巴巴地道："成公公……你是怎么找到这儿来的……你的右臂……"

成铁忠泪流满面，砰砰磕头道："求公主救救皇上……"

我彻底呆住："景宴出什么事了？"

"皇上……皇上恐怕快要熬不住了……"

啪嗒一声，菜篮跌落在地。

我与宋郎生浪迹天涯的时候，对皇城诸事的所知与大多平民百姓一样，只听闻战事平定后，皇帝就立了兵部尚书之女为后，不久皇后有喜，帝脉得以延续，满朝文武皆松了一口气，自此朝中宫里皆是一派其乐融融之象。

成铁忠说，就在那之后没多久，景宴忽然生了场大病，急得宫中上下焦头烂额，后来病虽好了，身子却一日不如一日，连夏日的夜晚都是手脚冰凉，冷汗涔涔。饶是如此，景宴仍不废政务，早朝与批阅案卷从不倦怠，他的身子每况愈下，力所不逮之时便会让景岚代为处理。

"景宴将政务交与大哥？"听到此处我已是心惊不已，"怎么会呢？大哥只不过是一介庶民，有什么资格帮助景宴……"

成铁忠道："公主不在的日子，陛下遇到过数次极为棘手的难题，皆是他出谋划策才得以平息风波，陛下……对他极为信任……一年前便恢复了庆王的皇籍身份……"

心一下子沉到底，"景宴当真是糊涂了，我分明提醒过他，他怎么还……那太后呢？难道她没有任何意见？"

成铁忠摇头道："太后对此也颇为赞成，都是太后所出的皇子，又岂会制止……"

我脱口而出："这怎么可能？大哥分明不是……"

成铁忠抬头，"什么？"

"没什么。"我百思不得其解，太后并非不知景岚的身世，她怎么会不知会景宴，由着他胡来呢？"然后呢？"

然后，景岚自不会推托景宴所求，他以景宴的名义一次次漂亮地处理朝堂事务，并且，朝中上下各方关键奏疏与要事都会第一时间上呈给景岚，日积月累之下，满朝重臣对景岚的印象也越来越好，更有甚者琢磨着皇帝病弱之躯，恐维持不过数年，他日江山之位极有可能落在景岚之手，故而暗中巴结景岚之人，不计其数。景岚皆不为所动，但凡有人意欲结党营私，他都果断拒绝，景宴暗中派去各方的人皆说景岚并无二心，而他愈是如此忠心不二，景宴对他也就愈加信任。

而信任，就是危机的开始。

景宴自以为对景岚有了全方位的了解后，却忘记了一点，景岚曾是大庆最耀眼的太子，而景宴如今的帝位也是建立在景岚当年的离开之上才得以拥有，把这样的大哥留在身边，只要他有心，随时都有可能把曾经属于他的那个位置夺回来。

尤其，大哥不知道自己真正的身世，在大哥的心中自己才是真正的皇长子，而他的爱妻也已不在人世，他孑然一身，漂泊江湖，难道当真就清心寡欲了？眼前机会唾手可得，他重燃野心的可能性实在太大了。

念及于此我猛然一惊，“景宴自幼体弱，太医院向来都极为慎重，不论是他的进食还是汤药都是严格依他的身子状况所配，正因如此，他从小到大反倒没有生过什么大病，怎么可能病成那样？”

成铁忠颤声道：“陛下的那场大病，并非偶然，而是……庆王下的毒手……”

如五雷轰响，“你……你说什么？”

“陛下原本只是觉得服用了太医院的药并无起色，后来想起了同安堂的掌柜康临，便传他入宫替陛下看诊。康临大夫起先所言与太医们一样，说是风寒引发的宿疾，应当多加调理休养，只是见陛下如此惧寒，就试着用火罐气吸筒疗法驱除体内寒气……可奇怪的是，那火罐反而令陛下感到寒冷，如此康大夫才觉得极为古怪，重新为陛下细细诊查……这才发觉陛下竟是中了毒……那毒极为罕见，连康临都难以分辨，只知此毒就是引发陛下宿疾的关键，所谓的毒性，不过是让人易病、易倦、易寒、体力不支，故而太医们都未曾起疑……”

我浑身寒意阵阵，“那、那毒可还能解？！”

成铁忠闭了闭眼，“原本说是可解的……陛下也让我们不可声张此事，康大夫立即回去配制解毒良方，谁知第二日，康大夫就忽然消失在京城，不明去向……陛下令奴才出宫查探，谁知当奴才回宫时，陛下竟已卧床不起，浑身瘫软，连、连话也说不出来了……”

浑身瘫软……说不出话……这个症状，怎会如此熟悉……

"……之后呢？"

之后，成铁忠自然第一时间怀疑到景岚身上，可当时景宴昏迷不醒，朝廷上下一应事务都握在景岚手中，他只不过是一个小小的内侍，仅凭一面之词，怎么可能动摇得了景岚？成铁忠不动声色地守在景宴榻边，终于有一日看到景宴得以醒转，然而他阻止了成铁忠去传唤太医，他虽发不出声音，却在成铁忠手心里一字字地描出真相——原来，太医院的院首，已彻底成了景岚的人。

景宴自知时日无多，他最为担心的便是他的皇后与皇后腹中的胎儿，事到如今，那个尚未出世的皇子于景岚而言才是最大的绊脚石。

他让成铁忠替他做两件事。第一件事，令皇后以替皇上祈福为由送她出宫入寺，寺里的僧人皆是武功高强之辈，与皇家也颇有渊源，若将皇后送达，必能庇佑那孩子平安出世。

可这第一件事办起来却是困难重重。

成铁忠已不愿去回忆那一路上的刀光剑影，他说，当看着皇后的马车跌落山谷下的时候，他愧悔得恨不得跟着一起跳下去，可他没有，他想到宫中垂危的陛下，哪怕当时已被砍断一只胳膊血流泉涌，他仍撑住了那一口气，最终方得以逃出生天。

许久，我才听到自己震惊的声音："那、那皇后……"

"皇天有眼，皇后……没有死，皇子也平安无事。"成铁忠热泪盈眶。

在马车失控之前，皇后就趁刺客不备之时跳出马车，躲在高高的稻草堆之中。所以当刺客们以为皇后已摔下悬崖后，自然纷纷撤离。谁都没有想到，一个怀胎八月的母亲在那种情况下都能活下来，正如连成铁忠都想不到，当他找到皇后的时候，她仅凭一人之力在荒郊之外就把那个早产的婴孩生了下来。

我很难想象，在那样连月色都清寒的夜里，一个不到十八岁的年轻母亲，是如何克服恐惧，忍住剧痛，拼了命地要保护自己的孩子，可我知道，那是景宴唯一的骨肉，也是父皇最后的血脉，更是萧家最终的希望。

我深深吸了一口气，问道："景宴让你做的第二件事，便是要找到我，然后回到宫中拆穿大哥所有的罪行，并扶持那个孩子登上皇位吗？"

成铁忠愣怔片刻，低下头道："陛下说……他也知此事是难为公主殿下了……毕竟公主的心愿是与驸马远离尘世，过与世无争的日子……可……”

我蹲下身，捡起散落在地上的菜篮子，看着篮中的新鲜牛肉，忽然觉得有什么正在逐渐离我远去，“成公公，你我心中都很清楚，我离宫这么久，已不再是当年的襄仪公主了，没有权势，没有亲信，没有父皇的宠爱，此次若是回去，不要说扳倒大哥，只怕一出现在京城，连活命的机会都微乎其微了……”

成铁忠哽咽道：“公主……”

我把最后一颗西红柿放入篮中，“可是，景宴也只剩下我了，不是吗？”

当初，若不是我那般心急地离开皇城，不管初登大统的景宴，独自在外逍遥，焉能酿成今日的局面……

这或许是一场逃不过的劫。

我敛了敛衣袖，缓缓起身道：“今日子时，备好马驹在此等我，我还有一些要事要办。”

屋外下起了蒙蒙细雨。

我正在端菜的时候，宋郎生回来了，他用竹蓑挡着头一路小跑入院，躲到屋檐下拂去衣袖的雨渍，见我正好回头瞧他，他笑了笑道：“还真是个雨季，傍晚放课时还是晴朗一片，这会儿就下起了雨。”

我摆放好碗筷，走过去接过他的外袍，拿了件新的给他换上，“所以我不是说了，以后出门还是带伞好，你想啊，要是你染上什么风寒了，我们就得分房睡了，长夜漫漫，我又怕黑，苦的可是我呢。”

“行行，我说不过你。”他左右看了看，“黄婆呢？”

我啊了一声道：“她家中有急事临时回去了，说是过几日再来。”

他瞥了一眼桌上的四菜一汤，“所以……今日的饭都是你做的？”

“怎么，信不过我啊？你可别忘了，我的厨艺可是御膳房首厨亲授，也不知道当年是为了哄谁，结果谁又打算在饭菜里下毒被我识破……”

宋郎生按住我的肩请我坐下，笑意盈盈道：“娘子，旧事不重提，可否？”

我微微一笑道：“好好好，夫君大人。”

这一桌菜，我是费劲了心思去准备的。

尽管每一道都是最平常的家常菜式，但都是宋郎生最喜爱的，尤其是我亲手做的，他吃得比往日更多。虽然他一边吃得很香一边说道："我们才两个人，也吃不了这么多的菜，你明日还是不要煮这么多了。唉，算了，黄婆回来之前，我们出去吃就好，我娶你可不是要你当煮饭婆的。"

我鼻头一酸，"那你娶我做什么的？"

他低笑着揶揄道："生孩子以及做生孩子要做的事啊……"

我狠狠地踩了他一脚，他咽下一口饭哈哈笑起来，我看着他好看的笑颜，一时间有些晃神，他见我干愣着，回踩了我一下，"吃饭。"

我低下头扒拉了一口饭，"阿生……我想问你一个问题……"

"嗯？"

"如果……我是说如果……有一天，我因为不得已的原因要离开你，你会一个人好好地生活下去吗……"

宋郎生原本在津津有味地喝着汤，听我这样说，忽然一顿，"发生什么事了？"

"没什么啊，我说的是如果……"

"你从来不作无谓的假设。"宋郎生放下筷子，神情逐渐严肃了起来，"为什么要离开我？是京城出了什么事了？"

我连连摇头，"真的没有……我今天只是……"

宋郎生正要站起来，却踉跄了一下跌坐回原位，他不可置信地看着我："你在饭菜里下药了？"

我想要努力忍住，可是这一刻却怎么也忍不住眼眶里的眼泪，"对不起……"

"到底发生了什么事！你……"他揉了揉额，试图让自己保持清醒，"你不要轻举妄动！不管发生什么事，都还有我，我是你的夫君，我们必须一同……"他一只手死死地握住我，"阿棠，你听我说……不管你有什么理由……我都不会允许你离开我……如果你……肆意妄为……我、我绝对不会……原谅你……"

他说着说着，声音越来越低，终于撑不下去，等到眼皮完全垂下，整个人倒在我的怀里失去了意识，他握着我的手仍旧不肯放开。

我看到自己的眼泪落在他的脸颊上。

我太过了解大哥了。

宋郎生是一个逃亡的将军，是一个违抗军纪犯了死罪的逃兵。他与我不同，大哥至少无法光明正大地拿我怎么样，但他可以随时随地地处决宋郎生。

宋郎生不会阻止我进京救景宴，但他不会容许我独自前往。

我曾怨过他不肯与我共死，可终究到了这一刻，连我自己也做不到。

几个身影自后院步出，我淡淡道："凭宋郎生的武功都撑不过一刻钟，明鉴司的迷药果真有效。"

他们互相看了一眼，"此药效顶多只能维持到明日，若然驸马爷醒了，只怕我等也无法拦住他赶追上公主。"

是的。宋郎生的洞察力，仅仅是我问了一个问题他便能联想到京城，即使一时药倒了他，也无法阻止他。要想真正困住他一段时日，只怕，还得借助明鉴司的力量。

我看着他们其中的一人，他是广陵明鉴司的总管，也是广陵最大的父母官，"何大人，就劳烦您差人把宋郎生关入大牢中，过了这个月再随便以抓错人为名目放出来就好了。"

"这……"何大人面有难色，"恐怕对驸马爷他……"

"他不会承认他的身份的，既然如此，你也不必把他当成是驸马，只要不短了他的饮食与住所，就不会有什么问题。"我道，"只不过，不论他说什么，都不必理会，这一点大人务必谨记。"

何大人犹豫了一番，终咬牙点头道："属下听命。"

该交代的不该交代的我都交代了，纵然还想多待片刻，可只要想到景宴的性命危在旦夕，便知片刻都耽误不起了。

"阿生，说好了，不要原谅我。"

那是我在心里与他说的最后一句话，哪怕他根本没有听到。

大雨滂沱不止，马蹄溅起朵朵水花，在离开这个宁静的村镇时，我忽然想起今日买的鱼还剩下一条，活蹦乱跳地在水桶里呢，不能找个好天气烤来吃真是可惜了。

第三十一章 皇兄萧景岚

日夜兼程，赶往京城。

这一路上，民间已有各式各样关于皇上重病的风声了，人人都说皇后在祈福途中失足跌于悬崖，江山或要易主，皇位最终多半还是会落回原太子庆王的手中。

想来这些消息都是景岚命人有意无意地散播出去的，他把自己置身于唯一继位者的位置之上，加之这大半年以来他这个代监国干得还不错，此时，但凡传来皇帝驾崩的消息，只怕满朝文武都会毫不犹豫地拥立他为新皇。

我思前想后，无论怎样都不敢相信，那个贤明的大皇兄会变成如今这副模样。

为何我总是隐隐地觉得，这般行事风格，和风离颇有相似之处，可我不是亲眼目睹了风离死在我的面前了吗？

我问：“景宴当日可有和你说些什么，有没有更详尽一点的？”

成铁忠说：“陛下其实并未与奴才说得太多，他是吩咐奴才务必来广陵寻到公主，并让公主回宫见上一面，陛下有话想要同公主说。”

我点了点头，“看来他是有什么事情要与我亲口交代。”

成铁忠顿了顿，又道：“只不过现下那庆王未必会让公主进宫，即便是进了宫，他也会跟在公主身侧，不会给公主与陛下独处的机会。”

“总会有办法的，”我遥遥望着前方京城的繁华景物，道，“走吧。”

再度回京，我第一个要找的自然还是明鉴司的陶渊主事，陶渊已事先得到我要回来的消息，当我们跨入地道一眼见到他时，他郑重其事地跪身道："老夫总算等到公主回来了。"

看来，京中的局势已到了势如水火的地步，奈何明鉴司的势力早已不如以往，哪怕他再有为朝廷尽忠之意，也无力插手朝局之事，故才盼星星盼月亮地盼我归京。

我让成铁忠把先前所发生的事情一一道来，陶渊越听越是震惊，愤怒之下几欲派出明鉴司所有人冲入宫中拿下景岚。我摇了摇头道："仅凭区区千人根本动不了大哥分毫，眼下的局势，哪怕我们告之朝中臣子皇上乃是大哥所害，只怕他们不仅不会去讨伐大哥，反倒会为了大哥来算计我们……"

成铁忠不解，"天下岂有这番道理？"

"趋利避害乃是人之本性，"我道，"若然我还有其他兄弟可以担负这天下重任，朝臣们或许有人愿意与我们共同对敌，可如今皇上的身子……诸位臣子即使有心，又能够做些什么呢？大哥就是看穿这一点，才会如此肆无忌惮，你真当那些老谋深算的臣子看不出这一年来的颠倒之势并非偶然？"

陶渊闻言颔首道："古往今来手足相残夺位之人又岂在少数……只要他们认为此人值得投诚，并有能力掌管天下，他们未必会去计较其手段是否光明磊落……"

成铁忠狠狠一砸桌子，"难道就这样坐以待毙……"

"那倒也未必。"我抬头望着成铁忠，"你不是说，皇上要你将我带回京城，是要我进宫单独见他一面吗？"

成铁忠点了点头，"陛下说……他有话一定要亲口告之公主殿下……"

"看来，这是扳倒大哥的关键……"我的手扶上额角，"要进宫见弟弟一面倒是不难，只是一旦进去，怕大哥就不会再给我出宫的机会了……"

陶渊叹了一口气，"可此事若要瞒住庆王怕也是不易，宫中传来密报说，自成公公失踪之后，在陛下榻边的侍奉太监便换成了李峻。那李峻是庆王的人，据说陛下那儿稍有风吹草动，他就会在第一时间传至庆王耳边，那朝臣也好宫中妃嫔也罢，但凡有人要去探望陛下，不是以陛下需要静休为由将其拦回去，便是招来庆王亲自对应。即使我们对李峻下手，可庆王那头若隔了一段时辰没收到消息，心中必会起疑，公主只怕也难以脱身……"

我起身向前走了几步，顿住，回头望向陶渊，"陶主事，你说……有没有一种可能性是把皇上送出宫来？”

陶渊浑身震了一震，成铁忠瞠目结舌地道：“这、这这这……”

我道：“大哥眼下不会轻易出宫，但若是我约他见面，他自会前来赴约，彼时即使宫中发生了什么事，李峻也难以将消息传出去……”

陶渊即道：“此举不妥，且不说公主与庆王单独见面极为危险，便是陛下如今的身子，即使我们连夜送他出宫，也难以承受颠簸之苦……”

“陶主事所言极是，所以我想……”我压低了嗓子，徐徐道出了我的计策。

陶渊听完沉默了许久，终道：“虽是凶险，却未必不能一试。”

要约景岚出来与我见面并非难事。

只需让他得知我已回到京中，他在毫无准备之下想必不会希望我进宫，如此，自会主动前来与我赴约。

我穿着十分低调的男装踱到宫门边，正如成铁忠所说，看守宫门的侍卫早就换了一拨人，这些新来的自然认不得我，见我想要进宫，理所当然地将我拦在门外。

我拱手道：“在下与庆王乃是故交，各位军爷行个方便，替我通传一声。”

那为首的守卫凶神恶煞道：“混账！庆王日理万机，岂是尔等平民说见就能见的！识趣的，就滚远点！”

日理万机……连区区一个守卫都如此形容景岚，看来他在这宫中的位置已远远超出了我的想象。

我自袖中掏出两锭金子塞给守卫，这种公然行贿之举不仅无法让他们心动，反而更增添了他们的怒意，扬言要将以擅闯宫门之罪将我拿下。就在这推推搡搡之际，忽然一个声音自不远处传来，喝道：“住手！”

几个守门卫一听到他的声音皆是一惊，慌忙让出了一条道来，哆嗦道：“孙大人，此处有刁民意图擅闯皇宫，说是庆王殿下的故交，属下如何赶他都不走……”

来人原本气势汹汹，一瞧清我的面容浑身一震，脱口而出道：“公……”

“孙大人，您来得正好，”我截住他的话头，“本公子想要进宫见庆王一面，谁知却被他们拦了下来，您看如何是好？”

这孙大人自然就是宫中禁卫军的统领孙轩，孙轩乃是我一手提拔到景宴身侧当太子亲兵，当年康王一案在大殿之上他是第一个朝我下跪之人，又岂会认不出我来？不过，据成铁忠所言，景岚不知使了什么手段竟连孙轩也纳为己用，所以，今日我专程在这个时辰与皇宫守卫起了冲突，正是算准了禁卫巡兵到了未时会与守卫军进行轮班交接，如此，也就能如此“巧合”地遇见孙轩。

孙轩何等聪明之人，见我有意隐瞒自己身份，也不拆穿，却是呵斥那几个守卫，道：“你们可知这位公子乃是庆王的上宾！”

那几个守卫一听，这才深信不疑，惊慌失措地跪下身求孙轩恕罪。我极有风度地笑了笑，“孙大人，是在下鲁莽了，未有事先请人来带路。”言毕，伸手示意孙轩，“不如借一步说话。”

孙轩点了点头，随我踱到宫门外角落处，这才举手施礼道：“公主，您怎么会在这儿？”

我颇为无奈地低下头叹道：“想必你也听说了，我与驸马失踪了这么久，本是有心隐退再不过问朝中事，但听闻皇上病重，心中实在焦虑万分，这才赶回京城……可我如今是委实不愿牵涉那朝局之中，故才隐瞒身份，却不想如今连这皇宫外的守门门卫都认不得我了……”

孙轩听懂了我的话意，“公主是想让属下带您入宫？”

“怎么，办不到？”

“那倒不是……其实进宫倒是不难，可公主您不愿坦露身份，”他犹疑了一瞬，“此刻庆王尚在御书房与诸位大臣议政，可如今不论是谁要亲见陛下都要经过庆王……只怕属下的权限……”

我似笑非笑地瞥了他一眼，看来景岚确实防了一手，估计这宫中的所有禁卫军见了我，都会忙不迭地去向他通报。孙轩被我盯得有些心虚，我微微点头道：“大哥处事谨慎，若此刻我是他人所假扮的，就这么贸然去面圣确实不妥……这样吧，就劳烦孙大人替我跑一趟，去同大哥知会一声，我在月扬酒楼静待消息，如何？”

孙轩抱拳道：“公主稍候片刻，属下立即去求见庆王殿下。”

我深知孙轩这一去，以景岚行事之风，在未探清我的来意之前，他不会给我进宫去看景宴的机会，多半会亲自出宫来见我，也就是说，从这一刻起，这一场角逐，已经开始了。

月扬酒楼内荡着古朴的琴音，文人雅士络绎如昔。我订了个靠窗的雅间，点了两碟小菜，配上一壶酒，静静等待。

当夕阳西斜，天幕沉下，我等得有些乏了，帘子忽然被挑起，那一身锦衣华贵的皇长兄伫立在跟前，依旧是昔日的英气挺拔，一时间晃得我有些分不清是少年时还是当下，只听他轻声道："襄仪……"

我站起身来，眼眶不由得一酸，"大哥。"

他像是努力控制住情绪，让随行的两位随从暂且退下，一步入雅间里来就一把将我搂住，许久方道："这两年来，你究竟去了哪儿？"

如此情真意切，让人实在很难联想到眼前这个人会对自己的弟弟下那样的毒手，我的手指在空中一顿，然后顺势拍了拍他的背，"我这不是回来了吗……"

景岚缓缓松开了手，"我听孙轩说，你是担心皇上的病情才赶回来的……"

我点了点头，忍不住焦急地揪住他的胳膊："弟弟如何了？太医怎么说？"

景岚低下头，像是欲言又止，而后轻轻摇了摇头，"太医说……皇上的病是生来就有的，一直都在寻求根治良方，可惜终究无果，半年前的风寒加重了病情，眼下……莫要说下床走动，即使醒着的时候，也是连说几句话都甚为困难……"

我坐下身，眼泪忍不住涌出来，哪怕知道景岚是来试探我的，可他既然这样说，多半景宴是真的到了油尽灯枯之境，"我想进宫看一看弟弟……"

景岚微微颔首，语声温软柔和："方才他已服了药睡下，你随我进宫去，待明日他醒了，就去看他。"

我抬眼看着他，他的神情没有一丝破绽，和儿时那个体恤弟弟妹妹的大皇兄别无二致，我擦了擦眼泪，让他在我身旁坐下，斟满桌上的酒，道："也好，天色还早，陪我喝两杯再进宫吧。"

大哥，这会是我们最后一次和睦地对饮谈话吗？

起初我本有拖延之意，让明鉴司有足够的时间能够依计进行，可出乎意料的是，景岚看上去也不愿过早回到宫去，我们俩聊着这两年来的近况，他说着朝中平衡掣肘的钩心斗角，我调侃着小村小镇的柴米油盐，就像是一对寻常久别重逢的兄妹一般。

这酒我们喝了足有一个多时辰。

当景岚问起宋郎生何以没能与我同来时，我苦笑道："大哥你也知道，他军籍未除便擅自逃离军营，皇上不追究那是念在我的情分上，可朝中的那些老臣未必会这样认为……”

景岚点了点头，“我明白。只是如今皇上的身体不佳，我本想若你愿回来，便能替皇上分忧……”

我摆了摆手，打断他的话，“我早就不是什么公主了，这话，大哥以后莫要再提了。”

景岚若有所思地看着我，“好。”

月扬酒楼的琴曲已从《广陵散》奏到了《渔樵问答》，当琴弦尾音一拨，转向了一首《良宵引》，这是一开始我与陶渊说好的，此曲一出，便是向我传达一个信息，明鉴司完成了第一步棋。

寂静的远空乍然爆开烟花的响声，窗外的烟花曼妙地绽放，花瓣如雨，这在京中本屡见不鲜，可我留心到景岚的眉头极快地一蹙，虽然只是一刹那的变化，他仍是心平气和地将杯中的酒饮完，然后轻轻放下，“原本我今日出宫，除了见你，还有一些要事要办，不若你先在此处等我，待我处理完事情之后，再来接你进宫。”

我点了点头，“大哥先去忙你的事，我等你便是。”

他微微一笑，旋即起身离去，我回头从窗外往下看去，景岚翻身上马，同几个随从匆匆远去，正是往皇宫的方向而奔。

此时，酒楼的店小二已撩帘而入，笑吟吟地问道：“方才那位爷走了，这位公子是要结账还是加杯酒继续坐会儿？”他说这话的瞬间，将袖口的字条放入我的掌心之上。

我展开字条，但见条上所写：已遵吩咐，五辆马车分别往五个方向而去，庆王即使广派追兵，短时间内也无法确认皇上是在哪辆马车之上。庆王今日来带了十个随从，仍有四人留在楼下监视公主，何时动手，但听指令。

我将字条还给店小二，他立刻将字条吞入腹中，又问了一次：“客官是要结账还是再坐会儿？”

我缓缓起身，道：“结账。”

城门已闭，满城皆是搜查的士兵。

我出了月扬酒楼便上了一辆马车直奔皇宫，那几个酒楼内的庆王侍从已被处理掉了，换而言之，当景岚搜完京城回到月扬酒楼之际，他就会意识到这一场骗局是我在操纵。

这自然是调虎离山之计。

景宴重病卧床，寝宫外有太监时时看守，要当真将他送出皇宫，没有滴水不漏的计划和足够的时间是根本办不到的，所以从我们一开始商议之时，陶渊便否决了这一提议。

我说："陶主事，其实你可有想过，或许我们不必将皇上带离宫去，只要制造一个皇上失踪的假象，让庆王认为有人将皇上连夜劫走，他势必会亲自带兵追捕，而在这期间，只要我们杀了李峻公公与那几个忠于庆王的眼线，庆王就难以在第一时间得知消息，而我，只要进宫单独见皇上一面就好。"

陶渊蹙眉沉思，"公主何以断言庆王会亲自追击，他完全可以在宫内等待消息。"

我勾了勾嘴角道："他处心积虑筹谋至此，事到如今最为期待的是什么呢？那便是等待景宴驾崩。但若见我陡然出现在京城，一旦我进了宫去看出什么端倪，他就必须要将我铲除，可他心中太过清楚了，我远远没有景宴好对付。"

陶渊终于听明白了我的意思，"公主是说，若然庆王乍见公主，必会先想法子拖住公主，而若是恰巧得闻皇上被人带出皇宫，他会将计就计在追捕的过程中杀了皇上，再将其罪推到他人身上，如此，他才能名正言顺地登上皇位。"

我道："我这大哥自小就是一个心思缜密之人，越是紧要关头自然就越事必躬亲。"

连我自己都想不到，都已疏远朝局近两年，我一语成谶的能力尚在，景岚当真率兵将京城搜了个底朝天。

在这全宫上下慌乱不堪之际，我拿着成铁忠的行宫令牌，在明鉴司安排的乔装易容之下，顺利地混入皇宫。

这种时候，自然没有人会在意我这样一个小太监，也没有人想得到，那个失踪的陛下根本没有离开过寝宫。

寝宫附近所有景岚的眼线已没了踪迹，取而代之的是从属明鉴司的太监与宫女。当我一步步靠近皇上的寝宫时，没有一个人上前来阻止，时间紧迫，我也顾不了太多，就这么跨入了屋中。

屋中寂静，烛光昏暗，我缓缓步向龙榻，隐约能见帐间悬着一双镂空熏香球，药物的淡淡香味缭绕不散，床帐里却空无一人。

我踱步至床边，掀开铺盖在床沿边的被褥，移动床板的位置，伸手触及机关。

床所靠的石墙应声而启，那另一端亦是一间与床同高的密室，密室之上铺了一层厚厚的绒毯，有一人斜靠于壁，原本紧闭的双目在听到动静之后慢慢地睁开，微微偏头望向了我。

月影掠窗，衬得他清雅的面容更加憔悴。

自然就是我的弟弟萧景宴了。

这就是所谓皇上失踪的真相。龙榻的机关原本是父皇在世之时所设，那些年他身体时好时坏，有时不得不在榻上批阅奏章及密折，后来折子堆积如山，连床边的小小几案都摆放不下，于是父皇索性造了这小小的密室，多用于摆放一些不愿让人轻易所见之物。其实这个秘密知道之人并不多，除了我和景宴之外，也只有母后清楚开启机关的方法。至于大哥……密室建造之时，他早已被逐出京城，又岂能想得到这里还有一处藏身之所呢?

景宴眼中泛起薄薄的雾，用几乎听不见的嗓音吃力地道：“皇姐……你回来了……”

那一声“皇姐”叫得我心中一窒，我张了张嘴，感觉到眼泪不住地滚落，他微微撑起身子，试图把身子挪出来，我赶忙翻身上榻扶住了他，两手所触及之处皆是他瘦弱的病骨，瞬间心底最后一根弦也崩掉了，“怎么瘦了这么多……”

他在我的搀扶之下靠回床上，我用软枕替他垫了垫，他才勉强坐得舒服些，他伸手替我抹去了眼泪，“你倒是胖了许多……”

我强忍着才没有让自己哭出声来，“是皇姐不好，是我不该抛下你离去，是我没有好好告诫你关于大哥的身世，是我……”

“皇姐，”他轻轻拍了拍我的手背，“景岚的身世……父皇……早就告诉过朕了……”

他看着我震惊的神情反倒淡淡地笑了笑，气息羸弱地道：“父皇说，这个身世秘密，景岚自己并不知晓，从小到大，朕最为仰慕之人便是皇兄，朕以为只要守住这个秘密，他就能在朕的身边做朕的好皇兄……是朕糊涂了，朕忘了……他越是不知自己的身世，就越会铭记自己曾是东宫的太子，也就会越痛恨那些本属于他的一切都被朕取而代之……”

我茫然地看着他，“他痛恨你？这些话，是大哥同你说的吗？”

他轻轻点了点头，“朕中毒昏迷期间，景岚时常会在朕床边静坐，有时一个时辰，有时整整半日……他有无数次机会可以让朕不留痕迹地丧命……可他没有，他……他自言自语地说了许多话，他告诉朕他原本并未想要害死朕，只是想要让朕昏迷长眠，却没有想到朕的身子根本无法承受那软骨散之毒……可走了这一步，他便无法回头了……”

“软骨散……真的是软骨散……”我喃喃，“弟弟，景岚他……是当年的风离吗？”

景宴意外地看了我一眼，慢慢地点了点头，“……是他自己亲口对朕说的……”

所以，那时在睿王府被宋郎生一剑刺死的堂兄，也是景岚金蝉脱壳的替身？所以，多年前害死镖局满门、追杀君锦之一家、谋划官船爆炸案、制造江浙水患，更利用采蜜离间我与宋郎生，一次次将我们逼入绝境之人，真的是景岚？

原来，当日宋郎生所猜测的根本没有错，原来我同景宴一样都被情感蒙蔽了双眼！

我浑身越颤越厉害，“什么叫原本属于他的？他要是想当皇帝，当初就不应该为了一个女人一走了之，可他就那样走了，走得那么潇洒，却把病重的父皇和江山的担子统统压在了我们的身上！后来呢？他的女人死了，他彷徨得无所寄托，便又觊觎那些他曾经不屑的皇权富贵了吗？！”

景宴摁住了我不住发抖的手，明明是很轻的力量，却仿佛有着沉重的力量，“皇姐……不用愤怒，也不必绝望……从我们得知真相的那一刻起，他就已经不是我们的大哥了……”

我怔住。

景宴盯着我，一字一句重复道：“他，本来就不是我们的皇兄。”

我微垂着头，极力控制住自己的情绪，“你说得对，他原本就不是我们的皇兄……可是我们没有凭据，又如何令文武百官相信景岚根本不是父皇的儿子……”念及于此我忽然想起一人，“是了，太后知情，她与父皇交换婴孩，不可能没留下任何蛛丝马迹！只有太后说的话才最有信服力……”

景宴道：“皇姐，那个太后已不是我们认识的那个母后了……原本太后是极力反对朕封景岚为亲王的，可有一日她不知怎么就不反对了，对景岚也极为关爱……朕心有疑虑，便派人暗中调查，却忽然患了大病，到后来方得知这个太后是假的……”

我像是听到了天底下最荒谬之事，“太后是假的？怎，怎么可能？景岚再是神通广大，又如何能找一个人取代太后？”

“事实摆在眼前，朕不得不信……”

如果景岚连宫中的太后都能随时替而代之，他隐藏的势力究竟到了怎样不可估量的地步，简直令人难以想象。我看着景宴道：“我在今日来之前，原本还以为弟弟你已不能动弹，无法言语，此刻看你虽然行动不便，尚且还能发出声来，既如此，何不在上朝之时当着群臣的面道出真相，将景岚治罪？任凭景岚如何步步为营，拉拢朝廷重臣，他终究只是一个王爷，而你才是当朝天子！手握重兵的是你，手握重权的也是你，弟弟，你究竟在忌惮什么，迟迟不予行动？”

景宴僵了一下，唇边下意识地翘了翘，他咳了两声，缓缓说：“皇姐……从朕用尽最后的气力让成铁忠去广陵寻你，到今日你出现在此，这期间……朕……一直都是不能动弹、无法言语的，甚至……连双眼都难以睁开…………软骨之毒早已散遍四肢百骸……”

“那你现在怎么却能……”

“朕备了一种药，当服下此药时，不论是身中剧毒还是病入膏肓之人，都能在短时间内恢复神志……”他顿了顿，“只不过，时辰一到……大限亦随之而至……”

我觉得整个人都有些瘫软，扶住床角，好久才能开口，“你无法动弹，是怎么……怎么服下此药的？”

“明鉴司。”景宴微微一笑，“父皇说，他把明鉴司送给了皇姐，可……咳咳，可天下都是朕的，天子脚下陶渊又岂会拒绝皇命……”

床帐被风吹得扬起，我不可置信地望着他，眼中的水雾再度溢出，“谁准你死了？谁允许你用这样的方式醒来的？萧景宴……你怎么可以不试一试就这样放弃自己的生命……怎么可以这么做……”

“朕撑不了多久了，不能坐以待毙什么也不做……”

我紧紧握住他的双臂，“可我不要你死，你是父皇最后的血脉，你死了，我拿什么和景岚斗？我纵使斗赢了，又有谁来继承这一片江山沃土？”

景宴轻声道：“有的……”

“你是说你那尚在襁褓中的儿子吗？”我咬着嘴唇，“这天底下，几时有过让一个婴孩登基为帝的？不要说是萧景岚了，满朝文武也无人会信服于那个孩子的！你明白吗？”

他抬眸看着我，如天幕寒星：“皇姐……朕所指的……并非朕的孩儿，而是父皇的……”

我呆住，“这话是什么意思？我们的几位皇兄不都……”

他道：“是大皇兄……”

我听糊涂了，“萧景岚分明不是父皇所生……”

他沉吟片刻，“当日母后确实生了一个婴孩，不是吗？”

“可那婴孩不是一出世便枯黄消瘦，太医们说他活不过三日吗？”

“不……那个婴孩，没有死。”景宴一字一句道，“他们……都以为那个婴孩必死，用了姑姑的孩子取而代之后，那个孩子……却活了下来。”

我张口结舌：“若那婴孩还活着，父皇又何必让景岚来替代？”

景宴闭上眼，缓缓道：“那婴孩虽说将死……可父皇与母后终究心存一丝希望……为了掩人耳目，就让当年母后身边的嬷嬷连夜偷送出皇宫……没想到那嬷嬷一出了皇宫就失踪了，连婴孩也不见踪影了……从此，父皇便认定那孩子已在途中夭折，也未再去寻找了……却在很多年以后，偶然间重新获知了他的存在……”

我呆呆地听着。

他微喘两下，“父皇原本也未想要那流落在民间的皇子重回皇宫，若不是我们的那几个皇兄先后离世，朝中的乱局难以收拾……还有朕的身子状况……父皇终究有所顾虑……或许父皇早已料到过今日的这番局面……咳咳咳……为了大庆江山的稳固……”他用力地咳了两下。我拍抚着他的背，“弟弟的意思，父皇后来找到了那个皇子，并且在暗中一直与他保持着联系？”

景宴努力让自己平喘，微微点了点头。

我问：“他是谁？”

景宴摇了摇头，“也许父皇是顾忌朕为了稳固自己的皇位，会在登基之后对那个人下手……这一点，父皇并未同朕明说……”

“那么，这个人会自己主动站出来，将景岚并非皇子的身世揭开，并且取而代之吗？”

景宴又摇了摇头，“……如今看来是不会了……否则这些年，在朕重立景岚为庆王时，他又岂会不现身……”

听到此处，纵使我再迟钝，也不可能听不出他的话外之音，原来当日，景宴是因心中忌惮那个真正的大皇兄，为了堵住他重新归来的路，才封景岚为王的。

这个笨弟弟，怎么会在这事上处理得如此愚不可及，他怎么就不想想，若这个遗落民间的皇子当真有心觊觎皇位，早就在父皇健在之时恢复自己的皇籍了，怎么可能会选在父皇离开后再动这份心思？

若换作是往昔，我定然要不顾君臣之别狠狠损他一顿，可如今他就这样靠在我面前，流露出小时候他做错了事可怜兮兮的模样，我又如何能忍心说他半句？

我道：“景宴，姐姐答应你……会尽我所能找出那位皇子，守住萧家的江山……”

景宴哽了哽嗓子，垂眼握住我的衣角道：“……朕知道，姐姐从小只想和其他公主一样寻一个如意郎君过安宁的日子……如若不是为了朕，父皇也不会在姐姐的二八年华就把姐姐推上了那样的位置……皇姐，你为朕做的……朕从来都不敢忘……”

风轻轻拂过，在头顶打着旋，我生怕他冻着，替他拢了拢披在肩上的绒袍，“莫再说这些了……我的心意你懂，你的心意我又何尝不知？”

他按住我的手背，“但，接下来，朕说的这些，姐姐一定要牢牢地记住……”

他深深吸了口气，然后附在我旁轻声道：“父皇在临终之前，其实曾经立过两道传位遗诏……一道，是将皇位传给朕；另一道，则是那个我们尚不知身份的皇兄……”

我震惊地望着景宴，“这怎么可能？”

“此事，是父皇亲口与朕说的……”

“可是……两道遗诏……若同时出现，当以哪一份为真？”

景宴道：“以朕那一道遗诏为先……而传给皇兄的那道遗诏所写，则是若朕遭逢不测或是身体不济，在朕驾崩之后，便即传位于他……那封诏书不仅点明了他的身份，并会将当年交换太子一事清清楚楚地道明……”

我惊了半晌，方道：“父皇之先谋远虑，当真无人能出其右……既然父皇肯让你知道那封诏书的存在，就没有理由不把诏书放在何处告诉你，否则，就没有告诉你的意义了……”

“不错……朕一直都知道……那封诏书藏于何处……只不过朕，一直未曾去看……”见我眉头蹙起，他虚弱地笑了一笑，“朕怕朕看了，便会违背朕所立的誓言，忍不住斩草除根……”

我抬眸看着景宴，“可你终究什么也没有做，不是吗？”

无怪景宴如此惶恐那个不知名的皇兄。如果诏书所书的是景宴驾崩之后他继位，那么若是他动了某份心思，将景宴害死，自然能顺理成章地取而代之。这样看来，究竟是父皇对这皇兄的人品还是极为信任呢，还是这第二封传位诏书的存在，连这个皇兄本人也并不知情？

“既然弟弟手中握有这么一份诏书，何必畏惧景岚？大可秘传朝中值得信任的大臣，让他们当众宣读圣旨，又何必要等我回来再去做这件事？若是我回不来……”

景宴道：“这是父皇亲口对朕的嘱托……第二封诏书……当由皇姐你当众宣读……”

我诧然，“为何？”

景宴的血色一点一点地从唇角褪去，“这个谜底，恐怕是要皇姐……亲自去揭开了……”

他努力振作精神，缓缓自身后拿出一卷明黄色的绸缎卷轴，“此乃朕亲手所写的遗诏……写下了父皇诏书所在之位置，令百官需得遵循先帝诏书……待朕死了之后，只要皇姐带着朕的这卷遗诏上殿，天下……便不会落入那萧景岚之手……”

他说着，双眼微合，我直直望着他，一眨也不敢眨，生怕一眨眼他便闭上了眼，再也无法睁开，“景宴……”

景宴朝我微微一笑，颊边露出一点酒窝，“时辰还未到呢，朕还不会这么快睡去……只是……有些疲了……”

这时，门外有人轻轻地叩了三下门，“皇上，公主，陶主事传来烟花之讯，庆王已在赶回宫的途中，拖延下去只怕无法离宫了……”

景宴将卷轴塞入我手中，“皇姐……快走吧……”

我紧紧攥着他的袖子，“我不要……”

眼泪盈满眼眶，景宴轻轻替我拭去，“能在最后……再见皇姐一面……朕也就……安心了……只可惜，朕没能再见皇后……与朕那未足月的孩儿一眼……”

门外的人再一次催促起来，景宴把我慢慢推开，“再不走，一切就都白费了……

你是朕，是父皇，是大庆最后的希望了……走吧……”

我最终还是这样匆匆地离开了皇宫，甚至没来得及同景宴做最后一声道别。

寒风刺骨，再度出了皇宫，满城的繁闹之景都像是被忽然抹掉一般，天地蓦然陷入肃穆之中。

我在明鉴司的安排之下，避开了层层严密搜捕的京师，回到了明鉴司最为隐秘的藏身之处。

这地底密室，纵然点满烛光，却比黑夜更令人窒息。

我不能想象景宴独自一人躺在偌大的寝宫里，慢慢地闭上眼，慢慢地离开的时候，会在想些什么，会有多么孤单。

我蜷缩在地上，反反复复将景宴所给我的遗诏看了许多遍，终究把头埋在膝盖中，怎么都停不下浑身的战栗。

这一夜注定夜不成寐。

皇帝晏驾的消息传到坊间的时候又过了两日。

据说，宫中的人在寝宫发现景宴的时候，他已在睡梦中绝息。一时间宫中上下，朝廷内外，皆是一片悲戚哀号，而在那沉痛背后，更多的阴谋却在蠢蠢欲动。

如今朝臣们将一应事务都交与景岚处置，包括皇上入殓的良辰吉时、吊唁与丧葬诸般仪礼，皆要上呈给他过目，朝野上下虽未言明，但俨然已将景岚视若皇位唯一的继承人。

数日来，萧景岚在皇城遍布搜查的眼线，可他毕竟不敢言明所搜何人，那些虾兵蟹将也并不清楚自己要捉拿的究竟什么样的人物，哪怕我堂而皇之地走在大街上，他们也未能察觉出个所以然来。

我想，这或许也是景岚给我传递的最后一个忠告——京中兵马尽归他手，江山已成定局。

其实到目前为止，景岚的理政姿态还是谦和循礼的，这也就更证实了景宴所言——景岚并不知道自己真正的身世，他始终还是把自己当成我的皇兄，认定我纵然恼他却也不会拿江山社稷开玩笑，毕竟他以为萧家只剩他一个血脉了。

由此看来，他多半会到出灵那日在灵柩前“被”大臣们委以重任，而他不得不为了江山社稷揽下了这一国之君之重，一切顺理成章，无人非议。

只可惜，他算漏了这至关重要的一节，这局便难以成定。

世事瞬息万变。

我从未想过，有一天，会和自幼最为崇敬的大皇兄站在对立的一面。

景宴出殡之日，我在明鉴司的安排之下乔装入了皇宫。待换上一身孝服后，以皇长公主之尊徐徐步入安放灵柩的延福宫中。

延福宫里里外外，都站满了文武官员。

当宫外的太监高呼“襄仪公主到”之时，所有人纷纷回头侧目，用不可置信的眼光望着我凭空出现在此，步步临近。

殿内挂满白色布帐，我踱至行宫门前，一眼便望见了那横在殿中的棺木，与跪坐在旁腰系孝带的景岚。

他慢慢地站起身望着我，深不见底的眼中蕴着难以言喻的神色。

在这一刻之前，他没能阻止我进宫来，那么当我走到了这一步，天底下没有一个人能阻止一个姐姐为自己的弟弟吊唁。

我微一顿足，缓缓跨入殿槛，殿内重臣虽甚惊诧，却也很快回过神来，为我让出一条道来，朝我微微点头施礼。

景岚仿似乍见我一般浑身震了震，沉痛地道：“襄仪，你回来了……”

我没有回应他，径直步至棺木之前，景宴此刻正静静躺着，宛如睡着了一样面容安详。我想起了那夜他同我说的话，他说：能在最后再见皇姐一面，朕也就安心了。

他是几位皇子之中天资最为平庸的一个，或许不是一个好皇帝，却是我最好的弟弟。

而我却不能陪伴他到最后一刻。

我拂袍跪在蒲垫上，深深叩头下拜。

殿内一时寂静无声，待我行完叩拜之礼，方听有人道：“陛下治国有道，体恤爱民，本是我大庆之福……奈何天妒英才，却早早晏驾而去，实是我大庆之不幸，臣等皆是悲痛欲绝……只不过，如今大梁狼子野心，虎视眈眈于我大庆之境土……国不可一日无君……”

说话的这个大臣杨栎之，既是兵部尚书，亦是景宴的岳丈，皇后的父亲。如今他在朝中有着举足轻重之地位，可与内阁首辅赵庚年分庭抗礼。我是不知景岚究竟与他达成了什么样的约定能让他站出来替景岚说话，但是就凭这一点不难猜出，这位杨尚书不仅不知自己的女儿为景岚所害，更不知女儿怀有龙子幸存了下来，如此，才会在这满朝文武跟前言辞凿凿地推立景岚来继承帝位。

“……臣以为，庆王殿下乃是新君的不二之选……”

言毕，他躬身长跪，“臣杨栎之推举庆王殿下继任大统……”与此同时，殿内有近半数朝臣也都纷纷跪下，赵庚年虽然神色有惑，颇有迟疑，然而大势所趋，他确实也无法找出一个更适合的人选，况他年岁已高，纵使心如明镜也不得不顺势而跪。

景岚理所当然地要虚伪地推拒一番，可朝臣们如此众口一词，想必他终究还是“不得不”揽下这天下之重担。

这之中，我一声也没有吭过。

我是在众口一词、齐声推举景岚为帝的那一刻站起身的。

我起身之时，就近跪身的几位老臣皆是一怔，杨栎之更是忍不住出声提醒道：“公主……如今，庆王殿下乃是继任之选……”

我转眸看了杨栎之一眼，“继任？继任什么？”

殿内有一瞬间的死寂，我回过头去，抬眼看向景岚，慢慢勾起了嘴角，道：“只要我萧其棠不认，他便不能继任这帝王之位！”

第二十二章 传奇的终结

此言一出，众臣皆倒吸一口凉气。

且莫提我早已非当日监国之襄仪公主，手无半分权柄，只怕连当今太后，都未必敢当着满朝文武的面如此口出狂言。

群臣之中以杨栎之最为震惊，他忍不住站起身来，指着我道：“公主殿下岂可如此胡言！庆王殿下乃是萧家之皇长子，是皇室嫡系唯一的血脉，在陛下重病之际将朝中大小政务操持有度，论品性、论才智谋略，更是有目共睹！庆王的储君之选，朝中群臣无人有异议，公主又岂能仅凭一人之言将其一概否之，未免太不把大庆社稷放在眼里了！”

杨栎之话音方落，其他数名朝臣纷纷附和，更有人道：“公主早已不再担负监国之职，今日来为陛下送行臣无话可说，可若是干预朝政那便是僭越了！”

景岚静静地听着朝臣对我的指责却不打断，我留心到他的嘴角扬起一丝若有若无的笑意。我淡淡回转过身，对着朝臣们道：“诸位大人所言不错，庆王乃是皇上的胞兄，皇上无子，理应由他继任皇位……可本宫在此却有一问，不知能否解惑？”

杨栎之眼中似有不屑，口中仍道：“公主殿下有何见教？”

我笑了一笑，冷然问道：“敢问诸位大人，弑杀圣上、谋害皇后之人，可否为帝？”

这惊世骇俗的一问成功地令偌大的延福殿静了下来。

人人皆露出胆战之态，不知是被这番话所惊还是因我说出这样的大逆之言所撼，杨栎之当先振袍怒问：“荒天下之大谬！众臣皆知陛下乃是重病不治，岂是为人所杀？而臣女……皇后更是在为陛下礼佛祈福的途中因马失控坠落悬崖，当日同行之侍卫皆是亲眼所见，又怎么会是为人所害？！”

礼部侍郎道：“杨大人所言极是！”

东阁大学士更道：“庆王仁厚，陛下病时在榻边尽心侍奉，陛下信任，方将朝政交与庆王之手。公主初回皇宫，如何能不分青红皂白讪谤庆王清誉！”

诸臣你一言我一语，恨不能扑上前来将我撵走，连素来寡言的赵庚年都忍不住深锁眉头，场面一时失去控制。此时，景岚微微抬了抬手，这才让大殿稍稍稳住，他慢慢望着我，沉声道：“襄仪此言，令本王为之骇然，究竟是从何处听来谣言，竟让你以为本王会对圣上下此毒手？”

我等了许久，便就是等他这一问。

我道：“究竟是不是谣言，待我请上两人进殿，真相自有分晓。”

景岚坦然挽袖道：“本王问心无愧，但请无妨。”

我所说的两人，自然就是景宴的贴身内侍成铁忠与皇后了。

成铁忠右臂空荡荡地跨入，当他看到棺柩之中的景宴时，满面泪如泉涌。他深深跪在柩前，哭道：“陛下……是奴才来迟了一步啊！陛下……”

就在所有人都还未从震惊中缓过神来之时，一道飘然的白影缓缓地踏入殿中。

皇后一身素白纤弱，面容苍白如纸。她手中抱有一个奶糯雪白的婴孩，仿佛每走一步都有千钧般重。杨栎之看到“死而复生”的女儿时，整个人几乎控制不住地颤抖，满朝臣子乍然见到“死而复生”的皇后，皆是惊恐万状，而皇后却一步一步撑到了棺木之前，重重跪下身：“臣妾带皇儿回来了，皇上。”

至此，便是再愚钝之人都能看出，皇后死里逃生并诞下龙子归来了。

景岚袖中之拳紧紧一握，面上虽有惊异之色却无半点慌状，他鞠身行完礼，诧然之中带有喜色道：“当日随从的侍卫说皇后蒙难，陛下与朝臣们实在痛心不已，如今不仅皇后无恙，竟还为陛下留下血脉，实乃大庆之幸……”他这么说的时候，皇后忍不住流露嘲意，景岚置若罔闻，继续演道，“可本王却不明白，皇后既然平安，何不早些派人回宫告之，要等到今日才……”

皇后出言打断：“庆王自然希望本宫带回消息，如此方能在诸位大臣尚未察觉之际将本宫与皇儿铲除！”

这一句触目惊心之语由皇后亲口来说，效果显然大有不同，此时，就连一直支持庆王的杨栎之都忍不住望向景岚，而景岚镇定自若，仿若没能听懂皇后话外之意，“皇后所言是为何意？莫不是连皇后也以为那场意外乃是本王所为？”

成铁忠看景岚这般泰然自若的装腔作势，终于跳起身来暴喝道：“是你！是你下毒害死了陛下，又命杀手追杀皇后娘娘！护送娘娘的侍卫一个也没有活下来！若不是苍天有眼，庇佑皇后与皇子，只怕如今你的奸计已然得逞！你！你简直比豺狼还要恶毒！”

景岚出于礼仪对皇后毕恭毕敬，但见成铁忠如此辱骂自己，却是浮起了怒意，他威然道：“成公公，你说本王派人追杀皇后娘娘，可当日随娘娘出宫的侍卫无一人有受伤，此刻他们护主不周如今皆关押在大牢，此事刑部与大理寺皆可为证。若你不信，本王这便派人将他们传召入宫当面对峙！”

成铁忠一时没摸准他所言是虚是实，“你……你……”

原来如此。

原来当日随同成铁忠与皇后出宫的那群侍卫都是景岚的人。首先，他们行到了山上激怒马匹，让马车失控冲向崖际；接着有另一拨伪装的杀手突然出现，阻拦了侍卫救助皇后的假象。皇后在车中听到刀枪之声自然认定是有杀手杀她，如此，万一事败，皇后活了下来回宫告状，可当时所有人都毫发无损地活着，诸臣当然会认为所谓的杀手不过是皇后在惊慌之际的错觉，这样自不会有人把矛头指向庆王。

如此步步为营，谨慎谋下后路，不愧为景岚。

果不其然，这时皇后所有的控诉都变得苍白无力，毕竟那时她怀有身孕，情形紧急又在车厢之中，连杀手的影子都未曾见过，又如何由此指认景岚？

景岚温和道：“皇后娘娘，只怕您对本王是有所误会，皇后娘娘失踪期间，本王着刑部与京师卫翻遍了整座山只为寻找娘娘，又岂会对娘娘有加害之意？”

皇后颤了一下，抿住了唇，“你对陛下施以毒物，令陛下卧床不起，此乃陛下亲口对成公公所言，而成公公为了保护本宫，更是断了右臂险些丧命，你说你无祸害圣上之意，如何令本宫信服！”

“陛下亲口对成公公说，是本王毒害陛下的？”景岚蹙眉望向成铁忠，“成公公，不知陛下是何时同你这般说的？”

他这话一问，我已听出了是个陷阱，未能来得及阻止成铁忠，他已脱口道：“便是在皇后娘娘出宫前一日陛下亲口对奴才所言！陛下中毒已久，若不是同安堂的掌柜康临发现的，只怕连陛下都被蒙在鼓里！只可惜康掌柜也已不知所终……定是你暗中已将他害死！”

“同安堂掌柜？”景岚问，“康临由始至终都随太医院陪在陛下身边替陛下诊治……”他说着，望向太医院士，“王太医，本王所言，可否属实？”

居于末位的王太医站出身来，道：“庆王所言句句属实，康大夫直到前几日方才离宫回到同安堂，此间一直在太医院里为陛下配药，所有太医院之人皆可为证……”

成公公已傻了眼，“这、这怎么可能……他分明……”

他分明是被景岚所收买了。

虽然不知景岚用了什么办法，连康临都能在最后临阵倒戈为他所用，看来当日康临故意失踪，然后潜藏在太医院，这也是景岚所埋的一颗棋子。而此刻他这一招棋路所指之人……只怕不是别人……

景岚阴沉沉地对成公公道：“你说在皇后出宫之际，陛下告知于你一切皆是本王所为，可当时陛下分明已昏厥不醒，如何言语！若然陛下尚有意识，何不招众臣入殿当众言明一切？你既称因保护皇后险些丧命，何以不在获救之后将此告之杨大人……”

成公公已被激怒得语无伦次：“奴才……奴才是去寻公主，让公主回宫揭穿你的恶行！你、你……”

“杨大人近在京城，你又何必要舍近求远去寻公主回来？难道你认为杨大人还能加害自己的亲生女儿不成！”

成公公张口结舌，此时此刻他又如何能解释得清景宴把我叫回京城的真正意图！

景岚道：“你所言前后矛盾，颠倒是非，一而再再而三地污蔑本王，究竟是何人指使，意欲何为！”

绕来绕去，景岚总算成功地把矛头指向了我这儿。

我把视线重新移回到他的脸上，淡淡问道：“庆王所指何意？”

他道：“你失踪了两年，忽然在宫中出现，又‘恰到好处’地将‘解救’后的皇后带到殿上，让皇后指认本王弑君……呵，襄仪公主，不知你可否先回答本王，何以这两年来连皇上都寻你不到，成公公是如何仅凭一己之力就能把你找回的？”

“庆王的意思是说，成公公乃是受本宫所指使，蛊惑皇后，目的是阻止你登基为帝？”

景岚反问道：“难道不是吗？”

我微微一笑，“本宫这么做，对本宫有何好处？”

他平平笑道：“本王若是弑君谋逆，自然无缘帝位，而能继任之人唯有小皇子了，小皇子乃是初出生之婴孩，需得有人辅佐，如此摄政之位，当仁不让便是襄仪你了。”

说到此处，景岚目光一利道：“襄仪啊襄仪，你若有心让皇子继任，本王绝无异议，若不愿本王干涉朝政，威胁皇子的帝位，本王大可远离皇城，你何苦要如此处心积虑陷本王于不义？”

我心中不期然闪过一抹哀意，昔年兄妹之情早已荡然无存，可究竟是什么改变了那个月朗风清的皇长子，怕已是多思无益。

我往前踏出两步，忽然趁侍卫晃神之际抽出他腰间佩剑，唰的一声，剑尖指向景岚的喉颈。众人皆是大惊，景岚负手而立，不为所动道：“怎么，事败欲要杀我？”

我笑了笑道：“庆王殿下方才问成公公，为何圣上明知自己身中剧毒，却不召见大臣述清真相，”不等景岚应答，我道，“那么本宫问庆王一个问题，若剑悬在此，动则毙命，你……当如何？”

景岚眼中似有火光在跳跃，他不怒反笑，“公主是说，本王控制皇上举动，令他无法召见臣子？”

我学着他的语气，反问道：“难道……不是吗？”

他低头看着剑尖，冷笑道：“皇妹可真是语不惊人死不休，这欲加之罪，何患无辞？倘若本王当真图谋不轨，自有蛛丝马迹可循；倘若没有，满朝文武谁人会信这荒唐之言？”

我抛下长剑，“庆王言之凿凿，称并无谋害圣上，我与成公公所言皆是对你凭空的诬陷……不错，成公公确实没有任何能够指证你的证据，皇后娘娘当日的遭遇，也不能说明是庆王你有心陷她于险境……只不过，世上本无不透风之墙，你当真以为今日本宫是空手而来？”

话音方落，我解下腰间束袂，将景宴所给我的遗诏从白色裹布之中抽出。

明黄色的遗诏呈在大殿之中，我侧首道：“此乃皇上亲笔所书之遗诏，本宫今日来，正是为了将此遗诏公之于众。”

群臣的身形俱是一震，景岚在短暂的愣愣之后恢复常态，他道：“遗诏？且不提皇上重病不起，便是他当真写了遗诏，朝中重臣岂会无人知晓？又怎会落在你的手中？”

我并不急着打开遗诏，“诏书在我手中，自然是皇上亲手所予，朝中诸臣何以无人知晓，自然是皇上无法令他们知晓。”

景岚冷笑道：“焉知此诏是真是伪？”

我缓步踱至赵庚年跟前，将遗诏递给他，“赵首辅，你曾为太子师，皇上的字词书画自幼便是受你辅教，这诏书究竟是否皇上亲笔所写，您一看便知。”

赵庚年在展开遗诏之时，双手微微有些颤抖，他慎之又慎地看了三遍，忽然重重跪地道：“此遗诏的确是圣上所书无误！”

众臣震惊不已，此时的景岚终于有些慌了神，他试图掩饰满眼的怒浪，嘲讽道：“公主与皇上一起长大，常同食同读，公主会模仿皇上的字迹又有何出奇？”

我看了他一眼，再度借用他说过的话道：“倘若这诏书乃是本宫伪造的，自然有人能够分辨清楚，可你看都未看此诏书，又凭何认定此乃本宫所伪造的？”

景岚：“你……”

赵庚年徐徐道：“公主的字迹清和秀雅，皇上的书法却是遒劲有力，实难伪之，此其一；这份遗诏之明黄绸缎乃是户部织造所特供，其绣路针工亦是独一无二，此番只要将织造专人传召上殿，自可分辨真伪，此其二……”

说到此处，户部尚书微微点了点头表示赞成。赵庚年又道：“其三，这诏书所印的确是当朝国玺，除陛下以外，无人可使……”

景岚冷笑道：“国玺在尚宝监，陛下昏迷期间若有人居心叵测……”

“此节也并非毫无可能，”赵庚年道：“只不过庆王却是不知，在陛下重病昏迷之前，曾传召朝中大臣们入宫，除了嘱托朝中事务外，并告之诸臣国玺已从尚宝监挪至他处，除陛下以外无人知晓，此举本是为防他人趁陛下昏迷之际有所图谋，而如今，恰恰证明此遗诏乃是真正的遗诏！”

我心头一窒。

难怪景宴只让我将遗诏公布，却从未担心过会否有人质疑其真假，原来他早有决断，把所有的路都已铺好。

这时，殿中有不少朝臣都纷纷点头表示当时他们也在场，能够作证确有其事。

景岚怫然道："此遗诏纵是皇上所立，可既乃襄仪公主所呈，便做不得真！"

我想所有人都没听懂他想表达的是什么。

"庆王这话倒是令本宫汗颜了，本宫是做了什么逆天之事，连上呈陛下遗诏的资格都没有了？"

他已不再掩饰周身不可逼视的气势，盯着我的脸一字一句道："一个隐瞒自己真正身世的逆犯之女所呈的遗诏，何足为信？"

"真正身世"这四个字，犹如一道雷电劈下——

他居然知道，这怎么可能？

难道——

念头一出，有一个声音自背后响起："庆王所言不错，襄仪公主并非元宗皇帝与哀家所生……"

太后自侧门从棺木后绕了出来，缓步走到了我的面前，淡淡地道："她乃前朝叛党林丹青之女。"

四周充斥着一股森然之气，那殿中的朝臣究竟是何反应我已无心去留意了。

景宴分明同我说过，宫中的太后是假的，可眼前的这个太后，竟在众目睽睽之下，徐徐道出当年的真相——关于父皇和她、林丹青与太医徐留芳之间的种种，那些不为人知的过往，天底下除了父皇母后之外，又怎么会有人知道得如此详尽？

若她当真是太后，何以对景岚的身世绝口不提，难道她甘愿把皇位献给一个害死自己亲儿之人？

殿中，隐约有混乱的骚动，待我从混乱的思绪中摆脱出来之时，景岚看着我问道："太后所言，皇上根本毫不知情，而你有心利用皇上对你的信任，蛊惑皇上拟下那道遗诏，又如何能作真？"

我一时语塞，倒不是无从辩驳景岚的话，只是一时间仍没能洞悉他的意图，"太后所言，本宫闻所未闻，倘若太后当年欺君在先，这么多年绝口不提此事，将所有人蒙在鼓里，何故今日突然就承认了自己的罪行了？难道是见父皇不在了，皇上也去了，这才良心发现了？"

太后骤然怒道："你——大胆！"

景岚抬起眼，他俊秀的双目微微闪动，"母后早在父皇在世时，便已同父皇主动道明真相，父皇念及养育之情不愿将你治罪，只让你离开，再也不要回京。谁知你仍贪恋权位，意欲重归朝野兴风作浪……若非你走上了这一步，本王也不会提及此事——”

看样子，这个太后应当不是真的，而景岚是当真对自己的身世一无所知，否则理应不会如此毫无顾忌地触动这根弦。

只不过，他们是从何得知我的身世的呢？

景岚见我沉默，只当我不愿承认，他道：“既如此，传上人证！”

我原以为，所谓的人证不过是为了作伪的可有可无之人。

可当两位士兵架着那浑身伤痕累累、神志恍惚的女人进殿时，我整个人忽然就站立不稳了。

青姑，林丹青。

她看上去受过重刑，在士兵放手后，竟连跪也跪不直，她有些茫然地不敢抬头，仿佛对这陌生的殿堂感到害怕，此时的她与昔年在陈家村中那个身手灵敏、目中无人的古怪大夫简直判若两人——我的心冰凉一片，我不敢想象一个人究竟是受过什么样的折磨才会被摧毁至此。

景岚把目光停在她身上，一顿，冷冷道：“罪妇林丹青，抬头看一看她是谁？”

青姑愣了一会儿，慢慢仰起头，看到我的时候浑身哆嗦了一下，我下意识要踏前一步，她突然拽住景岚的衣角，狠狠摇头道：“不，不，谋逆之事与她无关……她毫不知情……”

“她毫不知情？可她明明是你的亲生女儿……”

“不，我们，我们多年未见，是我，一切是我一人所为……”

我双拳紧紧攥起，如今我终于明白，景岚曾做了数年聂光的谋士，而青姑也一直跟随在聂光身边，他乔装成风离，青姑认不出他来。可在那段日子里，他却从青姑那儿得知了皇宫中的那个襄仪公主才是她的亲生女儿。他在青姑因谋逆案被抓获入狱之后，对她进行轮番逼问和折磨，并诱导暗示她所有人都已知道我同她之间的关系，只怕这两年来我的失踪，都已被青姑误解为是我为了逃脱朝廷的追捕。所以，她才会一见到我的时候就否认我与谋逆案有关，而不是急着撇清我们的关系，她已彻底乱了方寸，甚至不记得至关重要的一点——谋逆者罪当满门抄斩。

待青姑被带出延福殿时，我看到景岚满是挑衅的眼神，恍惚中他与山巅之上的风离重叠在一起，都是那么善于……操纵人心。这是赤裸裸的威胁。然而他对我再清楚不过，哪怕是死路一条，我也绝无可能会狠得下心肠置青姑于不顾。

景岚问我："如今你还有什么话可说？"

我强制压下心中的波澜，努力地让自己的呼吸平稳下来，看了太后一眼，又望着远去青姑的身影道："即便确有其事，可这又与皇上的圣旨有何干系呢？庆王殿下……"

"你大可佯装此刻方知，"景岚截住我的话头，"来人！传他入殿！"

有一道颀长的身影宛然踏入殿门，背着光看不清面容，可我却一眼认出了他。

寒风穿门而过，那人朝着这个方向迎面而行，他一身布衣再朴素不过，但每步入一步，我的心就下沉一分。

殿内有人甚至脱口而出："是……驸马……"

驸马，宋郎生。

一别一月有余，我以为我再也见不到他了。

他本应还在广陵的大牢之中，怎么可能，怎么可以，会出现在这儿。

难道他不知道，景岚随时可以对他这个逃亡的将军治罪。

我怔怔望着他的眼，却看不懂他眼中的涟漪是何样的心绪。

我听到景岚问他："宋郎生，你与襄仪公主乃是夫妻，这些年来，可知她真正的身世？"

宋郎生默然了片刻，缓缓启唇道："知道。"

"是何时得知？"

宋郎生的眸色深沉似海，他静静地望着我说："两年前，在泽州，她同我说她并非是先帝之女，因担心身世暴露后会有劫难，让我……带她离开。"

万事皆有因，可我猜不透他这样做的因。

他的话就像刀子，是天底下唯一能够刺痛我的人。

眼前的一切化为一片朦胧的雾，漫开，滴落，我从未试过在这么多人面前哭过。

我看不清他的神情，我想，他终究是有他的苦衷的，可我也不能忘记我要做的事。

我微微偏头拂去了眼泪，勾了勾嘴角，朝景岚道："不错，我确实非父皇与母后的女儿，两年前宋郎生之所以离开军营，也皆是我所迫，那又如何？"

这番话说出来，连成铁忠与皇后都震惊不已，更别提殿中那群目瞪口呆的臣子了，景岚见我就此承认，亦是怔住，旋即冷笑道：“然则皇上并不知实情……”

我说：“陛下自然毫不知情，否则又岂会将遗诏放心交给我？”

景岚道：“你如此欺君，利用皇上对你的信任诱他写下此诏，如此，诏书之中的内容……”

“诏书之中的内容究竟是什么，何以庆王连听都不愿一听，就急着否定呢？”我回过身，望着殿内的群臣们，心中明晓得很。这些老臣早在我监国之时，就因我对他们的压制而对我有所怨言，那么多年下来明里暗里找我麻烦的也不在少数，那还是看在有父皇恩宠的面子上，如今突然让他们得知我根本只是一个逆贼之后，这要如何让他们咽得下那口气？

我重新回过身，道：“诸位大臣都是我大庆两朝元老，辅佐过两代君主，对陛下的忠心自然不言而喻……或许有人与庆王一样质疑此诏，不过诸位大人切莫忘了，不论我的身份是何，不论陛下知晓不知晓，你们身为陛下的臣子，岂可轻视陛下亲笔所书之诏书？”

见他们露出退却之意，我淡淡道：“今日庆王既证明我乃林丹青之女，是谋逆之罪也好欺君瞒上也罢，待今日事毕之后将我以大庆律法处决，我也绝无怨言！”

饶是他们方才得闻之时震怒不已，此时听我这番说法亦是不知从何驳斥，正是此时，赵庚年肃然道：“皇上遗诏在此——”

殿内殿外之人终究跪下了身。

景岚之所以一次次阻止我，揭穿我的身世，试图让所有人都质疑这遗诏的内容，只因他唯恐景宴在诏书中昭告他的罪行，把皇位传给小皇子，并让我来辅政监国。

然而遗诏上，没有提及我，也未有提及景岚，甚至没有提及小皇子。

所说的只有一件事——父皇当年所写下的两份诏书。

景宴愿在他驾崩之后，将父皇的第二道诏书公之于众，遵父皇的遗愿。

第二道诏书所安放的位置正是在上朝的皇极殿之上——写有“皇极殿”三个字的牌匾之后。

不论父皇传位于谁，满朝文武皆应全力辅佐，不得有违元宗圣意。

这是令所有人始料未及的。

当赵庚年念完遗诏之时，连景岚都难免露出惑然的神色。

我甚至能感觉到他隐约的不安与欣喜，毕竟在他的认知中，父皇只剩下他这么一个“血脉”了。

除了宋郎生。

他由始至终都在看着我，仿佛对周遭的所有没有半点兴趣，当殿中所有人同往皇极殿时，他猝不及防地握住我的手，轻轻道：“阿棠。”

我浑身僵了僵，乏力地望着他，“不论你与景岚达成了什么样的约定，纵然是为了我，你也不该来的。”

他还待说些什么，我已抽开手转身而去，到了这个地步，我已改变不了任何事了，但至少，可以让他离我远一点，不必拖累他同我一起死。

父皇的第二份传位诏书嵌于皇极殿匾额的夹层之中。

宫中的侍卫费了很大的劲摘下匾额，小心翼翼地撬开背部的夹板，在众人亲眼所见之下取出了圣旨。

这大庆的江山是父皇打下来的，若说，朝中尚有人对景宴并未那般忠心耿耿，但他们对父皇是忠心臣服的。

所以当赵庚年颤着手展开圣旨之时，所有人屏气凝神，不敢发出一丝声响。

我早已知悉，父皇这道诏书所要昭告天下的，是那个当年遗落民间的真正大皇子。

父皇素来是个处事谨慎之人，他既要取信于天下臣民，自然已是做好了万全之策。

故而，他将他与太后当年所种下的因果与诸般相关之人卷案，都分别匿存在刑部与大理寺各处，只需稍稍查证，便绝无人再心存疑虑了。

而自此刻起，不仅是我，连景岚在这朝中就再无方寸立足之地了。

“……皇室血脉遗失，朕痛自克责，夙夜祗惧，所幸天有所感，终辗转寻回皇长子……”

赵庚年念着诏书，我原本以为自己的心已如一潭死水，直到我听到宋郎生的名字。

“……庐州儒商宋氏，育养皇长子成人，皇长子功德宜之，属以伦序，入奉宗祧，改名萧景桓。朕深思付托之重，谨于今时祗告天地，继皇帝位，内外文武群臣及耆老军民竭力辅佐之……”

后面还说了什么，我已然听不入耳了。

天地间蓦然空无一物，连周围的骚乱与景岚愕然的面孔都化作空茫。

天边的浓云滚滚而来，一寸一寸将人心吞噬。

往日有许多无法解释的支离破碎，终于一片一片拼凑起来，铺在我的眼前，组成了一副崩坏的真相。

原来，到头来，他，才是父皇真正的皇子。

这就是为何，当年父皇愿放君锦之一家一条生路，给他们逃亡的机会；

为何，父皇明知宋郎生的养父母是谁，仍愿招他入朝为官，入宫为婿；

为何，最终宋郎生还是被父皇说服，愿放下仇恨，去做那凶险至极的内应；

为何，宋郎生对我的身世毫不意外，想要远走高飞的心比我还要急迫；

还有为何，父皇会千叮咛万嘱咐景宴，要由我来公开这道圣旨。

父皇深知宋郎生无心权位，他一心只想同我在一起，绝不愿牺牲我而去成就这所谓的天下大业。

唯有我来了，当我揭开父皇的这道圣旨之时，诸公诸臣也就定了我的死罪。

天底下只有一人能力挽狂澜。

那人，只能是继任皇位的新君。

而宋郎生为了救我，纵使千般不愿，也会甘承此重。

我终于恍然大悟，这天下大争之局，我也好，景岚也好，宋郎生也罢，到头来，都没能逃出父皇的掌控之中。

景岚终于卸下他的伪装，他变得面目狰狞，欲望尽显无疑，口中一遍遍喊着：“谎言！这是阴谋，这道圣旨是伪造的……来人！将此逆贼替本王拿下！”

只是，被宫中的禁卫军拿下的不是宋郎生，却是他。

他的千秋大梦，是时候该醒了。

在这空荡荡的暗色里，我望着宋郎生，他漆黑的眸子粼粼如玉，依旧如当年那般秀劲雅逸。我们仅距三步之遥，然而当文武百官齐齐唤他“皇上”之时，我终于明白，从今往后，三千繁华，独独无法取这一瓢饮。

屈膝跪下的时候，我看见宋郎生踏出一步伸出手，似乎想要阻止我的这番动作，我垂下眼眸，慢慢地俯下了身。

那些关于襄仪公主的传奇，也到了终结的这天了。

不生帝王家

（第三十二章）

大理寺的牢房环境总归是比刑部那边的好上一些的，至少在这方寸之地内不必铐上铁链，配上一桌一椅，木板床上有铺有盖，足以御寒。

想当初提出改善大理寺囚犯生活的就是我，种瓜得瓜种豆得豆，万万没想到的是多年后竟然造福了我自己。

虽然我认为如今的我只是一介平民，根本够不上政治犯的待遇，不过仔细一想，毕竟这里是宋郎生过往当差的地方，上下关系也都熟络，大抵把我放在这儿，他心中也会踏实一些。

我在天牢里已待了有那么四五天了。

大理寺丞几乎天天都拎着篮子来看我，顿顿都摆满了酒菜，且没有一次重样的。我看着他也不像是要审我的样子，如此殷勤，多半是因我与宋郎生的关系，琢磨着没准我这假公主摇身一变就能成为一国之母了，这才好好伺候着。我有几次都想好好与他探讨一下大庆的律法，替他分析一下朝廷结构，好让他死了这条心。转念一想，只怕我也过不上几日安稳日子了，又何必白白辜负这一桌美酒佳肴？

就这样混混沌沌又待了两日，终于有人来探监了。

只是我没有想到第一个来的会是陶渊。

狱卒退下的时候陶渊几乎立刻跪下身，道：“陶渊来迟，公主受苦了……”

我从床上站起身，“陶主事，如今我已不是什么公主了，你唤我的名字便好了……”

陶渊道：“不论你的身份是什么，你永远都是明鉴司的主人……”

我轻轻摇了摇头，将他扶起身来，“现下外头是什么状况？”

陶渊道：“这几日，萧景岚因辱骂犯上暂被软禁，皇上着大理寺彻查，竟查出那宫中太后乃是萧景岚找人假冒的，朝中上下无不震惊。更不料，其党羽趁机带兵作乱，意图逼宫篡位……自然，最终还是被羽林卫所制伏。如今萧景岚也正关押于这天牢之中……皇上之所以并不急于救你出去，也是因为此地最为安全，待风波稍息，他便立即遣属下来此同公主详述……”

听陶渊一口一个“皇上”，明知他所叫的是宋郎生，一时之间竟有些反应不过来，我讷讷道：“他……真的当上皇帝了吗？”

陶渊慢慢点了点头，“如今诸方斗得厉害，三言两语亦难断言，两位先帝的遗诏皆如此授意，纵使不少人不甘臣服，却也寻不到更适合的继位之选……眼下皇上尚未登基，朝中各派蠢蠢欲动，各藩地王爷侯爵都在赶往京城的途中，皇上的一言一行稍有差池，形势随时可能不利，还需过了这段日子方能定心……”

我靠在冰冷的石壁上，深深地吸了一口气，“只怕……朝中至少有半数人都奏请‘皇上’要将我处死吧……”

陶渊闻言稍稍一惊，赶紧道：“皇上必会在最短的时间内保你平安出去，公主不必过忧。”

我不置可否地笑了笑，“真的太后可找到了？”

陶渊怔了怔，摇了摇头，“萧景岚无论如何也不肯说，只怕……”

“不会的。他当日还不知真太后并非他的生身母亲，不至于下得了那样的狠手……我想太后现下应当是被软禁在某一处……”

见陶渊做出沉思之态，我抬眼望向他：“不知可否安排让我与他一见？”

景岚被关押在天牢最深最里的一间贵宾房里。

所谓贵宾，即几年都难出这样一号身份尊贵的谋逆之人来。

虽然费了一番周折，总算是得到了大理寺丞的首肯来见景岚一面。可大理寺丞坚持认为景岚是个头号危险人物，说什么也不肯狱卒开锁，我索性把我那屋的凳子搬来，坐在门外，继而屏退诸人，想要单独同他说一会儿话。

蜡烛燃成泪，滴滴滑落，木栏内灯火恢恢。

景岚早就听到动静了，只是一直背对着我装睡不起，过了良久，他见我丝毫没有离开的意思，这才缓慢地翻了一个身，一手撑着头，凝向我道：“事到如今，你还来找我做什么？”

他这么一问，我倒不知该说些什么好了。

景岚的脸色在灯火光影下有些朦胧，看得不太真切。我莫名想起很小很小的时候，我偷偷溜去东宫找大皇兄玩，那是个暖暖的春日午后，他懒懒地躺在榻上，漫不经心地翻着书，见我来了，浅笑着揉了揉我的头发问：“小妹，来找我做什么啊？”

弹指一挥间，那些温情都已烟消云散，仿若从未有过，我们便已形同陌路。

我淡淡道：“我就住在你隔壁的隔壁的隔壁，因为有些事我想不通，所以就来问你了。”

他面无表情看了我半晌，突兀地笑了一笑，“你到了这个地步，还要替宋郎生来问太后的下落？呵，你就是一直这么蠢，才会被景宴、被父皇利用到最后一刻……”

我道：“你还唤他父皇，证明你心中还是把他当成家人的……”

景岚当即噤声，见我仍在看着他，勾了勾嘴角，“我把他当成家人，是又如何？他呢？他又把我当成什么？一颗巩固权位的棋子，用过之后，弃之如敝屣！”

我默然，道：“当年……是你……是你遇到绮萝姑娘之后，坚持要离开的……否则父皇……”

“哈哈哈哈哈……”景岚笑出声来，仿佛听到了天底下最大的笑话，“襄仪啊襄仪，你以为，当年是我为了一己之私，抛弃了你们，去独自逍遥了吗？”

我不解地看着他。

他道：“当年，我见父皇为前朝叛乱之事殚虑过甚，龙体日渐消瘦，便想要替父皇分忧排难，帮父皇揪出前朝幕后的真凶，以解父皇之忧。我那时，因不放心你与那来路不明的‘大哥哥’来往，便派人去查他的底细，不料竟从他身上查到了君锦之，更查出了前朝天大的秘密。我深知若然被他逃脱，假以时日开启前朝秘地，只怕于我大庆又是一场劫难……”他的目光转向跳跃的烛火，“故而，我苦心筹谋，一方面派人追捕逃亡的端王一家，另一方面从武家入手……那时我虽然受了剑伤，让端王他们逃脱，但总算得到了前朝秘地之所……”

他起身看向我，“我迫不及待地赶回京城，想要把此事禀告父皇……结果你猜怎么着？端王一家在逃亡途中死了，父皇得知是我将他们逼入绝境的，龙颜大怒，不仅未有赞赏我半句，更在满朝文武面前将我斥得无地自容，说我擅作主张，擅自调兵，如此重要的一条线索因我而断……哈哈，他甚至没有发现我胸前的衣物都渗满了血！”

我呆呆地看着景岚，他指着自己的鼻子，“我当时不明白，我不明白自己做错了什么，我气父皇不懂我，不懂我所作所为皆是为了他，为了大庆！所以我没有告诉他我得知秘地所在……我想，终有一日，他能理解我的苦心，待到那时我再将一切都坦白告之……”

景岚眼睛逐渐变得通红，他闭了闭眼，“可自此之后，父皇待我就越发冷漠，不论我做得再好，做得多么用心，他都不肯多看我一眼……我开始消沉，终日不理朝政，饮酒解愁……也是在那时，我遇到了绮萝……”

听到此处，我的心渐渐沉了下来。

父皇不是看不到景岚，而是在那时，他就有心冷淡他，天之骄子受到如此冷待，就极其容易误入歧途……

我忍不住道：“……何以你当时不告诉我？何以你要暗派采蜜替代我私奔，却不同我说大哥哥的身世？”

景岚在黑暗里迟疑了一下，淡淡瞥向旁处，“告诉你做什么？若你得知心上人乃前朝旧主之子，不过是让你徒增痛苦罢了……”

他只是想守护好他的小妹妹。

我咬住嘴唇没有说话，只听他低声说：“后来……父皇极力反对我与绮萝的婚事，甚至当着绮萝的面，让我只能从她与太子之位择其一……我心灰意冷，只觉得这皇位江山也无甚意思，既然父皇要我走，我就走好了，只要绮萝能同我在一起……呵，如今想来，父皇那般动怒，只不过是因为我追杀了他的亲生儿子，他之所以将我除去皇籍，只是想要名正言顺地将太子之位传给景宴。”

景岚问我：“究竟，是我不把他当成父皇，还是他不把我当成皇子的？”

这一点，我无法反驳半句，他见我哑口无言，又笑了笑，“你以为我回来，是因为我反悔了，重新恋眷皇位了吗？你可知，那几年绮萝随我在外受了多少的苦，我纵满腹经纶，到了民间却是四处碰壁，难免为生计而奔波……但即便如此，我也从没想过回到原来的位置……”

“那……是为何……”

“直到绮萝生了重病。”景岚深吸一口气道，“我变卖了所有的家当都无法替她医治。到了走投无路的地步，我想到回去求父皇，就带着绮萝赶到了皇城前，让朝中旧友替我去告之父皇我的来意，却被拒之门外。我只能等，一直等到第三日，他才派人来给了我五百两银子打发我离开……可是那一夜，绮萝……没能熬过去……”他的双手微微颤抖，“如果……如果他肯早一点来见我，哪怕早一点让宫中的太医替绮萝治病，绮萝就不会死！是他！是他害死绮萝的！”

桌上的灯晃了晃，我感觉到一丝凉意，景岚道：“自那以后，我终于明白，这世上，若无权势在手，你根本什么也做不了，甚至……连最心爱的人都无法保住……”

我的心微微一颤，他道：“你与我不同，你与宋郎生私奔时，尚有父皇为你们铺路，有银子，有贵人相助，能够随时买一间屋舍过安逸的日子……”

我震惊地看着他，“你……你知道我们在哪儿？”

“你动用了那么多人脉，我焉能查探不出……”他自嘲道，“你一心想要过清净的日子，我又何必去搅扰你……我以为，至少你不会阻止我……”

我紧紧握住衣角，“大哥，当年你在我身上下的忘魂散并没有要了我的命，足以见得你还是把我当成妹妹看待的，可你为何对景宴却起了杀心……他毕竟——”

“有些事做了便是做了，现在再说这些又有什么意义？”景岚漫不经心地打断我的话，“你以为我同你说这么多，是想要博取你的同情？不，我只后悔当初尚存一丝犹疑，不论是对你还是景宴，到头来，我终究还是输给了那所谓的一念之仁！”他略略抬头看了我一眼，“话已至此，你以为我还会将太后藏身之处告知于你吗？”

我沉默了许久，“你处事素来谨慎，不轻信于他人，又怎么可能会把太后放心交与外人看管？景宴重病期间，你甚少离宫，太后多半是被你软禁在宫中的某一处，我就不信搜遍皇宫，什么线索也探不出。”我缓缓起身，看着他的脸色一点一点白下去，“我来不过是想求一个答案，原本就不是来探听太后下落的。”

见我欲离，他往前踏出一步，“若太后平安归来，你以为她会容你平安活在这世上？”

他拖动着腿间的锁链，双手搭在木栏之上，眼中冷冷，“父皇走了，景宴走了，连你的公主尊崇也不复存在了……你心中清楚得很，到了今日这番地步，你若不能自私一次，便是与他此生无望了……”

我没料到他会突然和我说起这个，心中蓦然一空，“你……”

他墨色的瞳仁映着跳跃的烛火，“我是输了，可我并非输给了景宴，也不是输给了父皇，更不是输给了宋郎生。我是输给了上苍，是上苍给了我这样一个从出生起就已注定好的命运。你也一样……小妹。”

他唤我小妹。

我感到自己的双肩在微微发抖。

我想，这就是命运的可怕之处，如果大哥当真是父皇的亲生皇子，也许今日每个人的结局都会是很好很好的。

“早点歇息吧……”眼眶一片水雾缭绕，转身离去之时，我听到自己低沉的嗓音，“多谢你，大哥。”

第二日，大理寺丞邀功似的来告诉我，太后果然是被藏于景福宫的地窖之下，虽已昏迷两日，但太医说并无性命之虞，只要好生歇养，不日便能康复。

我笑了笑说：“那甚好，你又可以升官了。”

他不好意思地挠头道：“还多亏了你提醒……只是你却不让我告诉他们……”

说与不说，又有什么分别。

说了顶多是在我的死刑罪里加上一笔功劳改成无期徒刑，倒不如多把机会让给颇有前途的年轻人，也算还了他那么多顿美味佳肴之恩了。

本来与这小兄弟还算投契，还打算在离开前好好与他道声别，没想到当日夜里，我就被一拨看上去来路不明的人不声不响地给带出了大理寺。

一般情况下，能把一个死囚带出天牢的不是劫狱的就是以权谋私的，考虑到劫狱不可能会一点动静都没有，所以就在我糊里糊涂被这班人送上马车的时候，基本就能够判断出是谁的手笔了。

当马车缓缓停下，我掀开车帘一眼望见眼前的府邸时，倏然，有一种时过境迁之感。

襄仪公主府。

马车上的人没有继续跟上来，我推开府门，掌心触及一片薄灰，我想，如果柳伯还在，他一定不会忍受堂堂的公主府门不擦得光光亮亮。

夜寒幽凉彻骨，我缓缓踱入府中，曾经此处花团锦簇，院中架满蔷薇和海棠花，如今独独一湖沁水，冷月随波，一切骄傲与繁华皆湮没沉寂。

人生如此变幻无穷，我莫名想起那一年把他迷晕，掳入宫中，盛气凌人地同他说："如今木已成舟米已成炊，宋郎生，这驸马你当也得当，不当也得当。"

那时候，天高云阔，花正浓，我们都还无知而无畏。

阶下青石子蔓成甬路，沿着游廊一路通往内院，这条昔日与驸马回屋必走的小道上，青藤蔓延，丝丝垂下，是后来府邸毁损后新种的。

当时驸马出征，我尚不知自己的身世，只想着好好栽种，让他回家的时候能看到这一片勃勃生机。

没想到，后来我们就再也没有回来过了。

我走着走着，停下脚步，目光落在小道尽头处的碧树下。

银光清辉洒落，树下那个我再熟悉不过的侧影，此刻，却也陌生到极致。

宋郎生听到了脚步声，霍然回过身，不等我反应过来，身子蓦地一紧，已被他用力地带入怀中。

温暖的气息依旧，怀抱依旧，依旧令人深陷，沉溺，万劫不复。

凉风里夹杂着草木气息和他沙哑的嗓音："我不该丢你一人在天牢里这么久。"

眼中的泪水夺眶而出，忍了太久太久，几乎快要止不住了，我说不出话来，他以为我还在恼他，想要替我拭泪，却又定在半空，"阿棠，我在延福宫所言……并非是……"

"我知道的，你若不与景岚达成此交易，他又如何能许你进宫，你不进宫，又如何能挽回局势，你不顺势而为，此时，我又如何能安然与你相见？"我截住了他的话，抬头擦了擦眼泪，"你瞧，我这么聪明，怎么可能会为这种事误解你。"

"阿棠……我……"

我问："那一年，你在陈家村火场救我出来，我们回宫后一直很要好，可没过多久你就疏远我了，不论我如何质问，你都置若罔闻。你在父皇寝宫前跪了一夜，我想陪你，你又弃我而去，是不是那个时候，你就知道所有的一切了？"

宋郎生沉默须臾，"那时，皇……父皇见我不愿配合潜门旧朝党羽之中，一怒之下便将你我的身世告知于我……他告诉我，我真正的身份是大庆的皇子，根本不是前朝皇嗣……彼时我难以接受，他给了我第二个选择，若我固执己见，他便要将你我的身世公之于众，我……"

所以，不论我如何恳求，如何误会，他都不愿做任何解释。

他承受了所有的一切，隐瞒了所有的一切，只是希望我能够一直无忧无虑地做那个襄仪，父皇宠爱的女儿，万民眼中高高在上的公主，永远都不必知道这残忍的真相。

只是这世上又有几件事当真能够遂心如意？

我问：“那金殿下的圣旨，你也是早就知情的吗？”

他轻轻点了点头，“他始终对景宴的病况放不下心，若有个什么万一，他盼我能够力挽狂澜……”

我抬头看他，“这些话，何以你从未与我提过半句？”

他顿了顿，“那时景宴的身体状况比想象的要好，在整治军情处理朝政上更是顾虑周全，我知道他能担此重任，故才放下心来，选择同你离开……”

我喃喃打断他的话：“那个时候，你只要同我说了，我决计不会任性到要你带我逃离军营……你知道我的，我从来就不是罔顾大局的人……”

宋郎生静静望着我，他的眼，即使在这样的黑夜中依然清澈，“你一直都在委屈你自己……阿棠，我只愿见你率性而活，不为任何事所牵绊……”

我心头为之一颤。

不为任何事所牵绊，这是多么美好的愿望。

可是凡间处处是苦难，又有谁能真正肆意而活？我不知真相之时，尚且能够在民间随心所欲，然而那时的宋郎生，便真能卸下所有，问心无愧地采菊东篱吗？

若当真如此，他又怎么可能轻易地脱离广陵的大牢，赶回京城来呢？

我没有说话，宋郎生也没有继续说下去，周围静得很，我稍稍望了一圈，问：“你深更半夜地把我从天牢接出来，只怕现下牢中已有另一个‘萧其棠’代我受过了吧？”

他稍稍一怔，点了点头道：“我实不愿你再继续深陷大牢，眼下，也只能先如此了，但只要再给我一些时间，我会想办法赦你无罪。”

我摇了摇头道：“我手握权柄的那几年，那些父皇无法名正言顺要保的人或是想杀的人，哪个不是经我的手去暗中命人捏造证据，方才达到目的的？哪怕是在当时，朝中的弹劾奏疏就从未间断过，只是朝中几位元老多半也能猜出那些与父皇有密不可分之关系，又岂能当真摊开来明说？墙倒众人推，且不提以往的旧恨，一朝天子一朝臣，都已经换到第三代了，你可见如今朝中的重臣权臣与父皇时期有大的异动？这班氏族党羽早已拴成一线，他们不让景宴动摇他们，自然也不会甘心让你去撼动。所谓敲山震虎，这一次，他们表面上如此对付我，实则也是在试探你。倘若你当真罔顾他们的党羽结盟之力，坚持要替我正名，那么下一步，你完全可以动摇他们的根基——他们会容许这样一个你做他们的帝王吗？你的身世尚有空隙可钻，在朝中并无半点人脉，至少在你完全掌握到兵权以前，你绝不能再为我冒此风险了，否则，我，你救不了，连你自己都自身难保了。”

他的神色没有太大的变化，嗓音却低哑得厉害：“你说的这些我又焉能不知？但我不能眼睁睁看你受苦而什么都不去做——”

我低下头，心中酸涩难当：“你怎么能算什么都没做呢？至少你把我平安救出来了，待到牢中的‘萧其棠’一死，便不会有人再烦扰我了……”

他握住我的手一抖，眼中浮出满满的痛楚之色，“阿棠，你想离开，我就知道你想离开……”

我的手臂被他掐得生疼，却根本挣不开他，他在害怕失去我，我又何尝不是？我的脑子混乱一片，只听到我自己的声音：“那我该怎么办？留下来，躲在京城的角落里，每日乔装他人而活？白天担惊受怕会有人将我拆穿，到了夜半三更就盼着你出宫来与我私会，然后在宫外看你娶妻生子，就这样偷偷摸摸地陪伴你一生吗？宋郎生，你要的，是这样的陪伴吗？”

身体再一次被他紧紧揽住，几乎要被他勒得窒息，他颤声道：“你胡说什么？我怎么可能会娶别的人？我这一生，只喜欢过你一人，这一生，也只有你一个妻子。”

我心中狠狠一痛，若在往日，能听他如此情深义重的告白我该是满心欢喜，可此时此刻，这每一声每一字都如尖锐的针密密麻麻地扎向我的心口，疼得钻心，却了无痕迹。

我没有继续与他争辩关于“一个皇帝如果不娶妃封后”会有什么后果。他是何等聪明之人，深谋远虑远甚于我，我能想到的，他又如何没有想过？

也许是我操之过急，急于让事情有一个了断，也许我们都应该缓一缓，给对方时间冷静下来，以免做出遗恨终生的抉择。

远远听到打更的声响，原来已过了四更天，这个时候宋郎生若再不回宫，只是徒生不必要的事端。他还有千言万语要叮嘱的样子，我知道他在想什么，遂道：“我不会不声不响地离开，你放心，我会等你。”

宋郎生匆匆离去之后，他的暗卫带我到京郊的一个村镇里落了脚。

这里的确是一个地偏静谧之处，小小的竹舍被灌木丛林所绕，北临青山，南临翠湖，院落里还养了几只鸡。领头的暗卫同我说他们就住在我隔壁的隔壁的隔壁，如果我有什么需求，比如想吃什么想玩什么，或者想写封情书寄给皇上，他们都能替我办到。

我在对暗卫这种职业表达了深深的同情之后进了茅舍，打算洗个脸先去睡一觉。

我以为里头是没人的。

没想到一推门就看到外屋的床上躺着一个女人。

青姑，林丹青——我的亲娘。

我没有想到的是宋郎生居然把我娘也给接出来了，更让我没有想到的是他把我娘接出来这件事居然吱都没有和我吱一声。

事后他对此的说法是，他想给我一个惊喜。

所以导致了我就这样猝不及防地出现在青姑的眼前，而她听到动静睁开眼的时候亦是浑身震了一震。

两人相顾无言，唯有泪千行。

有时候我会想，假使当年父皇和太后能够坦然地面对他们生育缺陷这件事，那么现在我应该会是一个普通医者的女儿，而宋郎生只要没有被其他兄弟干掉，也注定会是一个被人追崇的帝王。

我问我娘，何以这么多年来从未找过我，至少当年在陈家村是有机会告诉我真相的。

她说，真相远没有我的幸福来得重要。

或许是冥冥之中自有定数，所以兜了那么一大圈，我们还是回到了原点。

只是每个人的心都已满目疮痍，谁都难以接受这伊始的结局。

包括我娘。

就在与我相见后的第五日，她留书离开了。

一大早我醒来看到桌上尚有温度的饭菜与信纸，连拆都未拆就冲出农舍喊来暗卫们，让他们分头去找我娘。

她当真是来去无踪，在我策马纵到山涧高处欲要看一看她走的是哪条路之时，却望见了茫茫大雾。

我怎么也想不通，我们母女分离那么久，终于得以重逢，她怎么能忍心再度抛下我离去。

她被用刑的伤势尚未痊愈，被用药的余毒尚未尽清，就这样独自一人，又能往哪儿去?

我展开信纸，等眼里的雾化为泪水滴落时，纸上的字迹也逐渐地清晰起来。

娘走了。

此番不告而别，莫要同我置气，也莫要为我担心，娘自己就是最好的大夫，能照顾自己。

倒是你，切记按时就寝就食，莫要再任性胡为，不为自己，也当多为腹中孩儿着想。

莫要费神来寻我，娘这一生漂泊惯了，不愿一而再再而三拖累于你，更不愿你因娘的缘故放下你最珍视的人。

他日自有相见之日。

珍重。勿念。

我艰难地看了三遍信，看了许久，才反应过来那句“腹中孩儿”是什么意思。

忽然想起昨日我赖床不起，不肯吃饭，她硬拉我起来时握着我的手腕足足愣了一盏茶工夫，我问她怎么了，她沉思了半天都没说一句话。

原来，我也是一个要当娘亲的人了。

第二十四章 情人终陌路

回去的路上我不敢再骑马了，虽然满腹疑虑，但仍不敢冒这个险，只好牵着马儿一路慢慢地走。

尽管信上白纸黑字说得很是清楚，我终归不大置信，我怎么可能就……会不会是娘亲最近状态不佳所以误诊了呢？

我的心拧成一团乱麻，思来想去还是决定找家医馆证实一下。

替我看诊的大夫貌似是这家医馆的老医者了，他一摸上我的脉之后就笑开了花：“恭喜这位夫人，这脉象流利，如滑走珠，确是喜脉无疑。”

我手一抖，“大夫，您要不要多摸一会儿？我怎么可能有孕呢？我吃东西都不会吐的，也不嗜睡，一点孕象也无啊。”

大夫笑着看了我一眼，“人人体况不一，并非都有孕吐等反应，老夫诊脉数十年，决计不会连个喜脉都会诊错，夫人请放心。”

我揉了揉额头：“……这明明不可能啊……”

“怎么不可能了？夫人这两个月来可有来月信？”

我摇了摇头，“我以为是作息不规律来着……”

这样算一算，两个月前我还和宋郎生在广陵归园田居，那段时间他在那啥方面确实没有怠惰的样子……可、可我这两个月又是快马加鞭连夜赶路，又是夜闯深宫担惊受怕，前几天还被押入天牢神思俱哀的，就这样孩子都能保得住？这是像爹还是像娘？

老大夫见我六神无主，忍不住问道："莫非……姑娘你……尚未嫁人？"

我瞟了他一眼，"我自然已婚，就算我看上去还很青葱但大夫你也不能这么说啊，我可是好几年前就嫁了。"

大夫松了一口气，"那夫人又有什么可愁得呢？这是喜事，应当回去告诉你的夫君才是。"

不敢想象，要是宋郎生知道了这个消息之后会不会又做出什么不理智的事来，我摇了摇头，下意识地道："告诉他，只怕是要天下大乱的节奏啊……"

大夫倒吸一口凉气，"莫、莫非这孩子……并不是你夫……"

我没太注意他说什么，自顾自地点了点头，"确实不知如何启齿，唉，怪我当初太过冲动，没有顾及他的感受就把他关了起来，然后自己在外面胡作非为，才会让事情酿成这不可收拾的局面……"

"关、关、关起夫君胡作非为？"大夫的嘴角抽搐起来："……这、这、这，那夫人的意思是这孩子留不得？"

"我何时说不留孩子了！"我瞪了他一眼，"孩子的爹玉树临风英俊潇洒，将来这孩子是男是女都注定倾倒众生，我怎么可能不留孩子呢？"

大夫望着我的眼神已不能用惊悚来形容，我神游完抬起头时觉得这老大大对待一个孕妇的态度太不友善，故也不再和他多聊，索性让他给我开服安胎药就匆匆回去了。

城外的街道车马粼粼，人流如织，我一路留着神靠边儿慢行，唯恐一个不小心被匆匆而往的路人撞到自己。

人有时就是这么神奇，前几日还在莽莽撞撞不知死活的人，在得知自己肚子里居然有个小生命的时候，就开始瞻前顾后，一举一动都谨而慎之。

那时在广陵小镇隐居，我与宋郎生时常会躺在草地上，看着天上星子隐隐，憧憬着日后我们的娃儿会长得像谁，要取什么名字，要不要学武，要一起游历万川，看遍天下奇景。

宋郎生尤其喜欢小女娃，平日里走在路上看到漂亮点的孩子都会忍不住多看一眼，然后若有所思地自恋道："我们还是不要生女儿了，我的女儿必然倾国倾城，世间男儿皆薄幸，我绝舍不得把她嫁出去。”

我听了会嗔道：“那我还不是嫁给了你？”

他淡然道：“世间哪得几个我？”

我：“……”

想到他自不量力的呆头模样，我忍不住笑出声来，只是笑着笑着，却又笑不下去了。

究竟要如何同宋郎生说呢？

一个反贼之女怀了龙种，依大庆律，即使孩子能平安诞下，那女子也绝无可能立后封妃。

他如今本就是腹背受敌，骑虎难下，这几日甚至抽不开身来找我，就证明了朝中的局势远比想象得还要严峻。若在此等时节得知我有了身孕，不论是要为了我与那群臣子鱼死网破，还是要弃江山安危不顾而携我远走，都将酿成不可想象的后果。

我如游魂般晃回了竹舍。刚至门口，就看到院外横七竖八地躺着几个黑衣尸首，看样子是刚被人干掉没多久，唇边的鲜血还在往外渗。

房门半掩半闭，隐隐感到屋中有人，我摸不清情况，不敢擅自入内。正待回头去寻人，门忽然开了，有一人缓缓走了出来，朝我道：“不必惊慌，是老夫。”

那人却是赵庚年。

进了屋中后我才发现登门造访的不只当朝首辅，还有大将军霍川、兵部尚书杨栎之、亲军都尉府统领贺平昭等人，看他们一身装束，应当是来私访而不是来抓我这逃犯的，我也就稍稍安下心来。只不过我已是一介平民，按理说见到几位朝中重臣是要行跪拜之礼的，可这身份乍然转换我又有些放不下昔日的架子，一时间提着两捆药包站着，讷讷问道：“外头的尸首是怎么回事？”

他们相互望了望，只听霍川道：“我等前来见公主不在家中，正犹豫是否要继续等下去，竟有刺客误将屋中的动静当作是公主意欲动手，我与杨大人、贺大人便即出手将他们制住，哪想他们当即服毒自尽，一个活口也没能留下。”

看来，那些被我叫去找我娘的暗卫人还未回来。我道：“这种死士一般都很尊重自己的操守的，可以理解可以理解。”见他们几人嘴角抽搐了一下，我道，“活口不活口并不重要，最重要的是几位大人安好无恙。”

贺平昭道："他们使的虽是剑，然而双手都覆有厚茧，应当是常年握枪的手，步法身手都极具军士之风，只要细细查证，应当能探出线索……"

我回头看了一眼院落，"我想也不用细查了，如今朝中谁最觊觎皇位的，就是最想杀我之人，只要杀了我，才能让宋……才能让皇上方寸大乱，从而伺机取代。而能够有资格分一杯羹的，也就剩萧家的几个王族了……"

赵庚年意味深长地道："公主果然心如明镜，老夫亦认为，行凶主使，当与睿王等脱不了干系。"

我点了点头，复又摇了摇头："我如今已非公主了，你们也莫要这样叫我了。"

见他们面有难色，我心中正踌躇是不是真的要跪下来拜一下他们，才肯接受这个现实，哪知他们再次交换了一下眼神，下一刻，同时撩袍跪在我的眼前。

我惊得浑身一震，忍不住倒退一步："你们这是做什么？"

赵庚年道："公主，我们今日前来，乃是有一事相求……"

我道："有事大可直言，何必行此大礼？"

赵庚年沉默须臾，终咬牙道："明日……便是皇上登基大典……我等欲求公主……远离京城，再也……再也不要与皇上相见。"

我以为我听错了。

那晚宋郎生离开前告诉我，朝中大部分臣子虽都欲置我于死地，但至少这几个大人还是极力保我，他们在朝中地位举足轻重，有他们的支持，事情尚有转机。我也猜测过，包括我能从大理寺悄无声息地出来，若没有赵庚年的暗助，未必能有这么顺利。

他们是真心救我的，可现下却让我离开。

赵庚年见我久久未说话，道："公主乃是先帝与元宗皇帝所认可的公主，不论身份如何，在老夫心中从不曾改变过。公主本已隐退，可为了大庆江山还是冒死回京，明知凶险重重仍揭穿庆王党羽的阴谋，此些种种，更令老夫等甚为敬重钦佩。而今遭此劫难，本应助公主走到最后……然则……萧氏皇族上上下下皆不甘将皇位让一个突如其来之人所占，连睿王亦连夜赶回京中筹谋此事。只是两道圣旨不容置喙，他们无从下手，唯有暗中联络朝中诸臣，以公主性命为由，欲要借此打击皇上……人人皆知皇上待公主情深义重，断不会置公主于不顾……故而，他们借御史言官与京城内外儒生之口齐齐逼迫皇上，不论我等如何费尽心思阻止这一切，想要替公主减轻罪责，依旧收效甚微……如今，皇上已是……”

他说不下去了，贺平昭接着他的话道：“这期间有多少人都盼着皇上能出错，他们方能借题发挥，从而打击皇上。皇上明知如此，还坚持要将公主连夜送出大理寺，不愿让公主受半点屈辱……现下，已有人察觉到狱中之人或非公主本人，故才三番五次要求审理此案……即使我们以皇上尚未登基为由拖延此事，也只能拖得了一时，若不尽快将狱中之人‘处决’，随时后患无穷……”

“所以，”我反问道：“若狱中的‘萧其棠’死了，我，也就必须要消失在这个世上，否则，仍然会危及皇上，甚至牵扯到更多的人，是吗？”

杨栎之叹道：“若非公主，臣的女儿与先皇之子也无法平安回到宫中，若非公主，所有人此刻依旧被庆王所蒙蔽……原本我们不应逼公主离走……实是大势所趋，才不得不出此下策……”

我低下头：“你们对朝廷的忠心，我自然是明白的。只是……若我就这样走了……他……”

霍川静默了许久，道：“如今梁国闻此变故，已欲重整军马，趁势而攻之，若内忧不除，宫中再生哗变，导致皇上无法顺利登基，只怕大庆疆土岌岌可危……”他用力叩头，“皇上心中有大义，有大庆苍生，霍川心悦诚服，愿倾尽所有辅佐……只是，皇上待公主用情太深，一时间已难自拔……臣等……皆难劝动半分……如今，能救皇上，能救大庆的，唯有公主你了……”

他说完后，剩下三个大人先后重重地以头磕地，那一声声砰砰的声响，宛如重锤般敲在我的心上。

我将手中的药慢慢放在桌上，背对着他们。

远方滚滚墨云而来，遮住了一片大好晴天。

终究抵不过天命。

几位老臣离开没多久，暗卫们赶了回来，当他们看到院落中的刺客，吓得几乎要以死谢罪。我淡然地挥了挥手，让他们先把尸体处理干净，免得招致什么蛇蚊虫蚁让我晚上难以入眠。

只是这夜注定难以入眠。

就在我吃过饭打算早早就寝时，屋门被人用力推开，风吹得灯台忽明忽暗，我看到宋郎生气喘吁吁地扶着门把，带着一身仆仆风尘而来。

我怔住，他已走到了床边，颤抖着揽住我，紧得几乎窒息。我想他是听说了刺客的事，才这样放下手中所有不顾一切地赶来。我下巴靠在他肩上，轻轻拍了拍他的背，“我没事。”

良久，宋郎生松开揽着我的手，竭力克制着自己的声音保持平静：“你当真没有受伤吗？那些刺客是怎么死的？”

我道：“我回来的时候，就看到他们倒在院子里了……”我没提赵庚年他们来寻我的事，“那些刺客不是你的人动手处理掉的吗？”

他摇了摇头，许是心心念念我的安危，一时没察觉出我的话有什么不妥，“不能再如此下去了，我不能再留你独自在此了。”

我怔了怔。他道：“明日一早，我就带你离开，天地之大，不再让任何人找到我们。”

我呆住，“你疯了吗？你可是皇上，不登基就这么离开了，将置天下黎民于何处？”

他的眼中满是慌乱，我从未见过他这样，“什么皇上，什么天下，为了顾及那些我差点就失去了你……阿棠，你说得没错，朝中势力盘根错节，我如今立身未稳，根本救不得你，我能做的，只有带你走……”

我呆呆地看着他，喉头一哽。

这原本只是一个很简单的选择题——选择带我离开，或是独自留下守护大庆。

这样的抉择，若是换作至亲至爱之人，自然毫不犹豫地选择前者，他们但尽自己所能行事便已问心无愧，何致牺牲自己成全他人？若是换成心怀天下苍生的仁心义胆之人，心中信念如此，即使心中痛楚，自当一往无前，哪怕此生孤寂。

可是宋郎生，连他自己都没有发觉，当他心中已然决定带我离开时，竟会如此不安与彷徨。

只因我们经历了那样多的苦难，只因我们那么迫切地想要和对方长相厮守。可我们终究在面临大是大非前无法做出违背良知的抉择，越是害怕越不敢面对，最终只能逃避，我是如此，宋郎生亦如是。

这一瞬间，我忽然明白了，为什么赵庚年他们要亲自来求我。

我们不能永远逃下去，总有一个人要做出那个选择。

宋郎生望着我，仿佛在等待我的答案，我低头道："景宴是如何死的，你忘了吗？父皇临终前的嘱托，你也忘了吗？若我们就这么离开了，朝中的几位王爷氏族定会为那皇位争个你死我活，京城内外免不了兵戎相见……且不提前朝叛党会否卷土重来，亦不说梁国经过两年养精蓄锐会否破城而入，待那时，景宴唯一的骨肉也是肯定保不住的……所有站在我们这方的人，太后、妹妹嘉仪，还有赵首辅、嫣然、霍将军，还有卫清衡、陆陵君、张显扬甚至更多的人，都会受到牵连，甚至难以保全性命……"

他的唇色越来越白，我道："……即使如此，你还是要走吗？"

宋郎生摇摇晃晃地站起来，撞倒了脚边的椅子，"这些话是谁教你说的？我不想听你说这些，这不是你的真心话。"

"是我的真心话，"我慢慢地起身，心底疼得发颤，"当年，我宁与城池共亡，今日亦然。我萧其棠，不会，也绝不可能与苟且偷生贪图一己安逸之人长相守。"

我等着他出言反驳，然而他仅是僵硬了一瞬，蓦然抱住了我，紧得像要把我揉入他的血肉之中。我听到他说："不许你再说这样的话了，我知道不论我变成什么样，你都会一如既往地喜欢我。"

听到这么自不量力的话，饶是我眼泪溢出眼眶，仍是忍不住莞尔，"谁说的，你要是丑了肥了，我肯定不会喜欢你了。"

他没有松手的意思，"我不信。"

我知道自己挣不开他，就这样趴在他的胸前，道："阿生，其实……你不要担心我，眼下我只是暂时离开你身旁，离京城稍微远一些的地方，但不会让你找不到我……"

他长长吸了一口气，那气息中满是颤抖，"我不信……"

我咬着嘴唇，努力抿出笑意，尽管他根本看不到，"待你登基之后，待你皇权在握，不要你来寻我，我都会立刻奔回来的。我说过的话，什么时候不作数了……"

"我不信……你是天底下最蠢的人，你说的话，我怎么能信……"他的声音近在咫尺，可我却感到有什么冰凉的湿润刹那落于我的脖颈上。

我紧紧闭上眼，"你不是说，你这一生只有我一个妻子吗？我也一样……你放心，我肯定不会改嫁的……"

这次，他没有再出声了。

秋风微凉，我们就这样抱了许久许久，久到眼泪都被风干了，都不舍得放开对方。

窗外的星子渐渐隐去，墨色的天愈来愈浅。

门外有人轻轻敲门示意道："主子，再不回去，怕是要赶不及登基大典了。"

他置若罔闻，仍旧紧紧搂着我。我稍稍把头偏过来，把手抵在他的胸前道："生辰快乐。"

他怔了一下，慢慢松开些许，微垂着头看着我。我伸手扯了扯他的嘴角道："子时已过，今日是你的寿辰，你忘了吧？你瞧，我可不会忘……寿星公一定要欢欢喜喜的，这一年方能万事遂心。"

他用手指拨开我的额发，牢牢盯着我，"我的心愿，是和你在一起，我会欢喜，只有和你在一起。"

心沉入底。这样一份深重缱绻之愿，何时方能实现？

我道："天就要亮了，你再不走，可是要给我添麻烦的……既然，你还不能下定决心，我会等你的答复，今晚……我在这儿等你来一起过生辰，好吗？"

一时间只闻屋外草木拂动之声，与彼此的心跳之声。

许久，他哑声说："我想吃长寿面。"

我一瞬间恍了神，随即笑道："煮面我最擅长了，不过不好吃你不能嫌弃的。"

见他还不肯走，我只得道："屋外暗卫多得够灭一个营了，杀来一队羽林卫我都能云淡风轻地漫步离去。"

他终于也跟着牵动了嘴角。只是眼里，却漾着浓浓的痛意。

马蹄声渐行渐远的时候，我低下头，憋了许久的眼泪终于可以肆无忌惮地涌出了。

睡到了日晒三竿还困得睁不开眼，我总算意识到自己是个孕妇了。

陶渊来的时候我刚刚洗漱妥当，正要出门买点面粉和青菜，他见我这副居家过日子的样子很是高兴，"不知公主飞哨传音唤属下前来所为何事？"

我亲手替他斟了杯茶，道："我知道，这外头有上百名保护我的暗卫，是你明鉴司所派的……”

见他脸色煞白，我微笑道：“我既为明鉴司的主人，自然还是粗略地阅过影卫们的卷宗的，不过你也不必紧张，皇上与我既是夫妻，我的自然也理所应当是他的。”

陶渊擦了擦汗道：“当日皇上欲救公主，却不敢轻信宫里的侍卫，这才找到了属下……属下原本想救下公主之后再同公主禀明，只是皇上让属下暂且不提……”

宋郎生不让我知晓，自然是想让我以为我尽在他的掌握之中，休想趁其不备逃之夭夭。而他没有料想的是，我装傻装到了最后，在演技派的道路上，我的境界终究比他悠长深远。

我善解人意地点了点头，“所以我并没有责怪你的意思，我今日找你来，只是想麻烦陶主事让他们都早些回家，这不，过两天就是重阳佳节了，大家忙了这么久也该好好歇一歇了，比如出游赏景、登高望远、采束菊花回家什么的……”

“公主！”陶渊惊讶地阻断我的话，“万万不可……若再有刺客……”

“此事，首辅大人自会替我摆平。”我目光扫去，“以及，我并不喜欢被人监视。”

陶渊当即跪地，意欲再劝我：“皇上吩咐了属下，绝不可让公主因独处身陷险境……”

“明鉴司的主人究竟是他还是我？”我冷冷打断他，“陶主事，父皇当年分明说过，从今往后，明鉴司再也不听命于朝廷，难道你想违抗父皇的遗旨吗？”

陶渊抬头望着我的方向，挣扎难当道：“公主，你终究……”

我垂眸不语，陶渊沉默片刻，摇头道：“也罢，花欲辞树，树如何留……属下听命就是。”

院落恢复了一片清幽宁静，陶渊问我还有何需求，我轻轻摇了摇头。只是在陶渊离去之前叫住了他，说：“陶主事，今后，不必等我，明鉴司何去何从，皆由你做主，好自珍重。”

午门的钟鸣响彻京城，此乃新皇即皇帝位昭告天下之音。

我拎着菜篮子穿梭在集市之中，朝着钟声的方向遥望，不知龙袍加身，群臣行三跪九叩之礼时，他会是何样的威风凛凛。

小的时候，我悄悄躲在金殿外偷看父皇，同皇兄讲，今后我要嫁给像父皇这样金光闪闪的大英雄。

皇兄闻言笑着揉揉我的脑袋说：可惜你是公主，父皇可舍不得要你去和亲，所以你啊，嫁谁都可以，却嫁不了天子的。

如今再回过头去看，只觉得人生变幻莫测，话不要说太满为好。

忙活了好久，鼻端闻到鸡汤的香味，盖一掀开，赶紧把切好的面投入锅中。

反正院外的鸡被养得那么肥，不杀也是浪费，我索性费了番工夫做了这鸡汤面。

如果宋郎生在，他一定会说，不过就是吃碗长寿面，随便丢两块豆腐青菜便好了，好好的一只鸡拿去烤一烤或做成叫花鸡更香一点。这时候我多半会说，谁让我是有孕之身，得多吃点蒸煮的才利于胎儿啊。

想象着他乍听消息惊诧与喜不自胜的神情，我忍不住笑了起来，只是抬起头来，饭桌的对面却是空空如也，我才想起此时此刻，他多半还在宫中受百官与使臣的觐见。

一桌一人两碗面，眼眶微热，我低下头慢慢地吃了起来。

我总算没有食言，替他做了一碗长寿面；我到底还是食言了，没能等他回来一起过生辰。

临走前，我想过给他写一封信，只是提笔久久未落，千言万语终凝成一张字条摆在面旁。

对不起。

推开大门的时候，眼前一片白光，我下意识地伸手去遮，遮不住这一片骄阳如火。

山林秋枫瑰艳，风掠湖波层层，我牵着马儿一路往前，在不远的岸边看见了一个老翁，在这个村镇住的这几日里，时常能在此见他垂钓，有时还能坐上整整小半日。

他听到马蹄踢踏声，回头瞧来，见我马背上系着包袱，问道："姑娘是要去往何处？"

我想了想道："远行。"

人人皆有难言之隐，他也不再多问，只道："姑娘家一个人上路，当处处留心才是。"

我微微一笑道："多谢老人家了。"

这条香径两侧已被重重叠叠的枫树所笼罩，风吹得树叶哗哗作响，片片红叶飘零。

十三岁的那一年，我困在陷阱之中，他纵身一跃带着翩翩火枫落下，从此落在了我的心上。

后来，我们相约在初见的枫树之下，直到日落西山，都等不到他的踪影。

只是记忆里的那日也是一个艳阳天，山林间清新的草木味道令人心旷神怡，我们曾说好要一齐重回故地再赏枫林，而那萧萧红叶，与眼前此景骤然重叠，却是徒增了一份孤影形单，寂寂思念。

此刻，我也解释不清这是怎样的一种矛盾情绪。

明明下此决断的是我，明明坚定此去无回，可当走到了路的尽头，我还是停下了继续向前的步履。

昨夜，他紧紧相拥的温度，还有他说的那句“我的心愿，是和你在一起，我会欢喜，只有和你在一起”整日萦绕在心头，根本挥之不散。

心底有一个声音在提醒我。

身畔枫叶匆匆，我仰着头，莫名感到深深的恐惧与迷茫。

只是那样的一瞬，我便上了马，掉转过头往回赶去。

我甚至不确定待见了他之后我还能说些什么，唯一能想到的，是还想再见他一面。

回到竹舍之时，老翁仍在钓鱼，他看我去而复返，稍稍讶异道：“姑娘怎么又回来了？”

“有些东西忘了拿。”我轻轻跃下了马背，发觉到农舍的门竟被打开，赶忙推门入屋，屋中却是空无一人，而桌上原本另外一碗盛满的长寿面，竟也变成了一只空碗。

心底猛地一惊，我冲出屋外，问那老翁：“老人家，你可有见什么人进过我家里？”

老翁放下钓鱼竿，摇头叹道：“方才确有一男子火急火燎地赶来这儿，噢，正是你刚走之后，他还来问我你在何处，我指着你走的方向说你牵着马没走多远，还瞧得见影呢……说来老头子也是不懂了，他本是发了疯般往前追，可追到半路又停了下来，就那么一动不动地瞅着你到没了踪影……”

我怔怔地道：“你是说……他，没有追上来？”

“可不？他就那么傻站着，后来，又到了你屋中留了好一会儿才走的……”老翁重新挂好了鱼饵，抛入湖中，“唉，要是你们小两口闹了别扭，还是早些把话说清了好，老头子看着也是难受呢……”

一阵风吹来，感到脸上冰凉，才惊觉滑满了泪，而我浑然未知。

原来，当我痛下决心之时，他也做出了他的抉择。

我微微抬头看着长空，天色已暮，漫天皆是霜色流丹。

少年时，天意令我们不得已错过，而今，却因天意选择了错过。

如此也好。既是望不到盼头的幸福，何苦挣扎不放？

人生还长得很，何不留下美好的回忆，永不言别。

我抬起袖子擦干眼泪，重新翻身上了马，回头再望一眼京城，远处巍然而立的城在秋阳的映照下泛着金光，那是我从小到大住的地方。

只是，亲人朋友皆已不在，唯有一个世间最令我牵肠挂肚之人。

我轻轻策起马儿，这段路太远，难免令人回想起那悠远的时光，还有那些回不去的美好年华。

前方残阳如血，清风拂叶，满目西山夕照明。

此一去，终难见。

〔番外〕曾见树下枫成雨

头顶上的苍穹泛着灰蓝，海平线一望无际，浪轻轻拍着船舷，船身微侧，留下一条闪白的水带，泛动波光万千。

这艘龙叶船绣闼雕甍，别具一格，许因如此，才会让海贼盯梢上意欲劫之。

他只不过是在泛舟出海时偶然遇到，顺道出手相助，如此，船只的主人感激涕零，定要留他在船上盛情款待，方表答谢之意。

浪涛滚滚，带着船身此起彼伏，他倚着栏杆，望着湛蓝色的海面，想到自己曾经极为怕水，不到万不得已时绝不肯坐船，还是当年被她哄骗上了船，他在惊惶未定之际，见到了世上最美的烟火。

他惊觉已有八年未能见到她了。

他从未想过当一个君王，那身世之谜与千钧之重的嘱托，他始终小心翼翼地藏起来，只愿她能无忧无虑地相伴左右，只是到底还是隐瞒不了她。

八年前她离开后，从此，他的脸上便失了笑容。

那本是他生平所下的最追悔莫及的决定。

那些支开暗卫的小把戏，还有她极力隐藏的难过，他又岂会没瞧出端倪？

他太过了解她的固执与任性，为了留住她，他甚至想过命人禁锢住她。

可她却说，她不愿意。

她不愿意为了陪在他身边委曲求全，过着偷偷摸摸、暗无天日的日子。

他在登基之后快马加鞭赶到城外，在看到她的背影时，多么想要上前相拥，同她并肩而去。

他疯了一般追上前去，却看到她微微抬头看着天空的枫，慢慢闭上了眼。

宫中仍有无数钩心斗角等着他，他委实不忍再一次拉她卷入那些她最厌倦的风波中。

刹那间，他想，也许放手，让她自由自在地翱翔，才是对她最好的选择。

哪怕从此他一生孤寂，成为史上最孤寂的帝王。

他没有立后封妃，这其中艰辛旁人莫能知晓。他立先皇之子萧奕煊为太子，彼时时局动荡不堪，太子年幼，为其稳固，他致力整顿吏治，将朝野颓靡之风整顿一新，而后抚治四海，终得民心。当满朝文武皆忠心臣服于他时，再也未有人敢提半句立后一事。

那时距她离去已过了五年。

这之间，他派人寻了她很多次，始终杳无音信。明鉴司主事陶渊说，她没有动用任何明鉴司的势力，天大地大，根本寻不到她的踪迹。

他始终记得她说过，待他朝大权在握，四海升平时她会回来。

他常常会回到他们的公主府，独自躺在那片赏星的草坪上；他也会在她喜爱的酒楼茶居徘徊，无数次看到与她背影相似的女子，却在她们回头时一次次尝尽失落。

直待那一夜，在与大梁一役的庆功宴后，他邀大将军陆陵君信步闲走。陆陵君告诉他，说看到了她。

他一时竟语无伦次，直问是在何处所见，何不将她带回来。

陆陵君沉默许久，说道："臣是在辽北的草原见到她的，她……还是那么有本事，带着整整一大队商团去卖丝绸买马匹。"顿了顿，"只是，她已有了夫婿和孩子，他们……看上去很好，臣……便也不敢搅扰她。"

见眼中的亮光湮灭了，见他不愿相信，陆陵君说："当年臣甚至埋怨过皇上放她离走，时至今日，臣只盼皇上能够放下执念，莫要陷得更深了。"

那夜是他登基以来头一次喝得酩酊大醉，寝宫空旷冰冷，月寒沁入心脾。

他摇摇晃晃地到了宫墙的最高处，京城的繁华璀璨尽收眼底，除了自己的衣裳猎猎作响，其他的喧闹声都离他太远太远了。

他下意识回过头去，身后是皑皑白雪，广阔无垠，空无一人。

那一刻，连他自己也不明白，明明希冀她能幸福，唯恐她会孤独，何以此刻，他却心如刀割，甚至升起一股愤怒之意挥之不去。

自那起，他再也未派人去寻过她。

他也想过尝试以情忘情，然而，饶是那些朝臣进献的美人多么倾国倾城，在他看来都不及她万一。闭上眼，唯能记起他对她的那句承诺：此生只有她一个妻子。

他终究是忘不了她的。

海浪轻拍，湿漉漉的风拂在脸上，将他从回忆里拉回了现实。

一道曙光点亮了东方的瑰色，再往前，就是淮水以南的都江镇了。

船的主人董荀已年逾半百，见他独自望海，邀他入舱饮茶闲聊。见他抬袖时手腕有道长长的伤疤，董荀说：“此伤，似乎是长枪所伤。”

他道：“这是三年前与大梁一战中所受的伤。”

董荀讶异：“不想兄台竟是从军之人。”

他淡淡一笑。

三年来，虽遭到了满朝文武的极力反对，他仍御驾亲征过两次。

连他自己都说不清此举是为了彻底驱逐外敌，还是为了让自己置身于战场，抛却一切无妄相思。

两战皆是大获全胜，大庆大军不仅将梁国彻底驱逐边境，更开拓了全新的版图。

只是第二次他受了太重的伤，敌军在剑上淬了毒，几欲要被夺去性命。

他也不知自己昏厥了有多久，等他醒来的时候发觉他已身处寝宫之中，卧榻边上年轻的太子握着他的手睡着了。太子见他睁开眼来欣喜若狂，告诉他他已昏迷了近两个月，太医们说若他熬不过今夜只怕便再也醒不过来了。他正要张口说话，太子又道：“您不在的期间，朝中一切妥善安稳，煊儿没有令皇伯父失望，好容易熬过此劫，您莫要再劳坏了身子。”

太子的眼底闪着与年龄并不相符的成熟与从容，他静静地看着太子，见太子欲要传召太医进来，他拉住了太子，轻声道："不，告诉太医，朕没能熬过。"

太子不可置信地望着他，他虚弱一笑："煊儿能做得很好，本当多陪陪你的，只是皇伯父……是真的累了。"

他的葬礼甚是浩大隆重。他自己自然未能亲眼所见。选择死遁离开，是他此生最放纵自己的一次决定，放纵过后，他甚至不知何去何从。

他漫无目的地一路南下，有意到了他曾经住过的广陵小镇，只是物是人非，桃花依旧。

直到漂泊至此，这茫茫大海，时光漫漫，仿佛凡尘俗物也随之旷远。

"宋公子？"听到董荀轻声叫他的名字，他才恍然回过神来。宋郎生，已有八年未用过这个名字了。

他不愿过多提及过往，董荀亦不再多问，此时船抵达海港，董荀见天色已黑，下起了微微小雨，便盛情邀他到自己的庄园去暂住。

马车缓缓而驶，庄园外墙环护，绿柳周垂，宋郎生出口道："不想董先生的家宅竟如此雅致。"董荀谦道："都江这一代的产业乃是老夫的女主人所有，老夫只不过是代为看管。"

他心中微微讶异，这董荀在江南可谓富甲一方，从不知他背后另有主人，竟还是名女子。

细雨绵绵，行人纷纷，小镇虽与京城的喧闹繁华不能相论，却是古朴祥和，安宁舒心。

马车行至庄园门前，董荀在前引路，他撑开伞徐徐步入，绿树掩映之中，奇花烂漫，一带清流，自石隙泻于佳木丛中。

眼前一派清丽之景，令人备生熟悉之感，情不自禁再进数步，但见流泉拨动清韵，白玉为栏，环绕池沼，鱼跃而起。

脑海中乍然回响起她昔年在广陵的闲笑之言："阿生，待有一天我们有了很多很多钱，定要换大大的宅子住……"

他忍不住翻起白眼，"就我们两个人，住那么大做什么？"

她向往道："在院子里种花啊，尤其是海棠花……从前公主府种不了那么多，柳伯说花太多了招蜂引蝶……可我偏喜欢住在花园里……哦，但还是想要府里的大湖，里头养好多好多鱼，这样我们想吃鱼时随时钓上来就好了……”

“你亲手养的鱼只怕你舍不得吃吧？”

“……这样一说好像也是……”

他忍不住问：“还想要什么？”

“啊？你有在听啊，唔，还要种枫树，到了秋天我们就带着我们的孩子在树下荡秋千，和孩子说我们的故事啊……”

他霍地回首望去，这花园中竟种满了海棠花，株株朵朵，皆是她最爱。

董荀见他停下，问道：“公子？”

他怔了许久，颤声问道：“院中可种有枫树？”

董荀稍稍讶异：“栽在前院，公子如何得知？我家女主人极爱枫树，当年可是费了好大一番工夫……”

话未说完，他便抢身奔往前院而去，绕过廊角时，但见蒙蒙微雨中，枫红的树影荡漾在湖面上。

一缕淡淡的风带起一片枫叶，旋转在空中，他伸手接住，忆起年少时的她笑着，双眸闪烁如星：“你，听过关于枫叶的传说吗？传说呢，在枫落下之前能接住的人会得到幸福，若能与心爱之人共睹千百枫叶似雪飞舞飘落，两人就永远都不会分开。”

他一步步走往前去，树边的秋千被风吹得轻轻摇摆，仿佛一切令人魂牵梦绕的过往如浮光掠影，一花一叶，清浅弥散。

待近到秋千旁，但见支撑的木桩上刻着：梅花雪，梨花月，总相思，自是春来不觉去偏知。

他颤着手抚上那熟悉的字迹，眼中的泪越积越多，至此，再也按捺不住，泪决堤而落。

是她，他知道是她。

此时董荀已赶了上来，见他如此黯然伤怀，却是大为所惑，“公子……可是有哪儿不适？”

他背着身将脸上的泪揩干，道：“这院子与在下昔日故人的宅邸颇为相似，在下一时触景伤情，倒是令董先生见笑了……”

董荀失笑道：“哪里哪里……”

他问道：“不知这庄园的主人可在府上？在下前来，自当亲自拜访才是。”

董荀摇了摇头道：“数月前主人忽携小姐外出，其间一直未曾回来过，老夫亦是在收到主人的信后方才前来代为看理，公子大可不必拘礼于此。”

听到“小姐”二字，想起陆陵君说过她已有夫婿与女儿，他心中一黯，“既如此……”他原想告辞，可心中却仍有千万个不舍不愿，他至少想要看一看她的夫婿生得是何模样，待她可好，何以她已然成婚，还要在秋千上写那首属于他们的诗。

他犹豫再三，终问道：“不知……这家老爷可在府中，在下……”

董荀微微一笑道：“我家主人素来潇洒，独身一人，府上并无什么老爷，这镇上的人皆是知晓的。”

他浑身震了一震，“独身一人？怎、怎么会？三年前，还有人在草原看到过她与她的夫婿……”说到这里，他忽然噤声。董荀道：“公子是主人的旧识吧？”

见他一时无言，董荀又笑了笑，“公子自入庄后即诸般异态，老夫要连这都瞧不出门道，倒是白活了这么大把岁数了。三年前……主人确实带了小姐去了草原，若老夫所料不错，那‘夫婿’大抵是老大那小女贪玩所扮的……不过，小姐，倒确是主人的亲生骨肉……”

轮番消息令他不知所措，他心中重燃希望，却又生怕仅是妄想，唯恐最后的这一点念头也成泡影，他怔怔地望着那枫树，终于问道：“她……她的女儿，如今多大了？”

董荀道：“老夫初识主人乃是在丁酉年孟春，彼时主人已身怀六甲，没过四个月小姐便出世了。算到今日，小姐已然八岁了。”

丁酉年，丁酉年孟春。

他重重闭上了眼，眼泪夺眶而出。

他怎么就没有想到，那是他的女儿。

她怎么就舍得怀着他的骨肉离开，她，她独自一人究竟是怎么熬过来的？

董荀邀他入屋饮茶，并徐徐道来了她的这些年。

原来她当年漂泊至广陵他们曾经的家，变卖所有的积蓄，而后漂泊至此，机缘巧合之下遇到了临近酒楼倒闭破产的掌柜董荀。

她买下了那间酒楼，挽回了酒楼的颓势，并让董荀继续留在酒楼内经营，此后，董荀便未离其左右。

哪怕后来他有了自己的商团富甲一方，而在她跟前，他仍会视她为自己最敬重之人。

董荀说，从未见过比主人更坚强的女子。

仍记得在孩子出世前的那夜，她忽然腹痛如绞，来不及叫来镇上的稳婆，哪怕如此，她亦能在所有人都慌手慌脚时让大家镇定下来，咬着牙诞下健康的婴孩。

宋郎生不敢想象那样的场景，她明明那样怕疼，可他却在她最疼的时候不在她身边。

董荀说，他不知主人的过去，虽然她常常会笑，然而眼底却遮不住几分落寞之意。

因经商之故，她多年走南闯北，去过不少地方，见过不少名士。其中不乏倾心爱慕者，她却从不为之动心。

偶然问起，她只道：我已嫁了，岂可再嫁?

她说她已嫁了，只是董荀却从未见过她的夫婿。

心的钝痛已令他不能再听下去。

他问："你可知她去往何处？"

董荀轻轻摇了摇头："当时先皇逝新皇登基，老夫只知夫人一路朝北赶，走得甚急，却不知缘由……"

手指紧紧握着掌心生疼，雨不知何时停了下来，只听得到檐前滴水的声音，落下的水滴溅成水花。

她去寻他了，在听到他的噩耗后，她夜以继日地赶往京城，再也顾不得其他。

多年以后，即使她已变成他人口中沉稳睿智的女主人，却一如当年，遇到他的事便不能冷静自持。此际，他恨不能插上翅膀立即到她的身边，他害怕她再为他落泪。

董荀见他迫不及待地欲要离开，出声叫住了他："宋公子，海上已起了东南风，今夜只怕是不能开船了。"他顿住脚步，只听董荀意味深长地道，"不论有何紧要之事，都应好好护自己周全，方能守护想要守护之人。"

他想，也许董荀已然猜出了什么，只是并未道破。

翌日清晨，他早早到了渡口等待北上的第一艘渡船。

海天一片灰蓝，只能见到海面上船头的灯，踏着黎明的光缓缓驶来。

他徐徐而立，迎着海风，看着白昼初显光华。

待船停靠至岸，船夫放下长板让船上客人先下，渡口人来人往，络绎不息，他正欲登船，身体却在那光影交错的瞬间僵硬如石。

石栏边，那个他朝思暮想之人正牵着一个漂亮的稚童徐徐而来。

他屏住呼吸，甚至不舍发出半句声音，唯恐惊扰了眼前这一场如梦似幻。

小女孩为了逗母亲开心，让娘亲俯下身来，伸手抚了抚她的额发。岸边人流如织，她没有瞧见他，抱起女儿从他身侧擦身而过。

他的心越跳越快，却不敢迈开脚步上前相认。

旭日东升，有海鸥低掠而过，小女孩把脑袋靠在母亲的肩上，发现他正怔然看向这儿。

她皱了皱小小的眉头，伸出手指指着他，软糯地说："娘亲，有个长得很好看的叔叔在瞧着你哭呢。"

她回过身来，朝霞透过云层映照在那一抹蓝色的翠烟衫上，容颜绯红秀雅。

众里寻她千百度，八年八个月零十三日，默数在心，终相见。